方李邦琴北京大学人文学科文库出版基金赞助

北大欧美文学研究丛书
申丹 主编

司汤达的情感哲学与小说诗学

La théorie des émotions et la poétique du roman chez Stendhal

王斯秧 著

北京大学出版社
PEKING UNIVERSITY PRESS

图书在版编目 (CIP) 数据

司汤达的情感哲学与小说诗学 / 王斯秧著. — 北京：北京大学出版社，2021.2
（北京大学人文学科文库. 北大欧美文学研究丛书）
ISBN 978-7-301-31993-2

Ⅰ.①司… Ⅱ.①王… Ⅲ.①司汤达（1783—1842）— 小说研究 Ⅳ.① I565.074

中国版本图书馆 CIP 数据核字 (2021) 第 021009 号

书　　名	司汤达的情感哲学与小说诗学 SITANGDA DE QINGGAN ZHEXUE YU XIAOSHUO SHIXUE
著作责任者	王斯秧　著
责任编辑	初艳红
标准书号	ISBN 978-7-301-31993-2
出版发行	北京大学出版社
地　　址	北京市海淀区成府路 205 号　100871
网　　址	http://www.pup.cn　　新浪微博：@北京大学出版社
电子信箱	alicechu2008@126.com
电　　话	邮购部 010-62752015　发行部 010-62750672　编辑部 010-62759634
印 刷 者	大厂回族自治县彩虹印刷有限公司
经 销 者	新华书店
	650 毫米 × 980 毫米　16 开本　16.75 印张　300 千字 2021 年 2 月第 1 版　2021 年 2 月第 1 次印刷
定　　价	69.00 元

未经许可，不得以任何方式复制或抄袭本书之部分或全部内容。
版权所有，侵权必究
举报电话：010-62752024　电子信箱：fd@pup.pku.edu.cn
图书如有印装质量问题，请与出版部联系，电话：010-62756370

本书为教育部人文社科青年基金项目"司汤达的情感哲学与小说诗学"(17YJC752033)的研究成果。

总　序

袁行霈

　　人文学科是北京大学的传统优势学科。早在京师大学堂建立之初，就设立了经学科、文学科，预科学生必须在五种外语中选修一种。京师大学堂于1912年改为现名，1917年，蔡元培先生出任北京大学校长，他"循思想自由原则，取兼容并包主义"，促进了思想解放和学术繁荣。1921年北大成立了四个全校性的研究所，下设自然科学、社会科学、国学和外国文学四门，人文学科仍然居于重要地位，广受社会的关注。这个传统一直沿袭下来，中华人民共和国成立后，1952年北京大学与清华大学、燕京大学三校的文、理科合并为现在的北京大学，大师云集，人文荟萃，成果斐然。改革开放后，北京大学的历史翻开了新的一页。

　　近十几年来，人文学科在学科建设、人才培养、师资队伍建设、教学科研等各方面改善了条件，取得了显著成绩。北大的人文学科门类齐全，在国内整体上居于优势地位，在世界上也占有引人瞩目的地位，相继出版了《中华文明史》《世界文明史》《世界现代化历程》《中国儒学史》《中国美学通史》《欧洲文学史》等高水平的著作，并主持了许多重大的考古项目，这些成果发挥着引领学术前进的作用。目前，北大还承担着《儒藏》《中华文明探源》

《北京大学藏西汉竹书》的整理与研究工作,以及"新编新注十三经"等重要项目。

与此同时,我们也清醒地看到,北大人文学科整体的绝对优势正在减弱,有的学科只具备相对优势;有的成果规模优势明显,高度优势还有待提升。北大出了许多成果,但还要出思想,要产生影响人类命运和前途的思想理论。我们距离理想的目标还有相当长的距离,需要人文学科的老师和同学们加倍努力。

我曾经说过,与自然科学或社会科学相比,人文学科的成果,难以直接转化为生产力,给社会带来财富,人们或以为无用。其实,人文学科力求揭示人生的意义和价值,塑造理想的人格,指点人生趋向完美的境地。它能丰富人的精神,美化人的心灵,提升人的品德,协调人和自然的关系以及人和人的关系,促使人把自己掌握的知识和技术用到造福于人类的正道上来,这是人文无用之大用!试想,如果我们的心灵中没有诗意,我们的记忆中没有历史,我们的思考中没有哲理,我们的生活将成为什么样子?国家的强盛与否,将来不仅要看经济实力、国防实力,也要看国民的精神世界是否丰富,活得充实不充实,愉快不愉快,自在不自在,美不美。

一个民族,如果从根本上丧失了对人文学科的热情,丧失了对人文精神的追求和坚守,这个民族就丧失了进步的精神源泉。文化是一个民族的标志,是一个民族的根,在经济全球化的大趋势中,拥有几千年文化传统的中华民族,必须自觉维护自己的根,并以开放的态度吸取世界上其他民族的优秀文化,以跟上世界的潮流。站在这样的高度看待人文学科,我们深感责任之重大与紧迫。

北大人文学科的老师们蕴藏着巨大的潜力和创造性。我相信,只要使老师们的潜力充分发挥出来,北大人文学科便能克服种种障碍,在国内外开辟出一片新天地。

人文学科的研究主要是著书立说,以个体撰写著作为一大特点。除了需要协同研究的集体大项目外,我们还希望为教师独立探索,撰写、出版专著搭建平台，形成既具个体思想，又汇聚集体智慧的系列研究成果。为此，北京大学人文学部决定编辑出版"北京大学人文学科文库"，旨在汇集新时代北大人文学科的优秀成果，弘扬北大人文学科的学术传统，展示北大人文学科的整体实力和研究特色，为推动北大世界一流大学建设、促进人文学术发展做出贡献。

我们需要努力营造宽松的学术环境、浓厚的研究气氛。既要提倡教师根据国家的需要选择研究课题，集中人力物力进行研究，也鼓励教师按照自己的兴趣自由地选择课题。鼓励自由选题是"北京大学人文学科文库"的一个特点。

我们不可满足于泛泛的议论，也不可追求热闹，而应沉潜下来，认真钻研，将切实的成果贡献给社会。学术质量是"北京大学人文学科文库"的一大追求。文库的撰稿者会力求通过自己潜心研究、多年积累而成的优秀成果，来展示自己的学术水平。

我们要保持优良的学风，进一步突出北大的个性与特色。北大人要有大志气、大眼光、大手笔、大格局、大气象，做一些符合北大地位的事，做一些开风气之先的事。北大不能随波逐流，不能甘于平庸，不能跟在别人后面小打小闹。北大的学者要有与北大相称的气质、气节、气派、气势、气宇、气度、气韵和气象。北大的学者要致力于弘扬民族精神和时代精神，以提升国民的人文素质为己任。而承担这样的使命，首先要有谦逊的态度，向人民群众学习，向兄弟院校学习。切不可妄自尊大，目空一切。这也是"北京大学人文学科文库"力求展现的北大的人文素质。

这个文库目前有以下17套丛书：
"北大中国文学研究丛书"（陈平原 主编）
"北大中国语言学研究丛书"（王洪君 郭锐 主编）
"北大比较文学与世界文学研究丛书"（张辉 主编）
"北大中国史研究丛书"（荣新江 张帆 主编）
"北大世界史研究丛书"（高毅 主编）

"北大考古学研究丛书"(赵辉 主编)
"北大马克思主义哲学研究丛书"(丰子义 主编)
"北大中国哲学研究丛书"(王博 主编)
"北大外国哲学研究丛书"(韩水法 主编)
"北大东方文学研究丛书"(王邦维 主编)
"北大欧美文学研究丛书"(申丹 主编)
"北大外国语言学研究丛书"(宁琦 高一虹 主编)
"北大艺术学研究丛书"(彭锋 主编)
"北大对外汉语研究丛书"(赵杨 主编)
"北大古典学研究丛书"(李四龙 彭小瑜 廖可斌 主编)
"北大人文学古今融通研究丛书"(陈晓明 彭锋 主编)
"北大人文跨学科研究丛书"(申丹 李四龙 王奇生 廖可斌 主编)①

这17套丛书仅收入学术新作,涵盖了北大人文学科的多个领域,它们的推出有利于读者整体了解当下北大人文学者的科研动态、学术实力和研究特色。这一文库将持续编辑出版,我们相信通过老中青学者的不断努力,其影响会越来越大,并将对北大人文学科的建设和北大创建世界一流大学起到积极作用,进而引起国际学术界的瞩目。

2020年3月修订

---

① 本文库中获得国家社科基金后期资助或入选国家哲学社会科学成果文库的专著,因出版设计另有要求,会在封面后勒口列出的该书书名上加星号标注,在文库中存目。

丛书序言

北京大学的欧美文学研究具有深厚的历史积淀，承继五四运动之使命，早在1921年便建立了独立的外国文学研究所，系北京大学首批成立的四个全校性研究机构之一，为中国人文学科拓展了重要的研究领域，注入了新的思想活力。新中国成立之后，尤其是经过1952年的全国院系调整，北京大学欧美文学的教学和研究力量不断得到充实与加强，汇集了冯至、朱光潜、曹靖华、杨业治、罗大冈、田德望、吴达元、杨周翰、李赋宁、赵萝蕤等一大批著名学者，以学养深厚、学风严谨、成果卓越而著称。改革开放以来，北大的欧美文学研究进入了新的历史发展时期，形成了一支思想活跃、视野开阔、积极进取、富有批判精神的研究队伍，高水平论著不断问世，在国内外产生了重要的学术影响。新世纪之初，北京大学组建了欧美文学研究中心，研究力量得到进一步加强。北大的欧美文学研究人员确定了新时期的发展目标和探索重点，踏实求真，努力开拓学术前沿，承担多项国际合作和国内重要科研课题，注重与国内同行的交流和与国际同行的直接对话，在我国的欧美文学研究中发挥着越来越重要的作用。

为了弘扬北京大学欧美文学研究的学术传统、促进欧美文学研究的深入发展，北大欧美文学研究中心在成立之初就开始组织撰写"北大欧美文学研究丛书"。本套丛书涉及欧美文学研究的多个方面,包括欧美经典作家作品研究、欧美文学流派或文学体裁研究、欧美文学与宗教研究、欧美文论与文化研究等。这是一套开放性的丛书,重积累、求创新、促发展,旨在展示多元文化背景下北大欧美文学研究的成果和视角,加强与国际国内同行的交流,为拓展和深化当代欧美文学研究做出自己的贡献。通过这套丛书,我们也希望广大文学研究者和爱好者对北大欧美文学研究的方向、方法和热点问题有所了解;北大的欧美文学研究者也能借此对自己的学术探讨进行总结、回顾、审视、反思,在历史和现实的坐标中确定自身的位置。此外,我们也希望这套丛书的撰写与出版有力促进外国文学教学和人才的培养,使研究与教学互为促进、互为补充。

这套丛书的研究和出版得到了北京大学、北京大学外国语学院以及北京大学出版社的大力支持。若没有上述单位的鼎力相助,这套丛书是难以面世的。

2016年春,北京大学人文学部开始建设"北京大学人文学科文库",旨在展示北大人文学科的整体实力和研究特色。"北大欧美文学研究丛书"进入文库继续出版,希望与文库收录的相关人文学科的优秀成果一起,为展现北大学人的探索精神,推动北大世界一流大学建设、促进人文学术发展贡献力量。

申 丹

2016年4月

前　言

　　二十世纪下半叶以来,人文社会科学领域发生了多次研究方法的转向。情感转向(emotional turn,又称 affective turn)是近年的一个重大事件,情感成为众多学科关注的热点。过去的研究多关注人的理性,而忽略人的情感,近年的情感研究则关注人的身体、欲望、感官以及情感与理想的交织互动在社会关系中的意义,认为情感是形塑人类历史文化的重要因素,与理性具有同等的重要性。情感是行动的驱动力,而情感的表达本身并非完全独立,情感表达、社会文化事件的表达,都具有文化模式和历史决定因素,因此情感的辨别与分析应当在其专有语境中进行。由此,情感不再局限于内在的、私密的个人生存体验,而是作为一种重要的社会因素受到关注,带上伦理学与政治学的色彩。

　　人类情感是文学作品永恒的主题,也是传统美学批评的经典话题。"激情"(passion)及其希腊语词源 *pathos* 本是带有否定意义的词,指示人身上应当被理性或意志所控制或压抑的部分,历来被视为理性的对立面。笛卡尔的身心二元论更是深化了理性与情感的二元对立格局。到十八世纪末、十九世纪初,言说情感的语境开始发生变化。随着浪漫主义的兴起,激情开始带有肯定意义,情感作为存在的深层动力受到宣扬与礼赞,"敏感的人"成为十九世纪文化提出的独特概念。与此同时,现代美学的观念悄然崛起。从十九世纪中叶到二十世纪中后期，现代美学不再认为文学艺术应当再现情感，而代之以一种仅仅针对艺术形式而产生的专有的美学情感，由此造成现实生活中的情感与美学情感的分离。这种分离随着结构主义的兴起达到顶点。二十世纪七八十年代，在弗洛伊德和拉康的精神分析学之后、结构主义盛行时期，文本成为封闭的、独立自足的审美物，文学评论偏重文本形式而忽略作品的情感内涵。此时，反倒是政治学、经济学、神经科学等学科开始关注情感现象，强调情感在人类认知过程中的重要作用，提出情感是理性的助手，而非对手。进入二十一世纪，在"情感转向"的热潮之中，文学批评对情感的研究也重新升温。

然而，思想史从来都不是单一的，即使在情感普遍受到压制之时，也有众多哲学家对它予以重视。情感研究自古希腊延续至今，只是研究角度以及情感在文化主流中发出的声响有所变化。当前也有研究者指出古代哲学对激情的研究与当代认知理论的颇多共通之处，由此证明"情感转向"其实是一种回归，是对情感现象的再度重视。

在文学领域，传统的情感研究与当前的"情感转向"究竟有何差别呢？笔者认为，传统情感研究关注作品表达了什么样的情感，侧重点是情感内容，而当代批评关注情感通过怎样的文本形式来表现、怎样传达给读者，侧重点是情感叙述的性质、形式、功能以及传达渠道。更具体地说，文本的每个因素（人物、地点、事件、场景转换）都有可能引起读者的情感，但是读者的反应是不可控、不可预见的，一方面因为读者自身的经历各不相同，另一方面因为读者沉浸于虚构世界的程度不同。一个读者读到某一片段是否会产生情感，取决于他的教育背景、观念等文本外的多重影响。但是，文本的形式能够深深地影响阅读体验：从一个场景到另一个场景的转换，必然会引起扰乱、惊讶、辨识；这种转换是减慢还是加速，紧张还是放松，令人愉悦还是令人难受，其间的差别使得文本结构的解读非常必要。一个有力的证明，就是作品概述不能打动读者，因为它缺少原作那种能够引人入胜的速度的变化、连接与断裂。文本可以通过各种形式引发情感态度，如有意识地操纵读者的预测，引发惊奇、悬念等知觉效果，继而产生诗学效果、认同效果。每个文本赋予情感的形式各不相同,所引发的阅读体验也不相同,这种独特性成为文学评论关注的重点。从方法来看,当前的研究整体上比传统文论更注重理论支持,并向哲学、心理学、神经生物学等相关领域借鉴方法与素材,进行跨学科研究,为阅读经典作品提供新的角度。

对情感进行思考,本身是一种矛盾的行为,因为它需要融合理性与情感这两种相互对立的因素。超出主体控制、超出理解的情感,本质上不可捕捉,更不可量化,恰是抵抗与悬置认识之物。将情感知识化,是对知识边界的一种试探。怎样将情感纳入理性的领域,同时又不磨灭它本身的特性,这是难题所在。因此,一些领域近来尝试把情感作为一种单独的、特殊的认识领域来研究,试图把情感纳入科学的范畴,同时不固化情感,不丢失情感短暂易逝的特点。文学在情感研究中独具优势,正是因为它掌握最为丰富多样的感性材料,也因为文学语言不仅表达字面意义,而且蕴含难以捕捉的、微妙多义的言外之意,是承载情感的绝佳载体。

文学在情感研究中占据独特的地位,首先是因为它具有虚构性和诗性,尤其善于捕捉感性层面的运动。感性的表达往往是口头、易逝且主观的,而文学是自我的书写,它所产生的文本是情感讲述的绝佳见证。因此,史学、心理学、政治学等领域都从文学宝库中寻找素材,从中了解人类精神状态的历史以及与情感相关的集体想象。以史学为例,情感史是近二三十年来发展起来的一个新兴史学流派,将历史研究的重心从理性转到感性层面(在此之前,年鉴学派、心态史和心理学史起到了拉近历史与情感的距离的作用)。"情感史"(emotionology)一词最先由美国学者斯特恩斯夫妇(Peter & Carol Stearns)在二十世纪八十年代提出,指的是情感表达的社会性,即一个社会在某一时期对情感表现一致认可的方式。①这一概念强调情感虽具有普遍性,但情感表露因时因地而异,由社会、文化背景决定。史学家由此关注情感在建立社会关系中的作用,即个人在群体中采取立场,根据集体默认的规约、标准和程式互相产生作用。西尔万·布里安与路易·德·索绪尔两位研究者在《文学、情感与表达性:一个新的文学研究场》一文中指出,历史分析不仅提出"个体的感受是否是由一个或多个生理和/或社会缘由决定"这一问题,而且探寻情感生活的表达模式中的社会决定因素;而这些模式又与世界图景、与想象紧密相连,情感表达融入集体想象,由此开始一种社会调整过程。② 因此,史学对情感想象(l'imaginaire des émotions)产生越来越浓的兴趣,文学作品成为史学家探索过去人的内心世界的重要素材。

与此同时,文学也相应地从其他领域得到启发。情感史将研究者的目光引向情感的历史性,从而关注文本的历史化,也就是将情感视为文化标记物,将其表达过程还原到具体语境当中,尤其是社会互动与人际交往当中。情感既是个人体验,其表现又属于一种规约化形式,这种形式属于社会互动模式的范畴,与集体信念和价值息息相关。身体的感知、在社会中的位置、情感的政治调整功能及其表现、个体感受的社会表达规约以及与之伴随的仪式,都是文学研究者在面对历代文本时不可忽略的内容。

---

① Peter & Carol Stearns, "Emotionology: Clarifying the History of Emotions and Emotional Standards", in *The American Historical Review*, Oct. 1985, Vol. 90, No. 4, pp. 813—836. 国内有研究者提出斯特恩斯笔下的"emotionology"一词应译成"情感规约",因为它强调情感表达的规则与标准。从二十世纪九十年代开始,这个词作为对情感史研究领域的称呼被固定下来并沿用至今。参见:赵涵:《当代西方情感史学的由来与理论建构》,《史学理论研究》2020年第3期,第141—142页。国内情感史研究主要参见:王晴佳:《当代史学的"情感转向":第22届国际历史科学大会和情感史研究》,《史学理论研究》2015年第4期;孙一萍:《情感表达:情感史的主要研究面向》,《史学月刊》2018年第4期;王晴佳:《为什么情感史研究是当代史学的一个新方向?》,《史学月刊》2018年第4期;赵涵:《当代西方情感史学的由来与理论建构》,《史学理论研究》2020年第3期。

② Sylvain Briens et Louis de Saussure, «Littérature, émotion et expressivité. Pour un nouveau champ de recherche en littérature», in *Revue de littérature comparée*, 2018/1, n° 365, pp. 67—82.

在情感史视野下,文学与史学展开深层的对话,学科边界呈现越来越模糊的趋势。研究者在不同的领域采取方法相同但方向相反的路径:文学家借助历史语境阐释文学文本,史学家则通过文学作品观察与理解过去的世界。以当前活跃在法国学界的学者为例,文学批评家安托瓦纳·贡巴尼翁(Antoine Compagnon)在著作《巴黎拾荒者》中,以大量关于政治、文化与社会生活的史料构建历史语境中的"拾荒者"形象,并且借助史料解读文学作品中的意象;历史学家多米尼克·卡利发(Dominique Kalifa)在《底层社会:一种想象的历史》和《报刊的文化:十九世纪法国报刊的文化与文学史》等著作中则从巴尔扎克等小说家的作品中寻求素材,支撑他对十九世纪巴黎城市变迁与人群生活境遇的研究。① 在关于想象的研究中,虚构作品与通信、回忆录、随笔以及档案、论著等传统史料享有同样的地位,被无区别地视作由历史塑造的人类想象的记录。

　　情感是一种不可量化、转瞬即逝的现象,当研究者试图将它界定并固定下来时,情感注定会变形甚至消失;而文学语言因其独特的暗示与象征力量,能够承载与传达情感这类不可言说的内容。西尔万·布里安与路易·德·索绪尔在《文学、情感与表达性:一个新的文学研究场》中指出,人类情感具有个体性、私密性的一面,无法用语言明确地表达与传递,而文学可以理解为语言与情感的界面,是共情与投射主体(叙述者、人物、作者)共享一种超出字面意义的共有资源的关键因素。情感层面既从属于理解的认知普遍原则,又由每个读者各自重建。情感内容虽不可明确言说(ineffable),但它是可示的(montrable)。作者举例说明命题(proposition)与命题的主观表达(le modus)之间的差别:"我疼"表达一种命题,话语被客观化,失去了表达性和主观内涵;感叹词"哎哟"则具有表达性,表现痛苦以便将情感传达给对方。将这一区别延伸到更深层的语言现象,会发现未言明之意在话语交流中极为重要,例如自由间接引语

---

① Antoine Compagnon, *Les chiffonniers de Paris*, Paris: Gallimard, 2017; Dominique Kalifa, *Les bas-fonds: histoire d'un imaginaire*, Paris: Seuil, 2013; Dominique Kalifa (dir.), *La civilisation du journal: Histoire culturelle et littéraire de la presse au XIXe siècle*, Paris: Nouveau Monde Editions, 2011.

与嘲讽当中最重要的就是表达性。① 意义(le sens)在传统意义上属于逻辑命题的范畴,但在事实判断之外,还隐藏着一层不同的、不可明示的感知意义,一层"超意义"。语言中有很多因素在暗暗传达字面之外的意义;不同的语言形式虽未言明意思,却在表达各不相同的主观视角、各不相同的"意义",显示出对情感世界的不同的情感捕捉。语言传达言外之意时,产生的不是寻常意义上的、语义学的交流效果(effet de communication),而是共享效果(effet de partage)。传统的语言学工具无法分析这种共享效果,而在认知科学领域,语用学(la pragmatique)或许能提供适合的工具。因此,研究者提出在文学与语言学两个学科的交叉点上,思考一种新的批评范式,发展这一建立在写作与阅读经验之上的认识,围绕着文学中情感的话语效果与叙事效果,建立文学与语言学的跨学科研究场域,同时借助历史与哲学的支持。②

从情感研究的角度审视经典作品,会发现雨果、巴尔扎克、司汤达、福

---

① 论文作者曾做过试验,重写一句暗含嘲讽的话,将说话者的态度阐明出来,原话中的嘲讽意味全然消失。由此证明,想要将话语的隐含意义明确地行之于文,是无法实现的。参见:Louis de Saussure & Peter Schulz, "Subjectivity out of irony", in *Semiotica*, 2009/1, n° 173, pp. 397—416.

② 作者在文中指出语言传达的意义包括命题与情感色彩(未言明之意),无法明确地加以释义,包含很大的想象与不确定的成分,在不同的时刻、不同的读者身上引发不同的理解和不同的情感印象。读者的理解与作者的意图之间的呼应很有可能被悬置,而寻找作者的意图是阐释的关键步骤。语用学为文学中的情感研究提供了适合的工具,是因为理解情感的表达形式,就包括理解显在内容与未言明之意,两者在交流中密不可分。显在内容与未言明的情感表达通过人的共情能力而重合、连接并传递:1. 显在内容的传达需要依靠想象,由能够理解他人精神状态(包括意图和情感)的能力所引导。这种共情能力来自人类认知的本能认识。要理解他人传达的显在信息,也必须运用这种能够感同身受的能力。2. 未言明的表达性内容则通过反向的运动来传达:通过一种模仿(mimétisme)形式,参照自己的情感经验,通过召唤个人体验而重建内容并传递。3. 情感与事实内容相连,是调动情感的一系列事件、判断、事实状态的关键,是引发情感的事件整体的可见、可示的一部分。情感有来龙去脉,想象重建情感所示的或导致情感的因果链条。叙事层面与表达、情感内容的再现层面由此联系起来;展示情感,就是让人想象情感产生与进展的过程,以及各种叙事可能。叙事(récit)由此移位到事实与相关连接的情感之间。总而言之,语用学认为情感的交流超出其描述。情感不属于显在内容,不可描述,但是它是可示的。它的认知性质导致:只有经验的共鸣,才能使情感被他人认同、重建和辨识,从而唤起对驱动情感的事实的信任。参见:Sylvain Briens et Louis de Saussure, «Littérature, émotion et expressivité. Pour un nouveau champ de recherche en littérature», pp. 73—74.

楼拜等十九世纪经典作家对人类情感有过深入的思考,甚至提出相当完备的理论。他们不仅是小说家,也是名副其实的情感理论家。这种对激情的理性思考,与当时对科学的天真乐观的时代情绪密不可分。由此也可知,作家在小说中对人性的精微描绘并非出自偶然,而是艺术直觉与细致观察、深思熟虑相结合的结果。在这些作家当中,司汤达的作品尤以心理分析见长,这与他独特的哲学与文学观不无关系。司汤达深信,认识人心是哲学的重要部分,是人更好地生活和寻求幸福的必要步骤,同时也是文学创作的先决条件。1804年8月,他在日记中写道:"这个月我都在研究伟大的哲学,以此为基础我可以找到最好的喜剧,更广泛地说,找到最好的诗歌,还有我要走的最好的道路,以便在社会上找到它能给我的全部幸福。"①

在司汤达看来,文学艺术的作用是予人愉悦、令人动情,衡量作品价值的标准是它在读者身上激起的情感的强度。因此,作家需要关注读者感性的反应与介入,以调动读者的情感。因此,他渴望认识人的头脑与心灵中普遍、持久的规则,在文学作品中制造出能够打动人心的效果,准确无误地触动人心。他想借助观念派哲学家的方法,将情感化约为清晰的思想,从中提炼出普遍法则:"以下是我的目标:如果我能对喜剧做一个清晰、完整的分析,就像我以前分析爱情那样,创作喜剧体裁就不在话下了。"②这句话中的"喜剧"一词其实可以扩展到整个情感领域:如果作家能对各种情感做一个全面透彻的分析,那么创作出打动人心的作品就不在话下了。这一理念贯穿于他整个的创作历程,以至于可以得出这样的结论:他的文学创作始于哲学研究。他阅读了大量哲学与文学著作,希望从中获得生活与写作的指导法则。他孜孜不倦地分析各种情感,建立情感体系,思考文学艺术通过怎样的手法引发情感。

---

① *Journal littéraire*, éd. Victor Del Litto, Genève: Cercle du Bibliophile, 1970, 3 vol., I, p. 146.
② *Courrier anglais*, éd. Henri Martineau, Paris : Le Divan, 1935, I, pp. 61—62.

司汤达在情感研究起步时追求科学的严谨,希望"把数学应用于人心"①。当代认知科学的发展,进一步确认了小说家将情感研究视为一门精确科学的设想。然而,出于艺术家的直觉,司汤达也深知情感认识并不等同于科学原理。在1803年的日记中,他在考虑"寻求什么是感情的真理,什么是论证的真理,它们的区别"②。二十多年后,他在《1824年的沙龙》中再次确认:"激情不是一门*精确科学*。"③时至今日,这仍然是当前情感研究的一个核心问题:情感研究是对知识的一种挑战。

司汤达在情感研究中做出的最重要的发现,当属情感的相对性。他本想寻找人性永恒的法则,却发现人是由历史与文化塑造的产物,其思想与情感状态取决于地理、气候、社会、政体等多种因素。即使在相同的群体内部,每一个个体的感受力与情感表达也千差万别:"激情栖身于不同的性情、性格或总体习惯,会催生出几乎完全不同的行为。"④于是,司汤达放弃归纳与综合,以寻找普遍规则的方法,转向对敏感、独特之人的私密情感的描述,以理想化的手法来表现人性。本书将要考察的就是作家怎样突破理论思辨的局限,从哲理思考走向文学创作,从认识人心走向描绘人心,从精确定义走向暗示与象征。

本书以司汤达的小说作品和他对多种艺术门类的美学思考为主要文本,探讨情感理论思考在司汤达独特的诗学中所起的作用。在哲学层面,笔者考察了从司汤达的《新哲学》《论爱情》《意大利绘画史》《拉辛与莎士比亚》、自传作品、信件、随想与日记中对情感与理性错综复杂的关系的思考。在诗学层面,本书涵盖了司汤达对戏剧、小说及绘画的思考,小说创作理念及《红与黑》《巴马修道院》《吕西安·勒万》《阿尔芒丝》等重要小说中的情节设置与情感描绘。本书将论题置于十九世纪浪漫主义和现实主

---

① *Pensées filosofia nova*, éd. Henri Martineau, Paris: Le Divan, 1931; Nendeln/Liechtenstein: Kraus Reprint, 1968, 2 vol., I, p. 125.

② Ibid., p. 77.

③ *Mélanges d'art et de littérature*, Paris: Calmann-Lévy, 1924, p. 161. 斜体为司汤达所加,全书如此,不再一一说明。

④ *Journal littéraire*, I, pp. 296−297.

义文学背景之上,综合运用现象学、叙事学、主题批评和接受美学等方法,同时通过司汤达与当代认知理论的纵向比较,研究小说对情感的描绘、审美情感的生成以及文学艺术与情感的关系。

全书分为三部分,均以司汤达情感思考中的重要概念为题,概括作家从情感理论思考向小说诗学的转化历程。第一部分梳理司汤达年轻时代以"认识人心"(la connaissance du cœur humain)为目的,从阅读中汲取营养、建立情感体系并思考打动人心的艺术。在研究起步阶段,司汤达计划撰写一部情感辞典,对人的每一种情感做分门别类、细致入微的分析,考虑情感排列、组合的可能,为以后的文学创作提供参考。情感辞典终究未能问世,他仅写出了一部半理论半随笔形式的著作《论爱情》。这部作品提供了一种情感研究的范本,体现出作家独到的研究方法与思路,虽以构建体系、寻找普遍规律的科学精神为出发点,但更多地呈现出主观情感的色彩。正是在这部承前启后的作品中,司汤达的情感观念从古典主义走向浪漫主义,认为人性普遍而永恒的信念让位于经验论,相信人性与情感取决于多种多样的偶然因素。这一观念为他后来在小说中刻画性格各异的人物与微妙多变的情感奠定了基础。

第二部分从"诗人哲学家"(le poète philosophe)这一概念出发,探讨司汤达独特的情感与理性观。他认为两者并非对立,而是相辅相成,在寻求幸福的过程中共同发挥作用。司汤达追求"诗人哲学家"的理想状态,就是寻找感性与理性的完美结合,并在小说中通过多种情境进行测试与比较。小说频繁运用条件式在虚构故事内部扩展叙事的多重可能,建立明智与谬误、冷漠与热切等多重价值的对照与反转,思考人的内心理性与感性的关系,并且外化为人与社会的关系。作品塑造了可笑又可爱的人物,展现了诗意的灵魂与现实的交锋。这种交锋不是以悲愤或者苦涩的方式,而是以喜剧的方式表现出来。小说不仅写浪漫精神,更有对浪漫精神的嘲讽,即对自身的嘲讽。这是作者对于感性及其局限的思考,但它更是对感性的礼赞,透露出一种生存态度:宣扬高尚自由的心灵、冒险精神与英雄主义,反对庸俗盲从、利害计较。

第三部分以小说美学为中心，探讨情感理论如何从深层影响小说构建虚构世界、刻画人物、描绘情感，呈现出"激情的语言"(le langage des passions)。司汤达深受相对主义和经验论影响，将处于具体时空当中的主体感觉视为认识的起点。小说放弃全知全能的视角，注重呈现出自某个主观视角的片面、零散、偶然的现实，因主观情感透镜的折射而染色、变形的现实。主观视角的运用，改变了虚构世界的构建模式，也改变了读者进入虚构世界的模式，由此改变了读者与人物的关系。小说将人物视为外部世界与内心情感的各种复杂难测的反应的集合体，通过出人意料的行为与情感塑造了真实、有深度的人物，以快捷的行文、轻灵的笔触捕捉情感的节奏，精确描绘了千差万别的情感，忠实地表现了情感倏忽来去、瞬息变化的过程，由此展现深层的人性。文学作品呈现情感，也帮助人思考与理解情感，能够培养人的感受力与判断，达到一种更为包容与牢靠的理性。

本书探讨司汤达的情感理论与小说诗学之间或隐或现、或远或近的联系，虽从情感研究的新视角研读作品，却离不开经典研究的滋养，受益于一个多世纪以来国内外的司汤达研究。司汤达在文学史上的经典地位自十九世纪末得到确认，评论界对其作品的研究热情经久不衰。二十世纪法国曾出现两次司汤达研究的高峰，第一次是在五六十年代，涌现出一大批以现象学和原型批评为方法的经典评论，研究作者的复杂人格、自我意识在作品中的体现，以及作者与人物之间微妙的关系、独特的叙述方式及其局限。七八十年代结构主义盛行时期，司汤达的作品因其随性自由的风格不能为热门文学理论提供素材而受到冷落。九十年代以来，司汤达研究进入第二次高峰。研究者从美学、艺术史等多个全新角度解读司汤达作品，例如根据美学概念及其在十九世纪初的重新定义，研究司汤达作品中的浪漫主义的嘲讽、喜剧性、活力等概念；对叙事形式的历史研究与诗学研究，从叙事时间、叙述者身份、叙事语态、小说与戏剧的关系等层面进行文本分析；文学场域的社会学研究，从回忆录、游记、历史文献等资料中发掘作家与文类体系的联系；对司汤达手稿的关注与发掘发展了文本发生学研究;近年的情感研究热潮中,司汤达以其对情感的思考与呈现,成为备受关注的文本。

　　在中国,司汤达是最受学界关注的外国作家之一,但是国内研究与国外研究的重心不同。整体来说,法国研究与世界研究涉及司汤达思想的各个侧面和全部作品,中国研究者却对《红与黑》情有独钟;在研究角度方面,国外研究从传记研究、主题批评、心理学、叙事学、美学、艺术史等各个角度切入作品,国内研究主要在社会学和翻译学两大领域进行。国外经典研究对本书的影响,将在行文与注释中体现出来。因情感研究在国内偏重理论层面,尚未体现在系统而具体的作品解读当中,与本书的论证过程联系不够紧密;为避免开篇赘言,梳理司汤达研究历程的《司汤达在中国的"红""黑""白"》附在正文之后,供读者参考。

目 录

第一章 认识人心 …………………………………… 1

第一节 情感体系的建立 ………………………… 2
一、情感体系 ……………………………… 2
二、观念学家的影响 ……………………… 11
三、"把数学应用于人心" ……………… 18

第二节 从《论爱情》看司汤达的情感研究方法 ……… 27
一、爱情的观念学 ……………………… 27
二、真理与叹息 ………………………… 33
三、"相对性信条" ……………………… 39
四、《论爱情》与小说 …………………… 47

第三节 笑与微笑——司汤达的喜剧观 ………… 53
一、笑与人心 …………………………… 53
二、从"笑的危机"到"玩笑至上" …… 57
三、欢快喜剧 …………………………… 60
四、漫长的接受史 ……………………… 64

第四节 理想的读者 ……………………………… 66

第二章 诗人哲学家 ………………………………… 75

第一节 情感与理性 ……………………………… 76
一、心与头脑 …………………………… 76
二、司汤达情感哲学的当代认知理解 …… 86

三、惊奇:在情感与认识之间 …………………………… 92
第二节　诗人与哲学家 ………………………………………… 102
第三节　小说的多重视角 ……………………………………… 113
一、条件式:故事与平行故事 ………………………… 114
二、天真与经验 ………………………………………… 126
三、谬误与同情 ………………………………………… 136

第三章　激情的语言 …………………………………………… 150
第一节　主观现实主义 ………………………………………… 153
一、透镜中的现实 ……………………………………… 153
二、化描写为惊奇 ……………………………………… 162
第二节　情感的节奏:快与慢 ………………………………… 168
一、节奏的变化 ………………………………………… 168
二、细节的表现力 ……………………………………… 175
三、理想化的艺术 ……………………………………… 179
四、矛盾的人物 ………………………………………… 182
第三节　精神世界的地理图谱:高与低 ……………………… 193
一、群山之巅 …………………………………………… 193
二、山顶洞穴与塔顶监狱 ……………………………… 199
三、教堂与修道院 ……………………………………… 203

结　语 …………………………………………………………… 208
参考书目 ………………………………………………………… 216
附　录 …………………………………………………………… 227

第一章　认识人心

　　司汤达认为,文学艺术的功能是予人愉悦,令人动情,而要打动人心,首先要认识人心。早在1803年的日记中,二十岁的司汤达写道:"我的目标是什么？成为最伟大的诗人。因此要深刻地认识人。风格只是诗人的第二部分。"①数十年间,他不断地思考情感问题,关于情感的大量剖析、解释、推论散布于他的日记、信件、笔记、随想、游记和自传中。他的《意大利绘画史》和海顿、莫扎特、罗西尼等音乐家传记,侧重点不在于梳理史料或人物经历,而是关注绘画和音乐作品的效果,怎样激发人的情感。在法国与意大利的游记中,他考虑的是人心与风景之间的呼应,以及塑造情感表达的各种因素。在《自我主义回忆录》和《亨利·布吕拉尔传》这两部回忆录中,他记下的不仅是生平经历,更是他的所爱与所憎:"我不知道我是什么样的人:好、坏、聪明、愚蠢。我只清楚地知道让我难受或高兴的事、我喜欢或憎恶的事。"②对于感受的个体而言,万事万物都具有情感价值。情感是一种反应,透露出人物对世界的理解、对自身处境的判断,一个人的性格,正是由他对事物的好恶以及他回应外物的行为

---

① *Journal littéraire*, I, p. 154.
② *Vie de Henri Brulard*, in *Œuvres intimes*, éd. Victor Del Litto, Paris: Gallimard, Bibliothèque de la Pléiade, 1982, II, p. 804.

来塑造的。因此在司汤达的笔下,情感成为定义一个人最重要的标准,也是认识一个人的重要途径。他在小说中更是描绘与暗示了微妙丰富、瞬息变化的情感。可以说,情感研究贯穿司汤达的一生,是他阅读、思考与写作中最为关注的主题。

第一节 情感体系的建立

一、情感体系

司汤达年轻时梦想成为像莫里哀一样伟大的喜剧作家,为此做了大量的准备。他认为诗学建立在哲学体系之上,只有了解人的情感与欲望运作的内在机制,才能找到相应的方法,精准地触动人心。要想成为剧作家,就要"确定我们在剧院体会到愉悦的原因,由此确定把愉悦推至顶点的方法"①。1802 年左右,司汤达认识到情感研究的重要性,开始系统地研究各种性格与激情,因为性格与激情的多种组合能够为他提供无数打动人心的情境。他阅读了大量哲学与文学作品。从阅读笔记和批注来看,他并不关注哲学概念梳理与整体思路,只从作品中提取他认为正确的思想,加以阐发或批评,与自己的观察与思考相结合,建立起自己独特的情感体系。"我有一套内心理论准备写出来,名为《新哲学》,书名半意大利文,半拉丁文"②,由此产生的阅读与思考笔记《新哲学》是了解他早期哲学思想和研究方法的重要材料。

在司汤达的哲学起步阶段,对他构建情感体系影响最大的作者是夏

---

① *Pensées Filosofia nova*, I, p. 222.

② *Vie de Henri Brulard*, p. 911. 作者考虑过将作品命名为法语 Philosophie nouvelle 或是英语的 New Philosophy,着重点都在"新"上:"《哲学》的目的,是让人尽可能体会我发现的很多我觉得新颖的道德真理。这部作品将由描写和真理构成。"(*Pensées Filosofia nova*, II, p. 202)这部作品和作家的很多其他作品一样,都没有完成。亨利·马尔蒂诺(Henri Martineau)将司汤达于 1802 年 10 月 23 日到 1805 年 12 月 4 日之间写下的零散笔记整理成集,命名为《思想集·新哲学》(*Pensées Filosofia nova*, 后文注释简称为 *Pensées*)。

多布里昂(François-René de Chateaubriand)、爱尔维修(Claude Adrien Helvétius)和霍布斯(Thomas Hobbes)。① 夏多布里昂的《基督教真谛》分析了人的主要情感,各种身份、各种类型的人(如父亲、母亲、丈夫、妻子)的性情从古至今的各种表现。司汤达从中得到启发,1802年年末,他一面阅读《基督教真谛》,一面列出一张长长的单子,分为"自然性格""社会性格""激情""性格与激情的对立"②四大类,并且在此后多年都按照这种分类方式进行思考。他的灵感虽然来自夏多布里昂,但两者差别巨大。对于夏多布里昂来说,性格和情感研究与宗教紧密相连,认识神性有助于认识人。他始终坚持这一"不容置辩的原则":"可以说基督教是一种双重的宗教:它关注自然与智性的人,也关注我们自身的自然;它让神性的神秘与人心的神秘并肩前行:通过揭示真正的上帝,它让我们认识真正的人。"③人性之所以值得关注,是因为它映射着神性。而司汤达对形而上学毫无兴趣,后来还批评夏多布里昂风格浮夸、不够清晰,把作者称为"哲学的敌人"④。他仅仅从阅读中汲取了人性研究的方法,目的是把哲学原理转化为艺术创作的指导原则。

爱尔维修是对司汤达影响最大的观念学家,为他提供了一整套思想系统和科学分析情感的方法。爱尔维修提出的普遍原则,以及关于爱情、欲望、激情、狂热等主题的分析,都对司汤达影响颇深。⑤ 读完《论精神》

---

① 司汤达研究专家维克多·德尔·利托在著作《司汤达的精神生活:思想的诞生与演变(1802—1821)》中细致梳理了司汤达青年时代的阅读经历与所受影响,本节写作得益于德尔·利托在著作第一部分列举的详尽资料与分析。参见:Victor Del Litto, *La vie intellectuelle de Stendhal : Genèse et évolution de ses idées (1802-1821)*, Paris: Presses Universitaires de France, 1962, pp. 35—186.

② *Journal littéraire*, I. pp. 64—67, 82—85.

③ *Génie du Christianisme*, deuxième partie, liv. II, chap. I. Cité par Victor Del Litto, *La vie intellectuelle de Stendhal*, p. 38.

④ *Pensées*, I, p. 262. 关于夏多布里昂对司汤达的影响,参见:Robert Vigneron, «Stendhal disciple de Chateaubriand», in *Modern Philology*, Vol. 37, No. 1, Aug. 1939, pp. 37—74.

⑤ 司汤达从中学到的几个最重要原则是:痛苦与愉悦是道德世界的动力,自爱是道德唯一的基础,激情是思想与重大行动的动机,人的最高目标是追求幸福。

之后，他在阅读笔记中写道："每一种激情都有其轨迹、表现和独特的表达方式。"①依照爱尔维修所说的"每一种激情都有不同的语言"②，司汤达给自己定下目标——"研究激情的语言"③。爱尔维修认为，要限定词语不确定的意思，需要用辞典来确定每一个词所代表的理念，以便按照几何学的方式来证明道德命题。④ 司汤达受其影响，认识到用准确的语言限定概念的重要性，不仅要精确定义每一种激情，而且要细细辨别激情变化的状态："我要学习的唯一的科学，就是认识激情。做一个本子，每一种激情都列位其中，汇集我对每种激情的概念，或是指明何处可以找到这些激情。"⑤"我要写一本书，关于我一生思考的主题。这是一本论著，分别谈论人的每一种状态。"⑥

不久之后，他进一步明确"情感辞典"的制作方法：按字母顺序排列激情的名称，每种激情的论述长度约为 20 页，理论描述之后罗列历史事件或文学作品中的例证："做一本大约 200 页的手册，每 10 页分为一部分，每部分开始的地方抄录一种激情的名字（根据朗瑟兰的小论著），在 10 页中指出我们有机会观察到或是在历史上看到的这种激情的特征，再专辟一栏写下我们在虚构作品（诗歌、小说）中看到的特征。"⑦他在日记中多次提及这部论著，考虑写作的方法：

> 做一本书，在里面汇集我认为有益于描绘激情的所有东西。有些片段太长无法抄录时，至少指出这些片段。自然激情：父亲、丈夫；

---

① *Pensées*, I, p. 53.

② Claude-Adrien Helvétius, *De l'Esprit*, discours IV, chap. XI. Cité par Victor Del Litto, *La vie intellectuelle de Stendhal*, p. 44.

③ *Pensées*, I, p. 73.

④ Claude-Adrien Helvétius, *De l'homme*, Paris: Fayard, 1989, I, p. 247.

⑤ *Pensées*, I, p. 75.

⑥ Ibid., p. 182.

⑦ Ibid., p. 199. 文中朗瑟兰指的是皮埃尔-弗朗索瓦·朗瑟兰（Pierre-François Lancelin，1768—1808），海军工程师，观念派哲学家，于 1803 年出版著作《科学分析导言，或人类认识的生成、基础与工具》。其作品效法爱尔维修，分析激情，描绘激情在人心中的产生与发展，对司汤达产生影响。

社会激情：情人，野心家；激情的斗争：例如爱情×荣誉＝熙德。性格：布瓦洛的四个年龄。描写自然：风暴：维吉尔、荷马、伏尔泰等。卡蒙斯。战斗：塔索、阿里奥斯托。

我开始做一本书，关于我一生都要思考的主题。这部论著分别谈论人的每一种状态。

我的目的是寻找打动人的方法，因此不会提及模仿的病态，它不会产生任何效果。为什么？

我首先谈论每一种激情，或是记载激情让人所做出的最伟大的事。然后，再记下诗学对激情的最美的模仿。

我要确定人在哪个年纪会体会到一种激情，古人在哪个年纪体会到这种激情（参看激情史……）①

1803年8月9日，他在笔记中罗列要解决的问题，定义笑、哭、不幸、喜悦、悲伤、幸福之后，还要考虑"什么样的情境能把每种激情推到顶点？"②

对司汤达的情感体系产生重大影响的第三位哲学家是霍布斯。③ 这位哲学家以一种机械化的方式阐释了感情与激情运作的原理，有助于司汤达理性地认识情感，锻炼与发展分析的能力，剔除过于感性的因素。在阅读《论人》的过程中，司汤达在激情的分析、笑的定义、情感的突发性等诸多方面受到启发。他读到霍布斯对情感的分析，又重提自己的情感辞典计划："马上开始做每一种情感的分析。"④他见霍布斯书中写着"还有很多其他的激情，可是它们没有名字"，就决定去辨识这些激情，给它们命

---

① *Pensées*, I, pp. 182—183.
② Ibid., p. 159.
③ 1804年6月15日，司汤达开始阅读霍布斯的《论人》。维克多·德尔·利托根据保存在司汤达故乡格勒诺布瓦市立图书馆中的笔记，逐天梳理出作家的阅读与思考进程。参见：Victor Del Litto, *La vie intellectuelle de Stendhal*, pp. 146—153.
④ *Pensées*, II, p. 133.

名,"拆分其中促使怀有欲望的人去行动的力量,或是独特的力量"①。

以上三重影响,为司汤达的情感研究指明了方向。他的方法分为两方面,一是精确地定义一种情感,了解这种情感的来龙去脉、蛛丝马迹,"只有对人类心灵的每一种激情做专门研究,才能够达到对人的认识"②。1810年,他在写给几位友人的遗嘱中,计划在自己去世后设立一个国际文学奖项,以下列名目为题:"什么是野心、爱情、复仇、恨、笑、泪、微笑、友情、恐惧、愉悦?什么样的喜剧最伟大?"③另一方面是系统地考量激情,给情感分门别类,对照各种性格与激情,了解它们的差别与组合规则。

司汤达所构思的情感体系,远非理论构建或概念梳理,而是具体可感的事实。他认为激情有其外在征兆,人的精神状态会通过相貌、动作、微小的细节等体现出来,因此他在研究中格外注重情感的外在表现(关于情感与生理学的联系,详见下一节"观念学家的影响")。他与好友米歇尔·克罗泽(Michel Crozet)决定编写一本《事实汇编》,"给每种激情、激情令灵魂经过的每种状态、灵魂的每种习惯开设一个账户",每晚记录下他们观察到的"吝啬、爱、冷酷的特征"。④ 于是,他从1804年开始观察与记录周围的人,像制作户籍档案一般记下人的年龄、职位、性情与事件。他深信观察与思考是天分的基础:"我相信无论在哪一行,天分就是远见卓识,而见识来自苦练,也就是不断的观察以及对观察的思考。"⑤要认识与呈现人的内心,必须积累丰富的经验,学会解读外在的征兆:"我需要例证,很多很多的事实";"什么都看,什么都体会,做一本轶事汇编"。⑥

在观察与记录的基础上,他开始探讨人的内心。他说要深入认识一

---

① *Pensées*, II, pp. 91—92.

② *Voyages en Italie*, éd. Victor Del Litto, Paris: Gallimard, Bibliothèque de la Pléiade, 1973, p. 448.

③ *Correspondance générale*, éd. Victor Del Litto, Paris: Librairie Honoré Champion, 1998, II, p. 62.

④ *Journal*, Paris: Champion, 1924, III, pp. 409—418. Cité par Victor Del Litto, *La vie intellectuelle de Stendhal*, p. 409.

⑤ *Pensées*, I, p. 37.

⑥ Ibid., p. 18.

个人，必须依次描写"1. 他看待一切的观点；2. 他的行为与观点的契合度；3. 哪些心灵的习惯阻止他完全听从观点"①。他还注意人物的行为，探索性格与行为之间的关系："描绘一个性格之前，先确定它的范围，也就是列举他能做出的所有行动。"这位未来的作家希望以科学的方法为文学创作准备素材，通过观察、记录与分类，为自己准备一个集合人物、情境、典型行为的资料库，便于以后创作时信手拈来。这种方法虽然过于机械化，但注重观察、捕捉最为重要的元素、避免抽象与含混这几点，深刻地影响了他后来的小说风格。他在创作小说时，脑中总有他在现实生活中认识的某个人物的影子（《吕西安·勒万》的手稿上标注了各个人物在现实生活中的原型，证明作者的创作方法），因此能够具体生动地描摹其神态。正如他给女友戈尔捷夫人（Jules Gaulthier）的写作建议："描写一个男人、一个女人或一个地点时，总要想着某个真实的人或物。"②想象不能虚无缥缈，必须建立在鲜活具体的事实和感觉之上。他早年依照科学方法所进行的观察与记录，确保了小说创作中的精确与真实。

司汤达的另一个方法是建立系统，促进对情感的整体认知。虽然司汤达一再强调要分门别类地研究每一种情感，其实他更为注重的是情感之间、内在情感与外部世界之间的关系。前文提到，他于1802年受到《基督教真谛》的启发，将研究对象分为"自然性格""社会性格""激情""性格与激情的对立"③四大类。这种思路延续了多年，但是又在逐步改进。次年八月九月间的笔记中，他又开始分类研究，但名称变为"自然关系""社会关系""激情"。从"性格"到"关系"的用语变化，说明作者的情感观已经从静止演化为运动，从单一演化为多面。他认识到人首先是各种品质的组合体，然后是各种情感的组合体，更确切地说，人由连续的情感状态所构

---

① *Pensées*, II, p. 14.
② *Correspondance*, éd. Henri Martineau, Paris：Le Divan；Nendeln/Liechtenstein：Kraus Reprint, 1968, 10 vol., VIII, p. 272.
③ *Journal littéraire*, I. pp. 64—67, 82—85. 1803年8月至10月的笔记中，他继续发展这一思路，写下诸多关于"自然关系""社会关系""激情"的列表。参见：*Journal littéraire*, I, pp. 204—268.

成。因此,不仅要精确定义每一种情感,进行细致全面的描述,更要关注情感之间的关系。

怎样编织情感关系、塑造复杂的人物形象呢?司汤达有他独特的排列组合方式。他在 1803 年的笔记中写道:"等我做写作计划的时候,在每个人物身上逐一尝试所有的恶习与所有的美德,看看哪些适合这些人物。我觉得最好不要把瓦尔贝拉夫人写成一个纯粹的野心家。"①他先确定一种性格,然后把性格与某一种激情相结合,变换激情的强度与条件,就能得到不同的行为与情境。在这一时期的笔记中,他列了多个提纲,考虑塑造怎样的悲剧和喜剧人物,"能够打动人心"②。例如想象一个恋爱中的吝啬鬼,年龄可大可小,身份可以是官员、商人、工业家或上流社会中人;他喜爱的女子可以是交际花、虔诚的教徒或是小市民,可以唯利是图、爱慕虚荣或附庸风雅;故事可以发生在小城市或巴黎,商界或文学界……有无数种组合的可能。此外,性格与激情还受到其他体系的影响,如政体、气候、地域等。要增加人物的深度,必须在他身上结合多种恶习与美德,也杂糅多种不同比例的激情:

> 激情是能够以无穷的方式在人身上混合的各种力量。
>
> 我每时每刻都按不同的比例结合这些力量,它们会导致各种行动。我再看这些行动是否会讨公众喜爱。
>
> 我现在还只依从组合的偶然性。要发明一种排列方法,便于操作,而且不会漏掉任何一种组合。③

排列组合的方法看似机械,其实有助于展现人性的复杂,避免在作品中创造单一、扁平、脸谱化的人物。司汤达读到莫里哀的《悭吝人》,认为阿巴贡只具有吝啬这种激情,格调过低。他设想一个摆阔的吝啬鬼(avare-

---

① *Pensées*, I, p. 115.
② *Journal littéraire*, I, pp. 82—85, 159, 240—241; II, p. 296.
③ *Pensées*, I, pp. 177—178.

fastueux)①就比纯粹的吝啬鬼更为可笑,因为吝啬鬼与观众没有共通的激情,追求的不是同样的幸福,观众只能以旁观者的身份,看到人物因为与己无关的激情而陷入不幸。摆阔的吝啬鬼却不同,他不是单纯的负面人物,他怀有两种互相矛盾的激情——吝啬与虚荣,而虚荣心恰是每个观众(尤其是司汤达眼中的巴黎观众)最大的激情,人物与观众追求的是同样的目标,因此会让观众感同身受,并把人物的处境扩展到生活中的各种情境当中。司汤达认为这出戏剧在外省会比在巴黎更受欢迎,正是因为巴黎观众身上缺少吝啬这种激情,而外省吝啬之人较多。

情感多样化的原则在司汤达的小说创作中延续下来。他把感伤情调的通俗小说称为"为女仆写的小说"(romans pour femmes de chambre),反感这类小说笔调夸张,把人物塑造得完美无缺,以此博取格调不高的读者的欢心。他曾赞扬阿尔诺·弗雷米(Arnould Frémy)的小说《沙龙女神》(Une fée de Salon)敢于说人物坏话,不像在"女仆小说"里,把人物塑造成完美与优雅的典范。② 他在后来的小说创作中同样拒绝理想化的人物,在于连、法布里斯、吕西安等人物身上呈现出正面与负面多种激情的冲突。系统化的构思与小说家随兴创作的才能相结合,从线索单一、结构拘谨的《阿尔芒丝》到《红与黑》,再到事件繁多、枝节旁逸斜出的《吕西安·勒万》,司汤达的创作越来越趋向于突破小说原定的框架,结构越来越灵活随性,小说的进展变得自由、热烈,人物也变得不可预料。本书第三章第二节"矛盾的人物"部分将探讨多变的情感与对立的品质在人物塑造中的作用。

---

① Pensées, II, pp. 191—192.
② Courrier anglais, I, p. 251. 在十九世纪早期,小说有很大的女性读者群。司汤达说,外省生活烦闷,男人热衷于狩猎或农耕,他们可怜的另一半只能读小说解闷。所有的女性都读小说,只是受教育水平不一样,欣赏的小说类型也不一样,所以小说就分成了"女仆小说"和"沙龙小说"。"为女仆而作的小说"是指不讲究艺术手法,只求情节离奇、催泪煽情的小说,在外省广受欢迎,却不能进入巴黎和其他文化程度高的大城市的沙龙;与之相对的"沙龙小说"追求真正的文学价值。司汤达最害怕的就是把作品写成感伤通俗小说之流,受到品位不高的读者欢迎。"女仆小说"人物形象完美无缺、文笔夸张模糊的特点,成为司汤达在写作时极力避免的缺陷。

司汤达在情感研究初期那种略显生硬的组合方法慢慢地演化为关系的累积与变化:人时刻处在关系当中——自然关系、社会关系、人与上帝的关系,还被欲望、习惯、梦想等各种因素所左右,呈现出多种面貌。人物形象的塑造取决于各种关系与情境造成情感的相互牵连、融合、对抗或转化。由此,情感不再是孤立、静止的哲学研究对象,而是时刻处在关系与变化当中的自然与社会现象。艺术家所要刻画的人物性格正是由变化的整体构成:"从关系的对立到激情。所有这些对立的图表会展现出感人的性格。性格在哪个阶段最值得描绘?在最需要行动的阶段。"①需要行动的阶段,是在人际交往中出现的。因此司汤达喜爱描绘社会生活中的人,在各种关系、各种行动中捕捉人的性格:"需要让想象学会现实的铁律。因此,要治愈一种强烈的激情,热闹社会与繁忙生活能够让人分神,胜过孤独自处。要治愈忧郁,此法更是适合。"②更确切地说,变动是情感的本性。一个封闭于自身的人难以产生连绵不断的情感,只有在与外界接触的过程中接收各种印象,才会生出各种感觉,进而产生回应。"激情只因变动而存在。如果人总在一起,相互之间既无期待又无担忧,还有什么可说的呢?"③因此,司汤达不像夏多布里昂、贡斯当等浪漫主义作家那样,将人物禁锢于独孤的个人天地当中,任由忧郁、消沉等情感自行演变,而是将他们投入社会的洪流。他在思考喜剧创作的时期,认为完美的喜剧将性格与处境对立起来;这条法则后来也扩展到小说领域,通过各种各样的处境来呈现人物的性格。在司汤达的小说中,偶遇与会面的场景繁多、形态多样,因为这是建立主体间关系、制造戏剧性冲突,同时塑造人物性格的绝佳契机。人物置身于不断分岔、纵横交错的关系当中,每一次相遇都衔接并延伸前一次相遇,一次又一次将他们推入更为宽广的故事之中。人与人、人与世界的关系不断地复杂化,最终使原本不该相遇的各色人等

---

① *Pensées*, I, p. 183.

② *Mélanges intimes et marginalia*, éd. Henri Martineau, Paris: Le Divan; Nendeln/Liechtenstein: Kraus Reprint, 1968, 2 vol., I, p. 246.

③ *Journal littéraire*, I, p. 244.

接近和相遇:亲王与流浪汉、部长与囚犯、贵妇与农民……这些出人意料的相遇使司汤达的小说具有一种离奇探险的色彩。

从情节曲折、引人入胜这个特点来说,司汤达的小说继承了流浪汉小说的风格。但是,他的作品不像流浪汉小说那样满足于一系列重复、单薄的事件,他所描绘的场景比流浪汉小说的背景更为广阔,善于将个体融入更为宏大的历史进程中。更重要的是,他笔下的主人公不断面临外在的与内在的阻碍,外在的障碍来自具体的情境、时代的难题以及社会等级的对立等诸多层面,内在的障碍则来自个人的才能与欲望。小说总是让人物置身于人际关系当中,更置身于内心世界与外部世界错综复杂的关系当中,其中交织着主体所接收的来自外界的各种印象以及主体对外界做出的反应。光怪陆离的外在事件和形形色色的情绪变化交织在一种简约迅捷的叙述当中,让读者感受到生活的激流与人物内心的风暴。

二、观念学家的影响

在哲学阅读与思考的过程中,司汤达如有神助,发现了观念学家的著作,认为找到了研究人性的绝佳方法。他在《自我主义回忆录》中回想起青年时代对观念派哲学家的推崇:"德·特拉西先生是著名的卡巴尼斯的朋友,卡巴尼斯是唯物主义之父,他的作品(《人的肉体与道德的关系》)是我16岁时的圣经。"[①]维克多·德尔·利托和贝亚特丽斯·迪迪埃(Béatrice Didier)均指出,回忆录中这句话并非完全可信,因为《人的肉体与道德的关系》1802年才出版,当时司汤达已经19岁,而且他是三年之后,即1805年才第一次读到该作品。虽然回忆有偏差,但司汤达从作品中受到的方方面面的影响却颇为深远,有助于他形成独立思考的精神,在文学创作中反对情感泛滥的倾向,进行精确的心理分析。

观念学是十八世纪与十九世纪之交出现的一股哲学思潮,代表人物

---

① Souvenirs d'égotisme, in Œuvres intimes, II, p. 463. 参见:Souvenirs d'égotisme, II, p. 463, note. 3 et pp. 1267—1268;Béatrice Didier,«Idéologues», in Dictionnaire de Stendhal, Paris: Honoré Champion, 2003, p. 338.

有爱尔维修、特拉西、卡巴尼斯、沃尔内等。① 他们从未组成一个旗帜鲜明的学派,且研究的领域各不相同,共同点在于继承孔多塞(Condorcet)和孔狄亚克(Condillac)②分析感知与观念的哲学方法,重视感知的作用,发展了英国经验主义哲学和启蒙思想家的理性哲学思想。"观念学"(Idéologie)一词由特拉西于1796年提出,他继承孔狄亚克的观点,认为人无法认识事物本身,只能认识对事物的感知所形成的观念。如果能系统地分析观念与感知,就能为一切科学认识提供坚实的基础,并展开更为实际的推理。他用"观念学"来命名他设想的这门新学科,即系统研究观念的产生、发展与结合的科学,它通过分析正确观念的形成,引导人遵循正确观念,纠正错误和偏见,达到启蒙理性的理想(现代社会与政治思想中常用的术语"意识形态"即来源于此,但与它最初的意义并不相同)。

观念学著作之所以吸引司汤达,首先是因为它们具有科学的色彩,以一种机械化的方式分析人的情感,清晰、精确、切实可行。借用莫里斯·

---

① 克洛德·阿德里安·爱尔维修(Claude Adrien Helvétius,1715—1771)继承和发展了洛克的经验主义哲学,并把它运用于观察社会生活,提出一套比较完整的以功利主义为核心的社会伦理学说。主要著作有《论精神》(1758)、《论人的理智能力和教育》(1774,简称《论人》)。他认为一切观念都通过感知而来,错误来源于感情和无知。安托瓦纳·路易-克洛德·德斯蒂·德·特拉西(Antoine Louis-Claude Destutt, comte de Tracy,1754—1836),擅长逻辑学,代表作为《观念学要素》(1817—1818)。这部作品不像其他哲学著作那样试图提供一个解释人性的体系,而是不带形而上学色彩地分析观念的形成过程,让司汤达从中学习推理的能力。皮埃尔-让-乔治·卡巴尼斯(Pierre-Jean-Georges Cabanis,1757—1808),代表作《人的肉体与道德的关系》(1802),为观念学提供生理学的基础,从唯物角度解释人的身体、精神与道德各个方面。康斯坦丁·弗朗索瓦·德·沙瑟伯夫·沃尔内(Constantin François de Chassebœuf, comte de Volney,1757—1820),哲学家、史学家,代表作为《废墟,或帝国变迁沉思录》(1791),司汤达受他影响,提出"现代的理想美"这一概念。

② 马里-让-安托万-尼古拉·德·卡里塔·孔多塞(Marie-Jean-Antoine-Nicolas de Caritat, marquis de Condorcet,1743—1794),数学家、哲学家,他认为社会科学经得起数学的检验,在关于选举的开拓性著作《对多数意见做出决定的概率分析应用的论述》(1785)中提出"选举悖论",验证了"少数服从多数"法则作为群体决策法则时可能产生矛盾。埃蒂耶纳·博诺·德·孔狄亚克(Etienne Bonnot de Condillac,1715—1780),曾担任神职,后投身启蒙运动,与卢梭、狄德罗等人交往,并为《百科全书》撰稿。主要著作有《人类知识起源论》(1746)、《体系论》(1749)和《感觉论》(1754)。他的主要贡献是在法国传播了洛克的唯物主义经验论,反对十七世纪的形而上学。

巴尔代什(Maurice Bardèche)的评论:

> 一切都清晰、有序,如同物理实验一样展开。研究人就像研究机械或化学,感情是化合物,行为是可预测的现象。心理学家拿着试管,采集各种感觉,将它们混合、定量,就会生成一种感情,其成分像某种气体或某种酸一样清晰可辨,微妙的差别可以像混合颜色一样精准限定。我们只需把这样获得的生成物置于被称为事件的固体之上,然后,预先设定的反应、沉淀、腐蚀就会准时发生:这是人这种动物在某种情境中,面对某个事件会自然而然发生的反应。①

司汤达的小说创作中,或多或少也保留了将人类情感当作科学试验的色彩,如前文提到他在研究情感体系时"按不同的比例结合这些力量",观察会产生什么样的行为。不过,他摆脱了刻板狭隘的决定论,让人物投身于复杂动荡的社会网络当中,将他们的命运交付于偶然,使作品带上了一种非同寻常的超现实感或者抽象感。例如《红与黑》中交织了爱情的冲突与社会的冲突,让于连这个山区木匠之子与贵族德·莱纳夫人以及地位更高的巴黎贵族玛蒂尔德的人生轨迹相交,制造了一种反常的、在现实中不可能发生的社会身份的偏移。菲利普·贝尔捷(Philippe Berthier)认为这是《红与黑》带有童话色彩的一面,因此小说是一种"试验"(expérimentation):"在感情的化学试验中,让来自完全不同领域的两个人面对面相处,观察会发生什么。"②

观念学对司汤达的影响,首先体现在心理与生理的联系。在观念学家当中,卡巴尼斯、比沙和皮奈尔三人都是医生③,他们认为心理学建立

---

① Maurice Bardèche, *Stendhal romancier*, Paris: La Table Ronde, 1947, p. 17.
② Philippe Berthier, «Stendhal et l'amour, entretien sur Stendhal avec Philippe Berthier», in *La Cause freudienne*, 2007/3, n° 67, p. 162.
③ 马里·弗朗索瓦·格扎维埃·比沙(Marie François Xavier Bichat, 1771—1802),法国医生,著有《普通解剖学》。菲利普·皮奈尔(Philippe Pinel, 1745—1826),法国医生、精神病学家,被视为以人道主义对待精神病患者的先驱,现代精神医学之父,代表作有《疾病的哲学分类》《躁狂症》。

在生理学之上,思想和意愿的运作从本源来说与生命运动相一致。司汤达关注的是情感,他认为激情有其外在征兆,人的精神状态会通过相貌、动作、微小的细节等体现出来,因此他在情感研究中注重生理因素。在阅读笛卡尔的《论灵魂的激情》时,他尤其被书中对激情的生理学描写所吸引,后来更是从卡巴尼斯、皮奈尔的医学—哲学著作中得到启发。德尔·利托在《司汤达的精神生活》中指出,司汤达描写他于1806年在里昂遇见的科索尼埃夫人,记下了对方的语音语调、仪态举止,描述详细到眼睛的闪光、角膜的颜色,就像卡巴尼斯等观念学家所做的医学观察。①

在《意大利绘画史》中,司汤达主张艺术家要捕捉最为微小的征兆,线条与细节都应具有表达力,向观赏者传达情感的运动与力量。他称赞达·芬奇"善于捕捉灵魂的情感与思想转瞬即逝的表达",他猜测达·芬奇的艺术之所以远超自己的时代,一个原因是他研究过解剖学,因此他了解必然伴随着情感出现的形态各异的迹象。例如普通画家只会用眼泪表达痛苦,而"达·芬奇致力于辨认出动作的必然轨迹,从一个温柔的女人得知情人死讯的那一刻直到她哭泣的瞬间,步步追随痛苦的分解效果,清楚地观察人这架机器的各个部件怎样迫使眼睛流出泪水"②。他自己的文学创作也同样具有生理学研究的痕迹。他曾在笔记中抄录皮奈尔对激情的生理描述,强调人物的情感与相貌神态的表现紧密相关:"深深的忧郁造成一种全身的无力感,肌肉力量减弱,不愿进食,脉搏微弱,皮肤紧绷,脸色苍白,四肢冰冷,心脏与动脉跳动明显减弱,由此产生充实、压迫、

---

① *La vie intellectuelle de Stendhal*, p. 409. 关于观念派哲学家对司汤达的影响,尤其是生理学研究方面的影响,参见:H. Delacroix, «Stendhal et l'Idéologie», in *Revue de Métaphysique et de Morale*, Juillet 1917, Vol. 24, n° 4, pp. 383—427; H. Dumolard, «Stendhal et l'Idéologie», in *Pages stendhaliennes*, Grenoble: Arthaud, 1928, pp. 1—25.

② *Histoire de la peinture en Italie*, Paris: Gallimard, 1996, p. 218. 这种思路并不新奇,面相学自十六世纪末就开始风靡,笛卡尔在《论灵魂的激情》中谈及激情的外在表现,路易十四的首席画师夏尔·勒布伦借鉴笛卡尔《论灵魂的激情》而提出自己的"表现说",详细探讨如何借助面部表现传达人物的激情。参见:张颖:《笛卡尔的激情论与勒布伦的表现说——对十七世纪法国古典主义美学的一个细部考察》,《文艺理论研究》2018年第1期,第49—60页。司汤达的创新之处在于将理论思考应用到小说当中,精描细绘动态的情感的每一步细微变化。

焦虑的错觉,吃力、缓慢的呼吸引起叹息和啜泣,近乎凶恶的眼神,加重面部线条的变形。"据朱尔·阿尔西亚多尔(Jules C. Alciatore)分析,司汤达的小说人物奥克塔夫和于连都具有上述忧郁症患者的特征。①

观念学更吸引司汤达之处在于逻辑的方法。他认为不幸来自谬误,人需要找到稳妥的方法,为寻找幸福保驾护航。他对于"逻辑"的定义是"在通往幸福的途中不犯错的艺术",因此他推崇观念学以"逻辑"为方法,教人清晰精确地描述思想,进行准确无误的推理,由此可以帮人达到力量、才能、幸福等目标。

司汤达认为借助观念学,可以了解某一个时刻存在于人的精神中的观念与情感是怎样生成、发展与消失的;只需把观念学制定的条规加诸人的故事之上,就能清楚简便地解读人性。于是他满怀热忱地投入实践,开始分析莫里哀、莎士比亚等大作家的作品。他也相信,这种方法如果运用得当,可以让他人精神中产生某种观念或某种情感。如果他掌握适当的操作时机,要加诸人的情感及其分量,就能在人的心中唤起惊奇、好奇、敬仰、同情等各种各样的情感,也就能随心所欲地掌控他人。20岁的司汤达想要成为"灵魂的炼金术士"②,孜孜不倦地寻找他的点金石,那就是能够促使他人产生情感或欲望的规则与方法。一旦掌握方法,他将获得文学与现实两个层面的成功:一是创作出能够打动人心的伟大作品;二是在生活中成为一个无往不胜的人,尤其是获得女人的欢心(对于司汤达来说,爱情是头等大事)。

然而,观念学家没有给司汤达提供解答一切问题的钥匙。对情感与感性的极度重视,造成他与观念哲学家的根本分歧。他对观念派的思考方式从崇尚到批评,从他阅读爱尔维修的读后感可见一斑。初读爱尔维修时,司汤达在笔记中写道:"爱尔维修向我敞开了人性的大门。"他甚至天真地幻想:"如果只有我一人读过爱尔维修多好啊!"意即如果只有他一

---

① Jules C. Alciatore, «Stendhal et Pinel», in *Modern Philology*, Nov. 1947, Vol. 45, No. 2, pp. 124—125.

② Maurice Bardèche, *Stendhal romancier*, p. 18.

人掌握书中阐述的人性奥秘,就能够左右人心,在人际交往中无往而不胜。他认为从哲学家的著作中找到了获得文学成功的方法:"一个满心是爱尔维修的人会成为崇高的诗人";"继续我关于性格与激情的研究,这是我唯一的成功之道。"①

然而,随着阅读的深入与自身心智的成熟,他开始批评爱尔维修的冷漠:"我刚重读了爱尔维修的《高雅腔调》一章。写得很差,文笔带着一种冷淡的高雅,毫无特点,面目模糊,冒犯读者的虚荣心。"在写给波利娜的一封信里,他说:"冷酷的人总是冷酷,他们之间从无差别,因为他们从不流露感情。爱尔维修就是例子:他属于冷漠的灵魂,而且他的文风在全书中始终一致。"②在另一处,他又说:"他以己度人,把人看得过于理性;然而人几乎总是被激情所控制,虽然从绝对的角度来说这些激情较弱,但是在没有性格的个体身上,它们已经很强。"③这种批评显示出敏感与理性之争已经在司汤达心中暗暗萌芽,后来将造成尖锐的冲突。他说,"爱尔维修描绘冷酷的心很真实,描绘热烈的灵魂却无比错误"④,在小说当中,他将要着力呈现的正是热烈、独特的灵魂,在独特之人身上浓缩人类情感的力量。

从司汤达对爱尔维修的评论的转变,可以看出他与观念派的分歧在于对情感的定位。观念学家把人类行为的动机全部归结为自我的利益或乐趣;他们认为一切认识都源于感觉,思想的产生始于生理感官,终于观念,因此,他们忽略人的情感,不承认其独立地位,认为情感应归属于感觉或观念,即纳入理性的范畴。米歇尔·克鲁泽(Michel Crouzet)在《司汤达笔下的理性与非理性:从观念学到美学》中这样评价:

> 观念学家急于调和"相互矛盾的欲望",排斥任何内在的分裂,为事先限定为节制的激情匹配自由的制度(例如特拉西对于婚姻的见

---

① *La vie intellectuelle de Stendhal*, p. 46.
② *Correspondance*, I, pp. 223–224.
③ *Pensées*, II, p. 349.
④ *Correspondance*, II, pp. 86–87.

解),因为这一学派的核心就是使人的命运与人的政治命运完全吻合。为了让社会真正包罗一切,人们从一开始就设定一种人的"天性",其中几乎不包含激情的因素。在观念学中,哲学对于激情及其无限的性质始终持怀疑态度。……观念学家的考虑在于使爱情归属于理性,也就是将它归结于现实:爱情变成了"性"与"婚姻",由此被去神秘化、去神话化、共和化。①

司汤达把爱情视为幸福最重要的部分,而观念学家不是把爱情归为生理现象,就是试图将它变为一种屈从于理性的感情。司汤达无法同意观念学家对情感的忽略,他认为情感是人性不可忽略的一部分,甚至是主要的衡量标准和行动的深层动机,它不应该成为理性的附属或用理性化解的对象。他赞同爱尔维修将利益视为人类行为动机的观点,却对"利益"(intérêt)一词有不同的理解,认为此处的"利益"更应属于精神层面,而非实用层面:"可是,他灵魂冷漠,既没有体验过爱,也没有体验过友情,以及其他强烈的激情,这些激情都催生新的、独特的利益。"②他说爱尔维修应该用"愉悦"(plaisir)一词来代替"利益",可见对他而言,寻求愉悦、逃避烦闷是人的第一驱动力,即精神层面的趋利避害远远高于现实层面的实用性。在观念学家的"感觉——观念"路径之外,他认为人身上另有一条路径:从力(énergie)出发,到达激情。于是,他决定采纳哲学家的方法,却把研究领域扩展到前人所忽略的新领域——情感,而且这部分的研究是他的重中之重。哲学的效用主要在情感层面,甚至就等同于认识人的情感。

在理性指导情感认识这一点上,除了观念派,对司汤达产生重要影响的哲学家还包括:霍布斯阐释了感情与激情的机械化运作的原理,有助于他理性地认识情感,锻炼与发展分析的能力;斯图尔特(Dugald Stewart)

---

① Michel Crouzet, *Raison et déraison chez Stendhal. De l'idéologie à l'esthétique*, Berne: Peter Lang, 1983, I, pp. 56—57.

② *Correspondance*, V, p. 370.

虽然强调想象力的重要性,但仍坚持理性与感性不可并存,促使司汤达去感性化;曼恩·德·比朗(Maine de Biran)的《习惯对思考能力的影响》也大大深化了他对情感的认识,为他解开激情的神秘。司汤达对于哲学,尤其是对他影响深刻的观念派哲学,有一种矛盾的态度。一方面,他反复批评哲学家的"冷漠""枯燥""单一"。在观念派之外,他还认为亚当·斯密及整个苏格兰学派对于情感的研究过于笼统和单一:"苏格兰哲学家(斯密、哈钦森)用同情来解释全部人性,就像画家只想用一种釉色来作画。"①另一方面,他又把哲学书籍作为创作与人生的指导,强迫自己"每月读一本枯燥的孔狄亚克的书,从中抽取出真理"②,敦促自己去激情化,与激情拉开距离,剔除主观因素,以便更为全面、客观地研究情感。

后文"爱情的观念学"一节与"诗人哲学家"一章将详谈司汤达的态度以及他所追求的结合精确与热度的情感哲学研究。本节仅简略指出:观念学是一门科学,研究观念的产生与发展;司汤达借用观念学的方法,把观念学的定义、分析与逻辑方法运用到情感研究之上,但研究的并非观念,而是代表普遍人性的情感。他的方法与笛卡尔在开启现代情感研究的著作《论灵魂的激情》(1649)中所采用的方法相似,属于哲学—科学方法,具有综合性质。但他的情感研究还有一层更为实用的目的:为后来的文学创作做准备。

三、"把数学应用于人心"

情感研究领域的一个问题,是术语的运用非常随机与混乱。仅是指涉情感现象的术语就有多个,如笛卡尔的经典之作《论灵魂的激情》中所说的"激情",其实就是当代情感研究所称的"情感"(émotion)。十八世纪之前,"激情"一词最为常用,带有道德与宗教内涵;十八世纪哲学家普遍用"感情"(sentiment)来命名情感现象;情感是更为现代的、源自心理学

---

① *Mélanges intimes et marginalia*, I, p. 295.
② *Mélanges intimes et marginalia*, II, p. 206.

领域的用语；当今心理学与情感哲学则倾向于依照持续时间由短到长，区分情感、情绪倾向、感情与激情等情感现象。① 论及具体的情感种类，各种语言中更是有成组的近义词指示相近且界限不明的情感，如面对异乎寻常或出乎意料的事件，人可能产生名为惊讶（surprise）、惊奇（étonnement）、意外（imprévu）等各有差别的一系列情感。究其原因，就在于情感现象极为复杂多变，性质、强度均有差别，不可加以量化、标准化。正如柏格森谈及不同强度的感觉时所说："也许问题的困难主要在于我们用同样的名字来称呼性质很不相同的强度，用同样的方式来表示它们，例如感情的强度、感觉或努力的强度。"②

司汤达认为精确是模糊的对立面，更是"虚伪"的对立面。他在《亨利·布吕拉尔传》中回忆起少年时厌恶周围的人夸张模糊的说话方式，写道："我热爱数学，主要的原因可能就是我厌恶虚伪。"③数学简明、清晰，包含可证实的真理，因此他希望把数学的精确运用到对人的认识之中。更确切地说，他把数学视为哲学的一部分，是准确推理与论证的一种方法。在1827年写给友人的一封信中，他说自从中世纪以来，"哲学"这一名目包括多种不同的学科，从伏尔泰等哲学家的论著中可以看出，数学在十八世纪初是包含在哲学当中的。④ 他多次借助数学来处理情感这种面貌模糊而多变的素材。哲学论著《论爱情》将主题定义为"先后相继的各种情感，这些情感共同构成称为'爱情'的激情"，可以看出作者试图准确地定义与区分情感现象。他沿袭笛卡尔开创的方法，划分六种基本情

---

① 当代心理学对于情感现象由短至长依次划分为：情感片段（un épisode émotionnel）、情感（émotion）、情绪（humeur）、情绪倾向（disposition，有时与 sentiment 混用）、感情（sentiment）。激情（passion）也属于情感现象，但强度高于情感，持续时间很长。此处术语的使用还涉及翻译转换的问题。欧美学者认为 passion 是情感现象中持续时间最长的一种，中文对应的"激情"却有诸如"激情不能持久"的表达。参见：Elisabeth Rallo Ditche, Jacques Fontanille et Patrizia Lombardo, *Dictionnaire des passions littéraires*, Paris: Belin, 2005, pp. 5—15.

② Henri Bergson, *Essai sur les données immédiates de la conscience*, Paris: PUF, 1927, pp. 5—6.

③ *Vie de Henri Brulard*, p. 853.

④ *Correspondance générale*, III, p. 651.

感——害怕、愤怒、悲伤、喜悦、惊讶、厌恶,但他认为情感的种类是无限的。① 他还用强度与持久度来划分情感现象,这种方法与当今心理学家的划分标准一致:

> 我猜测一种激情会在人身上持续两年:激情消失之后,头脑与身体的习惯却会保持。……
>
> 人身上有激情,例如爱、报复心、恨、骄傲、虚荣、爱慕荣誉,还有激情的状态,例如恐惧、害怕、狂怒、笑、哭、欢乐、悲伤、担忧。我把这些称为激情的状态,因为有多种不同的激情可以让我们变得恐惧、害怕、狂怒、笑或者哭,等等。
>
> 接着还有激情的方法,例如虚伪。
>
> 然后是灵魂的习惯;有的敏感,有的有用:我们把有用的习惯称为美德,把有害的习惯称为恶习。②

后来他在小说中还保持着精确划分情感现象的习惯。例如"激情的状态"与"激情"在刻画性格时作用不同:"是激情的状态使得性格适于喜剧,而不是激情。"他注重激情的状态,所以注重描绘情感的变动不居。在《红与黑》中,一对恋人初生情愫时,于连在花园里握住德·莱纳夫人的手,之后还在回味那种甜蜜梦幻的感觉。小说写道:"然而,这种情感是一种愉悦,并不是一种激情。"③小说清晰地区分了三个概念:转瞬即逝的情感,与感官、欲望相连的愉悦,以及热烈持久的激情。等到两人陷入热恋,小说又分析道:"他的爱情仍然是一种野心,那是一种占有的喜悦。"④此

---

① 笛卡尔在《论灵魂的激情》中开创现代意义上对情感的定义与分类,他认为人有六种基本情感——赞叹、爱、恨、欲望、欢乐与悲伤,其他情感(共四十种)都由它们衍生或组合而来。

② *Correspondance*, I, pp. 274—275.

③ *Le Rouge et le Noir*, in *Œuvres romanesques complètes*, éd. Yves Ansel et Philippe Berthier, Paris: Gallimard, Bibliothèque de la Pléiade, I, 2005, p. 408. 译文引自斯丹达尔:《红与黑》,郭宏安译,南京:译林出版社,2017 年,第 61 页。本书《红与黑》译文均出自该译本。

④ *Le Rouge et le Noir*, p. 430. 译文引自《红与黑》,第 83 页。

处区分情感的不同性质,甚至隐含了现代心理学所做出的情感与欲望的区分。正是这种精确使得司汤达作品的心理分析入木三分,得以呈现情感的细微差别。

司汤达始终思考的问题是"测量激情力量的统一单位是什么?"①从研究情感的初始时期,他就意识到只有同等品质才可比较,需要从复杂的人性中抽取出各种品质,放在同一平面、用同一种单位来衡量。他最初从夏多布里昂的《基督教真谛》中得到启发,后来阅读朗瑟兰《科学分析引言》时更坚定这一信念,认为代数与几何精神可以运用到一切科学之中。早在1803年的日记中,他就写道:"把数学应用于人心,就像我对照性格与激情那样。延续这一理念,再加上创造的方法与激情的语言,就是全部的艺术。由此可达星辰。"②在1805年的日记中,他再次考虑:"我们可以比较两种激情的幸福吗? 如果可以,每种激情要达到哪种力度?"③《新哲学》中有一篇文章名为《每一种激情带来的幸福和不幸的量》,作者断言"要找到一种方法来衡量激情的力量"④,在论述激情时还使用了"2度、3度"⑤的表达。《论爱情》多次提到追求"科学的严峻"(l'austérité scientifique)⑥,表现出一种精确化的愿望,希望用客观恒定的测量单位来标示难以限定、难以捕捉之物。他用强度与持久度来划分情感现象:除了预测激情持续的时间、爱情各个阶段进展的大致天数,他还多处运用数学测量的方法,甚至提出"幸福指数"(unité de bonheur)⑦这一概念,用于比较幸福的程度,与今天心理学、社会学的研究方法如出一辙。

到1832年,司汤达开始回顾自己的生平、写作《自我主义回忆录》时,

---

① *Pensées*, II, p. 286.
② *Pensées*, I, p. 125. 最后一句为拉丁文谚语,出自维吉尔《埃涅阿斯纪》。
③ *Journal*, éd. Victor Del Litto, Genève: Cercle du Bibliophile, 1969, 5 vol., II, p. 256.
④ *Pensées*, II, pp. 46—47.
⑤ Ibid., p. 110.
⑥ *De l'amour*, p. 349.
⑦ Ibid., pp. 80, 90.

还在运用同样的方法。作者描写自己在巴黎熟识的同伴吕森吉男爵,从外貌、性情开始,再用行为证明人物性格:"德·吕森吉先生矮小粗壮,腰圆背厚,三步之外就看不见东西,总是因为吝啬而穿着寒酸,我们一道散步的时间就被他用来制订个人的开支预算。"①但作者不满足于此,又补充一个例子:"身边经过的某个人,如果他的才情、善良、荣誉和幸福是15,我出于浪漫幻想而产生的光鲜错觉,会看到30,而吕森吉却只会看到6或7。"这段话的用意是证明两种性格的差异,对于同一个观察对象,我的印象会夸大,而吕森吉出于吝啬和现实,会低估别人的品质。分毫必究的司汤达却不满足于增大一倍、缩减一半这样笼统的说法,而用具体的数字更为直观、准确地对比两人的性格。正是因为这种差异,虽然两人相伴八年,司汤达清楚地认识到"我们之间相互敬重,但谈不上友情"②。此处同样体现出这位情感研究者精确辨别"敬重"与"友情"的能力。他在另一处写到自己喜爱想象离奇热烈的作品,也用数字来标示阅读的热情:"我喜爱的《一千零一夜》占据着我头脑超过四分之一的位置。"③

在《亨利·布吕拉尔传》中,作者写到曾在他生命中占据重要地位的几个女人,打算客观地"排列"她们,表现出一种去感情化、理性认识的需求:"为了尽可能以哲学的方法审视她们,褪去她们身上曾让我头晕目眩、失去观察能力的光晕,我将按照她们不同的品质来*排列*她们";"我要用军事家的眼光来观察,试图破除事件的魔力、令人*眼花的光彩*"。④ 他记录感情持续的时间:"这些感情大都持续了三四年",并将痛苦的程度作为比较感情经历的标准:"克莱芒蒂娜是分手时让我最痛苦的一个。可是,这种痛苦能和梅蒂尔德引起的痛苦相比吗?"⑤他回忆起已经去世的恋人,用频率、时长表达思念的程度:"我深情地想念她们,每周十次,经常一想

---

① *Souvenirs d'égotisme*, p. 436.
② Ibid., p. 437.
③ Ibid., p. 453.
④ *Vie de Henri Brulard*, p. 544. 原文中 dazzling 为英文单词,本是形容词,此处用作名词。
⑤ Ibid., p. 544.

就是两个小时。"①他还以数字计量情感的强度:"我的情感激烈、热切、疯狂,无论对爱情还是友情都过分真诚,直到情感倏忽冷却。于是,我一眨眼间就从16岁的疯狂变成50岁的冰冷算计。只消八天时间,感情就如冰雪融化,不剩一丝温度。"②在浪漫主义盛期以科学的方法处理"爱情"这一主题,显得不合时宜,但是它有一个优点:避免夸张、避免滥情,有助于作者冷静客观地审视情感。

对于其他微妙的情感现象,司汤达同样在寻找一种客观的测量工具。"要笑,也许还要知道其质与量"③,于是他反复考虑从质与量的角度来精确定义"笑"这一难以捕捉的现象。他在《笑论》第七节分析了为什么在人越多的场合,大家听到笑话就笑得越厉害,从中分辨出两种不同的笑,一是意识到自身优越感而引发的笑,二是看到别人发笑,从而确认自己的判断正确,因而更加开怀地笑。接着,作者更进一步,分析这两种笑由两种不同的、先后相继的"同情"所引发:"1. 生理和神经层面的同情,就像打哈欠一样;2. 精神上的同情,而非神经上的同情;人体会到自己相对于可笑之人的优越感,看到很多人都觉得可笑,自己的判断得到确认。"④按照今天的术语,司汤达笔下的 sympathie 一词应该译成"共情",因为他的定义是"与他人同一的能力"(faculté de s'identifier avec autrui)⑤,强调感同身受,对应当今情感研究领域的"共情"(empathie)概念。他还用精确的时间界限来划分这两种性质不同的笑:"将近笑的第三秒钟,我不再浪费时间思考自己是否应该笑,而是专心地细分我的快乐、享受快乐。"在同一章节中,他回忆起自己经历过一次晚会,所有人大笑了一刻钟:"其中有两种或三种笑的原因;多希望我能把它们辨别开来、看个清楚啊!可是那场晚会已经过去太久了。"在《笑论》第九节,他又分析了巴黎的年轻人为何

---

① *Vie de Henri Brulard*, p. 679.
② *Souvenirs d'égotisme*, p. 493.
③ *Journal*, I, p. 243.
④ «Du rire», in *Molière, Shakespeare, la comédie et le rire*, éd. Michel Crouzet, Paris: Le Divan, 1968, p. 306.
⑤ *Journal littéraire*, I, p. 244.

在晚上 8 点到 10 点之间尤其严肃:"心怀激情的人不会笑。如果一个人被害怕的激情所控制,这话尤其正确。然而,害怕出丑是所有来到沙龙、参加晚会的巴黎年轻人共同的感情。这种可怕的恐惧在将近 10 点钟时略有缓解,特别是他们几杯潘趣酒下肚、有了勇气的时候。"①以上种种分析,说明作家从笑的情境与层次等各个角度剖析这种微妙的、转瞬即逝的现象。

司汤达想要看清事物、铭记事物的愿望,还通过列清单、画图等举动体现出来。他习惯于回顾过往,逐一记下自己在不同时期的朋友、爱过的恋人、喜爱读的书、印象深刻的风景,有排列、比较和认识的意图。他在自传写作中喜爱运用插图,在回忆往事时用图表、地图和指示房间结构、人物位置的草图加以辅助。菲利普·贝尔捷指出图画往往在情感强烈的时候出现,似乎是为了冷却过热的情感,让混乱的回忆清晰化,因此图画是恢复对事件的掌控的一种方法。格扎维埃·布尔德奈(Xavier Bourdenet)指出司汤达的研究方法与他的理工科学习背景不无关联;他少年时期在格勒诺布尔中央理工学校学习,前往巴黎则是为了报考巴黎综合理工学院。因此,严谨的科学方法成了他抵挡情感混乱无度的工具。

然而,司汤达总是能看到事物的两面,这导致他提出的策略常常自相矛盾、截然相反。他说要寻找测量激情的统一标准,又说各种激情、各人的激情都不相同,不能一概而论:

> 激情的方向各不相同,只不过像温度计一样有高有低……我们不能说:安东瓦那的激情是 10 度,圣普乐的激情是 11 度,亨利四世对加布里埃尔的激情是 7 度。
>
> 激情是相互分岔的,各走各的路。
>
> ……
>
> 要评价一个人的激情,也许要知道在这个人眼里,他为激情所做

---

① 《Du rire》, pp. 308—309.

出的牺牲有多大代价。①

由此看出,司汤达的思想中存在不可调和的多种元素,其中尤为突出的就是能否把情感作为一种精密科学来研究。在1828年的《罗马漫步》中,作者以寓言的形式提出感受的相对性,认为艺术感觉只能在感受相似的人之间传递,因而"远离数学的艺术"应当以相对性为前提:

> 在远离数学的艺术中,任何哲学都应该以下面这段小对话为起点:
>
> 从前有一只鼹鼠和一只夜莺。鼹鼠走到洞口边,看见夜莺在繁花盛开的洋槐树上唱歌,就对它说:"您整天那么难受地站着,一定是疯了,站在风一吹就晃动的树枝上,眼睛照着这么耀眼的阳光,我看着头都疼。"夜莺停止歌唱,难以理解鼹鼠有多么荒诞。然后它大笑起来,毫不客气地回答了它满身漆黑的朋友。哪一个错了?两个都错了。②

作者进一步阐发,满脑子实用思想的俗人与艺术家对话,或是在艺术领域,只知理论、技巧的外行与真正的艺术家对话,都像鼹鼠和夜莺一样无法交流。作者把当时引领画坛的古典主义画家大卫、吉罗代等人称为"几何学家",在他们的追随者眼里,"绘画是冷漠的人当作算数来学习的一门精确科学"③,无法给观赏者带来新的感受;"音乐科学"也有速成方法,却只会让音乐变得更加无趣。寓言设置的形象与阐释,都证明作者在质疑数学工具在情感与感受领域的适用性,无论是在现实层面还是在诗学领域,微妙的感觉都难以用普遍的标准来测量。后文将反复回到这个复杂的命题上来,因为它透露出小说家对于情感现象复杂性的洞见。

在司汤达广泛的阅读与思考过程中,哲学与文学作品并无区别,优秀

---

① *Journal littéraire*, II, p. 181. 司汤达在第一段文字下还画了一个温度计,名为"爱情温度计",标注7、10、11的刻度。
② *Promenades dans Rome*, in *Voyages en Italie*, pp. 887—888.
③ Ibid., p. 890.

的作品都有助于他认识人的情感,发掘人性的法则。例如德尔·利托指出,司汤达阅读了埃罗·德·塞舍尔(Hérault de Séchelles)的《野心理论》,在笔记中写道:"塞舍尔说,强烈的反差让人情绪失控;女人更是如此。巧妙的恭维、机智的讽刺。"①对照一下塞舍尔的原文:"如果我们想深深触动一个人,让这个人变得病态、疯狂,促使他立下誓言或是写下书面保证,就要突然地、经常地造成强烈的反差。"②原文中并未提到女人,但司汤达当时正在思考女性心理并考虑写作一本《法国女性的性格》,因此把阅读内容加以阐发。从两段话的比较,可以窥见司汤达的阅读与思考习惯:从哲学著作中寻找人性的规律、打动人的艺术,并且根据自己的需要加以发挥和改装。更应注意的是作品的名字《野心理论》,它也许就是后来塑造于连这个人物的基础。《红与黑》开篇写于连阅读偶像拿破仑的《圣赫勒拿岛回忆录》,将它视为指引人生的圣书,也许就是20岁的司汤达如饥似渴地阅读哲学著作的写照。《红与黑》的创作灵感不仅仅来自著名的"贝尔特案件",而且来自无数或隐或现的阅读与人生经验,早早地就在作家的成长历程中埋下了伏笔。

　　司汤达研究哲学,并非为哲学而哲学,更多的是从中学习推理的方法。在他所读、所见之中,他只抽取感兴趣的、有助于他描绘激情的成分。德尔·利托在《司汤达的精神生活》中详细梳理了作家的阅读经历及所受影响后,得出这样的结论:"司汤达的精神成长实际不过是一场长期的内心独白。"③首先,作家对人的认识主要来自书本,来自长期的阅读与思考;他虽然遍游欧洲,在多国任职、游历,但丰富的经历并未给他的精神历练带来多少益处,顶多提供了一点素材,验证他事先划定的理论与分类。他虽有敏锐的观察力,却生性腼腆,耽于幻想,难以从社交生活中获得乐

---

① *Mélange de littérature*, Paris: Le Divan, 1933, II, p. 22. Cité par Victor Del Litto, *La vie intellectuelle de Stendhal*, pp. 126—127.

② Hérault de Séchelle, *Théorie de l'ambition*, chap. VII, n° 7. Cité par Victor Del Litto, *La vie intellectuelle de Stendhal*, p. 126.

③ Victor Del Litto, *La vie intellectuelle de Stendhal*, p. 688.

趣与教益。偶尔碰到值得注意的人,他会将特殊的人作为典型来分析,从个性中提取出普遍特征,归纳到他的分类研究当中。德尔·利托反复强调,司汤达寻找的"不是原样的人,而是理想的人,司汤达式的英雄"[1]。第二,司汤达精神成长的一个独特之处在于他需要一个向导、一种激发物。他不能自行建构一套美学体系,其观点大都来自阅读,在与他人思想的碰撞中产生火花。阅读中的精辟观点会激发他的思考,帮助他发现内心潜藏的情感与想法。因此,司汤达在阅读中很少关注作品的整体建构,不关心作者的理论体系和概念梳理,只捕捉合他心意的、他认为有助于文学创作这一实用目的的观点并加以阐发。

司汤达研究哲学是为了达到实用目的:成为喜剧诗人。虽然他这个理想未能实现,但他在哲学领域的钻研并非无用。广泛吸纳的丰富素材奠定了他的思想基础,影响了他一生的思维与感知方式。他的思考具有连贯性,很多观点一旦形成就一以贯之,在此后的写作生涯中一直延续。亨利·马尔蒂诺(Henri Martineau)在为《新哲学》所作的序言中评价道,早在哲学研究的阶段,"他所有的立场都站稳了,偏好都确定了;他的系统已经完整了"[2]。可以说,如果不了解司汤达所做的准备工作,就无法深刻理解他的几部重要小说。

第二节 从《论爱情》看司汤达的情感研究方法

一、爱情的观念学

司汤达计划撰写一部情感辞典,对人的每一种情感做分门别类、细致入微的分析,为以后的文学创作提供参考。雄心勃勃的情感辞典最终未能问世,他仅写出了一部半理论半随笔式的《论爱情》,这部作品提供了一

---

[1] Victor Del Litto, *La vie intellectuelle de Stendhal*, p. 689.
[2] Henri Martineau, Préface à *Pensées*, p. V.

种情感研究的范本,体现出作家独到的研究方法与思路。

司汤达认为,在所有激情之中,爱情最为强烈也最为重要,与幸福最息息相关。"对我来说,爱情一直都是最重要的事情,更准确地说,是唯一重要的事情。"①爱情是他文学创作的首要主题。早在1802年,司汤达构思一部史诗风格的诗作《法萨罗》,就准备在诗作的战争情节中加入爱情元素。《论爱情》最直接的写作缘由就是情伤:司汤达于1818年5月在米兰结识他终生不忘的恋人梅蒂尔德(Méthilde Dembowski),爱而不得,因情深笨拙惹怒对方,不再同他相见。作者最初想写一部小说,希望以虚构的形式,向梅蒂尔德表达自己的痛苦。他于1819年11月4日开始写作,但很快放弃了计划,于12月27日开始写论著《论爱情》。他之所以放弃小说而转向哲学论著,是为了更好地隐藏私密的情感。据德尔·利托分析,"虚构故事的面纱过于透明";而在一本哲学论著中,虽然叙述者使用的是第一人称"我",但情感隐藏在理论的面具之下,更为安全。②《论爱情》常被视为一种隐藏的情感倾诉。其实,作者采用科学方法分析爱情,更是出于一种拉开距离、冷静审视的需要,从客观的角度为自己的情感寻找一种解释,借助理性来消解经验的主体性,使个人经历上升到普遍理论的高度:"我努力摒弃个人感情,以便充当一个冷静的哲学家。"③他还希望从理论中找到行为指导法则,在实战中产生效果:"猜到一个女人心思的艺术,几乎在所有女人身上都适用。"④

《论爱情》延续了司汤达的情感研究,是作者所构思的"爱情的观念学"⑤,是一部包含普遍真理的有用的书,有助于认识人性的普遍法则,引导人走向幸福。它的主题是爱情,是想象,也是一本关于幸福的书,探讨人在哪个时代、哪种境遇中更容易感到幸福。当人陷入爱情时会发生什

---

① *Vie de Henri Brulard*, p. 767.
② Victor Del Litto, Introduction à *De l'amour*, Paris: Le Divan, 1927, p. XV.
③ *De l'amour*, p. 171.
④ *Pensées*, I, p. 175.
⑤ Victor Del Litto, Introduction à *De l'amour*, p. XXI.

么？内在与外在的各种力量怎样激发或阻止爱情的进展？人物在恋爱中的心理分析、爱情的各个阶段，以及在各个国家、各种文化中的不同体现，在作品中逐一得到详尽的辨析与阐释。

虽然这部论著数十年间读者寥寥①，但作者将它视为重要的作品，是建立情感理论的契机。在作品写成之后，他又于 1826 年、1834 年、1842 年陆续为作品写了三篇"前言"，可见其重视程度。从司汤达的思想成长史来看，《论爱情》占据承前启后的关键地位。《新哲学》中零星散布的思考都在这部作品中成型，有系统地组织起来。它不仅是司汤达情感理论最为完整的表达，也为后来的小说创作打下了基础。借用达尼埃尔·桑苏(Daniel Sangsue)的评价，它是司汤达所有小说的"前文本"，具有重大的"发生学价值"(valeur germinative)。②埃尔姆·卡罗(Elme Caro)甚至认为《论爱情》是司汤达最重要的作品，仅看这一部书就能够了解司汤达思想的全貌："其中鲜明突出地显现出作家的优点和缺点、观察者深刻的洞察力和严格要求，还有此人的信念和心智癖好。"③

《论爱情》的第一个创新之处在于它的研究方法。爱情是文人墨客吟咏的古老主题，诗人、小说家、剧作家以各种形式诗化的对象，司汤达却用科学的方法加以处理。作者把作品定义为"随笔"(essai)，该词在文中及

---

① 作品出版之后，出版商蒙吉(Mongie)在 1824 年 4 月 3 日的信中告诉作者："这本书我卖出不到四十册，可以用形容蓬皮尼昂《圣诗》的话来形容它：它是圣书，因为没人碰它。"(*Correspondance générale*, Paris: Honoré Champion, III, p. 417.) 信中所说的蓬皮尼昂是十八世纪诗人(Jean-Jacques Lefranc de Pompignan, 1709—1784)，诗作风格浮夸，已被人遗忘。司汤达在为《论爱情》所作的第三篇序言中转引这句话："可以说它是圣书，因为没人碰它。"(*De l'amour*, p. 358.) 巴尔代什写道："这本书几乎没有读者。在司汤达所遭受的失败当中，这是最彻底的失败。"(Maurice Bardèche, *Stendhal romancier*, p. 97.) 据皮埃尔·马尔蒂诺记载："司汤达自己说 11 年间只卖出 17 本。"(Pierre Martino, *Stendhal*, Paris: Société française d'imprimerie et de librairie, 1914, p. 130.)

② Daniel Sangsue, «Introduction», in *Persuasions d'amour : Nouvelles lectures de De l'amour de Stendhal*, Genève: Librairie Droz, 2000, p. 13.

③ Elme Caro, «Un épicurien littéraire au dix-neuvième siècle—Stendhal. Ses idées, sa théorie de l'Amour», in *Études morales sur le temps présent*, Paris: Librairie Hachette et Cie, 1887, pp. 186—187.

相关文本中出现十余次。但他想要创作的其实是一部兼具哲学与科学性质的论著(traité)："对这种感情(爱情)的哲学研究"①。他在开篇明确方法，让随笔承担起科学研究的功能，借用观念学的模式，把爱情从惯常的诗性表达中抽离出来，变成科学研究的对象。

> 我把这篇随笔称为观念学作品。我的目的是要指出，尽管它名为"爱情"，却不是一部小说，它尤其不像小说那样有趣。请哲学家们原谅我借用了"观念学"一词：我根本无意篡夺本属于他人的权力。如果说观念学是对观念以及构成观念的各部分的详细描述，本书就是对构成一种激情的所有感情的详细具体的描述，我们把这种激情称为"爱情"。②

将爱情形容为"病"(maladie)，并非司汤达首创，在古代诗歌中早已有之，而这部作品的独特之处在于将传统诗学隐喻转化为生理学现实。司汤达在1825年为《论爱情》撰写了一篇"吹嘘文"③，预计在1826年作品重版时发表在报刊上为自己做宣传，他这样评价自己的创举："关于爱情的诗已经写了两千年，但这是第一次有人这样观察和描写爱情，就像卡巴尼斯观察和描写高烧或者其他任何一种病。"④《论爱情》反复强调作品的科学属性：作品的定位是"精确、科学地描述一种在法国很罕见的病，一种生理学研究"；"本书将简单地、理性地、可以说以数学的方法，解释先后相继的各种情感，这些情感共同构成被称为'爱'的激情"。⑤ "比较解剖

---

① *De l'amour*, éd. Xavier Bourdenet, Paris: GF-Flammarion, 2014, p. 353.
② *De l'amour*, p. 68.
③ 司汤达有时为报刊撰写自己作品的宣传文章，或者打好草稿，以便他人使用、推广自己的作品。他曾借用英语"puff"一词，在法语中创造"poffer"一词，意为自吹自擂。研究者把在司汤达手稿中发现的两篇此类文章分别命名为«Puff-dialogue on love»和«Puff-article»，即自吹自擂的文章。参见:*De l'amour*, pp. 523—530.
④ «Puff-article», in *De l'amour*, pp. 526—527.
⑤ *De l'amour*, pp. 352—353.

学"①"人心的道德解剖课"②等医学术语反复出现,表明作者切分情感、精确观察的意图。书中把爱情定义为"高烧""这种被称为爱情的疯狂""病",试图确认其症状,剖析激发或抑制爱的各种方法:"把'爱情'当作一种疾病来处理,致力于精确详尽地描写它的各种现象。"③它甚至像医学书一样,想要从观察中得出结论,寻找治愈爱情的疗方,书中两章都命名为"爱情的疗法"④。在1826年的序言中,他再次把哲学与科学结合起来,说这是一部"哲学论著(traité philosophique)"、对爱情各种成分的"哲学考察"(examen philosophique),是"一本哲学书(un livre de philosophie),作者冷静地描写一种灵魂的病的各个阶段,这种病被称为爱情"。⑤

《论爱情》中用于定义爱情的另一个更为新颖独特的科学概念是"结晶"(la cristallisation)。该词源自司汤达参观萨尔斯堡一个盐矿的经历,一根树枝放入盐矿数月之后,就会覆盖上晶莹的结晶,像钻石一样闪闪发亮。作家以"结晶"形象,譬喻人通过想象将爱恋的对象理想化,美化对方以至于掩盖其真实的样子。⑥ 矿物学术语由此成为爱情的隐喻。科学与爱情本是不相干的两个领域,司汤达却借用科学领域的术语来定义爱情,关注人脑中发生的现象:"让一个情人的头脑运作二十四小时,您会发现下面的情况……";"我称之为'结晶'的这种现象来自自然,自然支配着我们,让我们寻求乐趣,让我们的血液流向大脑,乐趣随着爱恋对象的完美以及'她是我的'这一念头而增长"。⑦ 这一概念中融合了生理学、解剖学以及哲学分析。由于他的使用,"结晶"一词具有了新的含义,成为谈论爱

---

① *De l'amour*, p. 171.
② Ibid., p. 531.
③ «Puff-article», p. 526.
④ *De l'amour*, pp. 164—168.
⑤ Ibid., pp. 352—354.
⑥ Ibid., pp. 64—65.
⑦ Ibid., p. 64.

情时难以回避的一个概念。①

除"结晶"之外，作者还多次运用其他形象来阐释作品的科学性质。例如他在1826年的序言中写道："想象一个复杂的几何图形，用白粉笔画在一大块黑板上：好了！我就来讲解这个几何图形。"②"爱情就像我们所说的天空中的银河，由数万颗星所构成的闪亮星团，其中每一颗星往往都是一团星云。"③他在《吹嘘文》中把自己用科学冷静的手法来处理"人类最可怕的激情"这一举动比喻成"富兰克林在大胆的试验中捕捉天空的雷电"④。

作品开篇提出严谨的分类，显示出科学论证的格局。全书分为两部分，从内部与外部考察爱情，目的是尽可能忠实全面地描绘这种激情。在第一部分，作者将爱情分为四类：激情之爱、趣味之爱、肉体之爱、虚荣之爱⑤，把爱情的产生与发展分为七个步骤：仰慕、欲望、希望、爱情诞生、第一次结晶、怀疑、第二次结晶⑥，而且着重阐释了"结晶"的定义。第二部分仍然采用分类结构，将爱情与各国风俗、历史、各类人的性情联系起来。作者把四类爱情分别放在六种性情不同的人、身处六种不同政体的人身上，观察其不同体现；作品又继续细分，谈论多种现象，如区分想象的类型、争吵的类型。在作者分门别类、条分缕析的论证中，爱情像是各种元素组合而成的化合品，既是生理现象，又是"文化产物"⑦，是国家、气候、政府、宗教等诸多因素的综合产物。

---

① 读者熟知巴尔扎克对《巴马修道院》赞誉有加，其实早在小说出现之前，巴尔扎克就是《论爱情》的少数读者中的一员，还在他的《女性研究》(1830)中引用了司汤达的观点。纪德虽然常对司汤达评价不公，却仍对"结晶"观念极为重视，并针锋相对地提出婚姻中的"反结晶"理论。André Gide, *Les Faux-Monnayeurs*, Paris: Gallimard, coll. «Folio», 1972, p. 74. 参见：*De l'amour*, note 14, p. 427.

② *De l'amour*, p. 353.

③ Ibid., p. 353.

④ «Puff-article», p. 526.

⑤ *De l'amour*, pp. 61—63.

⑥ Ibid., pp. 64—67.

⑦ Yves Ansel, «Amour de l'idéologie et idéologie de l'amour», in *Persuasions d'amour*, p. 29.

二、真理与叹息

《论爱情》开篇秩序井然、布局严密,颇具科学气象,但很快开始逻辑涣散,思路混杂。作品中存在多处相互矛盾的论述,显示出作者的哲学思辨不够严谨,缺乏系统性。首先,在理论文本中,术语的定义应保持前后一致,但在司汤达复杂的论述当中,同一个词的意义常会发生变化。[①] 热纳维耶芙·穆约(Geneviève Mouillaud)指出,司汤达一面颂扬自然是激情之爱不可或缺的因素,一面又说激情之爱将自然排除在外。格扎维埃·布尔德奈同样指出作品的多处矛盾:作品要探讨的是爱的普遍法则,但常常把激情之爱排在法则之外,认为这是一种例外的情感,无法强加任何法则。第一章开篇划分四种爱情,读者自然会期待接下来读到分门别类的论述,但显然只有一种激情之爱——司汤达眼中真正的爱情——才是论述的重心,而其他三种爱情明显被忽略,在书中所占比重很小。作品没有按照开篇提出的框架展开论述,最初的分类很快扩展、衍生成一个庞杂的体系,多种分类在其中并存,有时相互交叉,却从未达到完全吻合。于是,读者在四种爱情之外,还看到了"争吵之中的爱情""意大利的爱情""德国的爱情""任性的爱""带刺的爱""维特式的爱""唐璜式的爱"等术语。同样,作品在第二章清晰地划定爱情诞生的七个阶段,接下来又说某些阶段会缺失("由那些轻易得手的女人所引发的爱情,第二次结晶几乎不会发生"),某些阶段会同时进行("阶段 1 和阶段 2 之间可能会间隔一年",但是"阶段 3 和阶段 4 之间没有间隔","阶段 6 和阶段 7 之间没有间隔")。既然几个阶段的边界如此模糊,为什么要做出划分呢?此外,作者常常提出命题或理论,却省略其中论证演绎的过程,直接跳到结论,导致读者无法理解论证的来龙去脉。"作品的逻辑结构并未完美地展开,更多显露出的是缺陷与矛盾。以至于科学-哲学模式看来更像是一种借口,而非这部形式复杂的作品的属性解读线索。作品远不像它宣称的那样结

---

① G. Mouillaud, «Le cours de logique», in *Silex*, n° 24, 1983, pp. 32-34.

构清晰。"①

  纵观《论爱情》的接受史,批评多于赞誉,最主要的诟病在于作品形式混杂、结构混乱,缺乏严谨性、连续性与清晰的分类,导致读者难以跟随文中思路。作品出版之后,书评屈指可数。《两世界评论》的一位专栏编辑说面对这样一部作品感到非常为难,因为这是他碰到的"最奇怪、最独特,同时又是最难分析的"②作品之一。让·普雷沃(Jean Prévost)在《司汤达的创作》中把《论爱情》定义为"失败的作品",其缺陷在于分类方式繁多且混乱,加之多处提出划分类型之后并未继续展开,有始无终,因此读者无法捕捉其逻辑。普雷沃认为作品结构混乱,是因为作者对作品的定位不清晰,混杂多种诉求:既包含爱的倾诉,又想要模仿特拉西的哲学论著《论爱情》;既想讲述故事,又想做理性化的研究;既追求观念学的论证,又包罗道德家(les moralistes)的格言与逸事。③ 作品介于多种模式之间,最终成了一部大杂烩和四不像。艾蒂安·雷(Etienne Rey)同样指出作品在理论思考与故事讲述之间的失衡,说司汤达"毫无过渡地从普遍理论跳到个体观点","他往往从整体定义和理论确认出发,但一种自然的倾向将他引向事件、逸事和回忆",作品因此在抽象与具体之间不断地来回摇摆,令人困惑。④ 布尔德奈指出,《论爱情》不符合科学论著的规范,还在于作品以占据全书四分之一篇幅的《片段集》结尾,连续的论证与逻辑的推理让位于一种断片式的书写。作品由科学论著变成了格言与思想集锦,而且《片段集》中的很多话语只是换一种形式重复前两部分已经出现过的内容,因此读者在阅读中不能遵从一种步步推进的线性推理,而是朝向各个

---

  ① Xavier Bourdenet,《Stendhal essayiste : De l'amour》, in *Romantisme*, 2014/2, n° 164, pp. 53—54.

  ② Auguste Bussière,《Poètes et romanciers modernes de la France》, in *Revue des Deux Mondes*, 15 janv. 1843, in *Stendhal/Henri Beyle*, p. 198.

  ③ Jean Prévost, *La création chez Stendhal*, Paris: Gallimard, 1996, p. 234. 道德家指十七世纪的拉罗什富科(La Rochefoucauld)、拉布吕耶尔(La Bruyère)和沃韦纳格(Vauvenargues)等作家,他们的写作常采用思想集、箴言集等形式,讲如何做人,包括信仰、身体、智力、修养等各方面,司汤达受到他们的作品影响。

  ④ E. Rey, Préface à *De l'amour*, Genève: Cercle du bibliophile, 1970, p. CXIV.

方向发散开来,有时甚至出现重复、倒退。①

尽管司汤达的初衷是写一部前所未有的哲学著作,运用科学与哲学结合的方法来阐释一个新的主题,但作品混杂的结构、混乱的逻辑却往往使读者忘记作品"观念学"的一面。《论爱情》并不像作者设想的那样,有着数学般的清晰与严谨,反而成了他所有作品中最为晦涩难懂的一部。种种缺陷,都来自作品选择的主题与分析工具之间的不相匹配:分析工具想要捕捉心理现实并将其客观化,却处处遭到心理现实的抵抗。有司汤达自己的文字为证:以描写高烧或其他病症的方法来处理爱情,"这样一种行为的结果,不是特别可笑就是特别突出"②。作者想以理性来限定情感的轮廓,"把数学应用于人心",却由于描摹对象过于强大与不羁,使得他运用的方法更像是对观念学的一种滑稽模仿。

爱情是最重要的主题,也是极为棘手的一个主题。选择这个主题,就是要阐明一种"抗拒人类精神的所有努力"③的激情。不应忘记,《论爱情》首先是一本自传性的作品,记录着作者在意大利经历的刻骨铭心的感情,其后才是一本观念学的书。司汤达之所以对这本著作情有独钟,是因为他在其中保藏着他最珍贵的爱的秘密,也正是因为他不愿道出自己的隐私,处处遮遮掩掩,才造成文中多处语焉不详。更要命的是,作者想要把个人经验扩展为一种普遍的真理。普雷沃指出司汤达的早期作品,包括《意大利绘画史》《罗马、那不勒斯与佛罗伦萨》和《论爱情》,都刻意使作为例证的逸事具有普遍意义④,也就是说作者试图扩大个体经验的范畴,将其提升到普遍理论的高度。

1832 年,司汤达在《自我主义回忆录》中满怀深情地回忆起《论爱情》的写作过程:"整个夏天,我都在帕斯塔夫人家里通宵打法老牌,沉默寡言,惬意地听着米兰话,全身心地怀念着梅蒂尔德。然后我回到四楼温馨

---

① Xavier Bourdenet,《Stendhal essayiste : De l'amour》, pp. 53—54.
② 《Puff-article》, p. 527.
③ Ibid., p. 526.
④ Jean Prévost, *La création chez Stendhal*, p. 220.

的房间,眼里含着泪水,修改《论爱情》的校样。这本书是我在米兰趁着意识清楚的间隙,用铅笔写成的。在巴黎修改这部书的稿子让我难受,我再也不想去整理它了。"①这几句话透露了《论爱情》的写作缘由,写作与修改过程自始至终被情感所穿透,作者的经历为作品打下了深深的情感烙印。《自我主义回忆录》中多次写到写作与修改作品的痛苦:"深思这些事情(与梅蒂尔德相恋之事),我又万分难过。这就像在刚刚结疤的伤口上重重地拍上一掌。"②"修改校样是一件很危险的事,因为这本书让我想起曾在意大利体会过的那么多微妙的情感。……我差点就要疯掉了。"③

　　虽然情感是作品的内容,但作者希望以理性的思考来平衡和制约过于强烈的情感。《自我主义回忆录》另一处提到,《论爱情》是"在米兰一边散步一边想念梅蒂尔德时,用铅笔写下的",三年之后(1822 年),作者"计划在巴黎把它重写一遍,这本书确实有重写的必要"。④ 为什么要重写呢? 很可能是在激情中写下的第一稿过于情绪化,作者希望经过时间的沉淀,对作品加以理性化的审视。值得注意的是紧随其后的另一句话:"我用墨水誊写还是用铅笔写成的手稿"。回忆录中三次提及写作场景,都强调"用铅笔写成",这是司汤达写回忆录的特点,在回顾过往时对细节印象深刻、格外重视。"铅笔写作"更是即时性与真实性的保证。按照作者讲述的创作过程,他把在各个沙龙听来的逸事用铅笔记在随手拿到的纸片上,以此保证论据的真实。他写出来的故事、讲述或转述的逸事,在他看来都具有真实例证的作用。因此,我们也可以理解成铅笔描画的是即时、易逝的情感,而墨水记录的则是拉开距离、经理性平衡之后的情感;铅笔如同速写,捕捉形状与动态,墨水则用于保存更为持久、客观的思考。作者既希望记忆与思考难忘的情感经历,又想借助冷静的分析来解释自己承受的痛苦,以一种普遍、中立的话语来化解内心的危机。

---

① *Souvenirs d'égotisme*, pp. 465—466.
② Ibid., p. 513.
③ Ibid., p. 515.
④ Ibid., p. 513.

然而，处理起"爱情"这个复杂的话题，理性很快认识到自身的局限。想用"科学、逻辑和数学"工具来阐明这种"人心最可怕的激情"①，作者很快感到力不从心："我竭尽全力保持冷峻。我的心有很多话想说，我却让它保持缄默。我总在担心，以为自己写下了真理，其实只不过写下了一声叹息。"②《论爱情》最根本的矛盾，就是真理与叹息之间的矛盾。司汤达清楚地认识到工具的缺陷，更确切地说，科学不是他得心应手的方法。他承认"作者只在做规划时是哲学家，填充规划的方式却是诗人"③，这个向往严谨的观念学家、清醒的战略家，首先是一个性情中人、一个全凭喜好与意气行事的人。在这一部追求冷静的智性思考的作品中，处处流露出"叹息"，以至于"叹息"与浪漫主义胜过作者所追求的真理，强烈的感觉胜过了脆弱的推理。

虽然科学的方法无法完全套用在爱情这一庞大主题上，但司汤达从未认为这是一种失败的尝试，因为他要写的不是一部普通的哲学作品，而是兼具情感与理性、个体经验与普遍规则的一种综合体。作者超越"科学的阴郁"④，不断转向遐思、想象与爱情逸事。布尔德奈认为作品是随笔加日记的混杂形式，全文贯穿着一种经验论原则，从主体的个人体验出发展开思考，使得作品更贴近"随笔"文类，并指出司汤达所受的英国经验主义以及蒙田《随笔集》中"反方法"的写作方式的影响。司汤达没有把爱情故事当作哲学著作中的一种离题，因为他对作品的构思本身就包含着情感这一成分。《自我主义回忆录》中的一段话虽不是针对《论爱情》而发，但可以解释作者对作品的定位："作家都说：'身居国外我们可能会产生一些灵感，但要写书的话，还得在法国。'如果一本书的唯一目的就是传达思想的话，那么确实是这样。然而，要是作者想在传达思想的同时让人感受

---

① «Puff-article», p. 526.
② *De l'amour*, p. 78.
③ «Puff-article», p. 529.
④ *De l'amour*, p. 102.

到某种细微的情感,这话就不对了。"①下文写道,"这条法国规则只适用于历史书",因此司汤达文中的"作家"(les hommes de lettres)不应按照常用意义理解为文学家,而是包括所有文史哲类书籍的作者。司汤达说在法国无法写出思想与情感共存的书,说明他要写的不仅仅是一部客观冷静的哲学或心理学著作,而是在思想中伴随着情感的热度。他在《吹嘘文》中这样评价自己:"需要有灵魂的高度热忱、充实有趣的精神以及对主题深刻的认识,才能让'论爱情'这个简短而含义深厚的题目所激发的兴趣不至于消散在作者用于处理主题的科学、逻辑与数学工具当中。"②谈论爱情这个题目,不仅需要严谨的科学方法,更需要一种灵魂的热度、对情感的深刻感知,两者缺一不可。

作为一本哲学著作,《论爱情》的方法不够严谨,格局不够清晰有序,却处处闪耀着思想的光芒。安德烈·皮埃尔·德·芒迪亚尔格(André Pieyre de Mandiargues)指出作品的魅力来自内容的繁杂丰富,其缺陷正是优点:

> 我们不要在《论爱情》中寻找深刻的真理,这一真理也许超出司汤达的能力,就让我们无条件地折服于一本书的魅力吧。这本书是一个身受独特恩典的人展开的一场谈话;它是这个人排演的一场戏剧,让他的情感像戏剧人物一样在我们面前登场、演出;它是一个沙龙,我们看见他置身于他的爱人、好友与敌人之间;它是一个抽屉繁多、机关精巧的柜子,用来保存和散布他自己和别人的秘密。在书中秩序与混乱都是优点,各司其职,力量均衡。如果我再加上一句,它最主要的特点也许是呈现出青春本身的特质,它最主要的优点是从未丢失这迷人的一面,这本独一无二的书,我就算把它的形式介绍了几分。③

---

① *Souvenirs d'égotisme*, p. 466.
② *De l'amour*, p. 526.
③ André Pieyre de Mandiargues, *Beylamour*, Paris: Jean-Jacques Pauvert, 1965, p. 11. Cité par Daniel Sangsue: «Introduction», in *Persuasions d'amour*, p. 18.

三、"相对性信条"

《论爱情》之所以思路模糊不清,不仅因为作者在逻辑推理之中掺杂了不相容的个人情感表达,也因为论述中交织着两种相互矛盾的世界观,两种类型迥异的话语相互冲撞、夹缠不清,作品中并列出现的不可调和的各种分析就是其表征。以第一章为例,这是全书开宗明义的重要章节,作者提出四种爱情的划分与定义之后,在最后一段写道:

> 此外,爱情也许不止四种类型,我们尽可以区分八种或十种差别细微的爱情。在众人身上,有多少种看待事物的方式,也许就有多少种感受的方式,但是这些分类的差异并不影响接下来的推理。世间所有的爱情诞生、发展和破灭,或是化为永恒,遵循同样的法则。①

这里谈论的是爱情的普遍法则,处处皆然,但作者的论证并没有严密地步步推进,而是在普遍规则与相对性之间摇摆。伊夫·安塞尔(Yves Ansel)细细分析了这段话的论证逻辑,发现句子的进展显示出作者的迟疑与矛盾:他首先承认四种爱情的分类过于简略,也许还有更为微妙的差别;然后从"有多少种看待事物的方式,也许就有多少种感受的方式",读者应该推论出这无数种感受的方式,会导致无数种爱的方式,但是作者并不能承认这样的推理,因为这样会推翻他自己建立的理论框架。紧接着,作者又突然回到"推理",此处的转换非常突兀,缺乏辩证,武断地把情感归为一个整体,把所有的爱情都置于"同样的法则"之下。这样别扭的论证过程"清楚地显示出'古典信条'(有一种统一的人性,'爱无差别')与'相对性信条'(乔治·布兰用语)之间竞争激烈,这种对立导致论述在细节上含糊不清"②。此处所说的古典信条是指司汤达通过阅读经典作家、作品所继承的哲学观——追求绝对的、亘古不变的真理;相对性信条则主

---

① *De l'amour*, p. 63.
② Yves Ansel,《Amour de l'idéologie et idéologie de l'amour》, p. 28.

要来自经验论观念学家(les Idéologues empiristes)的影响①,认为人被禁锢于此时此地的感觉之中,一切皆是相对的,取决于人的位置与视角。作品处于两种互不兼容的话语的交汇处,一种理想主义的思辨处处与相对论互相制约,因此读者刚读完"美是永恒的",又会看到"美的标准因时因地"而异,莫衷一是。这种矛盾的立场,在司汤达早年的笔记中就已见端倪。1810年,司汤达开始阅读关于意大利的书籍,为他的意大利之行做准备:"我们要去意大利,为的是研究意大利性格,单独了解这个国家的人,有时也补充、扩展、验证我们对于普遍人性的认识。"②这段话说明他既关注个体性,又希望通过个体研究达到普遍认识。可是,当他在哲学论著中将两者混为一谈,就导致推理逻辑涣散。

格扎维埃·布尔德奈在为2014版《论爱情》所作的序言中指出,作品两部分之间存在矛盾:第一部分分析爱情的本质,第二部分分析爱情在不同国家的体现,即使两者的联系能够自圆其说——在各国的不同体现是激情的"形式"有所不同,而非其本质的分歧——两部分的主导观念归根结底还是对立的。布尔德奈指出:"书的第一部分关于心理学的观念是'古典主义的',认为人性普遍而永恒;第二部分却是'浪漫主义的',主张相对性与经验论,认为人性与情感取决于多种多样的偶然因素;读者当然很难把作品的各部分(以及各种立场)合为一体。"③两部分的冲突仍然是"本质主义逻辑"(logique essentialiste)与"相对性逻辑"(logique relativiste)之间的冲突。

其实,这种混乱正说明司汤达认识到爱情的复杂性,他渴望从纷繁复杂的现象中提炼出普遍法则,但拒绝对情感做出抽象、笼统的定义。"他[保罗]告诉我:'人心处处皆然'。关于爱情,这话错得不能再错了。"④这

---

① "相对性信条"(credo relativiste)是乔治·布兰在著作《小说的问题》中重点论述的主题。参见:Georges Blin, *Les problèmes du roman*, Paris: José Corti, 1998, pp. 119—127.
② *Journal*, IV, p. 64. 文中所说的"我们"是指司汤达和好友克罗泽。
③ *De l'amour*, p. 34.
④ *Promenades dans Rome*, p. 1069.

是司汤达在1829年的《罗马漫步》中写的话。然而,在1822年的《论爱情》中,他却用长篇大论在论述这个"错误"。所幸的是相对论仍然占了上风,作者宏大的研究计划虽然有着不合时宜的理想化色彩,但从具体操作上,他还是选择从现实主义的角度来看待爱情,将人的情感与具体的历史与地理环境联系起来。感情中有很大的文化塑造成分,这是司汤达自始至终坚持的观点。在1803年的日记中,他写过一段很长的阐释,分析情感的各种影响因素:

> 无论人处于何种状态,身上都蕴藏着各种激情的萌芽。激情还未被完全激发,但终归是激情。假设:
>
> 激情＝a
>
> 气候＝c
>
> 法规＝l
>
> 要准确地描述每一种激情,应该写成acl;如果c和l倾向于把a发展到最大,我会写成ac'l';如果只有c发挥作用,就写成ac'l;如果只有l发挥作用,就是acl'。ac'l'＝A'。
>
> 因此,A'就代表着一种激情最大的力量。
>
> 假设我们能见到的最简单的社会(美洲狩猎的野人社会)用S表示。
>
> 我猜想(也许并不准确)南极和北极的寒冷产生同等的作用,世界上就只有三个区域:
>
> 寒带＝C
>
> 温带＝C'
>
> 热带＝C''
>
> 应该考虑以下组合是什么样:SC,SC',SC''。①

在1804年的笔记中,他读完霍布斯的《论人》之后,开始思考激情的方法:"在一个人的激情历程中,需要考虑他满足激情的方法;而他的心愿

---

① *Journal littéraire*, I, p. 157.

对象取决于哪些人,这些方法就在于他在那些人身上产生的影响。大部分激情的对象都取决于同时代的人,影响他们的方式随着习惯与激情而变化。因此,霍布斯时代英国权力的标志与1804年法国权力的标志不相同。"①同样是在1804年,他阅读了大量历史书籍,从中学习情感的法则:"研究政治史有助于诗人研究激情。"②他从杜博斯、布丰、孟德斯鸠等哲学家的作品中认识到气候对人的影响,从爱尔维修、孟德斯鸠的论述中认识到政府的影响,从布里索那里则学到人的性情差异。加之司汤达长年在欧洲多国游历或居住,见多识广,丰富的阅读加上广泛的游历,让他认识到一条最大的法则,那就是思想与情感的历史性与相对性。司汤达思考问题时从不会剥离它的躯壳,把它与历史背景分隔开来,作为爱情的理论家尤其如此。人不是抽象的存在,而是性情、种族与文化形式的产物,因此爱情也不是抽象的情感,而是各种因素的组合。早在1804年8月写给波利娜的一封信中,他在论及风俗与激情的差别时,就列举了西班牙人、意大利人、法国人追求心上人的不同方式。写作《论爱情》之前17年,他已具有世界主义的视野,甚至认为城市间风俗、气息不同,居民的情感状态也不相同。这些观点在《论爱情》的第二部分得到充分阐发。后来他又在《自我主义回忆录》中写道:"英国人是个脾气暴躁的民族,在表达同样的灵魂悸动时,他们的动作表情和我们法国人大不相同。"③正如圣勃夫所说:"贝尔,是从根本意义上来说走出家门、进行比较的法国人(最早的法国人之一)。"④

司汤达的哲学研究的最大价值不在于发现了某种关于人性的普遍规则,而在于发现了情感微妙的差别。"在众人身上,有多少种看待事物的方式,就有多少种感受的方式。"⑤因此,他避免在各种类型、步骤之间划

---

① *Pensées*, II, p. 263.
② Ibid., pp. 330—337.
③ *Souvenirs d'égotisme*, p. 482.
④ C. A. Sainte-Beuve, «Lundi 2 janv. 1854, M. de Beyle», in *Causeries du lundi*, Paris: Garnier frères, 1947, IX, p. 302.
⑤ *De l'amour*, p. 63.

分僵硬的界线,而是关注情感的细微变化与层次以及在不同情境中的表现。《论爱情》中细细区分爱情在不同国家、不同时代的差异,后来在小说中也深刻地体现出来,而且更加细分到社会群体与个人。《红与黑》不是一个超越时空的、永恒的爱情故事,而是"1830年纪事",是发生在七月革命前后的法国社会的故事。《巴马修道院》①虽以文艺复兴时期的意大利手稿作为蓝本,却将故事移植到十九世纪,将滑铁卢战役等重大历史事件编织在小说的经纬之中。单纯羞涩的外省妇人德·莱纳夫人与高傲聪颖的巴黎女孩玛蒂尔德爱上同一个人,方式却大相径庭;平民出身的法国人于连与意大利贵族法布里斯追求爱情的轨迹也绝不相同;于连起初饱受玛蒂尔德折磨,后来终于征服她的心,正是因为他发现了"人心的法则",更确切地说,是生长在巴黎的人心的法则。

伊夫·安塞尔比较司汤达的两部重要小说时指出,虽然《巴马修道院》轻灵纯净,具有更高的诗学价值,但在对读者的历史观与社会观影响层面,《红与黑》更胜一筹,因为它是第一部真正意义上的现实主义小说。小说中第一次出现了塑造个体的历史、政治、社会、文化等决定性因素,人物的每一个行为、每一个想法都受到社会规则的影响。从这个意义上来说,司汤达是一个具有超前意识的社会学家。情感的社会性,自二十世纪九十年代以来,已成为当代情感研究的重心。

司汤达在情感研究中领悟出的重要法则是情感的相对性:"激情栖身于不同的性情、性格或总体习惯,会催生出几乎完全不同的行为。"②哲学家认识到这一规律,小说家则要更进一步,为情感在不同性格身上、不同情境之中的种种表现,找到千差万别的表达。以《红与黑》的两位女主人公为例,她们都在无意之中发觉自己对于连产生了爱情,过程却迥然不同。德·莱纳夫人天性单纯,过着几乎与世隔绝的生活,对爱情一无所

---

① "巴马"(Parme)现在的通行译名是帕尔马,今天更是以帕尔马足球俱乐部而知名。但是鉴于中译本和研究文章都是以《巴马修道院》为题,为了原样引用并且保持行文的一致,本书在论述过程中仍沿用《巴马修道院》之译名。

② *Journal littéraire*, I, pp. 296—297.

知。得知自己的贴身女仆想要嫁给于连,她"相信自己是病了,浑身发热,夜不能寐",后来听说于连拒绝了爱丽莎,她喜出望外,卸下沉重的负担,生出始料未及的念头:

> 她度过了多少个绝望的日子啊,终于抵挡不住这股幸福的激流,她的灵魂被淹没了。她的头真的晕了。当她清醒过来,在卧室里坐定之后,就让左右的人一一退下。她深感诧异。
> "莫非我对于连动了情?"最后,她心中暗想。
> 这一发现,若换个时候,必使她悔恨交加,坐卧不宁,而此刻不过成了似乎与己无关的一幕奇景。她的心力已被刚刚经历的这一切耗尽,再无感受力供激情驱遣了。①

玛蒂尔德出身高贵,见多识广,加之天生反骨,蔑视一切俗套成规,追求惊世骇俗的情感。她厌倦身边彬彬有礼的一众追求者,偏偏乐于和地位低下的于连散步闲聊。她感到愉快、惊讶、无端被吸引,突然发现自己对于这些交往"无论如何也不能道出全貌":

> 突然间,她恍然大悟:"我得到了爱的幸福。"一天,她对自己说,不可思议的喜悦让她兴奋不已。"我爱上了,我爱上了,这很清楚!在我这个年纪,一个女孩子,美丽、聪明,如果不是在爱情中,能到哪儿去找到强烈的感觉呢?我没有办法,我永远不会对克鲁瓦泽努瓦、凯吕斯和所有这些人有爱情。他们是完美的,也许太过完美了;反正他们让我厌倦。
> 她把她在《曼侬·莱斯戈》《新爱洛漪丝》《葡萄牙修女书信集》等书中读到的所有关于激情的描绘又在脑子里过了一遍。当然,都是伟大的激情,轻浮的爱与她这个年纪、她这样出身的姑娘不配。爱情这名称,她只给予在亨利三世赫巴松比埃尔时代的法国能够遇到的那种壮烈的感情。这种爱情绝不在障碍面前卑劣地退却,甚至远胜

---

① *Le Rouge et le Noir*, p. 392. 译文引自《红与黑》,第45页。

于此，它能使人完成伟大的事业。①

一个自然温和、动情而不自知，一个心地高贵却有刻意为之的强烈意愿，分别对应着司汤达曾在《论爱情》中提出的"激情之爱"与"头脑之爱"，却毫无理论的生硬突兀。呈现在读者面前的是两个有血有肉、个性鲜明的人物形象，她们的一举一动都在阐释作者提出的理念，却让人觉得自然、真切、饶有趣味。

于连内心冲突不断，导致他性情多变，常有鲁莽之举。面对他突如其来的变化，两任情人的反应也完全不同。初次见面时，德·莱纳夫人难以相信这个清秀少年就是家庭教师，问他是否真的懂拉丁文，这句话刺伤了于连的自尊，他摆出冷面孔回答后，德·莱纳夫人发现他表情凶恶，反而低声恳求他不要责骂自己的孩子。面对于连时时流露出的对富人的愤怒，德·莱纳夫人总是理解、同情。等到她为了维护自己的忠贞而装出冰冷的态度，于连反而比她更加冷酷，她"完全乱了方寸"，"她眼睁睁地看着他走了，她在他头天晚上还那么可爱的目光中看到那种阴郁的高傲把她吓呆了"②。玛蒂尔德正好相反，极力寻求危险与挑战。于连对她冷淡、疏远，甚至拔剑威胁，她却更加入迷："从这时起，在她对于连的感情中已经有了某种模模糊糊的、不可预料的、近乎恐惧的东西。这颗冷酷的心感觉到了一个在巴黎人赞赏的过度文明中长大的人所能有的全部热情。"③

两人的区别在于天性，一个谦逊，一个高傲，也在于自然与文明所占的比重不同。德·莱纳夫人的弱点是毫无经验，常常被情感所迷惑，无法看清非常明显的局势："在更为开化的地区，一个30岁的女人早就有了一些处世经验，如果德·莱纳夫人略具一些此种经验，她会担心一种只靠惊奇和自尊心的满足来维持的爱情能否长久。"④然而，恰恰是这种心无城府和真诚打动了于连，将他带有野心与征服意味的诱惑变成了真正的

---

① *Le Rouge et le Noir*, pp. 628—629. 译文引自《红与黑》，第281页。
② Ibid., p. 412. 译文引自《红与黑》，第64页。
③ Ibid., pp. 749—750. 译文引自《红与黑》，第407页。
④ Ibid., p. 430. 译文引自《红与黑》，第83页。

爱情。

　　小说叙述者屡屡将德·莱纳夫人的单纯与她没读过多少小说联系起来,从中显示出文明的渗透对自然情感的影响:"有生以来,连与爱情多少有些相似的感情都从未体验过,也从未听过。……偶尔也有几本小说落到她的眼下,她在那里面发现的爱情被当作一种例外,甚至被当作是不自然的。幸亏这种无知,德·莱纳夫人才感到十分幸福,不断地关心于连,决想不到要对自己有丝毫的责备。"①"一个卖弄风情的少女早早地恋爱,会渐渐习惯于爱的烦恼。德·莱纳夫人从未读过小说,她的幸福的各种程度对她来说都新鲜。没有任何可悲的事实,甚至也没有未来的幽灵,来给她泼冷水。"②恰恰相反,同一时期的于连,却对恋人有着恶意的猜想,怀疑她的感情是否诚挚。小说这样感叹:"唉!这就是一种过度的文明造成的不幸!一个20岁的年轻人,只要受过些教育,其心灵便与顺乎自然相距千里,而没有顺乎自然,爱情就常常不过是一种令人厌烦的责任罢了。"③是否熟读小说,成为天真与做作的一道分水岭,因为小说是文明的产物,它给人以社会生活的智慧,同时也剥夺了人体验真实情感的可能性。

　　文明的渗透在玛蒂尔德的身上非常明显,甚至阻碍她品味幸福。她在小说中出场,给人的最初印象是"冷酷的灵魂"④"心灵干枯"⑤"这颗高傲的灵魂浸透了那种在上流社会被视为能忠实地描绘人心的干枯的谨慎"⑥。她看不上唾手可得、顺理成章的情感,追求崇高、罕见的激情,于连只有压抑与隐藏自己的情感,才能获得玛蒂尔德的垂青。两人在互相躲闪,一个强求理想,一个玩弄手段,始终在真情与伪装之间摇摆。此处的伪装并非为达到某个功利目的所采取的虚伪手段,而是被理智所钳制、

---

①　Le Rouge et le Noir, p. 388. 译文引自《红与黑》,第41页。
②　Ibid., p. 421. 译文引自《红与黑》,第72页。
③　Ibid., p. 420. 译文引自《红与黑》,第72页。
④　Ibid., p. 569. 译文引自《红与黑》,第221页。
⑤　Ibid., p. 622. 译文引自《红与黑》,第275页。
⑥　Ibid., p. 769. 译文引自《红与黑》,第426页。

所扭曲的真情。只有在忘记思虑、完全沉浸于激情的那些短暂时刻,她才能充分体会到幸福:"这颗冷酷而高傲的心灵第一次受到热烈的感情裹挟。"①美妙的歌剧使她忘记骄傲,完全服从情感的驱使,她的激情才能够达到与德·莱纳夫人相比的高度。此处,小说又一次回到"头脑之爱"与"激情之爱"的区分:"有头脑的爱情无疑比真正的爱情更具情趣,但是它只有短暂的热情;它太了解自己,不断地审视自己;它不会把思想引入歧途,它就是靠思想站立起来的。"②

很多研究者关注《论爱情》对婚姻、对女性教育的论述③,认为这是司汤达的现代性所在。伊夫·安塞尔则认为女性身份等内容远非创新,在创作的语境中也不具备革命性,司汤达的现代性更在于他把爱情视为文化的产物,将男人、女人的情感与他们生存于其中的生活境遇联系起来:"抽走爱神厄洛斯的底座,让他在历史与地理之中生根发芽,让他的性质发生变化。"④爱情既具有生理性,又是文化产物,是国家、气候、政府、宗教等诸多因素的综合产物。德尼·德·鲁日蒙在著作《爱情与西方》中也强调司汤达论述的相对性:与其说《论爱情》的作者是哲学家,不如说他是研究情感的社会学家与历史学家。相对性信条使得司汤达看待情感的态度丰富而包容,能够洞察人类情感千差万别的体现,透过现象思考并理解情感的深层生成机制。

四、《论爱情》与小说

在写作《论爱情》时,为了强调作品的科学性和"非虚构性",司汤达常常以小说作为反例,强调自己的观念学论著与小说不同,是对爱情客观、全面的描述:"我把这篇随笔称为观念学作品。我的目的是要指出,尽管

---

① *Le Rouge et le Noir*, p. 643. 译文引自《红与黑》,第 297 页。
② Ibid., p. 670. 译文引自《红与黑》,第 326 页。
③ 例如波伏娃在《第二性》中以一章的篇幅分析了司汤达笔下的女性怎样反抗传统与偏见,将他视为女性主义的先驱。
④ Yves Ansel,«Amour de l'idéologie et idéologie de l'amour», p. 29.

它名为'爱情',却不是一部小说,它尤其不像小说那样有趣。"①作者认为无数小说描绘了爱情,即使是最优秀的作品也有不足,因此,他想用论著清晰地阐释爱情,即使论著在趣味上不及小说。然而,正如布尔德奈指出,小说化贯穿着《论爱情》的始终。② 一方面,激情之爱的核心部分——结晶,就是幻想的能力、虚构的能力。人把爱恋的对象想象得完美,那些品质并非对方所有,而是出自恋爱之人自己的想象;热恋之中的人善于夸大担忧与希望,"想象的事物就是真实存在的事物,对于他的幸福有同样效果"③。因此,爱本身就意味着虚构,是一种小说化的过程。

另一方面,《论爱情》有着极强的互文性,大量引用《新爱洛漪丝》《克莱芙王妃》《危险关系》《少年维特之烦恼》等爱情小说作为论据,正可印证罗兰·巴特在同样谈论爱情的著作《恋人絮语》中所说:"爱源自书本。"④司汤达区分的四种类型的爱情之中,肉体之爱最低等、最平庸,"干枯而不幸",不值得深入探讨。除此之外,其他三种爱情都与书本密不可分:最重要的激情之爱是真正的爱情,圣普乐、维特所具有的那种理想爱情,几乎只存在于小说中。作者引用的例证全部来自文学作品:"激情之爱,如爱洛漪丝对阿贝拉尔的爱、葡萄牙修女的爱、朱丽对圣普乐的爱。"⑤论述之后的《片段集》第 93 节,作者谈及古代的爱,又列举同样的例子。相反,他没有引用任何一本理论作品给出的关于激情之爱的例证。趣味之爱深谙理想的人际交往规则,全盘模仿书中的告诫箴言;虚荣之爱则以激情之爱为模仿对象,处处有小说的幻影:"小说的念头扼住你的喉头,人以为自己深陷热恋与忧郁,因为虚荣渴望自己是伟大的激情。"⑥"在日内瓦,在法国,人们在 16 岁开始恋爱,为的是编造一部小说,人们每做一个举动,每

---

① *De l'amour*, p. 68.
② Ibid., p. 45.
③ Ibid., p. 83.
④ Roland Barthes, *Fragments d'un discours amoureux*, Paris: Seuil, 1977, p. 251.
⑤ *De l'amour*, p. 61.
⑥ Ibid., p. 62.

流一滴泪,都会自问:'我是不是跟于丽·德唐热一样?'"①小说读者很容易变成典范的模仿者,时时验证自己是否符合某种预设的虚构形象。

尽管《论爱情》穿着科学的外衣,但它和所有谈论爱情的话语一样,不具备科学性,反而属于小说的范畴。作品中有大量来自回忆录、通信集的逸事,像是一份爱情故事汇编,叙事性多于论证。将个体事件作为整体的代表,用故事来呈现理念,这是一种小说化的倾向。从逸事中得出结论的推理方法,与严谨的科学论证截然不同,而且作为例证的事件来自多种视角、多种语声,这都属于小说诗学的形式。此外,作品具有碎片化的讲述形式,缺少整体布局,而是零碎发散,创作的偶然多于严整的结构。

司汤达虽然把《论爱情》定位为科学论著,却从未把作品与哲学著作并论,而是多次与小说类比。例如1826年的序言第一段结尾,他说自己尽力清晰地重写作品,但是"一百个读过《科琳娜》的读者中,不到四个会理解我的书"②。在序言后半部分,司汤达把爱情比喻成银河,极为庞杂难辨,他列举出描写爱情最好的书:《新爱洛漪丝》、科坦夫人的小说,以及莱斯皮纳斯小姐的《书信集》《曼侬·莱斯科》,全部为文学作品。谈及读者的理解力,他说:"在社会中被称为智者的严肃的、毫无浪漫精神的人,理解一本小说(无论情深情浅)都比理解一本哲学书籍容易得多,这本书的作者冷静地描绘了被称为爱情的灵魂的病。小说还能让他们略有触动,但这些智者面对哲学论著,就像盲人让人给他们念完博物馆的画作介绍,然后说:'先生,您得承认,您的作品真是极为晦涩。'"③在《吹嘘文》文末,他又写道:"每次合上书深思,我都想对女读者说——本书就是为女读者而写的——这种思考的方式恰恰就是甜蜜地回忆起那些曾经震荡过我们生命的那些温柔情感。这不就是说'爱情'具有最好的小说的魅力吗?"④构建《论爱情》与小说的比较体系,一方面说明司汤达意识到作品

---

① *De l'amour*, p. 279.
② Ibid., p. 349.
③ Ibid., p. 354.
④ «Puff-article», p. 530.

的创新性,他在运用哲学－科学方法分析一种本属于诗学领域的主题,这是一种前所未见的行为,至少在哲学界没有参照与比较对象;另一方面,他在有意无意地向文学创作靠近,因为他的参照体系、素材来源,全部都是文学作品。他所论述的爱情与痛苦、不幸相连,仍处在传统之中,只是他认为描绘方法更胜一筹:"我只把经过长期不幸考验的情感称为激情,小说都避免描绘这些不幸,况且它们也*描绘不出*。"①

在《吹嘘文》中,司汤达夸奖完作品的科学体系之后,开始夸奖文笔:"作者描写得很好,鲜明、生动,常常妙趣横生;作品的一大优点,就是他知道如何引人入胜。读者拿起这两本小书就很难放下,会高高兴兴地再读一遍。"这样的措辞更适用于评论小说,而非作者所追求的科学论著。紧随其后的结论是:"作者只在制订作品计划时是个哲学家,在填充作品时则是个诗人。"②此时,作者在计划与写作方式两者之间并无偏颇,由此可以看出他没有把作品局限在科学论著的范畴,至少是把它作为一种全新的、混杂的文类,而且他对作品的文学特质有清醒的认识。再往后几段,作者的态度表现得更为鲜明:"思想不总是正确,但它颇具新意,往往非常有趣。"这句话说明作者对作品的优点、缺点认识清醒:作为哲学论证,它缺乏严密、准确性,缺乏清晰的论证过程;但是如果作为文学作品,它的优势则很明显。

《论爱情》中穿插了小说、诗歌、日记等多种文学形式。论述中夹杂着假托为意大利人利奇奥·维斯孔蒂(Lisio Visconti)和萨尔维亚蒂(Salviati)的日记片段,再从他们的恋爱经历引发思考。这意味着论著之下隐藏着日记这种文学形式,既保存着情感的热度,又带有经验论的思考。论著之后还附带一篇中篇小说《欧内斯蒂娜,又名爱情的诞生》,以小说形式阐述爱情诞生的法则。小说设置了一个理想的环境、一个绝佳的研究对象:"一个年轻女孩,住在乡下一座偏僻的古堡里。她有一颗天真

---

① *De l'amour*, p. 273.
② «Puff-article», p. 527.

未凿的心,最微不足道的意外,都能引起她的惊叹。如果出现了一丝希望,就会引发爱情和结晶。"①小说描绘主人公怎样经历爱情的七个阶段,一一对应前文的理论划分,说明作者在写作论著的时候,已经在为后来的小说创作做准备了。这部作品已经蕴涵了司汤达的重要主题:主人公的恋爱心理分析、爱情的发展阶段、绝佳的地点与风景等,将在他后来创作的小说中充分展开。

从司汤达的整体作品来看,《论爱情》就像提纲,而后来的各部小说是对其的阐释。读者自然而然地会把两者对应起来,把其中的归类与定义看作为小说预先绘制的草图,把对爱情的描绘看作小说的一种预演。"四种爱情""第一次见面""两次结晶""爱情的七个步骤"等划分成为解读小说深层架构的依据,关于女性心理的种种分析有助于读者理解小说人物,如"矜持"一章的论述有助于理解审慎内向的德·夏斯特莱夫人,"骄傲"一章则对应着《红与黑》中高傲的玛蒂尔德。梅雷特·热尔拉什-尼尔森(Merete Gerlach-Nielsen)在《司汤达:爱情的理论家与小说家》中将司汤达的爱情理论与各部小说进行了分析与对照,证明"司汤达笔下人物在爱情中的举动,分毫无差地对应着理论的细节":"在小说中,我们可以找到爱的四种形式,人在恋爱过程中经历的不同状态:两次赞叹、希望、两次结晶、怀疑、担忧、嫉妒、羞涩、惨败以及相对应的女性的骄傲与矜持。"②这种对照式解读未免过于局限,对小说的诗学效果评价不足。虽然《论爱情》与司汤达后来小说的情感观一致,但不应将文中提出的"结晶"原理或爱情七个步骤机械地套用在小说之上。从理论框架到小说,其间会汇入回忆的热度与想象的不可知的力量。巴尔代什这样评价理论与小说的差别:

> 司汤达作为小说家,牢记在心的是回忆,而不是他做出的分

---

① *De l'amour*, p. 70.
② Merete Gerlach-Nielsen, *Stendhal théoricien et romancier de l'amour*, Kobenhavn: Ejnar Munksgaard, 1965, p. 114.

类……他的小说与《论爱情》相似,就如同虚构故事与报刊相似:它们的某些轮廓重合,但很快其他回忆又加入进来,将小说家的想象带到别处。司汤达在随笔中确定了人物要走的路径。他们和他一样,都要经过那片未知的区域,那片未见之前无法想象的区域。但是,仅此而已。这条路径完全不是严格划定的。如果我们认为司汤达想好让他的人物一个接一个地经过预先设定的七个成系列的标记,那就误解司汤达写作与创作的格局了。①

司汤达没有被僵硬的理论框架所限制,他在小说中所塑造的人物都超出了理论所限定的范围。例如《红与黑》的三个主人公阐释了不同类型的爱情,却都达到了理论著作所没有的高度。德·莱纳夫人单纯质朴,未受社会习俗的沾染,自然而然就达到了"激情之爱";玛蒂尔德生长在巴黎的名利场,只能体会到"虚荣之爱",但这种爱在这个心地高贵的女孩身上有一种极高的格局,有时甚至能与"激情之爱"一争高下;于连在经历种种考验之后,最终洗尽浮华,摆脱了外在的各种限制与羁绊,他在临死之前所体验到的内心的平和与满足,是理论著作所无法表达的。司汤达在《论爱情》中提出了"激情之爱"这种理想,同时也指出人因为自身的软弱,以及社会的腐蚀与限制,无法达到完美的激情之爱;但他在小说中却塑造出了性格强大到足以摆脱外界制约的人物,达到了激情之爱的高度。从这个意义上说,小说是对现实的一种补偿:在想象的世界里,人足以承载理想的爱情。

《论爱情》并未帮助作者清晰地认识爱情和掌控情感。司汤达手持观念学的解剖刀,徒劳地肢解爱情,最终却发现"爱情几乎没有解药"②。与其说它是一本观念学的著作,不如说它是一本情感回忆录或一本观点集锦,是司汤达在此后的创作中不断重返的宝库。这本关于爱情的书中闪过众多小说的影子,将作者引向小说创作。

---

① Maurice Bardèche, *Stendhal romancier*, pp. 99—100.
② *De l'amour*, p. 166.

第三节 笑与微笑——司汤达的喜剧观

司汤达在情感领域的探索不止于剖析"爱情"这种激情,"笑"也是他始终挂怀于心的情感现象。司汤达从小热爱喜剧与歌剧,最初的愿望是成为剧作家。据他回忆,他在6岁时观看歌剧就激动不已,从此心目中真正的喜剧就与幸福、狂热等感觉相伴相生。14岁时观看卡沃(Gaveaux)的轻喜剧《无效和约》让他形成"最初的喜剧观"①。"自我有印象的幼年时期,我就想成为喜剧诗人。我的身体、头脑、灵魂,一切都是朝着这个方向发展的。"②直至去世的前些天,他还在日记中写道:"你的任务是写无尽的喜剧。"③他对歌剧和喜剧的热爱从未衰减,对笑与喜剧的思考也从未停止,在他的日记、书信以及小说手稿中随处可见的笔记、随想与评论就是证明。司汤达的努力并没有导向虚无:虽然他终其一生也没有完成一部戏剧作品,但喜剧(le comique,更确切地说是喜剧性或喜剧效果)作为一种特质已经融入他的写作风格与人生态度。在他的笔下,喜剧已经不再局限于一种体裁,而是贯穿于他全部文学创作的一种视角、一种语调。他在喜剧学习过程中区分的笑与微笑这两个概念,对于形成他独特的喜剧性有着至关重要的影响。

一、笑与人心

司汤达年轻时来到巴黎,梦想成为像莫里哀一样伟大的喜剧作家,在文学界赢得声名。他频频出入巴黎各大剧院观看演出,与诗人、剧作家往来密切,甚至跟随名演员拉·里夫(La Rive)、迪加宗(Dugazon)学习戏剧表演。他熟读莫里哀、莎士比亚等大作家的作品并逐句逐段地分析,在

---

① *Vie de Henri Brulard*, p. 572.
② *Journal littéraire*, II, p. 9.
③ *Vie de Henri Brulard*, p. 423.

剧院观看演出时记下观众发笑的地方，品评剧本的特点、情节、节奏等，剖析自己在看戏时的感受，希望从中摸索出喜剧创作的方法与规律。1804年左右，他的笔记中随处可见这样的随感："其他人在剧院找到情感，我却只找到教益。我体会到的所有教益几乎都是为了获得荣耀。哪天我觉得自己有很多发现，就会兴高采烈。如果我觉得一无所获，就悻悻而归。"①边阅读边做笔记，或者边看戏边做笔记，成了他一直保持的习惯。在他评论莫里哀《女学究》的手稿上写着："这是我1813年11月2、3、4日在米兰的约会间隙读剧本时产生的念头。"②他在笔记中的记述更为具体："1813年11月在米兰，为了填补一个约会与另一个约会之间的空隙，我手中握笔读莫里哀。"③此时的笔记包含对莫里哀、莎士比亚以及对喜剧的诸多评论与思考。与此同时，他孜孜不倦地构思、撰写了多部喜剧、悲剧和正剧，却无一完成。

　　司汤达认为评价作品价值的依据是它在读者或观众身上激起的情感的强度。一部好的悲剧会让人流泪战栗，一部好的喜剧则会让人开怀大笑。笑这种最直接、最自然的生理反应同时也是最真实可靠的美学评判标准，因为它不可伪装、不可重复。笑，作为喜剧最重要的因素，也是喜剧价值最明显直接的判断标准，成为司汤达研究喜剧的出发点。要让人发笑，首先要知道人为什么而笑。观念派哲学家的影响在此又一次体现出来，司汤达注重逻辑，认为研究笑这种现象要从严密的定义出发："要笑，也许还应知道其质与量"④；"如果我能像以前分析爱情一样对喜剧性做一个清晰全面的分析，创作喜剧就不在话下了"⑤。他把笑当作一种可解释、可剖析的现象，希望提炼出笑发生的原因甚至步骤。因此他的笔下才

---

① *Pensées*, II, p. 246.
② *Molière, Shakespeare, la comédie et le rire*, p. 5.
③ Henri Cordier, *Stendhal et ses amis. Notes d'un curieux*, Paris: Le Divan, 1931, p. 18.
④ *Journal*, I, p. 243.
⑤ *Courrier anglais*, p. 62.

会出现这样一句惊人的话:"当我开怀大笑时,专心思考我身上发生了什么。"①可是,笑这样一种自然迸发、转瞬即逝的现象能用理性来定义、剖析吗?司汤达自己也意识到难处:"我感到我们无法讲述笑,因为要讲述它就必须使笑重现。"②

1803年,司汤达在剧作家卡拉瓦·德·勒斯唐杜(Cailhava de l'Estendoux)的作品《喜剧的艺术》中读到霍布斯对笑的定义:笑是"我们面对他人的错误,本能地意识到自己与他人相比的优越性、自尊心受激的一种突然反应"③。这句话对他来说不啻为一个天大的发现,从此霍布斯对于笑的定义就成了司汤达关于喜剧与笑全部思考的基础:笑来自人突然体会到的相对于他人的优越感,当人看见他人犯错而自己不会犯相同的错误时就会笑。司汤达从笑的定义引申出笑的条件:一是笑的主体清晰地意识到自我的优越性,二是突发性、不可预见性。他从中总结出在社交或文学创作中讲笑话需要遵循的法则:笑话要讲得真实可信、简洁清晰却又出人意料,才能有效果。

在司汤达之后研究笑的几位作家与哲学家都或多或少继承了霍布斯的观点。波德莱尔在《论笑的本质并泛论造型艺术中的滑稽》④中赞同这种生理学上的解释:人从他人的不幸、软弱和劣势中取乐,"笑来自对自身优越感的意识",来自发笑者思想深处某种无意识的骄傲。但他进一步解释道:笑本质上是邪恶而矛盾的,是人的形而上的痛苦的表现,与原罪及人的堕落有关。人相对于他所设想的上帝感到自身的无限低微,相对于动物界则感到自身的无限高尚,"笑从这两种无限的不断的撞击中爆发出来"。因此笑是人自身分裂的产物,是他的矛盾的双重性的必然结果。柏格森在《笑——论滑稽的意义》中试图用一个广泛又简单的模式来解释一

① «Du rire», p. 292.
② Ibid., p. 320.
③ *Journal littéraire*, III, pp. 34—35.
④ Baudelaire,«De l'essence du rire et généralement du comique dans les arts plastiques», in *Œuvres complètes*, Paris: Gallimard, Bibliothèque de la Pléiade, 1976, II, pp. 525—543.

切喜剧效果:笑是由人在肢体或精神上机械化的僵硬所引发的。一个人僵硬地保持着他前进的步伐,是相对于社会群体的偏离。笑是一种社会性的行为,作为对人偏离社会的惩罚,有纠正人行为的作用。笑仍然来自优越感,是掌握着标准的社会群体相对于孤立、独特的个人的优越感。弗洛伊德在《玩笑及其与无意识的关系》中也认为自嘲是主体分裂的产物,是"超我"在笑"本我",即主体意识相对于自身的优越感。这种分裂将主体置于高于现实的地位,把现实视为一出引人发笑的戏剧,其实是保护自我不受无常现实伤害的一种方法。

在司汤达研究喜剧的早期,他严格遵照霍布斯的定义,把笑局限为一种否定的行为。他承认笑只是喜剧效果的一种:有些优秀的喜剧,如"浪漫喜剧"[la comédie romanesque,又称"西班牙喜剧"(la comédie espagnole)或"英雄主义喜剧"(la comédie héroïque)]或"哲学喜剧"(la comédie philosophique)是不好笑的,他所推崇的莎士比亚有些喜剧作品也不惹人笑。此时司汤达的喜剧观与传统喜剧和十八世纪"严肃喜剧"(la comédie sérieuse)有相通之处,将可笑与喜剧分离开来,他认为伟大的作品植根于对人性的深刻认识,来自对人心深处的探究与揭示。笑伴随着某种尖刻苦涩的东西:"真正的喜剧是从刺叶皆剧毒的刺树上摘取鲜美的果实。"[1]他认为莫里哀的成功之处在于他了解笑的原因,微妙地刻画人物的情感,利用人物的缺陷引人发笑,而不像其他作家那样激起观众的鄙夷或愤慨。他决定师从莫里哀,把研究人性作为创作喜剧的不二法门,却又时时哀叹深究现实的丑恶让他难受,描绘人性中卑劣的成分与他的崇高化倾向之间产生矛盾。他在日记中写道:

> 亨利——我会为我至今所见的美好性格和热烈情感而心怀狂热。我对我必须研究的那些本质上低俗的性格毫无热情,这毫不奇怪。
>
> 我只对崇高的东西有热情。因此我真的只热衷于描写追求崇高

---

[1] *Journal littéraire*, III, p. 11.

的人所具有的缺陷和可笑之处。这也许是我唯一能满怀激情描绘的缺陷。

我致力于研究那些本质上低俗可笑的性格,因此毫无热情,这不奇怪。只有对荣誉的热爱能逼迫我做这令人厌恶的解剖。①

这番话说明司汤达清晰地认识到他本能的喜好与追求目标之间的矛盾:他想要成为伟大的喜剧诗人,却要大费力气才能克服反感,去直面人的卑劣可笑的行为。多年以后,他在《亨利·布吕拉尔传》中这样评价自己的两难境地:"莫里哀的接班人的奇怪秉性!"②他性情中诗意的、理想化的一面远远胜过忠实描摹现实的愿望,因此,这一阶段所定义的这种讽刺、悲观的笑与他寻求幸福和乐趣的天性是格格不入的。他对那种洋溢着欢乐气氛的喜剧,甚至是闹剧似乎有一种与生俱来的喜好,被勒尼亚尔(Regnard)剧作中的欢快与热情所吸引,但他认为这类作品深度不够,不属于真正的喜剧。

二、从"笑的危机"到"玩笑至上"

司汤达不仅从心理学、美学,也从历史、社会、政治等方面研究笑的意义。当他对戏剧体裁和法国戏剧历史与现状的整体有了更深的把握与思考之后,特别是意识到法国社会"笑的危机"之后,就开始把"戏剧乐趣"(le plaisir dramatique)作为戏剧唯一的目的和唯一的价值衡量标准,把笑作为喜剧的主角。

首先,司汤达反对将喜剧排在悲剧和正剧之下的传统划分。他认为这种由来已久的划分来自不公正的成见,即认为哭比笑更为高尚,完全是出于严肃的道德考虑。笑代表着无序,带有反抗和倾覆意味。它在稳定肃穆的背景之上迸发出来,瞬间破坏严肃所代表的秩序,因而长期受到压制。人们对喜剧作家也有偏见,认为创作喜剧比创作悲剧更容易。其实

---

① *Pensées*, II, pp. 102—103, 217.
② *Vie de Henri Brulard*, p. 940.

敏锐的喜剧感更为稀有,创作好的喜剧需要更高的天分。在社会上悲剧地位高于喜剧,是因为大众更容易理解悲剧。普通人可以毫不费力地理解灾难、恐惧和浅层的痛苦,悲剧直观地呈现这些场景,观众只需原样接受。而喜剧不是直接可见的,"笑是最微妙的东西"①,理解喜剧常常需要敏锐的目光和思考理解能力,透过表面现象进行阐释。司汤达主张打破传统悲剧与喜剧的划分,寻求一种融合喜剧与悲剧各种特征的完整的戏剧,更确切地说是一种"戏剧性"(le dramatique),它不是悲剧与喜剧两种因素在同一作品中的交替与共存,而是两者的融合,将诙谐滑稽作为庄严激昂的平衡点,用非严肃来转化主题的严肃,保持作品的开放与丰富。

总之,司汤达不在乎戏剧体裁或者技巧,只要求戏剧能让人哭、让人笑,给人纯粹、强烈而真实的乐趣,将人从寻常生活的严肃与无聊中解救出来。他不喜欢古典悲剧追求的那种威严感,认为威严意味着作品刻意与观众拉开距离,而理解和欣赏文学艺术作品最重要的是"同情"(la sympathie)。观众不需要高高在上的、理想化的典范,而是自己可以认同的、具有真实人性的人物。在浪漫主义与古典主义的论战中,司汤达作为浪漫主义的轻骑兵,在《拉辛与莎士比亚》中指出拉辛的崇高完美的悲剧只是令人敬畏,不能给人乐趣,不能激起观众的情感。他要求古典主义不仅仅要考虑作品自身的技巧,同样也要考虑作品所造成的效果,不要盲目遵循文学准则与条框,而要关注自己的心、自己的情感。评价作品的标准不是可测量的客观标准,而是最不可捉摸的因素——感觉。精美的形式和深刻的思想还不够,情感才是美真正的评判标准。

当时盛行的展示民众日常生活的正剧,即司汤达所称的市民悲剧(la tragédie bourgeoise)是他最不屑一顾的:在舞台上展示痛苦并不能使观众获得审美愉悦。这种悲剧过于真实,过于贴近现实,缺乏深意,将美学效果与道德教化、艺术与生活混为一谈,传达的仅仅是痛苦的感觉,而不是悲剧性的审美愉悦,不具备净化作用。因此司汤达坚决反对正剧(le

---

① 《Du rire》, p. 292.

drame，司汤达没有严格区分正剧与悲剧，在他笔下两个词经常混用）这种走向衰落的体裁，指责它正走向低级平庸，靠暴露过于真实的丑陋来攫取观众情感。与其说他反对这种体裁，不如说他反对戏剧创作的这种趋势。

喜剧和市民悲剧一样，因为过于贴近现实与人性真实而失去了戏剧乐趣。司汤达逐渐发现了被视为喜剧顶峰的莫里哀的缺陷：他的喜剧过于冷淡，虽有深意，却缺少玩笑意味（la plaisanterie）。他善于发掘人物行为的动机，解释可笑事物的根源，创造的场景令人信服，符合观众对人物心理活动的认知。但观众的乐趣也许只是来自哲学层面，是一种认知的乐趣，而不是出于情感上的认同。作者敏锐的目光、对人性的把握与发掘的深度令人赞叹，但过于拘谨地模仿现实，讽刺意味太重，使其无法引发欢快的笑。司汤达观察到在一场《伪君子》的演出过程中，观众只是不痛不痒地笑过两次。他自己则喜爱莫里哀的闹剧《斯卡班的诡计》胜过名剧《伪君子》《愤世者》，在《笑论》中把《愤世者》比作庄严辉煌的宫殿，美却无趣，把《斯卡班的诡计》比作迷人的乡间小屋，让人心花怒放，遗忘一切严肃的念头。与其瞻仰冷冰冰的华屋广厦，不如选择舒适的小屋；与其面对名剧哈欠连天，不如在简单直接的闹剧中大笑一场。

然而，司汤达所处的时代处在政治、道德多重重压之下，正经历着一场"笑的危机"。"相对性信条"的影响再一次体现出来，司汤达认为笑如同爱情一样，具有相对性，与每一个时代的社会背景、世态习俗息息相关。笑的危机首先来自政体变革。司汤达赞成斯塔尔夫人的观点，认为政治自由与笑无法共存：一旦有党派之分，笑就不可避免地带上了攻击报复色彩，而带有政治意味的笑就不再是愉悦的笑，而是尖锐的武器；粗暴短浅的政治利益代替了诗人所追求的精致趣味，因此在共和制或民主制的社会，喜剧无法存在。他在1811年写道："我一直是赞成法国大革命的……只是近来我依稀感到大革命把欢快（l'allégria）从欧洲驱逐出去了，也许将长达一个世纪之久。"①他和评论家若弗鲁瓦(Julien Louis Geoffoy)同感,认为路易十四时期的人热爱欢快喜剧,从国王到平民都性情率真、不惮俗礼,甚至被低俗滑稽的闹剧逗得哈哈大笑;而十九世纪初的人在金钱、政治、党派的争斗中变得虚伪冷漠、阴郁沉重,在生活中处处生硬刻板,在剧院里也害怕担上品位低下的恶名,只会盲目地为公认的名剧喝彩,尊重那些乏味无聊的东西,不敢追求戏剧乐趣,不敢动情。正如若弗鲁瓦在 1802 年感叹道:"我们再也看不到那种令人暗笑的微妙轻巧的玩笑,现在的人太迟钝,无法捕捉可笑之处",因此"写一部五幕诗体喜剧并不难,难的是逗人开心"。② 司汤达在创作喜剧时,也常常担心自己的玩笑过于微妙,观众无法领会。他一面叹息无聊俗套的演出占据着舞台,一面寻求喜剧的革新,希望写出"让人笑的喜剧"。"玩笑至上"的观念开始占据主导地位:在这个充斥着虚荣、苦闷与仇恨的社会,笑弥足珍贵,任何能逗人笑的东西都应该受到欢迎与尊敬。

三、欢快喜剧

司汤达的喜剧观发生大逆转是在 1813 年阅读了施莱格尔(A. W. Schlegel)的《戏剧文学课程》之后。他赞同作者对于古希腊喜剧的评价,认为喜剧的精髓在于欢快(la gaieté),而不在于深意。喜剧的首要功能在于逗人开心,其次才有教化和纠正作用。应该有一种纯粹、独立的笑,它应该卸去道德、哲学的重负,不从属于什么,也不指示什么。司汤达在 1813 年的日记中写道:"道德目的是拉·阿尔普才干的蠢事,唯一的目的就是逗人笑。"③这次观念的转换可以说把他前面十二年的努力一笔抹杀了,也打乱了他心里的作家排行榜。从营造喜剧的特有氛围来说,勒尼亚尔更胜莫里哀一筹。司汤达用"有说服力的"(probant)喜剧和"有趣的"

---

① *Œuvres intimes*, I, p. 728.
② *Racine et Shakepeare*, p. 115.
③ *Journal littéraire*, III, p. 18. 拉·阿尔普(Jean François de La Harpe, 1739—1803)是十八世纪末喜剧作家。

(plaisant)喜剧来区分两者的作品。莫里哀作品的发展缺乏戏剧性,只是用各种事例验证人物的性格;勒尼亚尔刻画人物和描写世态的才能远不及莫里哀,却能用如醉如狂的欢乐气氛引人入胜;莫里哀即使在闹剧中也不忘理性,勒尼亚尔却有"连续不断的玩笑",充满迷醉、怪诞与欢快,一种"脱离尘世烦忧的欢快"①。司汤达在一篇书评中写道:"这(勒尼亚尔的喜剧)比莫里哀更欢快。他的嘲讽不如莫里哀的喜剧苦涩、合理,却更为欢快。勒尼亚尔善于把嫉妒者、深情的恋人、骗人的法官滑稽化。总之,勒尼亚尔的创作对象是社会永久而必需的阶层,而莫里哀的《愤世者》只是为路易十四的统治和风俗所造就的阶层而作。"②从1813年开始,司汤达摒弃施莱格尔所称的"现实喜剧"(la comédie prosaïque),即从主题到结构都严格模仿现实的作品。他以勒尼亚尔为例,开始寻求一种与理性、与现实相分离的喜剧:浪漫主义喜剧(la comédie romantique)或欢快喜剧(la comédie gaie)。

莫里哀所代表的传统喜剧表现为由软弱、错误、思想谬误或性格缺陷所导致的滑稽,利用"可悲的人性"惹人笑,其喜剧性来自事物本身,即建立在真实或事物本质之上。而司汤达提倡的"欢快喜剧"或称莎士比亚式的喜剧更接近无目的、无现实参照的喜剧,是依靠玩笑(le plaisant)实现的。玩笑与机智风趣相近,带有荒诞无稽的成分。它不依靠习俗或性格的可笑,而是来自观念或语词的不和谐,来自无意义,将人的注意力从严肃、理性的层面转移,突然破坏逻辑,揭示事物之间新的联系以及特殊的对立,让人在一瞬间捕捉到荒诞之处,爆发出欢乐的笑。传统喜剧聚焦于滑稽的主人公,笑料往往出自他一人之口而且是零散孤立的,而"欢快喜剧"中玩笑的分量更重,营造出一种整体的欢快气氛。

现实是丑陋的,剧作家不应该将其真实面貌赤裸裸地示人,而要以一种有趣的喜剧形式来转化主题的严肃,将丑恶提升到美学层面,转化为予

---

① *Molière, Shakespeare, la comédie et le rire*, p. 265.
② *Paris-Londres*, éd. Renée Dénier, Paris: Stock, 1997, p. 121.

人愉悦的物品。司汤达从剧作家帕里索(Palissot)的《回忆录,记弗朗索瓦一世至今我国文学史》受到启发,以十八世纪法国戏剧家索兰(Saurin)改编的英国戏剧《贝韦利》(*Beverly*)与勒尼亚尔的《赌徒》(*Le Joueur*)为例,区分正剧和喜剧:索兰的戏剧讲述了主人公因嗜赌变得狂躁不安、最终自杀的悲惨故事,而勒尼亚尔的喜剧则以活泼、诙谐的笔调表现了赌徒生活特有的戏剧性,既没有淡化戏剧冲突,又避免了展示赌徒悲惨的一面。作品以主人公无奈却不失快活的下场结束:他准备再去赌场,用赌博的乐趣排遣失恋的烦恼。司汤达认为作者将这样一个在现实生活中会导致严重后果的主题处理得非常欢快,远远胜过索兰阴郁真实的悲剧,这就是喜剧艺术战胜现实之处,它不是忽略、隐藏现实,而是以一种特殊的眼光使现实世界改观,在充斥着不幸、悲伤与绝望的现实之上创造另一种现实。喜剧是一种视角,一种创造:"一切皆可喜剧化,从来都只是缺少才华。"①司汤达根据喜剧的形容词自创了动词"喜剧化"(有多种写法:komiker, komiquer, comiquer),甚至还有名词"喜剧化的人"(le komiqueur)。在他眼里,喜剧化的艺术可以说是至高的美学。喜剧精神代表着道德层面和美学层面的一种勇气,它不像狭隘的现实主义或悲观主义那样被动地接受现实、被现实压垮,它坦然地接受现实的局限与缺陷,升华、超越对人生境遇的清醒认识,用笑与欢乐来反抗人的命运,改写生活的黯淡基调。

更重要的是,司汤达找到了对理想喜剧的定义。1812 年 9 月 30 日,他在莫斯科写的日记中称契玛罗萨(Cimarosa)的喜歌剧(l'opera-buffa)是"欢快与温情的融合"(le misto d'allegria e di tenerezza)②,这是自己要在作品中追求的理想效果。他寻求"喜剧中缥缈奇异的东西,与音乐带来的感受相似"③。纯粹的笑与音乐一样,是属于想象世界的:"当我去剧院

---

① *Journal littéraire*, III, p. 51.
② *Œuvres intimes*, I, p. 828.
③ *Molière, Shakespeare, la comédie et le rire*, p. 263.

放松,我希望找到一种狂热的想象,让我像孩子一样大笑"①;"我希望作者是一个幸福的人,他无拘无束的想象在戏耍,处于一种温和的癫狂"②。喜剧应该传达一种幸福感、一种整体的愉悦印象、一种绵延广阔的欢乐与喜悦,将人带入"真正的怪诞所必需的诗意美好的心境"③,它应该唤起欢乐。司汤达希望用轻快的笑代替意味深长的笑,将笑与滑稽分离,拉开笑与现实、理性、阴暗人性的距离,剔除笑所隐含的指示或讽刺意味,还原它的轻盈与纯粹。这种笑是对一切严肃观念的蔑视与破坏,是一种单纯无心的疯癫与迷醉。这一点上司汤达与施莱格尔观点相近:悲剧与喜剧的差别在于严肃与欢乐的区分。严肃是对时间与生命目的的意识,而欢快是对生活的遗忘,对生存目的的遗忘,对一切规则羁绊的否定,它只听从感官、偶然、欲望与想象的自由释放:欢快是一种无目的的美。"无目的""无意义"使喜剧超越善恶、真假的划分,超越意义探求,进入一种不真实、非理性的层面。喜剧需要依靠"预示着幸福的欢快"④来营造整体的喜悦气氛,将幸福感传达给观众。

司汤达不满足于把笑归结于建立在他人受损害基础之上的优越感,在普通的笑之外,他区分了另一种更为天真、更为欢快的笑——微笑。微笑来自"幸福的景观"(la vue du bonheur),主体被他人的欢乐所感染,油然而生幸福的笑。要引发这样的笑,浪漫喜剧的主人公不能是平庸、愚蠢、世俗的人物,因为即使这样的人物很可笑,观众也很难对远远低于自己的人产生认同。而审美经验最重要的因素是"同情",观众需要与人物,即使是喜剧人物的认同。喜剧人物必须具有高尚美好的品格,因无伤大雅的失误引发同情、善意的笑。他的微笑观念就这样颠覆了悲剧表现大人物和英雄,喜剧表现小人物和丑角的戏剧传统,开启了一条新的喜剧之

---

① *Racine et Shakepeare*, p. 289.
② *Molière, Shakespeare, la comédie et le rire*, p. 265.
③ Baudelaire,《De l'essence du rire et généralement du comique dans les arts plastiques》, p. 537.
④ *Molière, Shakespeare, la comédie et le rire*, p. 246.

路:喜剧不再以丑陋和卑劣取乐,不再引发恶意、鄙夷的笑,而是让观众一边大笑一边受到感动,与人物同悲同喜。只有感情与喜剧的交融,才能将人"感动到心软"。后文将通过文本分析,考察作家怎样将喜剧化的艺术运用到小说当中,塑造出令人同情的人物。

司汤达找到了理想的喜剧效果,但最终未能实现成为喜剧家的理想。缺乏适合的观众,这是导致他放弃喜剧的直接原因。正如前文所说,司汤达认为共和制下喜剧不存,喜剧只有在大革命之前的君主制社会才能存在,而他所处时代的观众已经丧失了欣赏喜剧的无忧心境和雅致品位。"能打动俗人的东西让雅士反感"①,用夸张低俗的作品来迎合观众的粗浅品位、刺激观众的迟钝感官是他所不屑的。他发表文章《喜剧在1836年不可能》,宣告喜剧的末路:"自从民主制让无法理解微妙感觉的俗人坐满了剧院,我就把小说视为十九世纪的喜剧。"②当然他放弃喜剧也有自身性情和体裁局限的原因。他虽有热情,却很难坚持到底,不仅是喜剧,后来创作的大部分小说也都半途而废。此外,戏剧体裁不能满足司汤达的创作需求:在戏剧中,人物内心的情感只能通过台词来传达,这种倾诉式的表白不足以表现微妙丰富的情感,而且戏剧体裁受限制太多,不如小说自由。他放弃了喜剧,但喜剧性作为一种风格、一种笔调在他的创作中延续下来,他最终将在小说作品中实现自己所追求的"欢快与温情的融合"。

四、漫长的接受史

喜剧在司汤达创作生涯中的地位以及司汤达作品中的喜剧性是一个重要的主题③,却在长达一个多世纪的司汤达研究中湮没不闻。可以说

---

① *Œuvres intimes*, II, p. 219.
② *Journal littéraire*, III, p. 187.
③ Voir Daniel Sangsue, «Stendhal et le comique», in *Stendhal et le comique*, Grenoble: ELLUG, 1999, pp. 7—25; Francesco Spandri, «Comique», in *Dictionnaire de Stendhal*, Paris: Honoré Champion, 2003, pp. 165—170.

在整个十九世纪,只有一个人读出了司汤达的冷幽默,他就是巴尔扎克。巴尔扎克把司汤达与梅里美、缪塞、诺迪埃等作家归为"观念文学"(Littérature des idées)流派,认为他们的共同风格是"事件多发,图像简练,行文精练明晰,伏尔泰式的短句,十八世纪作家的讲述方式",而最突出的特征就是"喜剧感"(le sentiment du comique)。尤其是司汤达和梅里美,"他们陈述事件的方式有一种我说不清的嘲讽与揶揄。他们的喜剧性隐而不露,就像石里包的火"①。其他作家和评论家或是无视司汤达的喜剧性,或是像圣勃夫、左拉那样把他视为伏尔泰式的讽刺作家,只有泰纳和雷米·德·古尔蒙指出司汤达的嘲讽不仅仅局限于讽刺,而是出自玩笑的天性。然而,即使是巴尔扎克也不能算是真正理解了司汤达的喜剧性,因为在整个十九世纪,笑都与恶意、嘲讽相连,笑总有隐藏意义。

二十世纪前半叶的读者从严肃的角度解读司汤达,都没有领略到司汤达作品的喜剧因素。连蒂博代这样一位敏锐的评论家都说司汤达在现实生活中非常乐观,下笔却不欢快:"他机智,会讲趣闻,却不笑,也不引人发笑。"纪德谈到《阿尔芒丝》时说,司汤达作品唯一使他发笑的就是作者想逗人笑的企图。只有瓦莱里一人捕捉到了司汤达的戏谑特点,他在1927年为《吕西安·勒万》作的前言中写道,司汤达的性情使他"用喜剧的眼光来看待一切人类行为"。

直至二十世纪中期,评论界才开始关注司汤达喜剧观念的发展及其对小说的影响,研究喜剧传统结构、主题及人物原型在司汤达作品中的体现以及作者从十八世纪诙谐小说(le roman comique)中继承的叙事技巧。第一个为司汤达喜剧性正名的人是莫里斯·巴尔代什,他在1947年出版的评论作品《小说家司汤达》中不仅用两章的篇幅写了司汤达年轻时期接触、学习喜剧的过程,更是深入研究了作者小说中的喜剧因素,以及作者怎样在小说中实现他最喜爱的喜剧体裁——"喜歌剧"的效果。让·普雷

---

① Balzac, «Études sur M. Beyle (Frédéric Stendhal)», in *Stendhal*, éd. Michel Crouzet, Paris: Presses de l'Université Paris-Sorbonne, 1996, p. 112.

沃在《司汤达的创作》一书中指出，司汤达早年戏剧中"喜剧与严肃交融"的原则也延续到小说中。乔治·布兰（George Blin）在五十年代出版的两部作品《司汤达与小说问题》和《司汤达与人格问题》都有重要篇幅谈论这位作家的喜剧性。《司汤达与小说问题》主要评论文中的喜剧性并指出司汤达的矛盾之处：他作为现实主义作家，却有喜剧化的倾向，而笑和客观性是不可共存的。作者还提出司汤达的喜剧性属于"作者的喜剧性"，即来自作家的人格。几年后的《司汤达与人格问题》就专门以"滑稽的幽灵"一章从心理学角度分析作家的喜剧性与嘲讽。其实嘲讽可以归为喜剧性的一种形式，对司汤达嘲讽的深入研究始于维克多·布隆贝尔（Victor Brombert）。他在《司汤达与斜道》中指出，叙述者与小说人物时而亲近时而疏远的关系表明作者借人物表达自己，却又通过嘲讽人物证明自己的清醒认识，让自己置身事外。作者介入文本、嘲讽人物的这种手法表现了诗意的灵魂与理性的冲突。此后，几名研究者对嘲讽做了更为细致的分析与划分。米歇尔·克鲁泽在多部著作中论述司汤达作品中喜剧与悲剧两种声调的交融，并将喜剧的美学价值提高到前所未有的高度。作者指出司汤达从他最喜爱的喜剧体裁中学到喜剧的多种表现形式在小说中的体现：多种声调、欢快与温情的融合、嘲讽的旁白以及声调的不和谐等，最重要的是一种贯穿全文的将一切置于喜剧层面的眼光，将笑从厚重复杂的意义中解放出来，还它以轻盈自由的本来面目。

第四节　理想的读者

司汤达作品喜剧性漫长的接受史，说明情感问题既关乎表达，又关乎接受，作品与读者是构成阅读关系的两方。自二十世纪六七十年代接受美学理论提出以来，读者面对文本的反应与阅读中的创造力成为文学研究的一个重要维度。当代学者从认知科学视角出发，继续关注读者对于文学艺术作品的情感反应。霍华德·斯科拉（Howard Sklar）认为："读者对小说人物和情境的情感反应是研究我们介入虚构文学的最为有趣的领域之一。"①其实,早在两个世纪之前,司汤达就已提出相同的观点,强调审美体验存在于互动的关系之中。他在日记中反复说:"在写作时,不断关注读者的心"②;"艺术需要始终盯着观众的灵魂,就像炮手盯着目标一样"③。他在剧院观看演出,随时记下观众的反应,为的是学习打动人心的艺术:

> 诗人的全部效果都在观众的心中,这才是他真正的荣耀所在。他应该看到他描绘的主人公身上的情感在观众心里产生怎样的效果。研究观众心里发生了什么,胜过研究亚里士多德。喜剧院的观众席对我有双重功用:我既研究剧本,又研究观众,我先看它们是什么样,然后看它们之间的关系。④

风格的锻造不仅涉及作者,还涉及读者的接受。司汤达这一观点的形成深受爱尔维修的影响。爱尔维修认为人最大的需求是逃避无聊,因此需要钻研娱乐的艺术。他在《论人》中写道:"艺术的目的是予人愉悦,因此是在我们身上激起鲜活强烈却又不痛苦的感觉。如果一件作品在我们身上产生这样的效果,我们就为它鼓掌。"⑤反之,如果作品不能引发人的情感,令人感到索然无味,那就是失败的作品。这一论述将哲学观念贯穿到文学当中,为司汤达的哲学思考与文学创作指明了方向,尤其提供了评价作品之美的具体标准。无论是在早期的戏剧创作尝试、音乐与绘画鉴赏思考,还是后期的小说创作当中,司汤达首先思考的都是打动人心的艺术。

在喜剧研究阶段,司汤达从爱尔维修作品中得到启发,认为人的本性

---

① Howard Sklar, "Narative Structuring of Sympathetic Response: Theoretical and Empirical Approaches to Toni Cade Bambara's 'The Hammer Man'", in *Poetics Today*, 2009, vol. 30, No. 3, p. 561.

② *Journal littéraire*, II, p. 169.

③ Ibid., pp. 385—386.

④ *Pensées*, II, p. 195.

⑤ Helvétius, *De l'Homme*, II, p. 689.

就是逃避悲苦、寻求快乐,灵魂很容易厌倦悲伤而转向欢笑,因为笑诉诸人的自尊自重。引人发笑,是获得文学声名的途径。要想成为伟大的喜剧作家,除了给"笑"下定义,还要考虑笑的主体——观众。1804 年,司汤达就认识到:"虚荣几乎是法国人共有的特性。"他反复说,法国人最突出的品质就是虚荣,而虚荣是笑的一种分支;法国观众是最容易被逗笑的观众,同时也是整个欧洲最为挑剔的观众。因此,艺术成功的秘诀就是取悦自己的同时代人,迎合他们的虚荣心。要取悦公众,首先要知道想要取悦的对象是什么样的人:"写作喜剧和悲剧之前,要确定我想要取悦的观众。确定我的公众。"①"要确定我要取悦什么样的观众,对这些观众有一个清晰的概念。"②

起初,司汤达踌躇满志,想要取悦尽可能多的观众,以此造就自己的文学声名:"要让数量为 M 的人发笑,也就是说 A+B+C=M。有可能某种激情 P 让数量为 A 的人发笑,第二种激情 P' 对应 B,第三种激情 P'' 对应 C。"③然而,随着研究的深入,司汤达发现了情感领域的折中现象:作家所描绘的情感的模仿程度越深,也就是描写的情感越模糊、俗套,就越能引发众人的共鸣;描写精确、独特的情感,反而难以引起共鸣,因为少有人体会。他不无苦涩地发现:"我们取悦的人越多,取悦的程度就越浅"④;"首先得到众口一词的赞扬,远非真正的荣耀"⑤。作者发现俗人和傻瓜⑥在世上占大多数,他的创作目标随之发生转变,想要取悦的对象范围越来

---

① *Pensées*, I, p. 170.
② *Pensées*, II, p. 219.
③ *Pensées*, I, p. 201.
④ *De l'amour*, p. 275.
⑤ *Journal litteraire*, I, p. 468. 他在日记另一处写道:"对众人的认识让我蔑视大部分人的判断,他们都是傻瓜。"(*Journal*, I, p. 199.)
⑥ "傻瓜"(les sots)与"半傻子"(les demi-sots)的字眼在司汤达的通信、小说与自传中屡屡出现,例如他在 1805 年 3 月 7 日的日记中分析自然而微妙的喜剧,写道:"这类迷人的思想,傻瓜是看不到的;必须自己拥有非常敏感的灵魂和极为高明的思想才能感觉到……这种思想要得到傻瓜和干枯的灵魂的尊敬,它得有个标签。"(*Œuvres intimes*, I, p. 258)"有思想的一大麻烦,就是要紧盯着你周围的半傻子,浸泡在他们平庸的感觉之中。"(*Vie de Henri Brulard*, p. 543)

越缩减,从喜剧创作早期"取悦尽可能多的人",逐渐变为只为"幸福的少数人"而作。

司汤达最初认为艺术家要取悦同时代的人,渐渐地却将自己得到认可、获得荣耀的时间推到了未来。1804 年的最后一天,司汤达记录了观看莫里哀《愤世者》演出的情形,说观众很少,但都为剧作所感动,热烈地鼓掌。他写道:"要取悦这样精心选择的、数量有限的观众;圈子由此开始,慢慢缩减,最终缩减到我一人。可以写一部作品,只有我喜欢,到 2000 年被认为很美。"① 这并非作者故作高冷,或是失意之中的自我安慰,而是赋予自己的一种自由,不再追求眼前的成功,也就不再受制于短浅的评判标准,而去实现更为长久的价值。

在《拉辛与莎士比亚》中,司汤达提出戏剧需要给同时代人带来最大限度的欢乐。在绘画领域中也是同理。作者一再强调美的相对性,以此评价当时备受推崇的古典主义风格的巨幅画作:

> 我们正在美术领域重大变革的前夕。画着根据古代雕塑复制的三十个赤裸人物的巨幅画作,五幕诗体的厚重悲剧,也许是值得尊敬的作品;可是,不管怎么说,它们已经开始让人厌烦了,如果《萨宾妇女》这幅作品今天面世,我们会觉得人物毫无激情,还会发现不管在哪个国家,赤身裸体地走上战场都是很荒诞的。……古代的浅浮雕关我什么事?我们要创作现代的优秀画作。古希腊人喜爱裸体;我们呢,我们从来不看裸体,我甚至要说,裸体让我们反感。②

> 它们画得很好,工整精确,出现逢时;可是它们让人厌倦。然而,在美术上一旦出现厌倦,一切都完了。③

---

① *Journal*, I, p. 217.

② «Salon de 1824», in *Mélanges d'art et de littérature*, Paris: Calmann-Lévy, 1924, p. 152.《萨宾妇女》是雅克·路易·大卫于 1799 年完成的画作。大卫在当时是古典主义的领军人物,其作品被视为古希腊艺术的再现。

③ Ibid., p. 161.

作者认为好的画作需要"以一种鲜活的、观众能够辨识的方式,表达一种人心的激情,或是某种灵魂的运动"。它所产生的效果在观众身上:"您停下脚步,您感到被一种深深的情感攫住",会让"每个观赏者询问他的灵魂,细细辨识他感受的方法,从而做出自己的判断,根据自己的性格、爱好、最重要的激情所形成的观看方式"。① 此时,司汤达提出鉴赏画作必需的条件:"前提是他(观赏者)得有激情,因为不幸的是,要鉴别艺术,必须得有激情。"②以福楼拜为代表的作家区分美学情感与人在现实生活中所体会到的情感,但司汤达对两者并不区分。他认为敏感与对美的感受是相通的,艺术作品诉诸人的情感,唤起美好的回忆,因此美感与情感息息相关:"对美的爱与情感互相给予生命。"③"一个充满激情的人,当他臣服于美术作品的魅力时,会发现一切都在他心中。"④司汤达以不同的方式多次表达过这种观点。在《意大利绘画史》最为重要的"艺术家"一章中,他不仅论述艺术家最重要的品质是敏感,而且提出观赏者也必须有敏感的灵魂,并懂得锻炼这种敏感:"如果有人读我的书,我希望他是一个温柔的灵魂,翻开书是为了了解画出《椅中圣母》的拉斐尔的生平,或是画出《圣母图》中头部的科雷乔的生平。"⑤后来他谈及拉斐尔的《西斯廷教堂》,说理想的观赏者要有"会看的眼睛和会感受的灵魂"⑥。他在《罗马漫步》中给游客提出建议时,更是强调审美的客体与主体心境的呼应:"您一到罗马,就坐上马车;看您感觉自己准备欣赏蛮荒可怕之美,还是精致规整之美,让人送您去斗兽场或者去圣-皮埃尔。"⑦

由此,司汤达关注的重点从作品的意图扩展到读者或观众的接受能

---

① «Salon de 1824», in *Mélanges d'art et de littérature*, Paris: Calmann-Lévy, 1924, pp. 161—162.

② Ibid., p. 153.

③ *De l'amour*, p. 85.

④ *Histoire de la peinture en Italie*, p. 251.

⑤ Ibid., p. 164.

⑥ Ibid., p. 397.

⑦ *Promenades dans Rome*, p. 608.

力上,因为每个人的敏感程度不同:"激情是外物在我们身上产生的效果。同一把琴弓在不同的小提琴上奏出不同的声音不足为奇,因为共鸣箱各不相同。"① 下文将梳理司汤达所构想的"理想读者"这一形象的变化。

在喜剧探索时期,司汤达发展了霍布斯关于笑来自优越感的理论,在笑的主体身上发掘笑的法则。他认为主体必须处于一种微妙灵动、一触即发的精神状态才容易笑,不可凝滞迟缓。主体的优越感是表层的、转瞬即逝的,一旦人怀有"无奈的仇恨",就无法体会到优越感,反而只有自卑感。或者当人有深沉的情感、严肃的考虑,他就只会专注于自己,而无暇关心自己是否胜过他人。司汤达在 1823 年创作的《笑论》中有一节以"笑的障碍"为题,分析了人之所以不笑的原因。总的说来,心有顾虑的人不容易笑,他专心考虑自己的事情,无暇去观察周围的人,无暇将自己与他人比较并从中获得短暂的优越感。全心沉浸在自身激情或担忧中的人,有时甚至会对可笑的事视而不见,充耳不闻。在分析过程中,司汤达以热恋中的恋人和吝啬鬼作为例证,因为他们都属于"满怀激情的人",只不过激情的性质不同,一是爱情,一是吝啬。他们都专注于自身的思量,不会注意别人讲述的笑话,自然不会笑。笑的时候,"我们的自我略受牵连"②。因此,笑的主体必须有一种戏谑的心态,与一切事物、与自身保持距离。过于严肃、过于执着于自我的人不容易笑,把一切、包括自己不那么当回事的人才容易笑,由此司汤达提出"温柔轻松"(la détente tendre)的心境是笑的最终条件:"要笑,就得心无忧虑,处在一种幸福的心境当中。一个毫无目的的多血质的人,是最容易笑的主体。"③

正如美的标准具有相对性,随着时代、地域而变化,感受力也深受气候(地理气候与社会风俗)的影响。司汤达从民族特性分析了各国人的性情与笑的关系:"法国人敏锐、轻浮、极度爱慕虚荣,尤其以加斯科涅人和南方人为甚。这个国家似乎就是特意为笑而造的,与意大利恰好相反。

---

① *Pensées*, I, p. 16.
② *Œuvres intimes*, I, p. 839.
③ «Du rire», p. 309.

意大利是满怀激情的国度,总有强烈的爱与憎,关注其他事情远胜于笑。"①作者进一步比较两国人的差别:"可以这么说,法国人笑得更多,而意大利人笑得更深。""意大利人比法国人笑得更厉害。但是,在法国也许处处可见上百种笑的差别,意大利人无从体会。"作者也没有忘记另一类不爱笑的人,那就是他常用来作为对比项的英国人:"郁郁寡欢的人,大部分40岁以上的英国人,都习惯性地沉浸于一种令人惬意的思虑当中:担心某种巨大的不幸到来。"②

等到司汤达放弃喜剧创作,他对于读者的考虑就从笑扩展到全部情感领域,强调人的感受力。他于1826年为《论爱情》写了第一篇序言,为作品受到的"晦涩难懂"的指责辩护。作者自认为已经做出了努力:"尽管我力求清楚明白,还是无法创造奇迹;我不能让聋子长出耳朵、让盲人长出眼睛。"③因此,作品不被人理解,原因在于读者本身情感淡漠,没有体会过深情。于是,司汤达确定了哪些人不应读自己的书,由此提出对理想读者的定义。不受欢迎的读者分为三类:

第一类是有钱人和喜爱粗俗乐趣的人,如果在他们翻开书的前一年挣了十万法郎,就应该马上合上书,特别是如果他们是银行家、工厂主、体面的工业家,也就是"满脑子实证思想的人",他们的精神总是朝向"有用与实效",绝不会在无用之事上"浪费时间"。④ 与之相对的是"习惯用几个小时来遐想,感受普吕东的一幅画所激起的感情、莫扎特的一句歌词,或者是您经常思念的那位女士的某个特别的眼神",这样的"梦想者"才是理想的读者。

司汤达排斥的第二类读者是学究:"我不要这样勤奋的年轻人当我的读者,在工业家一年挣十万法郎的时候,他学了现代希腊语,洋洋得意,还准备学阿拉伯语。"学识在此之所以受到排斥,因为它来自书本,并非来自

---

① «Du rire», pp. 301—303.
② «Du rire», p. 299.
③ De l'amour, p. 351.
④ Ibid., p. 351.

人的亲身感受。司汤达在《论爱情》的《片段集》第131条给出了解释:"音乐辞典没有做,甚至还没开始;人们只是出于偶然知道这些句子:'我很生气','我爱你',还有其他微妙的表达。只有激情或是回忆在他心中不可抗拒地发声,音乐大师才会知道这些句子。因此,将年轻的热情用于苦学,而不用于感受的人,不能够成为艺术家,这道理再简单不过。"① 在司汤达眼中,人最重要的能力是感受力,学识与模仿反而成为感受的阻碍。此处,渊博的学识与有钱人的"实证思想"相近,而且成为虚荣的资本;如果一个人"没有感受过不幸,这不幸是因不受虚荣沾染的想象的原因而起的"②,那么他无须翻开书本,因为缺少真情实感与想象力,他就不能够成为理想读者。

第三类读者则是沙龙中因矫揉造作而引人注目的女性,她们连自己表露出的情感是真是假都分不清,"怎么能评判描绘真实情感的画作"③?

以职业、身份为例列举了不适合的读者之后,司汤达再次从他们身上提取两个共同点,分为两类:一类是情感淡漠的人,"不完整的人(l'être imparfait),自认为是哲学家,因为他从未体验过那些让我们整整一个星期的幸福都取决于一个眼神的疯狂情感";另一类是虚荣心重的人,不愿承认自己曾经卑微地追求女性。而最可笑的就是这两者的综合,他们"具有双重的虚荣心,号称自己从来不为心灵的软弱所累,同时又有着足够的洞察力,能够凭理性判断一本哲学著作的准确程度,而这本书不过是对所有这些心灵的软弱的有条理的描述"。④ 他在定义第一类人时用的形容词是"imparfait",意为不完善的、有缺点的。人之为人,是因为兼具情感与理性,缺少感情就相当于缺少某种机能,不能成为一个完整的人。在序言最后,作者重申:"这本书的不幸在于,它只能被经历过发疯的乐趣的人

---

① *De l'amour*, p. 316.
② Ibid., p. 352.
③ Ibid.
④ Ibid., p. 354.

所理解。"①只有敏感的、体验过爱情的人,只有耽于梦想的人,才是理想的读者。

关注公众的反应,通过作品在观众或读者身上产生的效果来评价作品,并非只是出于功利目的,通过精准触动观众来获得成功,更是出于作家自身的一种敏感——在创作过程中时时关注另一个意识的反应。司汤达坚信文学艺术最重要的因素是认识人与打动人,所以在写作时时刻设身处地站在读者角度来审视作者所言所感,而作者又时刻不忘自我评价、自我辩解、自我坚持。作者在写作过程中扮演双重角色,随时分裂成既是自己、又是他人的姿态,赋予作品一种迷人的复杂与不确定性。

他深知创作风格与诗人的目标息息相关。如果诗人只是追求现实的成功,他就只需要具有当前最好的风格,取悦同时代的读者;如果他追求身后的声名,就要考虑未来读者的喜好,创作出具有恒久价值的作品:"一位喜剧作家要追求的就是拥有下个世纪最好的笔调,尽力通过滑稽来治愈风俗,这些风俗阻止我们当前的世纪拥有好的笔调。不过,诗人的不幸在于,如果他完全治愈了疾病,那他的药也就无用了。"②他具有一种历史眼光,没有把目光局限在他所身处的虚荣盛行、品位浮夸的时代,而是投向未来的读者:在理想与当下的成功之间,他选择了不朽,渴望着"以一种数个世纪都会赞赏的方式描绘性格"③。

---

① «Du rire», p. 355.
② Pensées, II, p. 187.
③ Molière, Shakespeare, le rire et le comique, p. 328.

第二章　诗人哲学家

司汤达认为哲学认识是文学创作的基础:"我的天分在于深深地打动人心,它建立在深刻的哲学上。"①在他看来,哲学几乎就等同于对人的情感的认识:"哲学,又称认识与描绘人的激情的艺术。我在描绘每一种性格时要重视哲学,以便在史诗、悲剧或喜剧场面中产生最大的效果。"②他深信描绘激情是创作伟大作品的关键,而要描绘激情,首先必须认识激情。这里所说的"认识"包括两个层面,一是亲身感受过激情,二是审视与分析激情的能力,前者需要敏锐的感受力,后者需要冷静的理性。两者难以在同一个人身上达到平衡,因为最具感受力的往往是诗人,最具理性的则是哲学家。理想的状态是结合诗人与哲学家的特质:"什么样的人是描绘激情的伟大画家?这个人精确地知晓一种强烈的欲望在一个满怀激情的人身上依次显现的不同色调,以及欲望的各种状态使得这个人做出的各种行动。"③因此,从早期哲学研究到小说创作,他一直在思考情感与理性的关系以及两者完美结合的可能性。

---

① *Journal*, II, p. 199.
② *Théâtre*, éd. Henri Martineau, Paris: Le Divan, 1931,II, p. 94.
③ *Pensées*, I, pp. 75—76.

第一节　情感与理性

一、心与头脑

司汤达虽然重视情感,但他没有其他浪漫主义作家情感泛滥的倾向,始终坚持用理性构建抵挡激情的堤坝。作为哲学家,要认识情感,需要理性的指引;作为生活中的人,要更好地掌控激情,也需要理性的护卫。也许是从朗瑟兰作品中得到启发①,他从 1804 年开始使用一个非常重要的分类:把人的能力分为两类——心与头脑,有时也称为灵魂与思想。这两组概念意思相近,但稍有差别。他曾在定义各种情感与感觉的笔记中写道:

> 头脑:观念的中心
> 灵魂:感情的中心
> 心②

灵魂与心都与感情相关,但略有差别。"心"被定义为人体内在的器官,通过神经来感知情感,带有生理学的色彩;也就是说情感并非纯粹精神的产物,而是与感官相连,具有生理性。相较而言,"灵魂"这一概念则更偏向精神性。在 1803 年 8 月 18 日的笔记中,司汤达说"灵魂"是一种未经证实的假设,"灵魂是心的近义词,但多出某种更美好的东西"③。司汤达在情感研究阶段,使用"心"这一表达更为频繁,因为"心"作为情感中心,更具生理性和实体性;而"灵魂"这一概念因其缥缈抽象而更具精神性,因而在小说中更为常用。相关的概念还有"感情中心"(centre de sentiment)和"智巧中心"(centre d'adresse),分别对应心与头脑:"设想最

---

① *La vie intellectuelle de Stendhal*, pp. 143—144.
② *Journal littéraire*, I, p. 248.
③ Ibid., p. 206.

高的感情用12表示，最高的智巧也用12表示。感情为0、智巧为12的人，将是社会的英雄；智巧为0、感情为12的人，会被关进精神病院。"①

头脑与心这一对概念的提出，也受到霍布斯的多方面影响。司汤达赞同霍布斯的观点，轻视身体的影响。他虽然认为情感具有生理性，与感官息息相关，但无论是在艺术批评还是小说人物塑造中，他始终把人的情感与思想置于最高地位，肉体至多只是感官的载体（在《论爱情》中，肉体之爱是他最为不屑、最为忽略的一种）。霍布斯总结了"精神"（esprit）的功能，司汤达也把"精神"（他的用语是"头脑"）分为三部分：形成观念的能力、记忆与想象。霍布斯认为人由身体与精神构成，司汤达把霍布斯的观念与自己的头脑/心二分法结合，就形成了三元论：人由身体、头脑（对应霍布斯的"精神"）与心（又称灵魂）构成。在身体、头脑和心的三分法基础上，他提出灵魂是人的最高驱动中心："头脑绝对是灵魂（我们所有欲望与激情的总和）的仆人。灵魂驱使头脑和身体。"②他这样论述三者的互动关系："灵魂让它的两个仆人——身体和头脑——养成习惯。身体和头脑养成习惯后，灵魂不知不觉地被它们所牵引。"③但是，灵魂到底是怎样作用于头脑的呢？司汤达深知论证的难度，无法做出说明："难处在于准确地描述灵魂对头脑产生作用的方式。"④此后，他不断回到这一问题，孜孜不倦地研究头脑与心的相互影响。

1804年4月24日，在《新哲学》的一个片段中，司汤达对感觉、头脑与心做出了最全面的定义：

> 我把外界与我们的身体接触所产生的效果称为感觉。
> 头脑是一种内在感官，接受其他感官的报道，具有把感觉相结合

---

① *Pensées*, I, p. 230.
② *Pensées*, II, p. 121. 司汤达在同一时期写给波利娜的信中重述这一观点并加以阐发："身体和头脑是灵魂的仆人，而灵魂本身服从于'我'，也就是幸福的欲望。"（*Correspondance*, I, p. 274.）最后一句阐发明显受到霍布斯的影响，霍布斯认为人的最终目标是寻找愉悦、逃避痛苦。
③ *Pensées*, II, p. 121.
④ Ibid., p. 122.

(想象)、对感觉做出判断(推理)以及回想感觉(回忆)的能力。

心是所有用于感知激情的器官的总称,这些器官是人体内在的部位,神经最为密集。

我把大脑的感觉称为思想,把心的感觉称为感情。

"我整个人充盈着这个念头,它的力量大大减弱了我的悲伤。"(《曼侬·莱斯科》)

两个系统正是这样分别产生效力,又相互影响。在那些如实描绘自然的作家、作品中,总能得到教益。

普雷沃看到了精神与心的区别,他经常谈及这一原则的后续作用。①

1804年7月1日,他在笔记中写道:"我们的激情、继而激情的状态,是无意愿的。激情是意愿的原因,而不是意愿的效果。我们的意愿随着我们的看法而定,这就是头脑在影响灵魂或心。怎样影响?什么时候?"②接下来要做的就是明确这种影响是怎样产生的。两天之后(1804年7月3日),他继续思考灵魂、头脑与习惯三者之间的关系:

> 等我(尽可能准确地)定义灵魂和头脑之后,解决这个问题:灵魂对头脑的影响以及头脑对灵魂的影响是什么?(一种激情占统治地位,让头脑具有某种习惯,即让头脑做出某种行为。激情让头脑更易于做出这种行为,这就是灵魂影响头脑。现在,占统治地位的激情变化了:"我"命令头脑做出某种操作,这种操作或多或少被头脑的习惯所推动或延迟,这就是头脑影响灵魂。如果头脑扭曲了灵魂视为真实的回忆,会产生更大的影响,等等。)等我完成这三件事,等我的观点都确认无误、得到清晰的证明之后,还要解决形式的问题,那就是:

---

① *Pensées*, I, pp. 232—233.

② *Pensées*, II, p. 156. 这一想法应是受到霍布斯的影响。司汤达读到霍布斯对于行为的论述,在笔记中抄录道:"激情(霍布斯称为欲望、担忧、希望以及其他激情)完全不是有意愿的,因为它们不是来自意愿,而是意愿本身。……我们的意愿随着我们的看法而定。这就是头脑在影响心。" Cité par Victor Del Litto, *La vie intellectuelle de Stendhal*, p. 151.

赋予这些观点怎样的形式,让他们在上流社会的人、这个世纪最完美的人身上产生尽可能愉悦的效果?找到形式之后,还要付诸实施,任务才能结束。①

1804年12月,司汤达在阅读文学评论时仍在思考头脑对心灵的影响:

> 马蒙泰尔这样评价皮契尼:
> 他对于捕捉歌声微妙的变化有着那样敏锐(那样精妙)的敏感,表达出了感情最为细小的差别。
> 这是作者应有的品质。也许精神(头脑)就是这样提升敏感(心灵)。②

从以上论述中可知,司汤达认为情感与思想属于两套系统,但它们互相作用,而非相互隔绝。虽然情感与理性在细节上时有冲突,但整体上来说,两者相互依存、密不可分,甚至能相互促进。1803年,司汤达刚开始哲学阅读与思考时,就在笔记中写下这句重要的论断:"事物通过精神到达心灵。"③这位20岁的研究者就已认识到理性是过滤与调节情感的系统,而非遏制情感的工具。他认为"给一个人充满激情的心和愚蠢的头脑,是非常荒诞的设想"④,可见两者相互匹配,水平相当。人要寻求幸福这一人生目标,必须拥有敏感的灵魂与稳健的头脑,两者互为辅助。于是,他把《新哲学》的目标设立为:"遍览人的所有品质(悲伤、欢快、温柔、易怒,等等,等等),把它们归于心或头脑"⑤,而且很快确定了研究方法:"马上开始分析每一种激情,这样我更易于描述灵魂对头脑的作用和头脑对灵魂的作用。"⑥他还想象一个全职全能的速记员,记下人的"头脑与灵

---

① *Pensées*, II, pp. 261—262.
② *Journal littéraire*, II, p. 179.
③ *Pensées*, I, p. 61.
④ *Pensées*, II, p. 94.
⑤ Ibid., p. 117.
⑥ Ibid., p. 133.

魂中所有的运作,也就是按照它们互相跟随、互相引发的顺序记录他的思想与欲望"①,从中可见人的性格。

司汤达从特拉西的《观念学要素》中知道,精神的功能分为记忆、想象、意愿和欲望,但记忆可能模糊不精确,想象可能走入歧途,都有可能影响人的判断,进而影响依附于判断的意愿。司汤达也深受斯图尔特影响,被这位哲学家关于想象力与感性、理性的关系的论述所吸引,在理性与感性不可并存的观点影响之下,努力"去感性化"。斯图尔特说感性与想象力紧密相连,因此人的想象力越丰富就能感受到越深的情感,然而,如果想象力不受理性控制,会导致不好的结果:

> 当一个具有热烈想象力的人参与事件,他有可能被自己的热情所欺骗。我们所说的生活中的明智,尤其在于一种精神状况,在任何时候都能冷静、准确地看清自己所处的境地,使得任何一种情境都在观察者身上产生恰如其分的效果,不会有任何一种智力习惯扰乱他的视角,让他体会到一种过度的情感。可是,在想象力不受控制的人身上,外在情境所起的作用不过就是激起他所特有的想法和感情,因此通常来说,这个人的行为往往不与他的实际处境所匹配,而是与他所想象的处境匹配。②

司汤达多次说,人是他以为的样子,而非他实际所是的样子。"所有人根据他们以为的情形来行动,而非实际所是的情形。也就是说,激情根据头脑让它们认为是真实的陈述产生作用。"③因此头脑所给出的指令极为重要:"最赤诚的心,如果没有与好的头脑结合,也可能做不出多少善举。"作者解释道,他所称的"赤诚的心"甘愿为美德做出牺牲,但如果头脑没有告诉它什么是真正的美德,它就有可能做出巨大牺牲却徒劳无益。

---

① *Pensées*, I, p. 180.

② *Bibliothèque Britannique*, tome 26, juin 1804, cinquième extrait, pp. 141, 145. Cité par Victor Del Litto, *La vie intellectuelle de Stendhal*, pp. 162—163.

③ *Pensées*, II, p. 214.

正确的推理能够保证人的激情导向适合的行动,而过于活跃的、不受理性控制的想象力则会影响人的判断,造成人对情境的错误评估,由此带来不幸。因此人应该锻炼推理的能力,使理性更好地为感性服务。在《每种激情带来的幸福和不幸的量》一文中,他论述了判断与激情互相推动的关系:

> 在我看来,每一个人都会设想他向往的幸福的模样,即使在最冷静的时候也不例外。……
> 如果我看到能给我带来幸福的目标以及能将我引向目标的道路,她(我喜爱的女人)就会激起我最强烈的激情。
> 因此,承诺给这个人带来他所能想象的最确定、最大幸福的目标,就会在他身上激起推动他的最强烈的激情。
> 如果情理养成了为激情服务的习惯,一种激情的效果会更为稳定。首先,激情需要将情理调动起来;当情理养成习惯之后,就变成情理随时唤醒激情。①

即使是激情之中最为强烈难测的爱情,也需要理性的扶持:"它(爱情)应该非常理智,因为它应该已经让头脑习惯了尽可能好地为它服务。"司汤达向往的是"有明智头脑护驾的伟大灵魂的爱"②,为此,他更为细致地解释理性如何帮助人正确评估自己为爱所做出的牺牲,从而确认激情所促成的行为:

> 似乎这种爱让人为它做出牺牲,1. 比爱承受的牺牲更为实际,因为为自身利益正确推理的头脑总会选择最为可靠的路径,以达到目标。2. 更大的牺牲。(在此情况下,明智的头脑成为激情的奴隶,除了激情的对象之外,其他方面都能正确推理,因为对象正是激情的兴趣所在。我们可以看到人一旦陷入激情,就无法保持完全理智,引发后果。)

---

① *Pensées*, II, p. 47.
② Ibid., p. 107.

> 但是,在满怀激情之人看来,爱的牺牲会更大吗?不会,甚至更小。这就是好的头脑作用于激情的效果,激情之人会认为爱的牺牲更小,向庸常之人呈现的激情更为微弱。①

早在1801年,18岁的司汤达就在日记中写下他的人生信条:"生活中几乎所有的不幸都源于我们对发生事件的错误看法。深刻地认识人,正确地判断事件,是走向幸福的一大步。"②认识自我、正确推理,是寻找幸福的武器。1807年三四月间,司汤达给刚刚经历情感危机的妹妹波利娜写了几封信,告诉她一个高尚的灵魂在社会中应当如何自处。高贵的灵魂不满足于庸俗的乐趣,要向自我身上寻求幸福,必须有完满自足的能力,学会自娱自乐、驱遣烦闷,成为自身的愉悦之源。同时,高贵的灵魂曲高和寡,不能为周围的俗人所理解,反而会招致嫉恨,因此要低调谨慎,向人隐藏自己的过人之处。"给自己创造独立于他人的、孤独的幸福"③,要修炼强大的灵魂,免受外界的侵扰,都需要有正确思考的能力。"要独立思考,而且因为独立思考时很容易走入歧途,要让自己擅长推理的艺术,也就是养成长期的正确推理的习惯,使得情感无法将自己拉出习惯的路径。"④"坚毅的灵魂如果能做到理性要求它做的所有事情,就能掌控它周遭的一切。"⑤他多次强调,锻炼理性是"幸福的唯一道路":"经验会让你知道,幸福的一大方法是头脑。我们乐于发现新的想法,为自己放映幻灯"⑥;"让你的身体习惯于服从你的头脑,你会惊奇地发现你找到了幸福"⑦。同年5月,他在写给波利娜的信中说:"我在继续研究我的情感,这是唯一的幸福之路。"⑧从上下文语境来看,司汤达讲的是他正在阅读

---

① *Pensées*, II, p. 48.
② *Journal*, I, p. 40.
③ *Correspondance*, II, p. 242.
④ Ibid., p. 235.
⑤ Ibid., p. 246.
⑥ Ibid., p. 241.
⑦ Ibid., p. 242.
⑧ Ibid., p. 257.

德国文学,此处应该是说他要继续研究情感,寻找文学创作的指导法则。从更深层次来说,理性地认识自我的情感,是获得幸福的保障。

怎样锻炼正确推理的能力呢?依靠严密的逻辑。自从司汤达接触特拉西的作品,他就一直把《逻辑学》当作锻炼思维能力的指导书。他在1804年最后一天的日记中写道:"我深切地感受到,美德与精神成正比。"① 于是他冒雪去买来特拉西作品的第一部,一口气读了六十多页。一年后的日记中,他仍在赞扬特拉西的观点,认为"认识你自己"(Nosce te ipsum)这一格言是"幸福的道路"②。在1811年2月1日写给波利娜的信中,司汤达细细描写了一个朋友的思想转变并分析其原因,一个睿智可爱的年轻人在外省任职四年之后回到巴黎,变成了一个偏颇愚钝的俗物。他把这种转变归因于此人过于重视他人评价的虚荣心以及环境的影响,在思想庸俗的外省人当中随波逐流,逐渐失去了判断力与正确推理的能力。这一段分析并无特别之处,有趣的是司汤达对此事的反应:

> 我被这个事例吓坏了,深信没有正确的思想,就没有坚实的幸福,昨晚让人给我买了一本特拉西的《逻辑学》……我打算重读这本书,或者至少每年重翻一遍,以保证我的思想时刻向光明敞开,或者如果碰上某人对我说:"拉斐尔的圣母不是世界上最圣洁的画像",或是"梅于尔的音乐比契玛罗萨的音乐好",我能够听听他的证据,再判断是否正确。③

在司汤达看来,社会上充斥的"平庸错误的观点"会给人的思想带来侵害,他甚至用"有害的"(malsain)、"传染"(contagion)这两个生理学词汇来形容错误观点的影响,而《逻辑学》则成了抵挡毒害的"解毒药"(contre-poison)。按照书籍的指引锻炼正确的思维方式,就如同在不洁

---

① *Journal*, I, p. 217.
② *Journal*, II, p. 105. 司汤达在1810年9月1日写的遗嘱中,设想自己死后设立一个论述情感的奖项,将这句话镌刻在奖牌上。
③ *Correspondance*, III, pp. 304—305.

的环境中锻炼身体,增强抵抗力。如果不坚持长期锻炼,就会流于怠惰与庸俗。司汤达在 1832 年写作《自我主义回忆录》时回忆起好友克洛泽,他与自己趣味相投,喜爱谈论人类心灵的理论。同时他又为好友感到遗憾,认为他没有得到足够的思维训练:"我童年的好友,了不起的克洛泽(当时在伊塞尔省当总工程师),精于此道。可惜的是他妻子嫉妒我们的友情,已经多年不让我们来往。真是遗憾啊!如果克洛泽先生住在巴黎,会是一个多么超群的人啊!婚姻,尤其是外省生活,让一个人迅速衰老:精神懒于思考,头脑因为动得太少而变慢,很快就转不动了。"①

在文学艺术创作中同理,司汤达虽然认为感受力是艺术家最重要的品质,但他从不忽略理性判断的重要性。他于 1804 年 7 月开始创作他的哲学宝典《新哲学》,希望借此创作伟大的作品:"我需要这部作品来写出杰出的诗作。要观察实际存在的人身上的激情,才能把激情放到我创造的高于自然的人身上。要观察激情,必须知道什么是真理。然而,我们看到的事物,都是我们的头脑向我们描绘出的样子。因此,要了解头脑。"②在观察的基础上,要准确捕捉每一种情感,也必须具有理性的分析能力:"尽力获得分析的能力,这将是我的思想迈出的一大步。当我向自己提出以下问题时,能够准确地回答,那么我就具有了分析的能力。什么是人?什么是名字?什么是笑?什么是饥饿?什么是悔恨?"③他还有更明确的表达:"寻找一种分析方法,我可以借助这种方法从一种性格或一个情节中抽取出对人有用的东西,或是令人愉快,或是给人教益。"④分析是剔除主观因素、寻求客观性的方法。

要在作品中真实自然地表现人性,如实地描绘现实情感还不够,还需要作者的选择与升华,而这种品位与手法都与"头脑"有关。司汤达评价一位艺术家,总是从灵魂与头脑两方面衡量。他把莎士比亚视为戏剧的

---

① *Souvenirs d'égotisme*, p. 468.
② *Pensées*, II, p. 114.
③ *Pensées*, I, p. 36.
④ Ibid., p. 145.

顶峰,赞赏莎氏描绘人物深刻自然,归因于作家对人性的深入体察;他又在笔记与信件中不吝溢美之词,说莎士比亚的头脑有助于描绘人性:"作者的头脑和我同样好,或者比我更好,作品就让我喜欢,其他的作品都让我厌烦。这就是为什么莎士比亚让我心醉神迷,他有杰出的头脑,而且他让我感动。"①相较而言,他虽然欣赏哥尔多尼对人性真实自然的描写,却又屡屡批评真实的人性过于低俗,并将人物的粗俗归因于头脑:"我觉得哥尔多尼的玩笑属于一种落后于我们的文化。哥尔多尼的人物的心适于戏剧,但他们的头脑对于法国的舞台来说却不够机灵。在我们看来他们也许不够高雅,过于粗俗。"②1810年,歌德小说《亲和力》的法译本刚刚面世,司汤达读完后深受触动。他说要欣赏小说,需要"法国式的头脑和莫扎特式的灵魂"③,即敏锐的头脑和敏感的灵魂。而他对孟德斯鸠的评价则是:"这位伟人有过人的头脑,但灵魂却似乎较弱。"④在1803年的笔记中,他打算从灵魂与精神两方面锻造自己:"我觉得我要学习简朴的色诺芬和让-雅克,塑造灵魂的风格;学习博叙埃、帕斯卡尔和孟德斯鸠,塑造精神的风格。他们就是我喜爱的作家。"⑤可见头脑与灵魂的双重提升始终是司汤达的目标,也是他的价值评判标准。

头脑与心这一对概念相互牵连,而非相互隔绝。司汤达做出这一重要区分,更多的是来自小说家的洞见,而不是来自哲学著作。他从普雷沃、莎士比亚等作家那里得到的启发远大于哲学理论给他的教益。在构思《新哲学》的过程中,司汤达写道:"这部作品的目的是了解头脑和激情。我渴望成为伟大的诗人,终会找到它所包含的真理。"⑥作者在这里混淆了哲学与文学的因果关系:他并不能先找到哲学原则,再指导文学创作;恰恰相反,他在随想与论述中没有阐释清楚的问题,要留待小说来解决。

---

① *Molière, Shakespeare, la comédie et le rire*, p. 195.
② *Pensées*, I, p. 269.
③ *Journal*, III, p. 282.
④ *Pensées*, II, p. 166.
⑤ *Pensées*, I, p. 195.
⑥ *Pensées*, II, p. 114.

只有在他的小说中,情感与理性的复杂联系才得以充分显现。两者虽然时时对立,构建独特的价值体系,但它们也经常携手而行,成为行动的动机。《吕西安·勒万》中的一幕清楚地证明情感与理性协同合作、促成人物的行动:主人公与德·塞尔庇埃尔一家准备前往绿猎人咖啡馆,德·夏斯特莱夫人面对邀请犹豫不决,因为一同前往就意味着她和吕西安关系密切。小说写道:"片刻之间就要做出决定。爱情趁着巨大的混乱胜出。她本来低眉敛目在静静走路,以避开勒万的目光,突然转过身对他说:'勒万先生在骑兵团是不是遇到了什么不愉快的事?他好像心事重重,不太开心。'"①爱意与社会形象的考虑达成一致,才能够促使她做出转身谈话的行为。《红与黑》中,于连脑中的思索接连不断,一个念头引发另一个念头,对生活中的各个事件做出快速的反应。他在冲动之中想要做出某种行动,便会为自己寻找理由。例如他与玛蒂尔德决裂之际,突然想去她的房间:"真是灵机一动,正当的理由纷纷涌来。"②小说又这样评价德·莱纳夫人与玛蒂尔德面对爱情的不同态度:"德·莱纳夫人是找出理由来做她的心让她做的事,而这个上流社会的女孩子,只有在有充分的理由向她证明她的心应该被感动时,她才让她的心受感动。"③这段分析很容易让读者联想到"心与头脑"的划分,表明这是在司汤达的理论思考和小说创作中一脉相承的问题。心与理性在寻找相通的理由,共同促进人的行动;只不过动机不同、优先级别不同,造成人的性格与行为大不相同。

二、司汤达情感哲学的当代认知理解

自从笛卡尔的身心二元论奠定了哲学与文学的基本格局,情感与理性在哲学与文学辩论中一直都是密不可分的一组概念。二者往往被视为对立,理性作为人的本质属性、生命活动的原则与动力受到推崇,而情感

---

① *Lucien Leuwen*, in *Œuvres romanesques complètes*, Paris: Gallimard, Bibliothèque de la Pléiade, 2007, II, p. 277.
② *Le Rouge et le Noir*, p. 672. 译文引自《红与黑》,第 328 页。
③ Ibid., p. 728. 译文引自《红与黑》,第 384 页。

被视为一种混乱,是人性中应该归顺于理性的成分。但是卢梭、司汤达等作家超前地认识到两者的复杂联系,继卢梭的"感觉理性"(la raison sensitive)①概念之后,司汤达也希望认识人类行为的"动机",包括理性与情感在其中的相互作用。司汤达在《亨利·布吕拉尔传》中写下的这句话——"我只清楚地知道让我难受或高兴的事,我喜欢或憎恶的事"②——说明他深刻意识到情感是判断的基础,也是认识的基础。二十世纪初期,穆奇尔提出情感与理性密不可分,萨特和梅洛-庞蒂认为情感的感性体验是一种理解世界的方式,也是对世界采取行动的方式。

二十世纪后期,科学家通过实验确认了文学家与哲学家的直觉,证明情感确实参与思考与决策,影响人的行动。1990年以来神经生物学与认知心理学的研究结果表明,理性与情感并非对立,而是认识的两种模式、两个阶段。心理学家阿尔伯特·埃利斯(Albert Ellis)开创了"理性情感行为疗法"(TREC),神经科学家保罗·麦克莱恩(Paul D. MacLean)有"内脏脑"(cerveau viscéral)、"三重脑"(cerveau ternaire)理论,约瑟夫·勒杜(Joseph LeDoux)继承达尔文理论,提出人脑与身体共同参与情感的产生(cerveau émotionel),安托尼奥·达马西奥(Antonio R. Damasio)通过神经科学实验确认人脑中参与情感进程的区域,证明人脑中理性与情感、人脑与身体之间都存在相互作用的关系,情感在人做出决策时起到重要作用。生命科学领域的研究结果验证了哲学家与文学家的设想,情感与理性相互渗透,而非相互隔离;只有在情感与理性处于一种平衡的互动状态,人才会感到舒适甚至幸福。

在关于情感性质的哲学辩论中,情感的定义大致分为三个方向:

1. 最为传统的方向,认为情感所引起的感官与身体反应,构成一种干扰,是身体的一种扰乱。

2. 情感具有指向性,与欲望、信念相关,调动对外界的评估

---

① 卢梭在《爱弥儿》中将理性的形成分为四个层次,依次为:感官(sensation)——感觉理性(raison sensitive)——智性理性(raison intellectuelle)——道德意识(conscience morale)。

② *Vie de Henri Brulard*, p. 804.

(appraisal),是主体与周边环境的互动;在产生情感的同时或紧随情感之后,评估、快速判断是情感的一项主要因素。一个情感片段是否重要,是由评估过程决定的。这个评估过程非常快,可以是无意或是有意的,自动的或是通过话语、概念表达出来。当代心理学家称之为"评估"①,哲学家称之为"认知前件"(antécédent cognitif)②。克洛斯·谢勒(Klaus Scherer)认为情感包含着一个阶段——对处境的评估。每一个引发情感的事件都会经受分析,以判定其特性:它是积极情感还是消极情感?它在预料之中还是预料之外?它是否重要?是否与我的个人准则或社会准则相符?等等。尼科·弗里达(Nico Frijda)提出:"所有情感,包括激情,都深受人的思考方式、对于引发情感的事件的感知方式的影响。于是,除去特别简单的情境之外,引发与维持激情与情感的并非某个事物的真实存在,而是人对该事物的看法。因此,认知与情感联系紧密。只不过这里所说的认知不是指刻意的思考,而是说信息经过快速的、无意的处理与阐释。从理论上说,情感是由事件所引发的自动机制。"③情感产生,是因为人认为某个事物对他有着非常重要的后果,其重点并不在于真实发生的事件,而是他的主观判断。

3. 情感具有认知功能,要接受"正确标准"的评判:情感的产生是否有理由,由此与道德价值相连。例如主体为他人遭受的不公正待遇心生愤慨,是因为他自身有正义感。当代哲学家玛莎·努斯鲍姆(Martha

---

① 当代心理学对于情感定义与研究的新发展是把情感分解成几种组成成分,包括主观感情(sentiment subjectif)、心理生理反应(réponse psychophysiologique)、运动表情(expression motrice,即面部表情、声音与动作)、行为趋势(tendance à l'action)及认知评估(évaluation cognitive)。前三者为心理学理论家普遍认可的成分。克洛斯·谢勒认为认知评估是指外部或内部事件被评估(有意或无意地),引起由前四种成分构成的情感并与其他种类的情感区分开来;这个评估过程尤其能够解释个体之间的情感差异:同一个人在不同情境下对相同事件的评估、不同的人对相同事件的评估,都存在差异。

② 认知包括两个层面,一是面对事件本能的反应,产生情感;以达马西奥为代表的当代哲学家认为情感产生之初,强烈的身体反应是人对事件的情感反应。二是经过思考与阐释,形成对事件的认识,更广泛意义上的知识;它融合情感与智识,是对主体感知的分析,是主体通过感受得到的知识。

③ Gaëtane Chapelle, «Envahi par l'émotion», in Sciences humaines, 2003/8, n° 141, p. 27.

Nussbaum)在此基础上提出的"诗性正义",是一种以文学想象与情感为基础的判决依据,能够作为公共理性和法理正义的补充。努斯鲍姆强调共情能力在合理判断中的重要性:"就像惠特曼指出的,'诗性正义'需要许多非文学性的工具:技术性的法律知识、历史知识和先例知识,以及对于恰当的法律公正的仔细关注。在这些方面这个裁判都必须是一个优秀的裁判。但是,为了达到完全的理性,裁判必须同样有能力进行畅想和同情,他们不仅必须培养技术能力,而且也应该培养包容人性的能力。如果缺少这种能力,他们的公正就将是迟钝的,他们的正义就将是盲目的。"①

以上三种定义分别从现象、指向与认识三个角度来定义情感,最新的哲学研究则试图综合以上三个层面。以朱利安·德奥那(Julien A. Deonna)和法布里斯·泰奥尼(Fabrice Teroni)为代表的哲学家提出将情感视为"态度"(attitudes)②,这一定义融合情感的生理性(身体变化、引发感官)、指向性(主体与周围环境的互动)、参与行动(情感是行动的准备)与认知(情感是一种评估,调动来自个人与集体文化的信念、欲望与价值)的功能。

---

① 玛莎·努斯鲍姆:《诗性正义——文学想象与公共生活》,丁晓东译,北京,北京大学出版社,2010年,第171页。另参见:Martha Nussbaum, *Upheavals of Thought*, Cambridge: Cambridge University Press, 2001.

② Julien A. Deonna & Fabrice Teroni, *The Emotions: A Philosophical Introduction*, New York: Routledge, 2012, p. 76. 西尔万·布里安与路易·德·索绪尔两位研究者在论文《文学、情感与表达性:一个新的文学研究场》中也对这一情感观做了详细阐释:情感被视为"态度",具有"自发"(en soi)和"出离自我"(hors de soi)双重运动,相应的分析应该针对主体或针对情感的对象,针对情感的激发或判断。如果针对主体,就要关注生理(主体怎样感受情感)或认知层面(主体怎样思考情感)。如果针对情感对象,研究对象就是判断、判断所调动的价值、伴随着情感的信念,有助于理解和比较某个人物的个人情感体现与他所处的社会的集体情感体现。例如《玩偶之家》中,娜拉的情感植根于身体之中,同时又在特定的文化背景中表达出来。剧作的叙述动机在于娜拉作为主体,向往自我建构,她的解放并非通过理性的选择,而是通过一系列情感判断,一步步引导她决定离家出走。娜拉的行为具有普遍的深层机制(向往解放),但其表达尤其被文化背景所制约(十九世纪末挪威资产阶级社会)。在她的态度中融合了两个方面:既有普遍—自然的一面,又有情感表现的文化因素的一面。参见 Sylvain Briens et Louis de Saussure, «Littérature, émotion et expressivité. Pour un nouveau champ de recherche en littérature», pp. 80—82.

对照司汤达对于激情的定义,会发现它与当代哲学的观点非常相似。他在笔记中思考的情感与在小说中呈现的情感,都一一呼应着当代情感研究的各个方面:"激情就是对同一件事物持续的欲望。它的效果就是让我们每时每刻的行为都符合我们认为最适于获得欲望目的的方式。"①激情与理性的目标一致,左右人的判断与行为。前文提到,司汤达深受霍布斯影响,赞同霍布斯将自我利益视为人类行为的动机,认为人的最终目的是寻求愉悦、逃避痛苦等观点。他将哲学家的理论融会在自己对于"幸福"的定义之中,将人的情感、判断与意愿合为一体:"什么是幸福?就是尽可能满足主导个人的一种或多种激情的事件。"②他阅读霍布斯时在笔记中写下对"意愿"的定义:"意愿。当'我'判断在可能的事物当中,在某个时期最有利于我的幸福的,是某个行动,这个判断就是意愿。紧随意愿而来的就是说出来或者在内心暗语的:'我要这个。'"③他觉察到激情是人最基本的推动力:"精神是灵魂之眼,而非力量。灵魂的力量在于心,即在于激情。最澄明的理性也不能让人行动和追求。仅有好视力就能走路了吗?不是还要有双脚和让脚动起来的意志的力量吗?"④激情是生命的深层动力,它与理性结合,推动人在世间行动,对纷繁复杂的外界情况做出反应。

司汤达在创作《吕西安·勒万》时,把主人公定义为一个见证者——"吕西安是命运锤打之下的一颗钉子",似乎偏重于人物的被动性。巴尔代什在《小说家司汤达》中对吕西安的评价则更为全面:"一个回声,置身于世界声响中的水晶的灵魂"⑤,在被动性之外,还强调人物的回应,反射出外界加诸人物的各种力量与影响。司汤达的小说所呈现的正是人在与外界各种情境的接触之中,情感、性格特征、激情的起落。人物心里会突

---

① *Pensées*, I, p. 222.
② *Journal littéraire*, I, p. 210.
③ *Pensées*, II, p. 155.
④ *Pensées*, I, p. 8.
⑤ Maurice Bardèche, *Stendhal romancier*, p. 277.

然浮现新鲜的、从未体验过的情感,会惊觉自己处在一种无法控制的强烈情感之中,然后才会分析原因或寻找借口,例如德·莱纳夫人、玛蒂尔德、吕西安都在不知不觉中爱上他人,然后惊觉自己的爱情,开始思索。情感本身在不断地、快速地调整,它伴随着评估,导向行动或者思想。因此,情感是理性活动的基础,参与到人的感知、思考与行为之中。在人物快速复杂的感知过程中,不断变化的情感、判断、思考、行动倾向融为一体。普鲁斯特这样评价:"某种意义上说,好的作品在事件之外,还描写相应的灵魂的片段。《红与黑》中每一个行动后面都跟着一部分句子,指明灵魂中无意识发生的东西,这就是关于动机的小说。"[1]动机不同于原因,外部世界与内心世界并不遵循简单的因果关系:外部世界在人心上产生效果,内在的驱动力同样能够作用于人的感知与判断,控制人物的行为。在动机形成的过程中,外部世界与内心世界密不可分,无法划分清晰的界限。人不是由基因和外部世界所塑形的一个简单个体,而是各种复杂难测的反应的集合。人物生活在变动不居的情感、感觉、情绪的网络之中,在其中感受、思考与行动,它们的交织、相互影响与冲突构成小说的机理,也是推动小说进展的内在动力。只有对灵魂深处人类行为的动机有深刻的认识,才能够创造出于连这样脑中时刻激荡着风暴的人物。

虽然司汤达出于艺术家的天性,最终超越了"科学的阴郁",选择用诗学方式来捕捉情感,但他超前的情感理念与研究方法,隔着两个世纪与当代科学遥相呼应,显示出小说家对于人类情感性质的洞见。在当代情感理论的视野中重读司汤达的小说,更能彰显文学文本与理论的相互影响:新的理论可能影响读者对作品的解读,如上文所说的"态度"情感观不再执着于定义情感的性质,而是研究个体怎样感受并表达情感。这一切人角度对于文学中的情感研究尤为重要,因为它使情感的叙事功能与话语功能得以交叉,即情感作为"态度"在文本中交织,调动普遍、共享的认知

---

[1] Proust, *Contre Sainte-Beuve*, Paris: Gallimard, Bibliothèque de la Pléiade, 1952, p. 655.

结构,同时又保留情感主观性、独特性的特征。研究的重心在于情感在文本中的表现形式,也就是写作怎样为情感赋形,这是第三章将要重点探讨的问题。本章仅以一种特殊的情感为例,展现司汤达的情感理论怎样连通哲学与文学。

三、惊奇:在情感与认识之间

惊奇在司汤达小说中占据重要地位,因为它是一种非常独特的情感,既是引发情感的动因,又是通向认识的契机。可以说,它处在情感与认知的交汇处,是连接司汤达情感哲学与小说诗学的一个枢纽。为此,本节将这种情感单列出来,首先对其性质与特征加以梳理,再查看司汤达对惊奇这一情感在哲学与诗学领域的不同运用。

惊奇是一种独特的情感,一些理论家甚至不把它归为情感之列。当它被列为情感,其性质也难以定义,有些哲学家把它视为最基本的情感或最基本的几种情感之一,有些哲学家却认为它是一种混合的情感。要准确地定义"惊奇",首先要了解它与其他几种相近情感的差别。在各种语言当中,都有表示与"惊"相连的情感的术语,如惊奇、惊讶、惊叹,其侧重点各不相同。在日常生活中这些词汇常常混用,但它们之间仍然存在细微的差别,在这个问题上,亚当·斯密所作的区分与定义最为简单精练:"新奇的事物引起惊奇(étonnement),意料之外的事物引起惊讶(surprise),崇高壮美的事物引起惊叹(admiration)。"他进一步给出更为细致的描述:

> 非凡独特的自然现象,诸如流星、彗星、日月之蚀,以及形态怪异的动植物——简而言之,凡属我们极少见到或从未见识的事物,均令我们惊奇;即使我们预先知晓将有何物出现,惊奇之感仍会产生。
>
> 某些常见的事物,在不曾预料的地方出现,会让我们惊讶。例如一位朋友不期而至,我们会惊讶;尽管我们曾见过他无数次,却不曾料到他会在此刻出现。
>
> 我们赞叹平原广阔或高山巍峨,尽管这些景致为我们所熟悉,其

面貌也没有超出我们的预期。①

不同性质的事物引起不同的情感：引起惊讶的事物不一定是新奇之物，有时熟悉之物在意料不到的地方出现，也会引起惊讶。亚当·斯密甚至区分出人在遇见新奇事物时经历的两个阶段："我们首先感到震惊或惊讶；接着会惊奇，这样的现象竟然会出现。"由此看来，惊奇与智性、认识更为接近。让-夏尔·拉沃（Jean-Charles Laveaux）的观点与亚当·斯密基本相同：惊奇与惊讶的差别一是在于引发情感的事物，二是智性介入的程度。"一件出乎意料的事物突然出现所引起的灵魂的运动，称为惊讶。如果事件不是特别重要，它之所以给我留下印象，只是因为它与我之前形成的观念相悖，那么它只能引发惊讶。如果事件非常重要，完全颠覆了我之前形成的观念体系，那么它在我身上激起的就是惊奇。"②从效果上说，惊奇比惊讶更为强烈，效果更为深刻持久。从情感与思想的关系来说，惊奇与智性的联系更加紧密："惊讶来自感官所产生的第一印象，惊奇则来自精神上强烈的印象。"惊讶只与预期相关，而惊奇则牵扯到主体对于事物的观念："不曾预料的事物让我们惊讶，我们尚无概念的事物让我们惊奇"。因此，惊奇更多的与比较、思考、意识行为相关。拉沃还通过语言的运用区分二者在主体介入层面的差别：

> 法语中只有"惊奇"的动词有自反形式，而"惊讶"没有。这证明惊奇与我们的观念、我们的认识体系有关。当我思考、将事件与我的观念相对比，发现事件颠覆了我的观念时，我感到惊奇。当我对某个事件感到惊讶，我只是被动的；当我感到惊讶时，只是事件本身对我产生影响；当我感到惊奇时，是我的思考、我的观念引起惊奇。

要了解惊奇的性质，还需要探讨它是否归为情感；如果是，它是单一

---

① Adam Smith, *Essais philosophiques*, trad. Jean-Pierre Jackson, Paris: Coda, 2006, p. 67.

② Jean-Charles Laveaux, *Dictionnaire synonymique de la langue française*, Paris: A. Thoisnier-Desplaces, 1826, II, pp. 49−50. 本段引文均引自同页。

情感还是混合情感？在笛卡尔开启现代意义上的情感研究的著作《论灵魂的激情》中，作者把惊奇视为一种单一的情感，而且是所有情感中最基本的一种。① 他区分出六种最简单、最基础的激情，惊奇位列第一，其后是爱、恨、欲望、欢乐与悲伤，而其他情感属于上述六种激情中的某一种，或者是某几种的组合。笛卡尔不仅将惊奇列为基本情感，而且认为其具有优先地位："惊奇似乎是所有的激情当中最基本的一种"②，因为它先于任何判断、任何认识，在我们并不知晓事物对我们有利或有害之时产生。

保罗·利科（Paul Ricœur）继承了笛卡尔的划分，他同样认为六种基本情感的基本程度并不相同，惊奇列于其他五种情感之前："情感最基本的功能是惊奇或惊讶（笛卡尔所说的赞叹），然后它具有情感想象的情感形式而变得复杂，我们由此预测某种利益或者害处；惊奇在欲望的驱使下达到顶点；它在喜悦和悲伤的情感中圆满完成，因为喜悦和悲伤是对于得到某种利益或害处的认可。"③利科认为惊奇是"最简单的情感态度"，早于其他任何一种情感，它是主体与外界相遇的基础，由惊奇引发事件。在情感进程的每一步，想象都会产生作用，促使精神对未来做出预测，然后随着情境会得到满足或失望："爱或厌恶就是预测到与喜爱之物或厌恶之物相会或分离所感受到的喜悦或悲伤。感到悲伤或喜悦已经是预测还未到来的结合或分离。"④既然人的想象总是超前于事件进展的过程，人总会产生预测与期待，惊奇就随时可能出现在情感进程中，随着事件是否符合人的期待而转化为不同的情感形式。

克洛德·罗马诺（Claude Romano）在《事件与时间》中同样以笛卡尔

---

① 在笛卡尔的著作中，"惊奇"的原文是 l'admiration，在现代法语中意为"赞叹"，但该词在书中的用法更接近"惊奇"的意思。

② Descartes, *Les Passions de l'âme*, Paris: Gallimard, 1988, p. 190. 译文引自勒内·笛卡尔：《论灵魂的激情》，贾江鸿译，北京：商务印书馆，2019年，第40页。本书《论灵魂的激情》译文均引自该译本。

③ Paul Ricœur, *Philosophie de la volonté*, t. I, *Le volontaire et l'involontaire*, Paris: Aubier, 1988, p. 238.

④ Ibid.

的论述为基础,推导出"惊奇远非一种单独的情感,而是任何情感的根源"①。作者继而从现象学的角度来谈论惊奇的重要作用:"它是任何一种情感的起源,情感之所以成为情感,世界本身左右我们、对我们产生影响,都是通过它。惊奇在每一种情感中起到作用,还因为影响我们的、让我们感到与自身和谐或不和谐的、由此定调的事物,始终是世界本身。"现代心理学认为情感产生于一种震撼,惊奇是人在与外界相遇时所产生的触动,引发其他的情感。从笛卡尔到罗马诺的论述中,惊奇从一种单独的情感变为一种功能,但它在情感世界的基本地位是始终确定的:它先于其他任何情感。

然而,还有另一派哲学家认为惊奇不能归为情感。亚当·斯密认为,惊奇不是一种有别于其他种类的情感,而是一种情感突然产生的作用。"不应将惊奇视为一种独特、原始的情感,与其他情感相区别。任何一种情感突然触动灵魂,它的效果使灵魂产生剧烈而突然的变化,这就是惊奇。"②这一观点与上文引用的观点迥然有别,惊奇不再被视为一种基本情感,而是一种效果与变化,一种情感状态向另一种情感状态转变的过程。

在惊奇产生之时,精神还无法判断突然出现的事物有利还是有害,判断被悬置;惊奇可能是积极的,也可能是消极的,要根据它所产生的不同情境而确定。然而,情感只分为积极和消极两类,惊奇因其不确定性,无法归入任何一类。因此,某些情感理论家认为惊奇不属于情感。"惊奇与喜悦、恐惧等典型情感不同,并不预先假定对引发事件的评估是积极的(动机一致)还是消极的(动机不一致),惊讶的感觉本身是中性的,而不是愉快或不愉快。主要因为它与典型情感的这些不同,一些情感理论家认为惊讶不应归为一种情感。"③

---

① Claude Romano, *L'événement et le temps*, Paris: PUF, 1999, p. 225.
② Adam Smith, *Essais philosophiques*, p. 67.
③ Rainer Reisenzein, Wulf-Uwe Meyer, «Surprise», in *Oxford Companion to Emotion and the Affective Sciences*, Oxford: Oxford University Press, 2009, pp. 386−387.

情感归类属于哲学理论的范畴,惊奇被如何定义并不影响它在情感体系中的重要地位。无论惊奇是否属于情感,无论它被定义为单一的情感(笛卡尔)还是混合的情感(库洛·德拉尚布尔①),是情感的某个组成要素还是引发其他情感的一种特殊情感,它在情感运动与认知活动中的重要作用,甚至是最基本的作用是毋庸置疑的。简而言之,令人惊讶的事件可分为两类,性质不尽相同,一类事件的侧重点在于新奇,会引发惊奇之情;另一类事件的侧重点在于反差,会引发惊讶。哲学家往往强调第一种特性,认为惊奇会引发人的关注与思考,导向认识;小说家则强调第二种特性,设置出人意料的情境,以增强悲剧或喜剧效果。

笛卡尔认为,惊奇的强力来自两个特性:新奇与瞬时性。事物让人惊奇,是因为我们不曾认识它,或者它与我们之前所见的东西并不相同,由此让我们关注"对我们来说是罕见的和特别的东西"②。此时,事物是有利还是有害尚无法判断,但新奇或稀少的性质得以确认。事物被视为有价值之物,值得关注。笛卡尔从科学的角度加以解释:"新颖的感觉对象触及了大脑中一般不曾被触及的某些部分,并且这些部分比那些经常遭受某种刺激从而变得有些坚硬的大脑部分要虚弱或不坚固得多,这就增加了由这些感觉对象所引发的运动的作用。"③康德与笛卡尔观点相似,认为惊奇是"由超出预期的新奇的呈现所引发的一种情感"④。人总是根据自身经验构建对外物的解释与期待,一切理解都在经验的基础上进行,而惊奇在各种可能性的背景之中加入了一种尚未预先设置的可能,由此使得构成理解基础的全部可能性的体系得以重构。心理学家设想惊奇在

---

① 库洛·德拉尚布尔(Marin Cureau de la Chambre,1594—1669),与笛卡尔同时代的物理学家、医生,代表作有《激情的特征》(1640—1662)。
② Descartes, *Les passions de l'âme*, p. 199. 译文引自《论灵魂的激情》,第49页。
③ Ibid., p. 197. 译文引自《论灵魂的激情》,第47页。
④ Kant, *Critique de la faculté de juger* (1793), trad. Alain Renaut, Paris: GF Flammarion, 1995, p. 256.

一种"模式化网络"(a schema-theoretic frame work)①中实现。人的感知、思考、行为与情感在很大程度上被称为"模式"的复杂的认知结构所控制,"模式"是关于物品、情境与事件的不成形的理论,需要不断地通过可知信息进行确认,以实现其功能。如果模式与正在进行的事件相吻合,对于事件的阐释及后续行动就会以一种近乎自动的方式进行;相反,如果模式与信息之间出现差异,惊奇就会产生,模式进程就会中止,意外事件比正常情况需要人付出更多的努力进行分析。

巨大的惊奇会改变人的视野,使人的思想体系改观。因此,惊奇是一种极佳的认知情感。从古希腊开始,哲学家便将惊奇视为哲学的起源。柏拉图认为好奇先于科学认识。他在《泰阿泰德 智术之师》中写道,哲学家特有的情感就是惊奇、疑讶:"哲学始于疑愕。"②亚里士多德在《形而上学》中也确认:"古往今来人们开始哲理探索,都应起于对自然万物的惊异。"③至笛卡尔,他以辩证的方法看待惊奇的认知价值:惊奇是认识的起源,而智识的最终目的是摆脱惊奇。惊叹过多或过少,都是无知的表现。当我们发现一种全新的事物,惊叹会引发思考,让我们处于求知的状态,进而强化新奇的印象,帮助我们认识并记忆之前所不认识的这种新事物。一些人天生不具备惊叹的倾向,处于一种习惯性的迟钝状态,往往非常无知。反之,过于频繁的惊叹而无思考,同样也会导致愚笨。笛卡尔在《论灵魂的激情》第七十六条论述了"惊奇是如何能给我们造成危害的,我们又怎样才能弥补它的缺陷并对其过度性进行纠正":

> 但是,通常的情况是人们会对事物过度赏识,并且在看到一些只值得给予一点思考或根本不值得给予思考的事物时也会有所惊愕,而给予了更多的赏识。这完全可能会剥夺或损害理性的作用。这就

---

① Wulf-Uwe Meyer, Rainer Reisenzein & Achim Schützwohl, "Toward a Process Analysis of Emotions: The Case of Surprise", in *Motivation and Emotion*, Vol. 21, No. 3, 1997, p. 253.
② 柏拉图:《泰阿泰德 智术之师》,严群译,北京:商务印书馆,1963年,第7页。
③ 亚里士多德:《形而上学》,吴寿彭译,北京:商务印书馆,1959年,第5页。

是为什么，我们说尽管在出生的时候人们具备某种拥有这种激情的禀赋是好事——因为它可以使我们善于接受科学知识，但之后我们还是应尽可能地去摆脱它。因此，要弥补它的缺陷并不难，人们通过一种反思和特殊的注意就可以了，当我们判断当前显在的事物值得去认真思考的时候，我们的意志就总是可以使我们的理智去进行反思和给予特别的注意。但是，要阻止人们去过度地欣赏事物，除了去多获得一些事物的知识，并且去考察所有那些可能显得极为罕见和奇特的东西之外，不会有别的补救办法了。①

惊叹的目的是摆脱惊叹，因此需要用思考代替惊叹，接纳新奇事物，更新我们的思想体系，下一次遇见同样的事物就不会再感到惊叹。惊奇导向智识，而智识是预防惊奇的最好屏障。在笛卡尔的体系中，惊奇属于人最基本的情感之一，又称"普遍情感"之一。当代心理学打破传统的理性／激情二元对立，重新审视了惊奇在认知机制中的重要作用。达玛西奥曾经确认："如果认识新事件的过程伴随着某种情感，那它们就更易于记忆。"②这说明情感非但不会扰乱理性，反而在认知过程中起到相当的作用。这与司汤达的思考相通：司汤达虽然把感受力视为美学体验最核心的要素，但他认为感受力并非完全出自天性，能够在智识的帮助下进一步得到锻炼。在《意大利绘画史》的"艺术家"一章中，作者逐步解析观赏者怎样培养艺术鉴赏能力。他设想一个"温柔的灵魂"，从《意大利绘画史》中了解了大画家的生平之后，逐渐懂得欣赏画作："这位读者慢慢懂得辨别画派，识别大师。随着他的知识增长，他会体会到新的乐趣。他从没想到过，思考会帮助感知；我也没有想到过。我研究绘画只是出于无聊，却惊奇地发现，绘画能抚慰严酷的悲伤。"③"思考会帮助感知"一句明确提

---

① Descartes, *Les passions de l'âme*, pp. 199—200. 译文引自《论灵魂的激情》，第49—50页。

② Antonio Damasio, *Le sentiment même de soi : corps, émotions, conscience*, Paris: Odile Jacob, 1999, p. 292.

③ *Histoire de la peinture en Italie*, p. 165.

出理性对感性的辅助作用,思考既能给人解除烦闷,又能使人眼界开阔、提升鉴赏的品位。

惊讶的另一特性是"出人意料"。当事件与人的期待或预期相悖时,即现实与预期存在巨大反差时,就会引发惊讶。笛卡尔写道,当事物"与我们以为它是的样子不同时",惊讶就会出现。亚当·斯密精确区分惊讶和惊奇,认为惊讶的重点在于反差,对立情感的转变效果。哲学家认为惊奇是认识的起点,因此强调"新奇"这一特性;而哲学家没有着力论述的"出乎意料"的特性,却在小说家笔下发扬光大。司汤达认为小说需要创造新奇、鲜活的感觉,以此打动读者。他可能是从曼恩·德·比朗(Maine de Biran)的作品中受到启发:"要打动我们,让我们愉悦,应该总是轻柔地把我们拉出过于狭隘、过于单一的印象范畴,习惯总是把我们局限和固定在这个范畴之内。这就是艺术的全部秘密。绘画和音乐之所以让我们心醉神怡,就是因为它们为我们的感觉安排各种惊奇,为我们创造新的看与听的方式。"①习惯性的事物不会令人产生鲜明的感觉,只有超出常规、意料之外的事物,才能引发精神的震动与关注,更新人惯常的感知与思考方式。这种理解综合了惊奇的新奇与出乎意料的两层特性。

惊奇这种情感具有巨大的推动力,这种力量从何而来呢?来自突然性。如果一种情感逐渐渗入,精神会有所准备,于是情感在缓慢的浮现过程中失去了一部分力量。而惊奇则将情感的力量聚集于一瞬,在这一瞬间使人的思想、感觉与意愿都暂时停止,理性被遮蔽,判断被悬置,情感以不可抵御之势侵入灵魂。在古希腊语中,情感(pathos)的意思是"突如其来之物",因此惊奇本身就是任何情感固有的特性。笛卡尔说,惊奇引发"突然的、事先根本想不到的印象,这种东西的到来改变了动物精气的运行"②。亚当·斯密这样描述:"于是,激情在心中突然打开一条通道,一

---

① Maine de Biran, *Influence de l'habitude*, p. 136. Cité par Jean-Pierre Richard, *Littérature et Sensation*, Paris: Seuil, 1954, p. 98.

② Descartes, *Les Passions de l'âme*, p. 197. 译文引自《论灵魂的激情》,第47页。

下涌进去；如果这是一种强烈的情感，心就在极度剧烈的情感掌控之下。"①拉斐尔·巴洛尼在他研究叙事张力的论著《叙事张力：悬疑、好奇与惊奇》中将惊奇定义为"一种转瞬即逝的情感，主要存在于它浮现的瞬间，而不以持续长度定义"②。上述定义中都将突然性这一时间维度作为惊奇最为突出的特性。

正因为惊奇将巨大的力量积聚于极短时间之中显现，它是一种强烈的情感，有时甚至构成有害的、摧毁性的情感。保罗·利科说："正如人在体质上只能存在于宇宙的某些范围之内（温度、气压等），他在心理上也只能接受心理－精神状态的起伏与失衡在某些范围之内。"③当突如其来的幸福或不幸之感超出人的心理承受能力时，可能导致严重的后果。《李尔王》中的葛罗斯特伯爵听信谗言，放逐了儿子埃德加，最后在与儿子重逢、得知真相时去世。他的心足以承受接连不断的不幸，却无法承受长久不幸之后突然来临的巨大幸福。④

司汤达深知惊奇的"突然"特性，他在《新哲学》中写道："'突然'不是引发笑与泪必不可少的因素吗？"⑤值得注意的是，他将这一原则在不同领域用于完全相反的目标：作为哲学家，他寻找抚慰人心的方法，避免惊讶所造成的有害效果。他从实用层面阐发上述原则："既然如此，把让人笑或让人哭的事情尽可能和缓地告知这个人，也许能避免笑或泪。修辞削弱情感。这话再正确不过，所以我们把坏消息告诉当事人时会运用修辞，以免过于刺激他。'D 先生不在了'就不如'D 先生死了'那么残酷。"⑥作为诗人，他却反其道而行，把惊奇当作一种打动人的策略："惊奇

---

① Adam Smith, *Essais philosophiques*, p. 67.
② Raphaël Baroni, *La Tension narrative, Suspense, curiosité et surprise*, Paris: Seuil, 2007, pp. 296—297.
③ Paul Ricœur, *Le volontaire et l'involontaire*, p. 253.
④ 情感具有普遍性，中国哲学中也有相似的表达，例如《淮南子·精神训》中说："人大怒破阴，大喜坠阳；大忧内崩，大怖生狂"（刘安：《淮南子》，上海：上海古籍出版社，2016 年，第 168 页）。
⑤ *Journal littéraire*, II, p. 4.
⑥ Ibid.

在舞台上产生最大的效果。"①"引人发笑的原因必须新鲜、出人意料。"②同一原理应用在哲学层面,需要考虑的是如何运用修辞缓和人的情感;而在文学领域要考虑的则是:"什么样的情境适于将每种激情推至最高点?"③因此,作家需要锤炼文笔以激发更为强烈的情感:"以最震撼人心的方式,用诗歌表达一个想法,或用散文表达一个形象,是风格的任务。"④

真正的惊奇是一个理论概念,它持续的时间极短,只存在于判断悬置的一刹那。在价值判断尚未明确的这一刹那,惊奇是一种中性的,或者说是中空的情感,很快会让位给其他情感或与其他情感混为一体。因为惊奇转瞬即逝,很快就会随着具体情境带上积极或消极的色彩,很难把它与相伴相生的其他情感区分开来,因此,第一个详细论述"惊奇"的哲学家笛卡尔把它称为"赞叹",已经包含着判断,判定客体是稀有之物。即使身体还处于呆立状态,精神已经试探着开始评估引发惊讶的事物。利科同样认为惊奇总是暗含着判断,即使它以"快速评估"(évaluation-éclair)⑤的形式存在。惊奇这种情感通过文本的运动引发,因此它是一种动态的情感,只在阅读的过程中、在文本内部情境的具体化中实现。小说家需要充分利用它扭转局势的能力,以迅捷的速度,在叙事中制造突变与反转,才能引发惊奇和它所承载的其他情感。司汤达在多个小说片段中充分发掘了这一特点,如《红与黑》中于连与德·莱纳夫人初次会面,《巴马修道院》中法布里斯与克莱莉娅在湖边偶遇和桑塞维利纳向巴马亲王辞行的场景,借助脸色苍白、脸红、笑、哭、呆立、跌倒、逃跑等伴随着惊愕的身体征兆,在小说中将惊讶的情境戏剧化,将情感展现得更为直观、更为生动。

通过对特殊情境细腻生动的描述,惊奇这一主题不仅承担了叙事功

---

① *Journal littéraire*, I, p. 147.
② *Pensées*, II, p. 175.
③ *Pensées*, I, p. 159.
④ Ibid., pp. 157-158.
⑤ Paul Ricœur, *Le volontaire et l'involontaire*, p. 239.

能,而且具有生动、鲜活、多样的形态,呈现了现实的变动。更为独特的是,它提供了现实与离奇幻想的一种和解:它既发生在现实之中,又与寻常生活轨迹不同。它在司汤达的小说,特别是《巴马修道院》里创造了一种奇特的氛围,使读者感到既是现实,又处处与现实不同,处于一种迷醉的心境。正如司汤达所说,文学艺术作品是一个美的谎言,它们的作用在于令人惊叹与迷醉。他通过惊奇情境展现了世界和人心的广阔并暗示了现实的种种可能,在平庸的现实之上创造了另一种更为轻盈欢快的现实。

第二节　诗人与哲学家

司汤达在《自我主义回忆录》中说起他在 1821 年左右热衷于"人类心灵的理论"和"文学与音乐对心灵的描绘":"关于这个问题的漫无边际的推论,从每一件得到证实的新事中得出结论,对我来说是最最有趣的对话。"① 他把理论推导与文学音乐的再现归为一个问题、一种素材,即认识情感与描绘情感合二为一。这是他一直坚持的观点,自从他开始哲学研究,为文学创作做准备,就不断地在思考诗人与哲学家的异同以及两者结合的可能。

首先,诗人与哲学家本质相同,都是深谙人性的人。在 1804 年 6 月 6 日写下的长篇随想中②,司汤达以寓言的方式展示出哲学家与诗人在人类世界中的地位。他想象有一个宽广美妙的山谷,代表古往今来的世界;周围的每一处起伏代表着一种激情以及将激情推至顶峰的方法。在平坦谷底的中部,大艺术家和大哲学家住在高耸的塔上,拥有洞察一切的视力。每个地区、每个时代最有代表性的艺术家和哲学家住在常人不可见的高塔上,例如 1664 年巴黎的塔上住着"神圣的莫里哀",1200 年佛罗伦萨的塔上住着"可怕的但丁"。高乃依、拉辛、拉封丹、帕斯卡尔、拉布吕耶

---

① *Les souvenirs d'égotisme*, p. 468.
② *Pensées*, I, pp. 258—261.

尔、拉罗什富科，他们根据识别事物的多少，身处不同的高度。诗人与哲学家这两类人的表现手法虽然不同——"哲学家写下他们对人类的评论，诗人让人自己发声或者描绘他们"①，本质却是一样，他们都精通人性的研究，通过观察人的行为，能够发现驱动行为的激情。司汤达还特意在注释中提到了自然科学家，借以更好地定义哲学家："我没有把严密科学的创造者归为哲学家。牛顿、欧拉、拉格朗日，如果说他们也在塔中，绝不是因为严密科学，而是因为人的科学。"由此可见，司汤达认为所有科学中最具价值的是人的科学，而对人性认识最为透彻的艺术家与哲学家并列位于人类世界最高的位置。1803年5月5日的笔记中，他引用古希腊哲学家波塞多纽的名言："有识之士的一天比无知者漫长的一生被更多的知识所点亮，拥有更丰富的景观、更开阔的视野。"②这句话对应着他所想象的图景，因此这里所说的知识同样不是冷冰冰的科学知识，而是哲学家与诗人所具有的那种居高临下、洞悉人性的能力。

诗人与哲学家虽然都以认识人性为天职，但认识的顺序与言说的方式有差别："在每个意外事件中，诗人首先看见这事件在众人眼中呈现的形象，片刻之后看见其原因；哲学家首先看见原因。"③不论顺序如何，哲学家与诗人都需要透过事件，把握表象之下的运作规律。对人性的认识是诗学创作的第一步："一般来说，哲学家的才能只不过是诗人才能的脚手架：哲学家让人认识情感，然后诗人描绘情感以打动人。"④但是，哲学认识只是创作的基础，文艺作品需要通过形象来展示真理："喜剧作家从来不靠推理证明真理，而是给出应用的例证，描绘真理会碰到的最大障碍，以及真理怎样轻而易举地越过障碍。"⑤

后来，司汤达又更为形象地阐释了这一观点：

---

① *Pensées*, I, p. 260.
② Ibid., p. 172.
③ Ibid.
④ *Journal*, II, p. 18.
⑤ *Pensées*, I, p. 76.

> 戏剧领域的哲学家和写书的哲学家有很大差别。
>
> 诗人不能说出真理，而要让观众说出真理。他不应该说："若弗鲁瓦很好笑"，而是要让观众看过他的剧本之后说："这个若弗鲁瓦真是可笑！"
>
> 他要让观众感受到真理，而不是把真理告诉他们。以哲学家的身份讲述真理，只是强迫观众读书。①

诗人被称为"戏剧领域的哲学家"，因为他的职责和寻常意义上的哲学家的一样，是呈现真理。哲学家直接言说真理，而诗人通过形象，让人感受到真理。诗人以哲学认识为基础，但又比哲学家多出了一项任务：以有趣的方式呈现真理，以此打动观众。能否让观众清晰地感受到真理，是判断剧作家才能的标准：

> 哲学家看见滑稽⋯⋯
>
> 让人感受到滑稽，让所有人为此大笑，是喜剧诗人的才能。
>
> 言说并评论："这很滑稽。"可以教育观众，但不能引人发笑。因此莫瑟尼古需要两样东西：
>
> 1. 哲学，以便辨识各种情感；
> 2. 让我们发笑的艺术。②

司汤达反复思考哲学与文学的差别，分析两者的特性。两者最早的区分出现在他于 1803 年 1 月 9 日写下的随感中："哲学中什么是不朽的？真理。诗歌中呢？崇高。"其后紧跟着两者建立联系的可能性："哲学对于诗人有什么好处？"③此后，关于两者关系的思考反复出现。他甚至考虑刻画相应的人物，以阐释两者的区别："勾画一个完全是哲学家的人物，和

---

① *Pensées*, II, p. 300.

② *Journal littéraire*, II, p. 386. 句中莫瑟尼古（Mocenigo）是司汤达给自己取的众多外号中的一个。

③ *Pensées*, I, p. 65.

一个完全是诗人的人物(丰特奈尔、卢梭、戈德史密斯),能够给人以教导。"①他还使用过"反哲学家""反诗人"来定义或评价人物:1803年,他一边阅读一边构思《两人》(*Deux hommes*)剧本,考虑把其中名叫沙穆西的家庭教师塑造成"反哲学家,当代达尔杜夫,具有拉·阿尔普和若弗鲁瓦的风格"②。

在1803年8月9日的笔记中,他细细区分了诗人、哲学家与数学家的区别:

> 莫里哀和高乃依的天分,与爱尔维修的天分、拉格朗日的天分之间有什么区别?或者说诗人、哲学家与数学家有什么区别?
> 诗人是最受各种激情影响的人,他持久的激情是热爱荣誉。
> 哲学家是35岁、摆脱了激情控制的人(他曾适度感受过这些激情),唯独没有摆脱对荣誉的热爱。
> 数学家是最不受激情影响的人,对荣誉的热爱除外。
> 真是如此的话,热爱荣誉是所有人的激情,诗人有最大限度的激情,数学家有最小限度的激情,哲学家介于两者之间。
> 卢梭更接近于诗人,而非哲学家。爱尔维修也许处于哲学家的理想范围。杜克洛则过于接近数学家。③

诗人与哲学家的区别在于受激情控制的程度,这种区分只是客观地划定界限,不带价值判断。然而智者的职责是清晰地认识情感,需要理性的指导,与情感拉开距离。司汤达的哲学素养以理性主义为底色,希望以

---

① *Pensées*, I, pp. 77—78.
② Ibid., p. 180. 司汤达在1811年的笔记中记录了朋友路易·德·巴拉尔(Louis de Barral)子爵写的一段对话,赞扬其喜剧效果。哲学家本是摆脱了激情与虚荣的人,人物却爱慕虚荣,以激情为自己辩解,形成反讽:"——先生,我是哲学家。——啊!啊!您是哲学家,先生。——是的,先生。——(深深致敬)可是,先生,您神色忧郁,因为您想要漂亮衣服、漂亮衬衣,还有一辆双轮马车。——啊!先生,那是因为我们有激情。"(*Mélanges intimes et marginalia*, I, pp. 278—279.)
③ *Pensées*, I, pp. 148—149. 文中所说的约瑟夫-路易·拉格朗日(Joseph-Louis Lagrange,1736—1813)是数学家、物理学家。

科学客观的方法来研究情感现象。他大量阅读哲学作品,一方面了解激情的法则,另一方面了解智性思考的原理,以便锻炼推理能力。"去激情化""去卢梭化"等用语在这一时期的笔记中反复出现:"我认为要写好喜剧,必须去激情化。"①"读德斯蒂(德·特拉西)、塔西佗、普雷沃、朗瑟兰,使我的判断去卢梭化。"②在1804年7月8日的笔记中,司汤达写下了他对幸福的思考,最重要的方法就是去除激情、保持冷静:"要养成习惯,永远不要感情用事,而是要保持冷静。"③

以客观的精神研究人性还有另一个原因,那就是人性包含着丑恶的成分,会让人产生厌恶,研究者要学会保持距离,像科学家看待研究对象一样看待人性。司汤达在1810年写给波利娜的信中写道:

> 天生喜爱植物学、天文学等领域的人是很幸福的;可是,如果哪个人有兴趣认识叫作"人"的这架机器,就要慢慢地习惯于像解剖学家看待尸体一样看待人,不顾及臭味,不会说:"可是我以后也会变成这样!"而是观察肌肉、神经等的形状。我们要同样观察激情、爱好、性格,观察诽谤者、嫉妒者的时候,不要想着:"这个人会诽谤我,会嫉妒我的幸福、破坏我的幸福,等等,等等",这样可以尽力避免丰特奈尔这句准确的论断所描述的情形:"所有自然科学的学者到了一定年纪,都温和、乐观、傻乎乎的。所有人类学科的学者都闷闷不乐,愁苦万分。只有一个例外,那就是激情强烈的人选择第二类职业,而不是第一类。"④

司汤达后来放弃喜剧而转向小说,在小说中只着力呈现敏感独特之人,都是出于对卑劣、庸俗人性的厌恶。他之所以向往"诗人哲学家"的身份,句中所说的"例外",其实包含着对人性这一研究对象的选择与升华。

---

① *Pensées*, I, p. 258.
② *Journal*, I, p. 195.
③ *Pensées*, I, p. 255.
④ *Correspondance*, III, pp. 260—261.

可惜的是，建立系统的雄心、撰写科学论著的壮志，都未曾实现。司汤达一再解释，是追求荣誉的热情促使他进行复杂的推理，其实他对科学并无兴趣，也并不在行。1803年1月1日，他在给波利娜的信中写道：

  我确实在这里学习；可是，和情感相比，科学是多么冰冷啊！上帝看到人不够强大，不能时时感受，就想给他科学，让他年轻时从激情中得到休憩，年老时有事可做。

  只知道求知的冰冷的心，多不幸，多让人同情啊！唉，我知道太阳绕着地球转，或是地球绕着太阳转，有什么用呢？如果我为了学习这些东西，失去了本该让我用于享乐的时日！①

在1803年的笔记中，他写道："如果给我一个更为精确、透彻、讨人喜爱的精神，我会欣然接受这些馈赠。可是，如果夺走让我享受这一切的灵魂，这些礼物对我就毫无意义。"②在寻求幸福的过程中，精神与灵魂都不可或缺。但两者仍有轻重之分，精神是寻找幸福的保障，灵魂的敏感却是享受幸福最根本的条件。在《自我主义回忆录》开篇，作者说他厌恶只写自己的琐事，又说他很想写一部小说，"我心灵的全部状态适于写一部发生在德累斯顿的爱情故事的虚构作品"，可是出于职务要求，写作一再被打断，扼杀了想象。"对此，一位智者会说人必须战胜自己。我会反驳：'太晚了，我已经49岁了；经历了那么多事情之后，到了考虑如何不那么差地结束生命的时候了。'"③此处，智者代表理性、常理，要求作者克制厌恶之情，强迫自己做出努力；而作者的反驳似乎是说在生命接近终点之时，克制情感已无意义，"不那么差地结束生命"是一种饱经世事后的和解，要在可能的范围内寻求幸福，服从理性与尊重自身的情感同样重要。

在《罗马、那不勒斯与佛罗伦萨》中，司汤达写道：

  我不跟您讲帕维亚，您随便找一本善于描绘的游记都能读到关

---

① *Journal*, I, p. 76.
② *Pensées*, I, p. 194.
③ *Souvenirs d'égotisme*, p. 430.

于它的描述。您要感谢我,没有花上二十页给您讲自然历史陈列馆。

这些东西对于我来说就像天文学一样:我为它们赞叹,甚至懂一点点,但是转眼就忘。要精于这类真理,需要一种明智、精于计算的精神,全心考虑被证明是真实的东西。①

作者紧接着又说:"说到底,我毫不擅长这类明智的科学,它们只关注得到证实的东西。"从青年到晚年,他关注的一直都不是"被证实的东西",而是被感受到的东西。

分析必须以经验为素材,否则就会走向抽象或预设的观点。司汤达深知哲学推理与感知不同:"我所见的通过推理而相信之物,与我感觉到的事物不同。"②"我只从书上认识人,有一些激情我从未在别处见过。我怎么能描绘它们呢?我的画作不过是摹本的摹本。我的整个科学,或者说至少一大半是先入之见。"③人无法描绘他未曾体验过的东西,如果没有实际经验,情感研究将成为无源之水。要了解人的情感,必须深入生活,去观察、去亲身体会情感。根据司汤达的论述,哲学家往往是没有体味过微妙情感的人,想要评价他们从未知晓、从未感受过的东西。"即使是最可靠的哲学家、真理的宣告者,在谈论强烈的激情时也可能出错。因为这些智者往往是冷漠的人,只体会过微弱的激情。"④"不幸的是,对于很多哲学家而言,激情不是一门随便哪个无知的人就能掌握的精确科学。要描绘激情,必须亲眼见过,亲身体会过激情噬人的火焰。要知道我不是说有激情的人就是好画家,我说的是好画家都曾经是有激情的人。"⑤ 1804 年 12 月 22 日,他评价特拉西缺乏敏感,并由此构思自己的心理学:"即使是特拉西,有着绝佳的推理方式,也不能成为诗人。一个诗人首先

---

① *Rome, Naples et Florence*, in *Voyages en Italie*, p. 381.
② *Pensées*, I, p. 126.
③ Ibid., p. 78.
④ *Pensées*, II, p. 213. 司汤达多次表达类似的观点,1804 年 3 月 13 日,他在日记中写道:"那些虽然明智却冷漠的人,说不出他们从没体会过的强烈的激情真实的样子。关于这个问题,他们只能说说在别人身上观察到的东西。"(*Journal litteraire*, II, p. 21.)
⑤ «Salon de 1824», p. 161.

必须体会过大量的情感，从最强烈到最温柔，从看到鬼魂的恐惧到微风吹过树叶的声音。大部分人都不会在意的后面这种情形，却常常给我妙不可言的愉悦。"①敏感是诗学创作的前提条件："一个人体会到的激情越多、越深刻，就越有成为大诗人的潜质。"②

正是因为哲学家与即时的感受无缘，他往往陷于无趣和苦闷。司汤达在《笑论》中分析了三类人不笑的原因：热恋中的人和吝啬鬼不笑，是因为他们深陷于自身的激情，无暇去顾及他人；第三类是哲学家："明智的哲学家不会笑，因为他全部的时间都用来蔑视自己和蔑视别人。福斯塔夫向亨利王子发起攻击的妙趣横生的那一段，在他眼里是什么样？不过是为了金钱利益而编造的平庸谎言，可怜人性的又一个可悲之处。他不会笑，只会郁郁不乐。"③如果说哲学家与前两种人能归为一类，都是被激情所控制的人，那他唯一的激情就是洞穿人性。他能一眼看透表象之下的本质，也就失去了色相所带来的乐趣。理智与无趣始终紧密联系、互为因果。司汤达阅读霍布斯的作品时写道："多少人以为自己品行正派，因为他们严肃刻板；多少人以为自己节制明理，因为他们索然无趣。"④因此，"最明智的人不一定最幸福"⑤。理性如果不能帮助人寻找幸福与体会幸福，就毫无意义。

1804年8月，他重读斯图尔特的作品时承认作者冷静的观察才能远在自己之上，但自己也具有哲学家所不具备的品质——敏感：

> 通常说来，冰冷的观察家比亨利·贝尔这样充满激情的人更能做出对人的发现。不过要注意的是，当冰冷的哲学家要分析他从未体验过的东西时，他对自己所说的话也不明了。我想我在分析人的

---

① *Journal*, in *Œuvres complètes de Stendhal*, éd. Henry Debraye et Louis Royer, Paris: Librairie Ancienne Honoré Champion, 1923, I, p. 202.
② *Pensées*, II, p. 338.
③ *Mélanges d'art et de littérature*, p. 12.
④ *Pensées*, I, p. 65.
⑤ *Mélanges intimes et Marginalia*, I, p. 374.

普遍感情上不会有什么重大发现,这并非我所长,但是我可以描绘我体会到的情感,这种分析将是新的。①

从此时开始,司汤达把"诗人"与"哲学家"两个名称并置,称为"诗人哲学家"②,意味着诗人是深刻了解人性的人,既掌握真理,又能以适当的方式表达出来,触动人心:"我尽力看到真理并以尽可能感人的方式描绘出来。"③首先,诗人与哲学家职责相同,要辨认出事物之间不那么清晰可辨的联系。司汤达认为激情有外在的征兆,通过依次记录这些征兆,我们有可能解读出人心里正在发生什么。但是,他也多次提出,多种情感都有可能对应同样的征兆,引发同样的行为。因此,准确地辨识关系、洞察真实的情感,是情感研究中最难的部分。"在对人的认识上,我最缺乏的是敏锐。我知道某种激情 P 有某种效果 P',却无法辨识出哪些激情在驱动我在社会中见到的人。"④另一方面,不同的表象也可能具有同样的内在结构,因此需要认识隐藏在心灵和头脑最深处的"动机":"我们为很多事件吃惊;反复地观察他们,我们会看到它们的共同之处,会发现'动机'。"⑤其后,要描绘情感,光有哲学认识还不够,还需要以诗人的敏感,找到"适合于这种激情的语言,绝不是十八世纪哲学那种冷冰冰的语句"⑥。真理也许是恒定的,但展示激情的手法则千变万化:"各种激情的同一事实,我们可以用讲述的方法让它带上不同的色彩。"⑦

即使"诗人哲学家"有着敏锐的感受力,体会过激情,他也面临着一个更大的诗学难题:当他体会到某种感觉时,需要用理性来摧毁这种感觉,将它肢解、拆分、细细分析,以便了解其运作机制,以此将它永久地封存下来,作为记忆或作为真理传递下去。可是,被肢解的激情,还能保持它的

---

① *Pensées*, II, p. 243.
② *Théâtre*, II, p. 149.
③ *Pensées*, I, p. 211.
④ *Journal littéraire*, I, p. 237.
⑤ *Correspondance*, II, p. 92. 句中"动机"(Mobile)一词首字母大写。
⑥ *Pensées*, I, p. 237.
⑦ Ibid., p. 240.

热度吗？这是司汤达在写作中萦绕不去的疑虑。1804 年 7 月 31 日的笔记中,他分析诗人和哲学家的差别,在于品味感觉还是解释感觉:

> 我体会到一种愉快的感觉,头发分成两大片堆在鬓角的感觉。我满足于享受这种感觉,品味其中的微妙变化;哲学家却会摧毁这种感觉,以便查看它是否真实,愉悦感是否由此而来。
>
> 因此诗人在细节上胜过哲学家,只有他体会过细节,也只有他能描绘出细节。
>
> 但是哲学家(假设他富有激情)在重要原则、体系的基础上胜过诗人。
>
> 也许这就是卢梭和爱尔维修的对比吧;我们可以看出哲学家要成为好诗人,就和诗人要成为好哲学家一样难。①

他深知感受与观察无法同时进行:"当我们观察时,就不再有敏感的人不做观察时那种充盈完满的感觉了"②;"爱的时候不会思考,一思考就不爱了"③。《论爱情》进一步明确提出,小说会给人两种不同的乐趣,一种促进对人心的认识,一种引起人的遐思,后者才是小说真正的乐趣。"这种遐思是无法记录的。记录,就是当下摧毁它,因为我们掉进了对乐趣的哲学分析之中;更确定的是,我们在未来更会摧毁它,因为引发回忆是让想象瘫痪的大敌。"④他的自传中多次写到,那些"激情澎湃"的时期留下的记忆最少,过于强烈的激情造成回忆的空白,更造成写作的空白,因为生命中幸福快乐的时光,一旦被细细解剖描摹,便会褪去鲜活的色彩。他在《自我主义回忆录》中写道:"我总是担心,描写和解剖我经历过的幸福时刻,就让它们失去了鲜活的颜色;我以后绝不这样做,我要跳过幸福的时刻。"⑤《亨利·布吕拉尔传》中贯穿始终的问题是"怎样描写幸

---

① *Pensées*, II, p. 55.
② *Marginalia*, I, p. 270.
③ *Pensées*, I, p. 7.
④ *De l'amour*, p. 87.
⑤ *Souvenirs d'égotisme*, p. 430.

福":"到哪里寻找词句来描绘完美的幸福"①,"怎样才能表达我在罗尔体会的迷醉呢"②? 作者回忆起他于 1800 年抵达米兰的印象,反复强调他面临写作的难题,找不到适于表达情感的形式:"怎样恰当地讲述那段时光?……把我想要讲述的感受归结为理性的形式,就太对不住它了……怎样描述极度的幸福?……怎样描绘这一切给我的极度幸福? 我做不到。"③于是,作品以"细细讲述,就会破坏如此温柔的感情"④一句告终,回忆就此中断,自传只写了童年至 17 岁的经历就戛然而止。他的写作始终处于两种需求的冲突之中:他渴望将感觉记录下来,以保留某些时刻的独特性;然而,要书写感觉,就必须远离它、拉开距离。描述激情这一难题,也许只能留待暗示与象征等诗学手段来实现。本书第三章将详细探讨这个问题。

从本性来说,司汤达是一个性情中人,他欣赏卢梭式的敏感,将敏感作为衡量人性的最高价值。他在艺术评论与游记中处处强调美的体验首先要听从情感,不能被外在的经验所遮蔽:"要感受,而不是要知晓。"⑤他创作于 1828 年至 1829 年的《罗马漫步》以虚构的日记形式,杂糅游记和评论,描写罗马各处风景。作者开篇便建议读者听从自然的感官,任由自己被美所震撼:"我会跟游客们说:'一到罗马,不要让任何观点来毒害你;一本书都不要买,好奇与科学的阶段只会过早地代替情感的阶段。'"⑥然而,爱尔维修、斯图尔特等哲学家给他的训导是:要想成为大诗人,必须首先是大哲学家。第一步是认识人性,第二步才是寻找适合的表达风格。在 1805 年 4 月 19 日写给波利娜的信中,他说伏尔泰与卢梭摧毁了某些偏见:"你看不管哲学家多么冰冷,他们驱逐了偏见,这就是他们的作

---

① *Vie de Henri Brulard*, p. 658.
② Ibid., p. 935.
③ Ibid., pp. 957—958.
④ Ibid., p. 959.
⑤ *Pensées*, I, p. 227.
⑥ *Promenades dans Rome*, p. 608.

用。"①这是哲学最根本的作用,寻求真理与中正,确保人的意愿与努力不会找错方向。除此之外,艺术作品的产生与欣赏既带有不可控制、不可阐明的因素,也来自创作主体通过长年思考所锻炼出的对于"偶然"的敏感与捕捉,离不开理性的锻炼。巴尔代什这样评价司汤达:"他像爱尔维修一样推理,却像卢梭一样感受。"②虽然理性与感性在他身上始终处于斗争状态,但他致力于调和两者、达到"诗人哲学家"这一理想境界的努力没有白费,这种艰苦的锤炼造就了小说家对于自身艺术的反思,时刻保持警醒,"让这位未来的小说家习惯于怀疑轻巧之举,磨炼他的批判精神"③。

第三节 小说的多重视角

　　司汤达认为哲学认识是文学的基础,但是,出于小说家、艺术家的天性,他又排斥哲学对人性的冷静抽象的研究,认为冷漠隔离、居高临下的态度在文学创作中是不可取的。写在《吕西安·勒万》手稿上的一条批注表明作者的思虑与担忧:冷静的心理分析与小说这种重在叙述的文类是否相容?他写道:"批评。也许作者的语调太像一个冷冰冰的哲学家了,居高临下,而不在乎人物的软弱、幸福、不幸等等。"④在手稿的另一处,他又写下批注,认为小说的目的在于激发读者的情感,而非引发思辨:"……千万不要对事物的本质发表哲学议论,这样会激发读者的思考、判断和冰冷的、思辨性的怀疑,断然阻止情感。可是,没有了情感,还是小说吗?"⑤小说的第一功用应该是引人入胜,直接诉诸人的情感:"小说是讲故事逗人开心的书"⑥;"诗人必须让我愉悦,这就是法则"⑦。

---

① *Correspondance*, I, p. 342.
② Maurice Bardèche, *Stendhal romancier*, p. 47.
③ Victor Del Litto, *La vie intellectuelle de Stendhal*, p. 271.
④ *Mélanges intimes et marginalia*, II, p. 217.
⑤ Ibid., p. 243.
⑥ *Mélanges intimes et marginalia*, II, p. 237.
⑦ *Journal littéraire*, I, p. 286.

将哲学认识转化为文学创作的法则,将真理以有趣、感人的方式呈现出来,其过程非常复杂,效果多种多样,作家自身的性情、才华在其间也发挥了极大的作用。司汤达小说中频繁出现的条件式,与之紧密相关的天真与经验的对立,以及谬误与同情的联系,体现了作者试图调和哲学与诗学的努力,更是小说通过多重视角暗示现实的多重可能的手段。

一、条件式:故事与平行故事

司汤达小说中大量运用条件式,仅在《红与黑》一部作品中就有五十余处①。条件式不仅仅是增加戏剧张力、在文本内部拓展更大叙事空间的手法,更是洞察人性、表达价值评判的工具。首先,条件式制造出小说内部的"真实"与"想象"之间的张力,既包括人物的真实面貌与人物在他人眼中的形象之间的张力,也包括人物的有限视角与叙述者全知全能的视角之间的差距。想象之中发生的戏剧化冲突给人一种行动的错觉。这一手法引起多位评论家的注意,本杰明·富兰克林·巴特(Benjamin Franklin Bart)认为条件式承担了"平行故事"的功能,维克多·布隆贝尔称之为"虚构之中的虚构"。

巴特在论文《司汤达与巴尔扎克的超创造力》②中提到,巴尔扎克常在信中谈及手头作品的多种计划,司汤达创作《吕西安·勒万》时也在草稿上写下小说的多种发展思路,他把这种在当前故事框架之外创造其他情境、事件、性格的强烈愿望称为"超创造力"(hypercreativity)。在不同的作家身上,"超创造力"有不同的体现:巴尔扎克常常自问,如果某个重要事件是另外一种情况,故事将会如何发展。作者由此开始猜测新的发

---

① 维克多·布隆贝尔指出《红与黑》中有五十几处使用条件式过去时(Victor Brombert, *La voie oblique*, p. 36);本杰明·富兰克林·巴特指出《红与黑》中共有一百五十多处用到虚拟式过去时和条件式过去时(B. F. Bart,"Hypercreativity in Stendhal and Balzac", p. 19)。

② B. F. Bart, "Hypercreativity in Stendhal and Balzac", *Nineteenth-Century French Studies*, Fall-Winter 1974—1975, Vol. 3, No. 1/2, pp. 18—39. 需要指出的是,作者姓名音译为巴特,但并非法国文论中著名的罗兰·巴特(又译罗兰·巴尔特)。以下五段观点均出自该论文,经笔者概述。

展状况;但因为情节发展的需要,作者想象的情况很难直接纳入现有的小说框架。相反,司汤达这样具有分析倾向的作者,会想象如果他笔下的人物性格有所不同,故事将会如何发展？小说家需要想方设法,将这些外来的可能性以这种或那种伪装形式引入小说当中。巴特把这些嫁接在小说主干之上的、与当前故事进展平行的发展可能性称为"平行故事"(parastories)。

"平行故事"是司汤达常用的手法,在他的小说中频繁出现,而且往往两三个连续的句子都使用条件式或虚拟式过去时,形成一个有头有尾、步步推进的想象的故事。这些相对于文本主体的偏移与离题频繁地出现、形成一种习惯之后,读者就会慢慢适应,不再注意作者向他展示了多么丰富的可能性。文本的节外生枝变得无比正常、无比自然,于是其他可能性就像故事主线一样成为小说的一部分,司汤达由此解决了"超创造力"的难题。

巴特指出,小说中次要人物的"平行故事"通常由单向的、一再重复的可能性组成,例如德·费瓦克夫人的故事,由一连串前后相继的条件式组成;主人公于连的情况却更为复杂,"平行故事"可能向两个方向发展:如果他更单纯或是更虚伪,事态将如何进展？这两种状态下的于连及相关的"平行故事"不断地展现在读者面前,于是读者被培养出想象的习惯,即使在很多地方作者不做设想,读者也会自行展开想象。小说内容由此大为丰富,因为它不仅包含故事本身,还包含周围或隐或现的"平行故事"。

当读者接受并吸纳小说作者的"超创作力",就会接受这个或那个,甚至是这个和那个附加的于连同时出现。这些假想的于连不仅是用于衬托"真正的于连"的陪衬物,而且是构成小说整体的一部分。例如于连刚对德·莱纳夫人起意时,出于野心和自尊,强迫自己诱惑德·莱纳夫人;但出于天生的胆怯和羞涩,他又时时退缩,不愿做出莽撞的行为。两种情绪交织得那么紧密,读者直到读完片段才能确认,作者让于连的哪一种行为成为真实进展的故事,哪一种成为平行故事。于连在冲动之中告诉德·莱纳夫人,他半夜两点要到她的房间去。"于连发抖了,生怕他的请求被接受;这诱惑者的角色压得他好苦,他若由着自己的性子,会躲进房里几天不出来,不再见这两位太太。"①这些细节在此处以"平行故事"的句式出现,并且可以继续发展,像真实的故事一样确实发生。片刻之后,"于连把事情弄到近乎绝望的地步,心里乱到了极点。不过,最使他狼狈不堪的,倒可能是成功呢"②。约定的时间临近,德·莱纳先生酣然大睡,于连不得不前往德·莱纳夫人的房间:"可是,伟大的天主,他去那儿干什么?他什么计划也没有,即使有,他觉得心绪这样慌乱,也无法依计而行。"③读到这里,读者已经习惯了于连的左右为难,接下来的两种发展可能,不论于连退缩还是闯进房间,读者都能安然接受了。小说需要做的只是在两种可能性当中任选其一。巴特将片段中由条件式所指示的可能性提取出来,组成一个连贯完整的"平行故事",并且指出真实发生的故事与潜在的平行故事并非界限分明,而是随时可能互换地位:

> 拿破仑一般勇敢的于连闯进了房间,"平行故事"中腼腆的于连却获得了"靠他那一套拙劣的机巧得不到的胜利"。平行故事取代了真实进展的故事……而且,以司汤达式的嘲讽,使本该顺理成章的故事转变了方向。然而,又是在嘲讽的语调当中,此时已经变为潜伏的故事又卷土重来——这是必然趋势——将要摧毁"平行故事"本已促成的喜悦:"一句话,只要我们的主人公知道如何享用,他的幸福是不缺什么了,甚至他刚刚征服的女人身上那种灼人的感觉。"④

"平行故事"也能将事件记录在一种假想的关系之中,把于连与德·莱纳夫人想象得更为复杂。两人相识之初,彼此渐生好感,但他们对自己的情感都不甚明了,因为他们都没有读过小说,也就是无法将自己的故事与无数可能的平行故事相对照,从中得到经验:

---

① *Le Rouge et le Noir*, pp. 424—425. 译文引自《红与黑》,第 77 页。
② Ibid., p. 425. 译文引自《红与黑》,第 78 页。
③ Ibid., p. 426. 译文引自《红与黑》,第 78 页。
④ B. F. Bart, "Hypercreativity in Stendhal and Balzac", *Nineteenth-Century French Studies*, Fall-Winter 1974—1975, Vol. 3, No. 1/2, p. 21.

在巴黎,于连和德·莱纳夫人的关系很快就会变得简单,因为在巴黎,爱情是小说的产儿。年轻的家庭教师和他的腼腆的女主人,可以在三四本小说,甚至吉姆纳兹剧院的台词中找到对他们的处境的说明。小说可以勾画出他们要扮演的角色,提出可供他们模仿的榜样,而这榜样,虚荣心迟早要逼着于连照着去做,尽管并无丝毫的乐趣,甚至还会感到厌恶。①

语式与时态转换成条件式过去时,提示着故事被"平行故事"所取代,直到最后虚拟式再次出现,伴随着"迟早""会"等表示推测的副词,暴露出"平行故事"的虚幻性质。

巴特推测司汤达对条件式的运用并非有意为之,语式与时态的转化只是一个天才的作家对于写作素材的自动反应。布隆贝尔虽然认为司汤达对条件式的运用更有意识,但他对其效果的阐释与巴特相似:条件式通过语言造成一种幻象,将未曾发生的事件与实际发生的事件并列,甚至融为一体。小说突破了严格的线性叙事框架,在情节的主干上发挥想象,使得叙事枝蔓交错、虚实相间,不断指向新的可能,小说由此利用条件式"在虚构的内部创造出了虚构"②。

布隆贝尔以条件式运用最为成熟的作品《吕西安·勒万》为例,指出两位主人公交往过程中始终保持着一种虚实相间的不确定感,条件式有助于展现人物的印象、感觉与实际情况之间的反差,在事件进展的表象之下惊心动魄的情感暗流。例如吕西安常常深夜来到德·夏斯特莱夫人窗下遥望,却不知心上人也躲在窗帘后看着他。"在这无边无际的深沉静谧之中,如果吕西安灵机一动,走到她的窗下,低声说句奇妙而新鲜的话,譬如:'晚安,夫人,肯告诉我您是不是听见我说的话了吗?'她很可能会回答:'再会,勒万先生。'"③语句不局限于泛泛的假设,而是精确到最微小

---

① *Le Rouge et le Noir*,p. 383. 译文引自《红与黑》,第 36 页。
② Victor Brombert,*Stendhal et la voie oblique*,Paris:Presses Universitaires de France,1954,p. 145.
③ *Lucien Leuwen*,p. 243.

的细枝末节,连夏斯特莱夫人的语气、用词都在条件式的描写中细致入微。

"绿猎人咖啡馆"一节在《吕西安·勒万》中占据极为重要的地位,描绘了温柔动人的一幕,树林中夕阳西下,周围响起悠扬纯净的音乐,吕西安与德·夏斯特莱夫人在美景与音乐中动情:"如果他们不是在树林一片空地上,如果不是和几位塞尔庇埃尔小姐相距一百步远,能被她们看见,勒万本想抱住她,她也真会让他抱在怀中。这就是真诚、音乐和无边树林造成的危险。"①条件式提供的建议并非突如其来,而是始终与小说情节进展并肩前行的精神活动的表达。因此,故事结构虽然枝蔓旁生,但从未被作者想象的介入所打断。在小说内部,"真实"(实际发生的事件)与"想象"(可能发生或本该发生的事件)并无明确界限,难以区分。

笔者认为,条件式的运用并不止于增加虚构故事的层次,它更大的作用在于构建价值的对照体系。在故事的主人公思考、行动的同时,小说常常以条件式来假设另一种可能性,如果从一种寻常、理性的目光来看,事态本该如何发展,人物本该如何行动。两种可能性,正对应着上文所说的情感与理性、诗人与哲学家的划分。条件式巧妙地在行文中插入对人物行为、事件进展的评论,却又不打断小说的叙述,看似矛盾的各种运动相互之间并无冲突,而是相互阐释、相互补充,在虚实相生的循环往复当中进行一种探讨与思辨,以诗学的方式继续思考司汤达所关注的主题,那就是情感与理性的关系,以及它们在人寻求幸福的过程中所起到的作用。

在司汤达第一部小说《阿尔芒丝》中,作者使用条件式展示了"幸福"在不同人眼中的不同含义。

> 她不甚明白,却能感觉到奥克塔夫被一种不理智的敏感所苦,正是这种敏感让人痛苦、值得深爱。一种满怀激情的想象让他趋于夸大不可及的幸福。如果他从上天得到一颗干枯、冷漠、合乎理智的心,再加上他所有的其他优势,本该万分幸福。他缺的只是一个平

---

① *Lucien Leuwen*, p. 260.

庸的灵魂。①

这几句看似是阿尔芒丝的考虑,其实不然。这四句话的立足点、真实程度各有不同,表现出一种从主观到客观、从严肃到调侃、从实到虚的渐进。第一句是阿尔芒丝的所思所想,从她的角度看奥克塔夫,但她与奥克塔夫一样身处猜测与误解之中,对所爱之人不甚明了,她不可能知道第二句话中"不可及的幸福"是什么,也不可能得出后两句中清醒的结论。第二句话来自一个全知全能的叙述者,他知道只有奥克塔夫独自一人保守的秘密,也知道人物在夸大他求而不得的幸福。第三句话以条件式提出一种假设,以世俗之人的眼光来看,奥克塔夫本该幸福;第四句则在此基础上更进一步,得出一种类似醒世格言的判断。四句话中出现两套对立的价值体系,一边是敏感、想象、激情,与之相连的是不幸,另一边是理智、干枯、冷漠、平庸,与之相连的则是幸福。小说以一种遗憾的语气,说奥克塔夫如果不是那么敏感,本该很幸福。可是第一句话中的两个形容词"痛苦"和"值得深爱",却透露了真正的价值判断标准:正是因为奥克塔夫有着不同凡俗的高贵灵魂,令他不能享受常人眼中狭隘的幸福,他才配得上同样敏感的阿尔芒丝的爱情。可见真正的价值不在于字面的幸福——生活富足、条件优越,而恰好在于"不幸"与"被爱",阿尔芒丝的评价才是真正的评判标准:得到她的爱、配得上她的爱,这才是高贵灵魂的价值所在。由此可知,片段中的第三、第四句话都带有嘲讽意味,出自一种庸人的视角。"他缺的只是一个平庸的灵魂",从世俗标准来看,奥克塔夫有所欠缺,但作者的实际意思恰好相反:平庸的灵魂才是缺陷。我们不应忘记,在司汤达为《论爱情》所作的第一篇序言中,作者把感情淡漠的人称为"不完整的人",意即缺少感情就相当于缺少某种机能,不能成为一个完整的人。在论著中严肃表达的观点,在小说中却以反语的形式表达出来。

庸常考虑与诗意的对照,在《红与黑》的大教堂片段中体现得更为细腻具体。这是透露人物真性情的一个片段,于连在圣体节帮助夏斯神父

---

① *Armance*, in *Œuvres romanesques complètes*, I, p. 107.

装饰大教堂,庄严的钟声响起,让他神游天外:

> 那口钟的声音如此庄严,本来只应让他想到二十个人的劳动,他们的报酬只有五十个生丁,或许还有十五或二十个信徒帮助他们。他应该想到绳子的磨损、钟架的磨损、钟本身的危险,那钟每两个世纪掉下一次;他应该考虑用什么方法降低打钟人的工钱,考虑用赎罪或用取自教会的财富而又不使其钱袋瘪下去的其他恩宠来支付他们的工钱。
>
> 于连没有做这些明智的考虑,他的灵魂受到如此雄壮、如此饱满的声音的激励,在想象的空间里遨游起来。他永远也成不了一个好教士,成不了一个干练的行政官员。像这样容易激动的灵魂顶多适于产生艺术家。①

这个情节让人联想到司汤达在《1824年的沙龙》中的评论:"极度理性的人、头脑精准的人,在社会上会得到我的尊重。他会是杰出的官员、好公民、好丈夫,总之受人敬重,我也会处处羡慕他,只有在画展的沙龙里除外。我在卢浮宫愿意搭话攀谈的是眼神惊慌、举止鲁莽、仪容有点乱的年轻人。"②可以看出,作者始终偏爱诗意敏感的灵魂,即使它无法保证世俗的幸福。两个片段的对照体现出小说艺术与文艺批评之间的差别:首先是小说再现现实的功能,评论中所说的"理性""头脑精准",在小说中以各种具体的细节体现出来:人力、工钱、物质损耗,以及背后看似正常、实则扭曲的教会规则。更大的差别在于叙述的语气,作者在评论中直白地表达喜恶,虽然理性之人会成为人生赢家,地位稳固,但他更为重视的是艺术活动,愿意结交的是看似笨拙无用的艺术家。在小说当中,叙述者的态度变得模糊起来,他对于连的赞赏以一种贬低与批评的方式表达出来:第一段用各种细节罗列于连"本该"想到的事情,这些具体事务占据大段篇幅,体现世俗考虑的重要与普遍;第二段延续世俗的评判价值,遗憾于

---

① *Le Rouge et le Noir*, pp. 523—524. 译文引自《红与黑》,第174页。
② «Salon de 1824», p. 153.

连没有做"明智的考虑",而是在"遨游""激动",走到理智考虑的对立面。"永远成不了""顶多适于"两个表达给职业区分了高下:教士、行政官员高高在上,艺术家却成了无奈之选。整个片段看似依照世俗的价值标准搭建起来,却用"庄严""雄壮""饱满"这三个描绘钟声的形容词传达出一个更为美好的感性世界,超出锱铢必较、教会丑恶的现实之外的诗意境界。于是,遨游并非遐想的谬误,而是成为敏感者独享的特权。叙述者将世俗考虑与诗意灵魂这两种价值在字里行间对立起来,并以反讽的语气调转两者的位置,他看似站在世俗的立场,实则钟爱人物超然物外的性情。

《红与黑》还提供了一个反例,与上文形成鲜明对照:如果一个人只有务实精神,缺乏诗意与想象,将会产生怎样的故事与平行故事?德·莱纳夫人因儿子生病而心生悔恨,准备向丈夫坦白私情,德·莱纳先生却以为妻子过度敏感,拒绝听她倾诉。

> 幸亏这奇怪的举动使德·莱纳先生感到厌烦。
> "得了!得了!"他说着就走了。
> "不,你听我说,"他的妻子跪在他面前喊道,竭力拉住他。"我告诉你全部事实真相。是我杀了我的儿子。我给了他生命,我又要了回来。上天惩罚我,在天主眼里,我犯了谋杀罪。我应该毁掉我自己,羞辱我自己;也许这牺牲会平息天主的怒火。"
> 如果德·莱纳先生是个有想象力的人,他就什么都知道了。
> "胡思乱想,"他推开想要抱住他的双膝的妻子,大声说,"全是胡思乱想!于连,天一亮就派人去叫医生。"
> 他回去睡觉了。①

在这一幕中,作者将两个迥然相异的人物并置,德·莱纳夫人的忏悔和德·莱纳先生的厌烦都无比真诚,但两者的冲突却带有荒诞可笑的色彩。作者用严肃无比的笔触加以嘲讽,"让人在悲剧的某个角落感受到滑

---

① *Le Rouge et le Noir*, p. 450. 译文引自《红与黑》,第 102 页。

稽"①。"幸亏"这一副词以及条件式"如果德·莱纳先生是个有想象力的人,他就什么都知道了",扭转了事件发展本该遵循的悲剧方向,反而加以喜剧化的阐释。作者在不露声色的描绘中融入一丝难以觉察的嘲弄,引发敏感的读者会意的浅笑。司汤达深知产生同情的条件,那就是人物必须"值得同情"。他分析被背叛的丈夫之所以屡屡构成喜剧的笑料,是因为他"很难让我们觉得他值得同情"②。此处,德·莱纳先生愚笨麻木,非但不能唤起读者的同情,反而引发嘲笑。由此可以看出,司汤达小说所遵循的价值判断标准远非寻常的社会生活的道德准则,而是按照灵魂是否敏感、情感是否诚挚来区分高下。这句条件式暗含庆幸,是站在一对恋人的角度发出的感叹,由此逆转了寻常的道德准则:于连和德·莱纳夫人虽有私通关系,但他们多情而又真诚相爱,赢得读者的同情;受骗的丈夫反而成为一个反面角色。

从上文的分析可以看出,条件式擅于造成戏剧性的错觉:在情节层面什么都未发生,价值的对立与转换却已明了。因此,条件式是一种洞察与评价的工具。司汤达小说内部经常以这种巧妙的方法,将理智与激情并置:描写人物在激情控制之下的盲目、对自己处境无知的同时,经常假设一个无比理性、成熟的观察者,对小说人物进行审视、批判与嘲讽,从不露声色的暗笑到肆无忌惮的挖苦,语调微妙多变,有时是包容的长辈的语气,有时是冷静的心理分析,还有震惊、怜悯、轻视等各种语调。"真实"的人物成为"想象"的人物的观察对象。这个观察者的角色,往往由"哲学家"来承担。于是,条件式构建起激情与冷漠、笨拙与智巧之间的对立,故事与平行故事之间的冲突,对应着司汤达始终挂怀于心的诗人与哲学家的差异。

以《红与黑》为例,于连初到伯爵府,沉静的气质与上流社会的浮华氛围格格不入,最初被视为"智者""哲学家",玛蒂尔德对他说:"您是一位智

---

① *Journal littéraire*, II, p. 134.
② *Racine et Shakespeare*, p. 330.

者……您像让-雅克·卢梭那样看这些舞会、这些庆典。"① 可是，等他对玛蒂尔德动情之后，种种行为都与冷静、智慧无缘了。面对恋人忽冷忽热的态度，于连心境大乱，痛苦不堪。小说细细描述他的笨拙、迟钝、缺乏策略，同时又想象着如果于连足够机智，就能转败为胜。此时，"哲学家"的建议频频出现，有时是对情境的清楚认识，是人物应当做出的理智选择："他的行为已经很少受理智的指引，如果有哪位愁眉苦脸的哲学家对他说：'赶紧设法利用对您有利的情况吧，在这种巴黎可以见到的有头脑的爱情中，同一种态度不能持续两天以上。'他听了也不会懂。"②"如果于连不是花时间夸大玛蒂尔德的美貌，激烈地反抗她的家人与生俱来的、但是她已为他而忘记的高傲，而是花时间研究一下客厅里发生的事情，他就会明白她为什么能主宰周围的一切。"③ 有时，哲学家的立场由泛指代词"人们"或"我们"（on）来指代，或者用一句近乎格言的话代表普遍的智慧，宣判人物的错误："不幸降低智力。我们的主人公太笨，居然又站在那把小草垫椅子旁边了。"④"他的智慧就此止步。……他还没有那样的天才，看不出他在巴黎附近的森林中纵马驰骋，是把他的命运交由偶然支配。"⑤

玛蒂尔德向于连讲述她对别人的旧情，引起于连的嫉妒，自己从中享受"一种奇异的快感""恶意的乐趣"。而实际情况是，这个高傲的女孩子根本看不上那些平庸的追求者，对他们并未动情。于连对此浑然不知：

> 这可怜的小伙子已经到了痛不欲生的程度，他如何能够猜到，正是由于跟他谈话，德·拉莫尔小姐才怀着那么多的乐趣回想她对德·凯吕斯先生或者德·吕兹先生曾经有过的那一点点没有结果的爱情？

---

① *Le Rouge et le Noir*, p. 606. 译文引自《红与黑》，第 259 页。
② Ibid., p. 671. 译文引自《红与黑》，第 327 页。
③ Ibid., p. 626. 译文引自《红与黑》，第 279 页。
④ Ibid., p. 677. 译文引自《红与黑》，第 333 页。
⑤ Ibid., p. 678. 译文引自《红与黑》，第 334 页。

可以看出，于连毫无人生经验，甚至没有读过小说；他若不那么笨，若能稍许冷静地对受到他如此崇拜，又向他说了些如此奇特的知心话的女孩子说："承认吧，我是不如那些先生，可您爱的是我……"也许她就会因为被猜中了心思而感到幸福，至少成功会完全取决于于连表达这个想法的风度和他选择的时机。无论如何，他可以有利地摆脱一种就要在玛蒂尔德眼中变得单调乏味的局面。①

密集的条件式接二连三地在表达惋惜，提示着人物只消稍做努力或者稍有洞见就能达到的另一种结果。然而，恰恰是这种迷茫、不知算计，出人意料地给主人公带来了好运。于连在愤怒之中，拔出古剑差点杀害玛蒂尔德，却不知道这一冲动之举已经使自己在恋人眼中形象骤变，成为她的大英雄。人物仍然沉浸在痛苦之中，小说却指出情况已悄然改变："如果他不是躲在一个偏僻的地方，而是在花园里和府邸中到处转转，他可能刹那间就把他那可怕的不幸变成最强烈的幸福。"②这种想象的可能性建立在全知全能视角之上，依照这种清醒的逻辑，人物是否就真的能够获得幸福呢？小说的下一句又回到了人物的视角与逻辑，与假设之中高高在上的智慧形成对比："我们责备他不够机灵，然而他若机灵，就不会有那拔剑的豪举，恰恰是这豪举使他此刻在德·拉莫尔小姐眼中变得如此漂亮。"③于连的缺点造成当前情形的遗憾，但是如果没有这种冲动和盲目，他又不能够达到当前的情形。两种视角、两种才智的对比，一是四平八稳、全知全能，一是冲动盲目、意气用事，分别导致两种结果：一是无法得到德·拉莫尔小姐的好感，一是得到垂青而不自知，显然第二种导向更好的局势，这也正是小说所遵循的进程和支撑情节的价值观。小说就在这虚虚实实的对照与扭转之间蜿蜒行进，在单一的线索之外铺陈开层层叠叠的可能性，通过各种可能路线的对比、扭转、山重水复，造成行文的戏

---

① *Le Rouge et le Noir*, pp. 665—666. 译文引自《红与黑》，第321页。
② Ibid., p. 663. 译文引自《红与黑》，第319页。
③ Ibid. 译文引自《红与黑》，第319页。

剧性和深度。

诸如此类的例证在司汤达小说中随处可见,作品情节总是靠着人物的热情与冲动往前推动,却往往使人物因祸得福。巴特关于"平行故事"的论述在此非常贴切:叙述者对人物抱有极大的同情,他遗憾故事中的于连无法知道"平行故事"中的于连能做到的事情。他通过条件式给出无效的建议,但并不希望于连采取明智的做法,因为正是这些举动使得他不同凡俗。小说更倾向于表面惩罚人物、而暗中对他加以补偿。

布隆贝尔的分析更深一步,他认为司汤达小说与自传作品都是作者亲身经历的一种反扑,"体现出调和记忆与想象的努力,即调和真实发生的事件与本该发生的事件。他所有的作品都带有一种思辨的特性。他总是意识到真实的行动与理想的行动之间的分歧,实际发生的事件与可能发生、希望发生,却又没有发生的事件之间的差距。因此,对于熟知司汤达生平的读者来说,小说是一种回响,是想象对于现实的报复。他在小说中自我惩罚,也自我补偿;他重拾经历过的事件,把事件变形、引导到特定境况,为他曾经的挫败辩护。"①情感的强度导致人物盲目,看不清形势,正是这种本来可以避免的、无用的痛苦显示出人物的不同凡俗之处。司汤达假装给人物提建议,也就是给过去的或者是想象的自己提建议,但他根本不会采纳这些建议,他叹息人物的弱点和笨拙,其实是引以为傲。

条件式是在小说中进行思辨的绝佳方式,是小说家思考理性与情感关系的一条途径。他通过条件式表达遗憾,如果人物多一些理性,就能赢得更多的世俗幸福;但即便如此,他仍赞赏人物的热烈情感,也就是为自己借助人物而表达的异乎寻常的感性而骄傲。然而,小说并非一味贬低理性而赞扬感性,而是始终在思考两者在人物性格中的比重,通过各种情境,试验与检测两者在人物命运中的作用。例如于连面对玛蒂尔德的热情,差点放弃伪装,透露自己的真心,但仍然极力克制。此时,叙述者发表评论,将人的理性与克制视为性格坚毅的一种表现:"在我看来,这是他的

---

① *Stendhal et la voie oblique*, p. 38.

性格最出色的特点之一,一个人能做出这样的努力克制自己,是能有大出息的,如果命运允许的话。"①

哲学与感性互为补充,从不同的角度审视事件,能够促进对世事更深的理解,在以下例证中得到最好的阐释:德·莱纳夫人生性单纯善良,却也不免暗暗希望自己能与于连一起生活,得到圆满的幸福。叙述者发表这样的评论:"十九世纪所造成的婚姻的结果,竟是这样奇特!爱情先于婚姻,那么对婚后生活的厌倦肯定毁灭爱情。然而,一位哲学家会说,在富裕得不必工作的人那里,对婚后生活的厌倦很快带来对平静快乐的厌倦。而在女人中,只有那些干枯的心灵才不会因厌倦而陷入情网。哲学家的思考使我原谅了德·莱纳夫人。"②哲学不以理性之名来压制情感,而是寻求对激情的了解,这是小说追寻的目标。

二、天真与经验

如果说在上文列举的例证当中,哲学家所代表的智慧可视作激情的一种补充或是补偿;在更多情况下,哲学代表冷静无情,是情感的对立面。因此,司汤达笔下的"哲学"应从多个层次来理解。他终其一生所探寻的哲学,与小说中常常出现的"智者"视角应当区分开来。与条件式相呼应的另一重价值体系建构,就是冷静无趣与热情冲动的对立,这是理智与情感关系的一种体现形式。

在司汤达的小说中,主人公经常表现得呆头呆脑、行为笨拙、不知分寸,叙述者将他们的行为称为"笨拙""可笑"或者"疯狂"。与之相对的"冷静"也在小说中屡屡出现,成为热切、沮丧或迷茫的对立面。布隆贝尔在《司汤达与斜道》中专门以一节的篇幅③分析了司汤达笔下的情感词汇以及作家所钟爱的用语,指出"傻""可笑"以及相关的名词"傻气""弱点"在司汤达笔下非常多义,在赞扬的语境中,常指笨拙、腼腆或者是不受理性

---

① *Le Rouge et le Noir*, pp. 730—731. 译文引自《红与黑》,第 386 页。
② Ibid., p. 489. 译文引自《红与黑》,第 139 页。
③ *Stendhal et la voie oblique*, pp. 51—60.

所控制的强烈情感。主人公因情感强烈、行为过度而被"冰冷的灵魂"视为"可笑"。与之相对的"冷静"(sang-froid)和"谨慎"(prudence)这两个表示优点的词,在作家笔下则往往具有贬义,指平庸之人的斤斤计较、无动于衷和自私自利。

"冷静"首先是文明的产物。文明的作用之一,就是缩减社会生活中出乎意料的、不可控的因素,包括抑制与调节情感。各种礼仪成规首先用于保证生活按照预定程序来安排、规划、平稳进展,维持社会的稳定与平衡,预防随机、意外与不可控的事件发生。司汤达叹息文明对于自然天性的压制作用,扼杀人的激情与力量:"十五世纪的人更加敏感,那时候礼仪还没有压制生命,人们无须处处模仿大师。在文学领域,隐藏愚蠢唯一的办法只有模仿彼特拉克。过度的礼貌还没有扼杀激情。在所有事情上,技巧更少,自然更多。"①"现在,文明驱逐了偶然,不再有意外了。"②人的文明程度越高,生活越有规律,就越容易陷入成规定见,陷入人云亦云的模仿,越难体会到新鲜的情感。

在小说中,贵族沙龙与宫廷成为烦闷滋生之地,出入其中的常客彬彬有礼、举止得体,却都是缺乏独立思想与强烈情感的"明智"之人。以《红与黑》中德·拉莫尔府为例,德·拉茹玛特男爵是"一个冷冰冰的、不动声色的人"③,德·克鲁瓦泽努瓦侯爵文雅礼貌,中正平和,可是玛蒂尔德却厌烦这类追求者:"他们是完美的,也许过于完美了;反正他们让我厌倦。"④德·费瓦克夫人"可称贵族的沉静的近乎完美的典型,透出一种准确无误的礼貌"⑤;德·博瓦西先生是"和蔼可亲的人的典型,憎恶意外和

---

① *Histoire de la peinture en Italie*, p. 162.
② *Le Rouge et le Noir*, p. 644. 译文引自《红与黑》,第 298 页。"文明的一大危险,就是缺少危险"(*Œuvres intimes*, II, p. 4);"文明的一大弱点,就是缺少危险"(*Œuvres intimes*, II, p. 34)。
③ *Le Rouge et le Noir*, p. 588. 译文引自《红与黑》,第 241 页。
④ Ibid., p. 628. 译文引自《红与黑》,第 281 页。
⑤ Ibid., p. 713. 译文引自《红与黑》,第 368 页。

戏谑,很是庄重"①。于连来到伯爵府,很快感到不胜厌倦:"这是上流社会所特有的礼貌所产生的一种使一切都变得枯燥乏味的结果,这种礼貌是令人赞赏的,却又根据地位分得极为细腻、极为有序。一颗稍许有些敏感的心都会看出它的矫揉造作。"②

按照玛蒂尔德的解释,贵族阶层害怕活力,其实是"害怕碰上意外情况,害怕在意外情况中不知所措"③;以德·拉莫尔夫人为代表的贵妇人生性审慎:"敏感产生的意外之举,是贵妇人最反感的,那正是礼仪的对立面"④;德·费瓦克夫人有一颗"什么都害怕的心"⑤。庸常之人在天性与文明的双重作用下变得无知无觉,或者刻意压制情感,是害怕对周围世界以及对自身失去掌控。而情感恰是不可控的因素:过于强烈的情感会让人在瞬时之间失去判断与行动的能力,也就是掌控自我的能力,被谨慎之人称为"精神醉态"⑥。司汤达把"性格"定义为"寻找幸福的习惯",而"习惯之外的强烈关注会让人出离习惯行为"⑦。他从斯塔尔夫人的《激情的影响》中得到启发,在笔记中分析:"缺乏激情的性格,其幸福的基础总是一样,就是确定从不会被一种强于自身的感情所控制。不幸来自命运变故、丧失健康等,但从不会因为感情驱使,不会出于内在的变动。"⑧情感在坚固稳定的人格之上打开缺口,可以借用更为现代的情感理论来解读,例如萨特在《情感理论概要》中提出,"在通常情况下,分隔深层与浅层'自我'的屏障确保深层人格控制行为、掌控自我",而"害怕"这种情感,或者

---

① *Le Rouge et le Noir*, p. 590. 译文引自《红与黑》,第 244 页。
② Ibid., p. 587. 译文引自《红与黑》,第 240 页。
③ Ibid., p. 631. 译文引自《红与黑》,第 284 页。
④ Ibid., p. 588. 译文引自《红与黑》,第 241 页。
⑤ Ibid., p. 732. 译文引自《红与黑》,第 380 页。
⑥ "意外的情绪波动,缺乏自制,几乎都会使德·费瓦克夫人感到愤慨,如同对下人没有威严一样。同情心的最微小的表示,在她看来,都是一种应该脸红的精神醉态,会大大损害一个有地位的人的尊严。"(*Le Rouge et le Noir*, p. 715. 译文引自《红与黑》,第 368 页。)
⑦ *Journal littéraire*, III, pp. 14—15.
⑧ Ibid., pp. 16—17.

说所有的情感皆然,都会造成这种屏障的弱化。① 冷静与审慎,正是掌控情感的能力。

　　司汤达笔下独特的主人公就在平庸之人所构成的晦暗背景之上凸显出来,他们或是才智卓越,或是情感强烈、行为独特,与周围的人格格不入。无论是在穷苦的家中,还是在巴黎的上流社会,于连始终"不能讨人喜欢,他太特殊了"②。"独特""特别"③字眼屡屡出现,彼拉神父对他的评价解释了他艰难的处境:"我在你身上看到了某种使俗人不悦的东西。"④他之所以得到德·拉莫尔父女另眼相看,也正是因为两人"性格深处,有太多的骄傲和太多的烦闷"⑤,才会赞赏于连的"出人意料之举"⑥。他敢于表露情感与思想,是勇气的表现。法布里斯在家中受到父兄冷落,桑塞维利纳在巴马宫廷树敌众多,都是因为他们不甘平庸、不畏命运。

　　小说屡屡批评人物的举动"实在难以理解",又忍不住以"激情"或"灵魂"为理由来为人物辩护:他们之所以缺乏"冷静",正是因为具有"灵魂"这个可悲又值得赞叹的品质。他们情感热烈,看不清自己的心;具有浪漫精神,却成为浪漫精神的牺牲品。吕西安追求德·夏斯特莱夫人,受到对方指责,小说这样评价他诚惶诚恐的感觉:"这与一个上流社会人士或是一个出于偶然没有得到这份让人讨厌的禀赋的人,感受是多么不同!这种禀赋是一切可笑行为的根源,它叫作灵魂。"⑦小说将冷静世故之人作为吕西安的比较参照,用他们的愉快来反衬主人公的惶惑痛苦:"这些富于理性的人,同一个女人恋爱,那无疑是一场愉快的决斗";"一个比勒万

---

① Jean-Paul Sartre, *Esquisse d'une théorie des émotions*, Paris: Hermann, 1995, p. 49.
② *Le Rouge et le Noir*, p. 520. 译文引自《红与黑》,第 171 页。
③ "他这个脸色苍白、身穿黑衣的年轻人,在肯注意他的那些人看来,也是很特别的。"(*Le Rouge et le Noir*, p. 572. 译文引自《红与黑》,第 228 页)"德·拉莫尔先生对这个独特的性格有了兴趣。"(*Le Rouge et le Noir*, p. 596. 译文引自《红与黑》,第 250 页)
④ *Le Rouge et le Noir*, p. 527. 译文引自《红与黑》,第 178 页。
⑤ Ibid., pp. 575—576. 译文引自《红与黑》,第 229 页。
⑥ Ibid., p. 602. 译文引自《红与黑》,第 256 页。
⑦ *Lucien Leuwen*, p. 252.

更深地受到庸俗教养的巴黎青年也许会说……"①多位评论家指出,小说中倾注了司汤达的情感经历,德·夏斯特莱夫人这个人物身上有司汤达曾热烈追求的梅蒂尔德的影子。梅蒂尔德去看望自己的孩子,司汤达竟然一直追随她到学校。她严厉地指责这位执着的追求者,说他"不知分寸",司汤达写信辩护:"啊!夫人,缺乏激情的人才能够举止谨慎、分寸得当。"②小说片段与作者的经历相似,透露出作者恒定的价值观:热烈的灵魂与谨慎克制难以兼容。

司汤达笔下的笨拙、迷误与高贵的灵魂并非对立项,而是同一种品质的不同效果,根据观察者所处的立场不同而面目不同。小说总是以批判为名,对人物加以褒奖,将笨拙、幼稚与"可爱"或"浪漫主义"相连。于连性格多疑,为寻求幸福设置莫须有的阻碍,煞有介事地制定爱情策略,明明毫无经验却想扮演风月老手。叙述者嘲笑他"成了一种奇怪的骄傲的牺牲品","令人难以置信",紧接着又说这是人物的过人之处:"使于连出类拔萃的那种东西恰恰使他不能享受就在他脚下的幸福。"③玛蒂尔德忽冷忽热的态度使于连开始自轻自贱,无视自己的优点,对自己的成功也浑然不觉。小说写道:"在这种颠倒的想象的状态中,他开始用他的想象来判断人生。这种错误是一个出类拔萃的人的错误。"④这句话令人联想到法布里斯对于战争的美好想象,也令人联想到司汤达所钟爱的《堂吉诃德》,靠想象来构想现实的人,即使犯错也不同凡俗。玛蒂尔德身份高贵,却敢于向地位低微的于连表白,小说在括号中补充道:"这样的性格幸亏很少见"⑤,又不忘时时为她辩解:"玛蒂尔德的性格在我们这个既谨慎又道德的时代是不可能有的,我继续讲这个可爱的姑娘的种种疯狂,就不怎么害怕会激起愤慨了。"⑥《巴马修道院》中,法布里斯沉醉在夜色之中,小

---

① *Lucien Leuwen*, pp. 252—253.
② *Correspondance*, V, p. 229.
③ *Le Rouge et le Noir*, p. 426. 译文引自《红与黑》,第 79 页。
④ Ibid., p. 672. 译文引自《红与黑》,第 328 页。
⑤ Ibid., p. 646. 译文引自《红与黑》,第 300 页。
⑥ Ibid., p. 672. 译文引自《红与黑》,第 327 页。

说以舒缓的节奏描写了景色之美和情感之深沉,但很快又与人物拉开距离:"法布里斯有一颗意大利人的心灵,对此我很抱歉,要不是这个缺点,他本来可以更可爱一点。"①写到克莱莉娅、莫斯卡伯爵,小说都用"意大利人的心灵"来为人物的冲动之举辩护,以法国与意大利人的性格区别来代表理性与情感的比重。《吕西安·勒万》中的一对恋人心地单纯、毫无经验,对爱情所做的种种推测都过于悲观、错得离谱,叙述者忍不住发表评论:"我们的理智和老套的道德已经达到这样的地步,我得说,要体会我们的英雄内心上演的激烈斗争,还要对它不加讥笑,不做一番努力是不行的。"②"我请求读者不要觉得德·夏斯特莱夫人太可笑;她的性格又认真又温柔,不幸还过于聪明,没法觉得周围的人可爱。日常生活中的琐事是触动不了她的,像这样不幸能够凌越于悲苦之上的性格,一旦遇到吸引他们注意的事,反而会更加专心挂怀。"③富有激情的人,既"可笑"又"不幸",可是只有这样的人才能成为美好故事的主角。

作者喜爱在小说中发表议论,以让·伊捷(Jean Hytier)为代表的批评家认为这种态度体现了作家对待作品、对待人物的批评意识:从不混淆热烈的情感与冷静的批评④;但是,以布隆贝尔为代表的批评家却认为作者若即若离、似贬实褒的态度恰恰体现了对人物的喜爱、对激情的珍视,小说虽然常以智者的口吻给出建议("合理却庸俗的想法"和"合理却冷漠的想法",两种表达频频出现),但作者并不希望人物采取建议,因为人物行为一旦归于常理,就丧失了他有别于庸人的独特与高贵品性。布隆贝尔在《司汤达与斜道》中分析了作者喜欢在小说中介入、发表评论的癖好,认为这是小说家"刻意营造的一种两重性效果,他自己在作品内部出演一

---

① *Chartreuse de Parme*, p. 279. 译文引自斯丹达尔:《巴马修道院》,罗芃译,南京:译林出版社,2005年,第143页。本书《巴马修道院》译文均引自该译本。

② *Lucien Leuwen*, pp. 302—303.

③ Ibid., p. 226.

④ Jean Hytier, *Les romans de l'individu*, Paris: Les Arts et les Livres, 1928, pp. 82—83.

个虚构角色，装模作样地充当实用主义与反浪漫精神的代言人"①。小说一面强调人物的浪漫精神，一面批评人物不够理性："司汤达无时无刻不意识到两者的差别：一边是作者假装要采取的冷静、清醒的态度，一边是人物身上洋溢的诗意的激情。他从不忘记'理智'与'浪漫'的分歧。小说情节展示了年轻主人公天真的激情与庸俗现实的世界之间的冲突；但作者充满嘲讽的介入给予这种景象一种具体、可见的形式。"②作者的介入似贬实褒，煽风点火，强调了两种截然不同的世界观之间的冲突。

笔者认为，这种设置冲突与对立的结构，不仅能够解释个人与社会的冲突，也能解释同一个人身上情感与理性的冲突与互动。理性与情感是一对辩手，时时刻刻在争辩。这层关系既体现在人物内心，又外化为主人公与周围冷静谨慎的人群之间的反差。把争辩的过程展示出来，正是"诗人哲学家"的立场，对于人性与社会、现实与想象都一目了然，还能把这种丰富性囊括在小说之中，展现出它们层层叠叠的关系。

首先，激情与理性的"争辩"在小说中以明确的形象展示出来。于连经常在心中"长久地和自己争论"③，尤其是在他与玛蒂尔德情场如战场的爱情中，真情与伪装时时在斗争。他只有强装冷漠，才能赢得玛蒂尔德的爱情。仅以喜歌剧院演出之后两人的会面为例，于连时刻在克制自己的冲动，目的是"让她害怕"：

> 他的心已经激动了一整天，此刻，内心的斗争更加艰难……
> 他怀着炽热的爱情，可头脑还控制着心……
> 他就要泄露内心的秘密了……
> 他沉默了片刻，他还能控制他的心，就以一种冷冰冰的口吻说……
> 于连抱住了她，然而就在这时，责任的铁手抓住了他的心……

---

① Victor Brombert, *Stendhal et la voie oblique*, p. 99.
② Ibid.
③ *Le Rouge et le Noir*, p. 423. 译文引自《红与黑》，第 76 页。

> 他知道如何把他那过度的幸福藏住……但是有时候,幸福的狂热又压倒了谨慎发出的种种告诫……
>
> 于连迅速地变了脸,蒙上了一重死一般的苍白。他的眼睛一下子暗淡了,一种不无恶意的高傲的表情很快取代了最真实、最自然的爱的表情。①

另一面,高傲的玛蒂尔德主动向于连表达爱意,内心也经历了长久的斗争。"斗争"一词在短短两段话中出现三次:

> 玛蒂尔德写信绝不是没有经过一番斗争的……
>
> 这颗高傲而冷酷的心灵第一次受到热烈的情感的裹挟。但是,这种热烈的感情虽然制服了骄傲,却仍然忠于骄傲的种种习惯。两个月的斗争和新的感觉可以说使她在精神上完全变了一个人……
>
> 玛蒂尔德以为看见了幸福。对于那种既有勇气又有极高才智的心灵来说,看见了幸福是一件具有无上权力的事情,然而这仍要和尊严及一切世俗的责任感进行长久的斗争。②

理性与情感的争辩,在吕西安与德·夏斯特莱的爱情中同样清晰可见:吕西安对德·夏斯特莱夫人着迷,情感很快驱散了他"谨慎的考虑",他想了解她的性格,"这时,爱情的对立面突然又在他心中说话了"③;"支持爱情的一方"催促他去邀请对方跳舞,但心中又生疑虑。德·夏斯特莱夫人也是一样,既不由自主地被这个笨拙的年轻人所吸引,又时时后悔自己的举动:"她一面这样精心考虑,一面心里又总想着他。"④"德·夏斯特莱夫人心里有一个反对这种爱情的辩护士,上面这些话就是这位严厉的

---

① *Le Rouge et le Noir*, pp. 730—733. 译文引自《红与黑》,第 386—389 页。
② Ibid., p. 643. 译文引自《红与黑》,第 297 页。
③ *Lucien Leuwen*, p. 212.
④ Ibid., p. 219.

律师讲出来的,不过这位辩护律师的威力今天已经惊人地减弱了。"①吕西安靠着道听途说的传言来猜测德·夏斯特莱夫人,以为她名声不好,却又决定不求结果地爱她:"他一边做着这样的推论,一边站在离她三步远的地方,像一片树叶似的瑟瑟发抖,却是因幸福而发抖。"②"他自以为在理智上对德·夏斯特莱夫人的鄙视已经确立,可是他在情感上每一天都发现有新的理由去崇拜她,他简直把他当作最纯洁、最神圣的人来崇拜,对于在外省被当作第二宗教的虚荣与金钱,她却不屑一顾。灵魂和理智的冲突几乎使他发疯,使他成为最不幸的人。"③

如果说社会关系与规则是理性的外化形式,那自然美景与音乐则是情感的助手,因为在司汤达笔下,美感与情感相通。《吕西安·勒万》中一对恋人互生情愫的舞会上,月光照亮开阔而静谧的景色,"这令人陶醉的自然景色和德·夏斯特莱夫人心中新的感情和谐地交融在一起,把理智提出的反对意见远远地推开了"④。在两人互通心意的绿猎人咖啡馆,美景起到了情感催化作用:"这是一个蛊惑人心的夜晚,可算是冷淡无情的心最可怕的敌人。"⑤

然而,"诗人哲学家"从不将问题简单化。理性与激情并非总是对立,它们也在不时地相互转化与相互影响。在《吕西安·勒万》中,主人公率真自然的特点首先被反复称为"坏习惯""在巴黎违背社交的习惯""坏品质"⑥,可是,他却因这种笨拙直率赢得了野心勃勃的葛朗代夫人的心,甚至改变了她冷漠势利的性格:

吕西安还是有这种坏习惯,在知己之间说话直截了当,十分冒

---

① *Lucien Leuwen*,p. 219.《红与黑》中有同样的表达,玛蒂尔德爱上于连之后,又因骄傲而气恼,残酷地折磨于连,"她只是在重复反对爱情的一方的辩护士一周来在她心里说过的话"(*Le Rouge et le Noir*, p. 679. 译文引自《红与黑》,第 335 页)。
② Ibid., p. 240.
③ Ibid., p. 246.
④ Ibid., p. 219.
⑤ Ibid., p. 259.
⑥ Ibid., pp. 688−689.

失,即使这种亲密关系并不出于真正的爱。和一个每天都要相处四小时的人弄虚作假,在他是不能容忍的事。这种缺点,加上他那天真的表情,人家初看就觉得傻,接着便感到诧异,随后,葛朗代夫人又不禁产生浓厚的兴趣。不过,他都无所谓。尽管葛朗代夫人是一个野心勃勃、工于心计、善于思考的女人,一门心思要让自己的计划获得成功,但她毕竟有一颗女人的心,只是这颗心直到目前为止还没有产生爱情罢了。所以,吕西安自然率真的特点在这样一个迷信权势、崇拜特权(而特权偏偏又是贵族见解的支柱)的26岁的女人面前就难免显得可笑了。天真质朴的心灵与一般投机取巧的庸俗心理是无缘的,这就使一个男人的行为显得独特而带上独有的高贵的特色。一个男人有这种自然的特点,只要机缘凑巧,就会使一个女人一直干枯的心灵产生真正的、异乎寻常的感情。①

小说欲扬先抑,把率真说成一种缺点,紧接着却让这缺点产生了胜过任何机巧的威力。小说前文对这一情形的铺垫非常有意思:吕西安的笨拙掩盖了他可爱动人的品质,因而在葛朗代夫人眼中,他被归为一个"冷冰冰的哲学家的角色"。讽刺的是,"这片阴影使直至此刻依然明智又怀有野心的葛朗代夫人发生了根本变化"②。此处形容葛朗代夫人的"明智"一词,本是哲学家最大的特征,也就是说真正具有哲学家品质的人,反而被扰乱了阵脚。《红与黑》中也有地位调换的结构:于连与其他外省人的区别在于"他们有太多的做作,而他的却还不够,傻瓜们把他看成傻瓜"③。然而,被当成傻瓜的于连正是凭着他的率真和才华赢得德·拉莫尔侯爵的欣赏。小说有一种反复、回旋的运动,不断调换明智与冲动、笨拙与技巧的位置,却始终坚持作者的价值观:大智若愚,自然胜巧。

---

① *Lucien Leuwen*, p. 689. 译文参考王道乾《红与白》译本,部分表述经笔者改动。因译文原文与本书其他各处参考的原文并非同一版本,结构相差很大,本书引用小说原文时不标注译文页码。

② Ibid., p. 688.

③ *Le Rouge et le Noir*, p. 596. 译文引自《红与黑》,第250页。

《巴马修道院》中,法布里斯对自己的情感心怀困惑,在突如其来的冲动之下,冒着被宪兵逮捕的危险,前往格里安塔向隐居钟楼的布拉奈斯神父咨询。这个念头一出现,小说就评价这是"一个奇怪甚至滑稽的念头":"信不信由你,法布里斯要找布拉奈斯神父聊一聊,不仅仅是把神父看作哲人,也不仅仅是把神父当作忠心耿耿的朋友。不过他究竟为什么要跑去找神父,路途上五十多个小时里究竟有哪些感情在冲击他,这些都说不清,道不明,考虑到叙事的需要,倒不如隐而不语。我担心法布里斯的轻信会叫读者少了几分对他的好感。"[①]这几句话看似批评主人公的轻率之举,实则赞赏他自由随性。因为这个荒唐之举即将导向小说中一个极具诗意的片段,法布里斯一路见到的绝美风景、在夜色中的温柔心境、与神父的重逢、在高塔上静观天象、俯瞰小镇场景,构成节奏迅疾的小说中难得的静谧舒缓的篇章。法布里斯去看望神父,出于理性与情感两重需求:"把神父看作哲人",是向他寻求智慧;"当作忠心耿耿的朋友",则是需要他的情感抚慰。他在冲动之下行动,最终获得的平静是一种情感释怀所导致的澄明之境。因此情感不仅导向诗意,在无意之中也促进了理性。

三、谬误与同情

司汤达的小说精于心理分析,这是公认的事实。他的心理分析包括两个层面:一是叙述者对人物的分析,二是人物的自我分析。在司汤达的小说中,清晰深刻的认识只在第一个层面;人物虽然时刻在剖析自我,但小说呈现的并非目光敏锐、极为清醒的人物,反而大费笔墨呈现人物的谬误,以及他们的所感所知如何与实际情形相悖。《阿尔芒丝》整部小说建立在两个主人公的误解与认知偏差之上,《红与黑》《吕西安·勒万》的情节都由重重误会所推动。作品的情节冲突、戏剧化张力来自人物对自身处境的迷惑,他们既看不清自己的心,对所爱之人也充满误解。"受骗上当"是幼稚与软弱的体现,却也是灵魂高贵之人的宿命。

[①] *La Chartreuse de Parme*, pp. 278—279. 译文引自《巴马修道院》,第 142 页。

小说的结构分析表明，当司汤达把哲学研究所得运用到文学领域时，会根据目标融会转化，有时甚至会反其道而行之。他认为哲学通过普遍法则指导人的思考与行为，让人少犯错误、达到幸福："我把全部哲学都归结为不误解人们行为的动机，在推理与走向幸福的过程中不犯错误。"①但他的小说宣扬的却是个人的独特与活力，描绘的是满怀激情的人在通往幸福的道路上所犯的可笑又迷人的错误。小说的魅力恰好来自惊奇、谬误与出乎意料的收获，以及人物意愿与事件进程之间的反差。这与作者对于"错误"的理解不无关系：他认为目标高于方法，方法错误并不影响目标的高贵，重要的是理想与热情。他在《意大利绘画史》前言中讲到中世纪末期意大利众多共和国寻求解放的历史，评价道："这些人也许走错了路，却在试探人类思想最高贵的追求。"②

早在司汤达创作起步时，心与头脑的冲突就是他定义喜剧人物的原则。在作者看来，最好的喜剧人物是极为聪明的人，只因一件事情而可笑，那就是因为激情而犯错。1803 年，他在思考戏剧创作时这样构思："描绘一个再理智不过的人，却总是被激情牵着走，再高超不过了。《赌徒》中的安热莉克。"③绝佳的喜剧人物，应该"头脑装满最高的真理，唯独缺乏让灵魂找到它所追寻的幸福的真理"④。这个人越是出类拔萃，他唯一的软弱之处就越是可笑。司汤达进而提出以下原则："怎样获得崇高的性格？将塑造性格的灵魂与充满最高真理的头脑相结合，唯独缺少指引灵魂找到它所追求的幸福的真理。"⑤

以下区分能够帮助我寻找完美喜剧的法则：
诗人和历史学家所描绘的人物。

---

① *Courrier anglais*, p. 331.
② *Histoire de la peinture en Italie*, p. 43.
③ *Pensées*, I, p. 203.《赌徒》是勒尼亚尔的五幕喜剧，安热莉克是剧作的女主人公，她深爱男主角瓦莱尔，却因瓦莱尔无法戒除赌瘾而嫁给了他的叔父。
④ *Pensées*, II, p. 188.
⑤ Ibid.

1. 可憎只是因为心，从来不是因为头脑；
2. 可笑是因为头脑，从来不是因为心。
最好的喜剧人物是我们喜爱的人：堂吉诃德。
其次是我们敬重的人：愤世者。①

　　理想的喜剧人物应该结合敏感的灵魂与睿智的头脑，但他又不能是完美无缺的人物，某种强烈的激情让他在寻求满足的过程中丧失理智，看不清应当选择的道路，从而犯错。司汤达在《意大利绘画史》中以《少年维特之烦恼》为例，认为绘画同小说一样，要让观赏者感受到"温柔的灵魂闹出的大笑话"②。这种无伤大雅的错误使得人物成为取笑的对象，读者看到人物的错误，获得优越感，认为自己的头脑比人物更为聪明，肯定不会犯同样的错误，这种优越感引发读者的笑，同时又在笑中产生对人物的同情。

　　在小说中，司汤达仍然按照这一标准塑造具有喜剧性的人物：头脑与情感的冲突，成为塑造人物深度的主要动力，同时也是推动情节发展的动力。"谬误"成为重要的诗学手段，小说多次运用"失误"这一机制来制造喜剧效果，主人公相遇的场合不是误会，就是意外。《红与黑》中于连与德·莱纳夫人的第一次见面，就是一幕精心建构的场景。德·莱纳先生决定给三个孩子聘请家庭教师，却让两个人陷入了愁苦：温和的德·莱纳夫人想象会有一个粗鲁肮脏的教士，要来打骂自己的孩子；文弱而骄傲的少年于连第一次离家，前往陌生的环境，心中满怀忐忑与恐惧。两人都把前路想象得艰难黯淡。可是，第一次会面的情形却远超他们的意料，让他们转悲为喜。德·莱纳夫人发现这个干净腼腆、在自己家门前悄悄流泪的孩子竟然是她想象中可怕的家庭教师，喜出望外；于连出身贫苦，正担心自己在富人家被当成仆人低看一眼，不曾想碰上一个光彩照人的贵妇人，对自己礼待有加。这是小说中极富戏剧性的一幕，其喜剧效果来自悲

---

① *Journal littéraire*, I, p. 345.
② *Histoire de la peinture en Italie*, p. 164.

观的预期与突如其来的幸福邂逅之间的反差:"从未有一种纯粹是令人愉快的感觉如此深地打动过德·莱纳夫人的心,也从未有一种如此亲切的景象紧接着揪心的恐惧出现在她的面前。"① 于连尽力擦去眼泪,德·莱纳夫人像小女孩一样大笑起来,气氛由低落一转成为欣喜。在惊讶之中,两人都忘了社交礼仪成规的束缚,真情流露,不经意间在对方面前展示出各自最自然可爱的一面。小说场景的设置与情感世界相呼应:两人相遇的场合是花园,而非室内、客厅等正式的社交场合,自然环境有利于情感的舒展。为此,评论界常将这次相遇与《忏悔录》中卢梭与华伦夫人第一次相遇的场景相提并论,视为美好情感在自然环境中绽放的范例。② 这一次相遇,使两人都脱离了从前狭隘、黯淡的生活圈子,在他们面前打开新世界的大门。

《红与黑》中一见惊奇之后,小说还继续写了主人公以及德·莱纳家中各人惊讶的表现,造成一种连绵不绝的回响般的效果。德·莱纳夫人得知眼前的年轻人是家庭教师,之前的担心烟消云散,但她的注意力马上又被于连惊人的俊美温和所吸引,而于连也惊诧于德·莱纳夫人的温柔高雅,闻到她身上散发出的香气。对于这个小农民来说,这是前所未有的体会,他大胆地吻了德·莱纳夫人的手,对方又被他的鲁莽之举吓了一跳。等到德·莱纳先生带着于连从裁缝铺回来,发现夫人仍呆坐在原地:一个小时过去了,她还没有从新鲜的情感中回过神来。这个单纯朴素的女人,从不撒谎,此时却向丈夫隐瞒了自己对于连的好感。另一面,于连凭借自己惊人的记忆力,把整本《圣经》倒背如流,赢得了德·莱纳全家上下的赞叹和尊敬,一举奠定了自己的地位。这一章趣事频发,赞叹迭起,作者却颇有玩笑意味地把它命名为"烦闷",刻意使标题与内容形成反差。

司汤达在《拉辛与莎士比亚》中思考笑的原因,写道:"总之,在证券交易所、政治、党派仇恨所带来的深沉的严肃之中,如果想让我笑,就得让我

---

① *Le Rouge et le Noir*, p. 374. 译文引自《红与黑》,第 27 页。
② Ibid., p. 1016, note 3.

看着满怀激情的人在通向幸福的道路上以一种有趣的方式犯错。"①最好的批评家往往是作者本人,他的分析也许可以作为上文片段最好的注解。情节的反转和喜剧效果都来自人物的"错误",他们过于敏感,又缺乏生活经验,错误地估计了情况,而且发挥想象把前景想得黑暗无比。于连出身低微,仇视富人,听说自己要去市长家当家庭教师,马上回答他不愿去当仆人,这种偏见来自他所阅读的《忏悔录》。同样,德·莱纳夫人也有幼稚的想象,认为会有一个邋遢粗鲁的教士来鞭打自己的孩子。然而,也正是这种敏感,使他们能够深切地感知幸福:"要感知到激情的效果,要让我们的幸福或不幸都来自一种激情。"②小说采用先抑后扬的结构,不幸与喜悦相继而来,令人喜出望外。

　　人物在误会、困顿或意外中相见,之后转忧为喜,这样的情况在司汤达小说中还有多处。《巴马修道院》开篇罗贝尔中尉与台尔·唐戈侯爵夫人的会面,与《红与黑》两位主人公的相遇场景有着同样的结构。法国军队进入米兰,罗贝尔中尉被安排住在台尔·唐戈府上,受邀与侯爵夫人共进晚餐。双方都惶惑不安:侯爵夫人面对的是态度不明的入侵者,非常紧张,还把小姑子接来给自己壮胆;殊不知罗贝尔中尉正因为自己衣衫破烂而自惭形秽:"那些贵妇人以为我要吓唬她们,其实我比她们哆嗦得还厉害。"③谁会面出人意料,吉娜忍笑不语的神态就已透露了晚餐的友好气氛。中尉灵机一动,开始讲述自己的悲惨经历,一下子就扭转局势,双方防备顿消,尴尬与担忧变成了同情友善。这一幕的喜剧性来自人物的预设与实际情形的反差,小说同时展现双方的担忧,然后以欢快的氛围化解双重担忧,使得喜剧效果加倍。法布里斯和克莱莉娅第一次在科摩湖边相遇时,两人都被宪兵羁押或盘问,狼狈不堪,正是逆境促成了他们共患难的感情。吕西安·勒万第一次见到德·夏斯特莱夫人,就因分神在她窗前坠马,引发她嘲讽而同情的浅笑,因此这场意外具有象征意义,预

---

① *Racine et Shakespeare*, p. 295.
② *Pensées*, I, p. 225.
③ *La Chartreuse de Parme*, p. 146. 译文引自《巴马修道院》,第6页。

示着他后来将坠入爱情。

司汤达把谬误视为绝佳的喜剧手段,前提是它不会导致悲惨的结果。他在日记中写过:"真正的喜剧从不能容纳恐惧。不过何不写同情加幸福的结局呢?"①司汤达将谬误与笑相连,并借助"幸福的景观"改变其性质,由此创造了一种独特的喜剧性。在他所设置的小说场景中,轻松代替了紧张,欣喜代替了担忧,造成一种突如其来的幸福感,使读者毫无困难地从笑过渡到温情。因此,他非常重视场景描写,呈现出很强的戏剧化倾向,无论是肢体语言还是心理感受,人物的反应都非常强烈,脸红、脸色苍白、大笑、疑虑、喜悦、愤怒、赞叹、惊愕、庆幸、懊恼……种种情态,不一而足,整个画面充满活力与动感,充分发掘谬误所导致的惊奇感引发其他种种情感的潜能。

司汤达多次定义他理想中的风格,将它与传统戏剧强烈震撼的悲剧感或辛辣的喜剧感区分开来。他想要创造一种充满温情的喜剧,能引发观众的笑声与温情。然而,同时做到引人发笑与打动人心,这绝非易事。因为笑通常意味着对立与比较,它是人突然发现他人的弱点,体会到自身优越感的一种反应(参见前文"笑与微笑"一节),把乐趣建立在他人的失误和软弱之上,多少带有恶意。相反,动情意味着感同身受、深切的关注与同情。简而言之,笑意味着拉开距离,而动情意味着消除距离。怎样化解心理距离的对立呢?司汤达发展了以霍布斯为代表的对笑的传统定义,在自尊心受激所引发的普通的笑之外,他提出另一种更为纯粹,也更有力量的笑——微笑,一种幸福的笑。② 追求幸福是每个人的最终目标,因此只有幸福的景观能够消除笑的主体与客体之间的对立。在司汤达所描绘的相遇场景中,人物处境尴尬、举止笨拙。小说没有把他们塑造成完美的人物,反而着力描画他们的窘态。然而,恰巧是人物的弱点、人性的体现,能够打动人心,使读者对他们产生同情与亲近。这种情绪感染与传

---

① *Journal littéraire*, I, p. 144.
② 米歇尔·克鲁泽在为《拉辛与莎士比亚》所作的长篇序言中详细分析了司汤达笔下笑的概念。参见:Michel Crouzet, préface de *Racine et Shakespeare*, pp. 101-188.

递的过程涉及心理距离的远与近两方面。

　　司汤达不喜欢崇高悲壮的悲剧,认为它们的用意在于保持一种高高在上的距离感,顶多引发观众冰冷的崇敬。刻意将人的自然情感庄严化,可能会引发观众的反感:"为什么我们喜爱微妙,为什么我们喜爱拉辛胜过高乃依,喜爱拉斐尔胜过米开朗基罗(我想象中的米开朗基罗)? 是出于虚荣心。拿我自己来说,随着我与周围的人越来越相像,我称之为越来越理性,我感觉到自己喜爱优雅胜过崇高,敬的重担让我厌烦。"①司汤达在论及作品接受时多次谈及"虚荣心",这个词并非贬义,真正的含义是自爱(amour-propre)。为了"尽可能避免伤害读者的虚荣心"②,必须避免唤起崇敬,也就是避免将读者置于低于人物的位置。一个无比强大的人,会让人产生敬畏之情,却不能让人喜爱他,因为他缺乏人之常情。当他陷入不幸时,就不能引发人的同情。因此,司汤达的喜剧不会将人物塑造得完美无缺,而是将他们拉低到普通人的行列,让他们经历起起落落。一个例证足以证明司汤达在有意识地塑造有缺陷的人物:戈尔捷夫人写完《中尉》一书之后向司汤达征求意见,他这样答复:"让您的主人公犯点小错,因为毕竟我们每一个人都会犯傻。"③小说家深知,即使作者在人物身上倾注最为热烈、最为真诚的情感,读者也未必全盘接受,甚至会对激情产生逆反心理。他在《罗马漫步》中写道,如果在游记中描述自己面对罗马废墟所产生的情感,身在巴黎的读者只会觉得夸张:"稍微敏感的人都有这种十九世纪的巨大不幸,就是一旦他们发现夸张,他们的灵魂就只会生出嘲讽。"④为此,在司汤达所设置的小说情境之中,激情从不独行,始终有讽刺来平衡激情或夸张,有嘲弄来拉低美德或完美。可笑与诗意的交

---

① *Journal littéraire*, I, p. 402.
② Ibid., p. 400.
③ *Correspondance*, IX, p. 32. *Journal littéraire*, II, p. 139.
④ *Promenades dans Rome*, p. 611. 作者在游记中多次担心自己面对实景的激情会让读者觉得可笑,例如他描写自己一天早晨面对斗兽场废墟所产生的遐思:"我向读者吹嘘的这种遐思,也许会让他觉得可笑,'这是一颗忧郁的心中阴暗的欢愉'(拉封丹)。"(*Promenades dans Rome*, p. 618.)

融,比纯粹的完美高尚更能打动读者,因为它触动了每个人身上矛盾而珍贵之处,从而有助于拉近读者与人物的距离。

另一方面,庸常的弱点无法打动人心,因为如果人物咎由自取,只会引发轻蔑的嘲笑;如果遇上极大的不幸,则会引发怜悯。只有由激情导致的软弱,才能够引发同情与善意。从司汤达笔下的几个配角与主人公的比较可以看出这一差别。《红与黑》开篇,几个人物都心怀忧虑,但原因各不相同。德·莱纳先生和瓦勒诺互相攀比,担心对手比自己有钱、排场大,只会引发读者的鄙夷。这种担忧不同于德·莱纳夫人和于连因敏感和想象而导致的担忧,所产生的效果也大不相同。又如坠马事故会引发不同的笑:《红与黑》中未来的市长第一助理德·穆瓦罗先生,还有《拉米埃尔》中的驼背医生桑凡,他们意外坠马都是因为身体僵硬(详见前文"笑与微笑"一节中柏格森对笑的定义),引发的是一种嘲弄的笑,性质与莫里哀喜剧中由人物弱点唤起的笑相同;吕西安·勒万在德·夏斯特莱夫人窗前屡屡坠马,却增加了读者对他的好感,因为他是因为专注于内心的激情而落马。支撑事件的基础不同,所唤起的感情色彩也大相迥异。

司汤达认为读者不会被远低于自己的人所触动,只会为和自己相似的人而动情:

> 要引发最大限度的同情,就应该向人呈现一个人物,完全符合他对自己的想象。

> 喜剧诗人向我展现一个和我相似的年轻人,因为优点过度而遭遇不幸,又因为同样的优点而得到幸福。这一切给我幸福的景观,唤起我的关注和微笑。汤姆·琼斯就是一例。①

> 要塑造尽可能完美的可笑人物,就要让他和正在嘲笑他的我们相似,只有一处例外,那就是让他变得可笑的激情。②

---

① *Journal littéraire*, II, p. 139.
② *Pensées*, I, p. 301.

司汤达笔下的主人公虽有可笑之处,却仍不失为一个真正的"英雄",情感热烈,行为勇敢。他是读者理想的形象,却缺乏读者所具有的洞见:"可笑之事,就是看着一些人和我们向往同样的幸福,却因为缺乏我们所拥有的东西而走错了路。我们相信自己在追求同样的幸福时不会丢失这种东西。"① 读者之所以会与人物认同,是因为他们在追寻幸福这同一个目标;但读者作为旁观者,认为自己不会犯同样的错误,在方法上比人物高明,因此对人物怀有温柔的关注和善意的嘲讽,伴随着他们在通往幸福的道路上历经波折。读者相对于小说人物有轻微的优越感,但更多的则是敬重之情,这就是作者所称的"温情的嘲讽"。这一概念与英国哲学家詹姆斯·萨利(James Sully)在《笑的研究》中对"幽默"的定义非常相近,它是"一种混合的感情,由失误或缺陷引发的得意的笑与其他多种感情混合,得以缓和、改变性质,这些感情对客体予以尊重,尤其是予以深情与同情"②。在微笑之中,读者与人物之间产生复杂而变动的关系;人物不再是读者嘲笑的对象,而是与读者结成同盟。

　　司汤达回忆起少年时代阅读阿里奥斯托③诗作时的狂热,谈及作品中的喜剧人物:"那些温柔浪漫的片段,我完全当真。不知不觉中,它们开辟了让情感抵达我灵魂的唯一道路。只有在*一段喜剧片段之后*,我才能被感动到心软。"④要打动读者,必须融合喜剧与情感。《巴马修道院》中著名的滑铁卢战场片段⑤尤为打动人心,因为它奇妙地融合了英雄主义与笨拙、诗意与可笑。主人公怀着一腔热情奔赴战场,却处处碰壁,狼狈不堪。他对战争心怀幻想,以为自己会与战友并肩作战,结下史诗般的友

---

① *Journal littéraire*, I, p. 417.
② Cité par Baldensperger, *Etudes d'histoire littéraire*, Paris: Librairie Hachette, 1907, p. 201.
③ 阿里奥斯托(1474—1533),意大利文艺复兴时期最杰出的诗人之一。司汤达10岁时阅读《愤怒的罗兰》法文译本,1801年之后反复阅读原著,深受影响。诗人作品中带有神秘色彩的自然美景、骑士文学传统以及喜剧性都影响了司汤达的写作。司汤达在回忆录中写道:"阿里奥斯托塑造了我的性格。"(*Œuvres intimes*, II, p. 619.)
④ *Œuvres intimes*, II, p. 912.
⑤ *La Chartreuse de Parme*, pp. 173—187.

谊，却处处遭遇嘲笑与背叛；他对拿破仑满怀崇敬，碰见心目中的偶像却不相识，错失良机。第一个全面研究司汤达作品喜剧性的批评家莫里斯·巴尔代什，分析了滑铁卢战役这一片段中交织的喜剧性与诗意，指出叙述的主要目的不是呈现一场战争，而是创造一首"天真之诗"："由此开始，一切都妙不可言，因为处处有这种天真的惊奇，迷人而生涩的年轻人的优雅，历经艰险走上发现之旅。一切都是惊奇。"①接二连三的谬误塑造了可笑又可爱的人物，通过他因天真、理想所受的挫折体现了诗意的灵魂与现实的交锋。

司汤达从 1804 年就开始思考"喜剧化"，希望以喜剧的方式呈现即使是最令人失望的情境。作者分析了自己成为喜剧诗人的优势和劣势：幸运的是，他所受的教育和影响培养了他敏感的灵魂；不幸的是，他所生活的时代低于他所了解的理想时代。对于诗人来说，现实与理想之间的反差是一项优势，因为他高于自己身处的环境，他面对时代所体会到的那种陌生感有助于他更好地把握现实，与现实拉开文艺创作所不可或缺的批评距离。

> 你无法适应同时代人的缺陷，根据最好的世纪构想了理想的模型，你为所见之事感到惊诧、震惊，因为你把你之所见与你想象的最完美的模型做对比。
> 这就是偶然赋予你的两项大优势。要尽力获得第三项优势，就能成为大诗人：把你的惊奇以喜剧的方式呈现给公众。②

可以说法布里斯在战场上所感到的惊奇，就是作者自己在生活中的真实感受。"我发现现实远远低于我想象中疯狂的图景"③，《亨利·布吕拉尔传》中这句话呼应着法布里斯的战场经历。高贵的灵魂在与现实接触的过程中，往往体会到惊奇和失望。司汤达一生都没有摆脱这种困境：

---

① Maurice Bardèche, *Stendhal romancier*, pp. 372—373.
② *Journal littéraire*, II, p. 150.
③ *Vie de Henri Brulard*, p. 745.

"这种带着傻气的惊奇和这种感叹追随了我一生。"①他在现实中遭受的失望,后来终于在想象世界中得到补偿:小说凌驾于现实之上,以另一种视角——喜剧的视角——将苦涩的经历转化成更高一层的乐趣。②司汤达于1805年4月写给波利娜的一封信,证明作者早在小说写作之前,已有明确的喜剧化意图。或者说,这是作者自青年时代就形成的一种处世态度。司汤达在信中告诉妹妹,敏感的灵魂在现实中要保持思想的独立,实现自己与众不同的梦想,由此寻得幸福:"研究你生活的这个世纪,注意不要让你的灵魂产生幻觉,向你展示不存在的东西。"③四段之后,他给出更为具体可行的处世良方:"你注定还要在傻瓜当中度过两年。要养成这样的习惯:从喜剧的角度看待他们,尽力从中找出好故事,逗你的朋友发笑。你自己呢,要研究人;看他们怎样费尽辛苦把自己变成傻瓜,生活际遇怎样促成他们这高贵的理想,他们自己怎样做。想想如果你在他们的位置,你会怎样做,以避免养成他们那样的头脑和心灵的习惯(或说性格)。"④三十多年之后,作者在小说中实现了更为微妙的喜剧化,不再以他人的庸俗和愚蠢取乐、提供借鉴,而是从敏感之人的遭遇中发掘乐趣,从自嘲中获得理想主义的补偿。

小说同时呈现事件的两面,一面是热情与幻想,一面是残酷的现实,它将两者并置,呈现出两种力量碰撞时所引起的剧烈震撼,描绘法布里斯屡屡从理想的云端落入现实时的茫然无措,由此引发读者的笑与微笑。小说呈现了人物满怀热情地迎向世界,在现实面前碰壁、失足,以此嘲讽理想主义,同时又引导读者带着善意的嘲讽来看待因理想主义而生的弱点。换言之,小说既写浪漫精神,又写对浪漫精神的嘲讽,也就是小说写

---

① *Vie de Henri Brulard*, p. 947.
② 布隆贝尔在《司汤达与斜道》中指出,司汤达回忆自己过去的笨拙,写在小说中,既是自我批判,又是一种间接的自我安慰。他站在全知全能的作者角度,超越了主人公所遭受的羞辱与尴尬。他对人物冷嘲热讽,同时也在人物身上寄托了梦想,补偿过去的自己。(*Stendhal et la voie oblique*, pp. 119—120, 144—145.)
③ *Correspondance*, I, p. 342.
④ Ibid.

作对自身的嘲讽。然而这种种挫折，却成为一种洗礼与锤炼，是主人公最终找到幸福的必经之路。小说由此提示一种比庸常稳妥的处世之道更高一层的哲学智慧：听从真实情感的指引，不畏探索与冒险，同时寻求对自我情感的清醒认识。

司汤达小说中还有另一种情况，构成更加微妙、更深一层的嘲讽：在主人公最需要行动的时刻，他们常常在做"哲学推理"；当他们冥思苦想、思绪混乱之时，时常会认为自己头脑聪明、推理得当，是个"哲学家"。《吕西安·勒万》中，在德·马尔希侯爵夫人家的舞会上，吕西安对德·夏斯特莱夫人心生仰慕，却在她面前表现得痴痴呆呆，眼睁睁看着别人请她跳舞。小说评价道："现在是关键时刻，吕西安应该立刻采取行动，以支持他的勇气，但是，他只是一味地思考，在这里搞这种哲学推理。"①他赞叹德·夏斯特莱夫人独特的美，把她与其他女人相比较："这里必须指出，吕西安在进行上面这些很值得赞美的分析的时候，他人就那么一动不动像一段木头直挺挺地站在那里，痴痴呆呆活像一个傻瓜。"②在绿猎人咖啡馆与恋人互诉心声之后，吕西安感到万分幸福："勒万在他那博学却冒失的生活中，还从来没有经历过像此刻这样的感受。"在这里，savant（博学、精通的）与 étourdi（懵懂、冒失的）两个几乎意思相反的词连用。吕西安才二十多岁，既不博学，也没有社交经验，称不上见多识广，此处的"博学"应当带有嘲讽色彩，影射主人公各种奇怪的推理；"懵懂"则指他没有从推理中得到任何教益，举止依然笨拙鲁莽。在奥甘古尔夫人家的聚会上，德·夏斯特莱夫人对吕西安态度骤变，吕西安愁苦而不得其解，开始胡思乱想："正是一个开始冒头的要命的想法，让吕西安在冰得十分可口的香槟酒（这在当时是很时髦的）的作用下，变成了一个满腹哲思的少尉，也就是可怜又平庸。"③"哲学"及其形容词在后文反复出现，吕西安越是推理猜测，就越是误解德·夏斯特莱夫人的真实情感。小说写道："德·夏斯

---

① *Lucien Leuwen*, p. 211.
② Ibid., p. 212.
③ Ibid., p. 319.

特莱夫人只消一句话,就能把这些哲学思想变成无上的幸福。可怜的人想用哲学武装自己,可是哲学却首先让他中毒不轻,让他觉得幸福遥不可及。"①如果说《红与黑》中爱情的障碍来自地位差别,《巴马修道院》中爱情的障碍来自身份与政治派别,在《吕西安·勒万》中,吕西安与德·夏斯特莱夫人的恋情几乎没有外在的障碍,唯一的阻力来自这对恋人内心的斗争。当他们出于理性,屡屡做着道德考虑时,小说总在指出思虑的迷误:"可以看出,我们这位英雄的这番推理是相当愚蠢。应当说,他既不幸福,也不明智",而此时,"德·夏斯特莱夫人的心境也未必更好"。②

于连也屡屡被嘲讽地称为"哲学家""聪明人"。他与德·莱纳夫人初生恋情之时,为自己的笨拙感到恼恨,借口去维里埃看谢朗神父,离开一晚上。"于连庆幸自己的机灵",找到了恰当的借口拒绝富凯的提议,又给自己留了后路,然而,他并不知道这一举动产生的效果在别处:"于连动辄以为自己很聪明,他若有点儿话,第二天就会庆幸维里埃之行所产生的效果了。他不在时任人忘记了他的笨拙。"③于连初到德·拉莫尔府,因为深怀戒备与自卑,带着"持续不断的自卑感带来的严峻和哲学家的傲慢"④。他假装追求德·费瓦克夫人,心里却深感厌恶,时刻关注玛蒂尔德,"严密的推理"在激情面前总是溃败:"但是,这些严密的推理碰上可怕的现实,往往不起作用。""这番推理很明智。然而第二天,隐约看见玛蒂尔德的胳膊,只消袖口和手套之间那一段,就足以把我们这位年轻的哲人投进残酷的回忆中去。"⑤玛蒂尔德在同于连冷战期间不仅怀念他们度过的幸福时刻,也怀念"她常和于连进行的那些枯燥的、形而上的讨论"⑥;她不顾一切要嫁给于连,不惜对抗父亲以及一切世俗偏见,"她时时都在夸大她表现出的高度明智"。于是,爱情变成了两个"哲人"的伪装与战

---

① *Lucien Leuwen*, p. 320.
② Ibid., p. 276.
③ *Le Rouge et le Noir*, p. 424. 译文引自《红与黑》,第 77 页。
④ Ibid., p. 624. 译文引自《红与黑》,第 277 页。
⑤ Ibid., p. 722. 译文引自《红与黑》,第 377—378 页。
⑥ Ibid., p. 624. 译文引自《红与黑》,第 277 页。

斗。更有嘲讽意味的是,于连心不在焉地照抄情书送给德·费瓦克夫人,忘了更换原信中毫不相干的地名,被对方问起,他以哲学为借口为自己开脱:"讨论人类灵魂的最崇高、最重大的利益,令我非常激动。写着写着,我的灵魂可能一时走神了。"①

  小说经常呈现出一种双重嘲讽:人物成为哲学家的嘲讽对象,而哲学家本身又是小说嘲讽的对象。"一位哲学家会说,但他也许弄错了……"②这句简短的话概括出司汤达小说否定之否定的运动:哲学家的视野也许高于身处事件之中、看不清全局的人物,但这种明智未必更为高明。哲学也许有助于认识人性、看清局势,但它也有可能成为幸福的障碍。司汤达的性情与思考中本就包含着相互矛盾的两面,理性认识与听从情感轮流占据上风。只有在小说中,他才得以真正消解两者的对立,以一句精简的表达囊括这二元划分的模糊与丰富。

  哲学研究的初衷是让人认识激情,引导人走向幸福,却常常成为激情与真实的障碍。这仅仅是对人物的嘲讽还是对哲学本身的质疑?被激情所指引又被激情所累、在通往幸福的路上迂回辗转的"哲学家",是否就是作者自身的写照?文本保持了它的多义性,同时也保持了它的深度与趣味。司汤达身处浪漫主义盛期,却与情感泛滥的浪漫主义保持距离,始终以或真或假的批评与嘲讽来平衡与制约情感。他的戏谑无所不在,将自己最为重视的两种活动也当成玩笑的对象,在小说内部互相取笑,却在哲思与激情的冲撞中展现了层层叠叠、瞬息变化的精神世界。

---

① *Le Rouge et le Noir*, p. 720. 译文引自《红与黑》,第 376 页。
② Ibid., p. 502. 此处译文由笔者翻译,尽量忠实于原文语序,以便于分析。

第三章 激情的语言

　　司汤达关注的总是转瞬即逝之物,例如:笑、情感、目光,以及他在生活与审美过程中所体验的各种美好微妙的感觉。可是,这些东西都难以捕捉,难以留存。"人生的一大不幸,就是见到所爱之人,与她说话的幸福,无法留下清晰的回忆。"①可见司汤达的认识不仅仅出自哲学式的好奇,更包含着对时间流逝的一种感伤。他希望通过认识和写作,保存或重现自己经历过的美好时刻和强烈情感,那些"值得我们过一生的稀有时刻"②。

　　情感是一种特别的现象,只可亲领身受而无法直接描写。《论爱情》试图通过哲学分析,分析并保存作者的情感经历,目标未能实现。此后,司汤达在写作中一再回到这个难题:怎样言说幸福?他在写作自传的过程中时时以卢梭为反例,提醒自己以克制代替夸张,不要陷入浪漫派小说的手法,用激情澎湃的语言来写激情。"要怎样讲述这样一个时刻才能不撒谎、不落入小说呢?"③作者回忆起第一次到达意大利伊夫雷亚,观看契玛罗萨

---

① *De l'amour*, p. 85.
② 《亨利·布吕拉尔传》中,作者在日内瓦湖畔听见教堂庄严的钟声响起,想起同样发生在日内瓦湖畔的《新爱洛漪丝》:"为了这样的时刻,值得过一生。"(*Vie de Henri Brulard*, p. 935.)
③ *Vie de Henri Brulard*, p. 636.

《秘婚记》时极度幸福的感觉,写道:"如果我开始细细描摹它,就会撒谎、编造小说。"①作者写到他在罗尔的经历:"可能要违心地重读和修改这一段,以免像卢梭那样做作地撒谎。"②说起泰辛州战役,作者写道:"我不能多说,否则就是写小说了。"③作者之所以以小说为参照,是因为他认为自传的第一要义是真诚与忠实,因此要力求精确,避免过度。于是,每每写到人生中最为沉醉的经历,他总用"完美的幸福"一语带过,放弃细细铺陈"我可以用二十页最高级来描写的美妙刺心的幸福感"④。每当"主题超出言表"⑤,作者无法找到相应的形式来传达强烈的个人感受,就转向缩略与分析:"我不知道怎样描绘,就分析我那时的感受。"⑥于是,他又回到了《论爱情》所面临的难题。

在自传中,省略与分析是可行的。可是,在需要精确描摹情感以激发读者强烈情感的小说中,作者又该采用什么方法来处理情感素材呢?小说是变形的自传,在司汤达笔下尤其明显。他个人经历中的种种细节都在提示着小说与自传的相通之处,例如他把 cela 写成 cella 的错误,在于连身上重现。当他来到梦想已久的巴黎,发现这里街道泥泞,不像故乡那样群山环绕,感到非常失望和厌恶,他在心里自问:"巴黎,就是这样吗?"他第一次参加战争,是在 1800 年跟随拿破仑远征意大利。司汤达在自传中记录下这次经历,他跟随军队越过险峻的圣贝尔纳山之后,又一次失望地问长官:"圣贝尔纳山,就是这样吗?"这些感受后来移植到了小说当中,法布里斯参加了滑铁卢战役,于连每一次费尽辛苦得到恋人的芳心,拉米埃尔每一次新鲜的体验,他们都忍不住问:"就是这样吗?"司汤达的全部

---

① *Vie de Henri Brulard*, p. 651.
② Ibid., p. 935.
③ Ibid., p. 952.
④ Ibid., p. 659.
⑤ Ibid., p. 958.
⑥ Ibid.

作品,不过就是一部或坦诚或迂回的自传。① 作家亲身经历的强烈情感,要怎样通过小说叙述传达给读者?怎样讲述人物,在读者身上激起赞赏、批评或嘲讽等各种情感?这是小说家的首要考虑。

从分析情感到描绘情感,从认识人心到打动人心,距离遥远。司汤达虽未区分现实中的情感与美学情感,但实际上他与皮埃尔·勒韦迪(Pierre Reverdy)等哲学家的观点有相似之处,那就是情感不能原样照搬到虚构作品中,必须经过精炼与提纯,转化为一种与最初情感不相同的情感。这个过程叫作"升华的艺术":"在诗(用意在于打动人的话语)中有两层辛劳。1.人物所有的感情与思想都必须自然;2.它们是从所有自然的感情与思想中选择出来的,目的是尽可能准确无误地在某些观众的灵魂上产生某种效果。我把这第二重操作称为升华。"②第一层"自然"包含两方面的要求,一是人物的感情与思想符合人性规律,二是写作风格的自然,如实描写人性的真实状态。第二层辛劳是对于现实中庞杂的信息有所挑选,挑选的标准是它们所产生的效果。司汤达将情感从现实层面移植到诗学层面的主要方法,一是通过精确的细节再现现实世界,二是选择富有表现力的要素,基本对应他所思考的两层辛劳:如实描写人性与准确制造效果。作品意在唤起回响,然而私密的情感世界只有通过读者进入自己的内在世界才能重建,作品不能保证读者通过某种事先设定的路径加以回应,因此只有象征和暗示,才能尽可能调动读者的情感反应。

情感理论是司汤达统一哲学认知、艺术欣赏与文学创作的关键。他对情感的思考与分析在小说情节设置、场景安排、人物描写中体现出来,是解读小说深层结构的重要线索;而小说又使作家突破单一的理论体系,以其暗示力量再现深广的情感世界。本章将从"主观现实主义"视角、情感的节奏以及地理位置所象征的精神性三个角度,考察司汤达描绘与暗

---

① 维克多·布隆贝尔在《司汤达与斜道》中详细分析了司汤达生平经历与小说的诸多呼应之处,参见:Stendhal et la voie oblique, pp. 101—148.

② Pensées, II, p. 221. 另一处笔记中写道:"虚假的风格才是差的风格。因此作家的第一品质是要寻求真实的风格。第二是要懂得对真理做出选择。"(Pensées, II, p. 198.)

示情感的写作手法。

第一节　主观现实主义

一、透镜中的现实

司汤达深受相对主义和经验论哲学家(les philosophes empiristes)影响,他的世界观建立在相对论与感官论的基础之上,认为没有普遍的真善美准则,有的只是个人的感觉与判断,因此世上并无绝对的真理,只有个人的、主观的真理。他深信只有感觉才是唯一可靠的东西,人只能靠感觉认识一切,"物品真正的品质是不存在的,只有感觉到的才是真实的"①。而感觉总是片面的,视角不同,感觉也就不同,眼中呈现的世界图景也不同。因此客观、全面的现实并不存在,只有主观意识在某个时刻、某个角度所捕捉到的现实;并不存在一个包罗万象的现实的整体,只有在个人有限的视野中突然浮现的偶然事件。"我们被禁锢于自身的感觉之中,更被禁锢于我们从中得出的结论之中。"②1835年,司汤达写作《自我主义回忆录》,开篇满是疑虑,正是因为作者深知个人视角不全面、不客观,受人的位置与情绪所限:

> 我有没有充分利用在巴黎九年间偶然身处的那些位置,造就我的幸福?我是个什么样的人?我是个明理的人,一个深刻明理的人吗?
>
> 我是不是睿智过人?说实话,我一无所知。我被一天一天到来的事件所触动,很少考虑此类深刻的问题,于是我的判断随着情绪而变动。我的判断只不过是一些估计。③

---

① *Correspondance*, V, p. 310.
② *Promenades dans Rome*, p. 995.
③ *Souvenirs d'égotisme*, II, pp. 429—430.

小说要如实地反映现实,不应从全知全能的角度来呈现,而只能出自某个人物的主观视角,即处于具体的时空当中的某个意识从全部现实当中所感知到的景观,只能是片面、零散、偶然的现实。乔治·布兰在著作《司汤达与小说问题》中,以现象学的方法分析了小说家怎样忠实于主体的感官,呈现个体眼中的现实:"他没有将外形排除在外,只不过他笔下的世界几乎只是通过一种快速的感官展示出来,正如主人公所体会的样子:与他的关注与预期休戚相关。我们会看到,这种诉诸感性的方式并非忽视具体之物,恰恰相反,它是展示物质世界的最可靠的方法,因为物质世界是一个向量的世界。"①"向量的世界"(un univers vectoriel),意即当物质成为人物的意识或情感的指向目标时,才有存在的可能,才能成为小说描述的对象。布兰在此处举例说明,司汤达完全有生动描绘景象的能力,他也曾描绘壮观的日出或夜色,但出于对心理现实的忠实,他不能让景色在小说中自行展开:

> 但是,他知道真正的夜色不是作为景色被观看的,而只存在于计划或回忆当中。因此,当人物专注于自己的考虑,也许无暇顾及景色时,小说家应当避免描绘那片让读者赞叹的景色。人物具有人的现实,同样构成一个"存在之在",因此司汤达认为对美景的描写不能独立地自行展开,总是注意交代确定场景发生的时间与地点的各种应时的感觉。他绝不是将主人公的意向性抽象化,而是使具体细节透过这种意向性浮现出来,这个细节能够让我们参与瞬时。②

布兰指出,早在小说创作之前,司汤达在日记、游记中就有这样的叙述习惯:"司汤达不仅仅记录自己亲眼看到的事实,而且近距离讲述,以保留事件在瞬时总具有的碎片化的鲜活性。"③作者始终重视观察者的处境。在《亨利·布吕拉尔传》中,他所记述的童年回忆都是一个孩子对于

---

① Georges Blin, *Stendhal et les problèmes du roman*, Paris: José Corti, p. 100.
② Ibid.
③ *Stendhal et les problèmes du roman*, p. 137.

外界的感知与印象。让·普雷沃指出，司汤达在《罗马、那不勒斯和佛罗伦萨》描绘科莫湖景色时未做全景描写，"景物描写似乎追随着漫步的运动本身"①。在小说中更是如此，以《红与黑》为例，很多篇幅展示的都是于连眼中的世界，并通过他的自我剖析，告诉读者他对人对事的印象以及他的心理活动。于连第一次见到阿格德主教，他先看到一个人的背影，对着镜子似乎在练习降福的动作。这人突然转过身来，于连看到对方胸前挂着的十字架，才猜到眼前的年轻人就是主教。于连来到神学院，被领进彼拉神父的房间，首先只见一个身穿破旧道袍的人在低头写字，等对方抬起头，他才发现这人容貌丑陋、目光严厉。他承受不住神父可怕的目光，紧张得昏了过去，小说就只通过他残存的意识写了他模糊听见的脚步声和话语，什么都没看见。三小时之后，等他通过神父的考试，才看见自己的箱子一直摆在面前，只是他没有注意到。

　　主观视角影响到整个虚构世界的构建。最具说服力的一个例证，就是《红与黑》中于连两次握住德·莱纳夫人的手，心境不同，关注不同，对外界的感知也完全不同。第一次，于连给自己规定了一项任务：夜晚十点钟之前必须抓住德·莱纳夫人的手。这是他强加给自己的责任，是考验自己勇气的战斗：

> 责任向胆怯发起的战斗太令人痛苦了，除了他自己，什么也引不起他的注意。古堡的钟已经敲过九点三刻，他还是不敢有所动作。于连对自己的怯懦感到愤怒，心想："十点的钟声响过，我就要做我一整天里想在晚上做的事，否则我就回到房间里开枪打碎自己的脑袋。"
>
> 于连太激动了，几乎不能自已。终于，他头顶上的钟敲了十点，这等待和焦灼的时刻总算过去了。钟声，要命的钟声，一记记在他的脑中回荡，使得他心惊肉跳。
>
> 就在最后一记钟声余音未了之际，他伸出手，一把握住德·莱纳

---

① Jean Prévost, *La Création chez Stendhal*, p. 92.

夫人的手,但是她立刻抽了回去。于连此时不知如何是好,重又把那只手握住。虽然他已昏了头,仍不禁吃了一惊,他握住的那只手冰也似的凉;他使劲地握着,手也战战地抖;德·莱纳夫人作了最后一次努力想把手抽回,但那只手还是留下了。

于连的心被幸福的洪流淹没了,不是他爱德·莱纳夫人,而是一次可怕的折磨终于到头了。①

这一段叙述,正如小说所写,聚焦在于连的内心:"除了他自己,什么也引不起他的注意。"他仅仅注意到与行动相关的两个细节:一是钟声,这是他给自己规定的行动的时限;二是他抓在手中的德·莱纳夫人的手,冰凉、挣扎,它的去留决定着行动的成败。外部世界的一切景物似乎不复存在,于连沉浸在自己的行动中,甚至"没有注意到一个本可以使他放心的情况":德·莱纳夫人抽出手去扶一个被风掀倒的花盆,然后又自然地把手伸给他。与此同时,小说巧妙地以另一重视角,描写了另一个人物对于同一情境的全然不同的感知:于连内心剧烈争斗的同时,德·莱纳夫人度过了一段幸福的时光。"风在椴树浓密的枝叶间低吟,稀疏的雨点滴滴答答落在最低的叶子上,她听得好开心啊。"

第二天晚上,于连又在同一位置握住了德·莱纳夫人的手。这一次,他不再被担忧、胆怯所折磨,能够静心享受爱的甜蜜:

于连不再想他那愤怒的野心了,也不再想他那些如此难以实施的计划了。他生平第一次受到美的力量左右。他沉浸在一种与他的性格如此不合的、模糊而甜蜜的梦幻之中,轻轻地揉捏着那只因极好看而惹他怜爱的手,恍恍惚惚地听着,那棵椴树的叶子在夜晚的微风中沙沙作响,远处杜河磨坊中有几条狗在吠叫。②

人物在前一天晚上全然无感的环境、物品,此刻一一浮现,并因人物心境而带上了温柔的色彩。以上两个片段,通过人物对同一情境的不同

---

① *Le Rouge et le Noir*, p. 397. 译文引自《红与黑》,第 50 页。
② Ibid., p. 408. 译文引自《红与黑》,第 61 页。

感知,展现了完全由个人视角与内在情绪所界定的外部现实。

主观视角的运用,改变了人物感知虚构世界的模式,同时也改变了读者进入虚构世界的模式。司汤达在1835年重读《吕西安·勒万》时在页边写下批注:"带着这两个问题重读:主人公是怎么看这个的?读者是怎么看的?"①这两个问题是关于虚构世界与真实效果的两重探询:怎样呈现现实,就好像虚构人物在寻常生活中所经历的那样,才能使读者自然而然地融入其中而不生疑?小说视角不仅仅牵涉到作者与虚构人物的关系,还牵涉到心理视角与小说理解模式。哲学家让·普庸(Jean Pouillon)在《时间与小说》中区分的两种基本视角有助于更清楚地理解司汤达提出的两个问题:"后方视角"(la vision «par derrière»)与"同视角"(la vision «avec»)②。"后方视角"所研究的意识主体,独立于周遭世界,或者与周遭世界保持一种外部的联系;"同视角"则将意识主体与周遭世界视为一体。小说中运用"后方视角",呈现在一个固定世界中变化的主体;运用"同视角",则呈现一种"主体－世界复合体",即主体更深地介入他身处其中的世界。世界就以这个意识着、行动着的主体为中心展开。普庸认为,感情是感受主体和感受对象之间的一种联系,这种联系包含两个方向的运动:一个导向感受主体的中心,另一个导向感情的对象。运用"同视角"的小说将读者置身于第二个方向的联系之中,使得读者能够带着与主人公同样的感情来看待世界,将世界作为这种感情的关联项。

世界在主人公的视野之中,通过主人公的感觉与情感构建出来,人物、景色皆如此。乔治·布兰称之为"把叙事包裹在感觉之中的艺术"③。下文以《红与黑》中两个主人公第一次相见为例,分析小说怎样通过主观视角呈现人物形象。米歇尔·莱蒙(Michel Raymond)指出这一场景建

---

① *Journal littéraire*, III, p. 189.

② Jean Pouillon, *Temps et roman*, Paris: Gallimard, coll. «Tel», 1993, p. 65. 后来热奈特受其启发,提出叙事学经典的三种聚焦:零聚焦、内聚焦和外聚焦(la focalisation zéro, la focalisation interne et la focalisation externe. Gérard Genette, «Discours du récit, essai de méthode», in *Figures III*, Paris: Seuil, 1972, pp. 206−211.).

③ Georges Blin, *Stendhal et les problèmes du roman*, p. 105.

立在"视野对视野"(champ-contre-champ)①的结构之上:于连的形象通过德·莱纳夫人的目光呈现,德·莱纳夫人的形象则通过于连的目光勾勒出来。第一段话这样描写:

> 德·莱纳夫人在远离男人目光时,总是自然而然的活泼优雅。她正从客厅开向花园的落地长窗走出来,瞥见大门口有一张年轻的乡下人的脸。这人几乎还是个孩子,脸色苍白,刚刚哭过。他穿着雪白的衬衫,臂下夹着一件很干净的紫色平纹格子花呢上衣。②

第一个长句中的连词"正……时"(quand)将德·莱纳夫人的性情描写和外部环境描写与小说情节连接起来。这个连词既起到语法作用,又起到心理转换的作用。在时间层面,它带有"突然之间"的突兀感,传达出感知的即时性;在情感层面,它传达出人物瞥见出乎意料的景象时所体会到的惊奇之感。连词代表一个转折点,小说视角从此由外部转入德·莱纳夫人的内心,于连的形象不是由全知全能的叙述者来描述,而是透过观看者德·莱纳夫人诧异的目光展现出来。在惊奇之中,她只捕捉到了一些细节:来者是个年轻人,脸色苍白,穿着白衬衫,腋下夹着干净的外套。这些细节之所以引起她的注意,是因为它们都与于连的社会地位不相符合:常年在地里干活的农民,粗糙邋遢,不会有这样白皙的皮肤,衣着打扮也不会这样干净。正是这些不同寻常的细节,将于连与普通的农民区分开来,第一眼就引起了德·莱纳夫人的好感。她看到他"雪白的"衬衫、"很干净"的外套,置于形容词之前的表示强度的两个副词"全"(tout)、"很"(fort)表明,在她的观察之中已经暗含了某种感情色彩。帕特里西娅·隆巴多在论文《司汤达的"温情"美学》中思考绘画与小说的关系,认为司汤达在鉴赏绘画的过程中学习到一种"温情的美学"③,并以此为基

---

① Michel Raymond, *Le roman*, Paris: Armand Colin, 1989, p. 94.
② *Le Rouge et le Noir*, p. 372. 此处译文由笔者翻译,尽量忠实于原文语序,以便于分析。
③ Patrizia Lombardo, «L'esthétique de la tendresse chez Stendhal», in *Cahiers de l'Association internationale des études françaises*, 2010, vol. 62, n° 1, p. 8.

础塑造小说人物。在这一幕相遇的场景中,作者运用了"赋予细节以激情的艺术"①,使卑微的物品带上柔情的色彩。它们由此摆脱物质的冰冷,具有了感情的热度。

乔治·布兰在"镜子美学"一章中写道,司汤达相信感知(la perception)是"不完整的、简化的、暗示的"②,并且引用司汤达在《美术中的浪漫主义》一文中的例子为证:"您刚刚在大街上碰到了想要争夺您情人芳心的情敌,您跟他说了话;……告诉我,他的领带结是什么形状的。"③这是现实中的情况,人被环境、时机或自身情感所限,无法事无巨细地掌握物品或局势的全貌。因此,如果小说在相遇场景当中,详尽地描述环境或者从头到脚地描写一个人物,都是对现实的扭曲。小说要真实地反映现实,就不能描写超出人物感知的部分,只能记录人物在一个特定情境中实际关注到的信息。如果人物专注于自己的心事,无暇观察四周,外部环境描写就要取消,只保留人物无意之中捕捉到的零星片段;如果人物留意观察世界,他所看到的景观与他的心境之间应该存在着呼应。《红与黑》的这一幕就写出了德·莱纳夫人的自然反应,她本来忧心忡忡,突然之间瞥见家门前的陌生人,一时分神,只注意到来客身上最独特的几个细节。

将这一句与后文联系起来,会发现"衬衫"是贯穿《红与黑》的具有表现力的一个细节。这一幕之后,德·莱纳先生见于连穿着衬衣,就问家里有没有人看见他,因为穿着短上衣,让孩子和仆人看见是很不成体统的。市长马上带他去裁缝店买了一套新礼服,让他穿着得体之后才和孩子见面,这样才能树立家庭教师的威信。这个细节显示出夫妇二人的差别:丈夫关心的是社交规则,妻子注意到的是衣服的干净,还有这个人本身的品质。主体的知觉功能会受到自身情感的影响,相遇场景的第二段是:"这个小乡下人面色那么白,眼睛那么温柔,有点儿浪漫精神的德·莱纳夫人

---

① *Histoire de la peinture en Italie*, p. 161.
② *Stendhal et les problèmes du roman*, p. 31.
③ «Du romanticisme dans les Beaux Arts», in *Racine et Shakespeare*, p. 243.

首先还以为可能是一个女扮男装的姑娘,来向市长先生求什么恩典的。"在这个具有"浪漫精神"的观察者眼中,于连没有被归为普通农民,而是被想象成浪漫故事的主角。接下来,德·莱纳夫人发现于连和女仆说话很勤,了解到他是因为内衣不够穿,需要女仆经常替他送到外面去洗。生活优越的德·莱纳夫人这才知道穷人的窘迫,她心生同情,想要偷偷送给于连几个金币去买衬衣,于连非常生气,认为她在羞辱自己。后来,于连来到巴黎,德·拉莫尔侯爵竟然关心他的衣着起居,问他在裁缝那里买了多少件衬衣,于连说两件,侯爵马上给他头一个季度的薪水:"很好,再去买二十二件衬衣。"可见司汤达的描写极为简练,把物质作为一种象征,只选择最具表现力的细节,融汇在行动当中。

　　同样,于连对于德·莱纳夫人的印象不仅来自视觉,还来自听觉、嗅觉各种感官。他背对着花园,满心忧惧,没有察觉到有人从身后走近,"听见耳畔有温柔的话音响起,不由得打了个哆嗦"。从话音中得到的"温柔"的第一印象,继而得到确认:"于连猛然转过身,德·莱纳夫人的温情脉脉的目光打动了他。"①两人离得很近,因此于连最先看到、印象也最为深刻的细节,自然是对方的目光。几句问答之后,"德·莱纳夫人的脸挨近他的脸,他闻到了一个女人的夏装的香气,这对一个穷乡下人来说并非一件寻常的事"。叙述的进程随着人物一个接一个的发现展开,不断浮现的细节与行动融为一体,承载着叙事功能,推动情节发展。

　　左拉曾批评司汤达忽视人物的外形,其实司汤达只是没有按照传统的写法,对人物做一个客观、穷尽的描绘。他由内及外,以人心为出发点来构建外部世界,呈现的是人物在迅速的行动当中、在各种情绪的影响之下所捕捉到的片面信息。司汤达认为描写人心的运动远比描写外部的细节更重要。1832年,司汤达的意大利朋友萨尔瓦尼奥利伯爵准备为佛罗伦萨的一份期刊写一篇介绍《红与黑》的文章,司汤达自己写了一篇草稿寄给朋友,以帮助他完成任务。在这篇文章中,作者说他不愿"用两页描

---

① *Le Rouge et le Noir*, p. 373. 译文引自《红与黑》,第 26 页。

述从主人公卧室窗前看到的景色,再用两页描绘他的穿着,再花两页展示他坐着的扶手椅的形状",他甚至主张"让读者完全不知道德·莱纳夫人和德·拉莫尔小姐穿着什么样的裙子",为的是避免将读者的注意力分散到生动的描写之中,而是要使其集中在情感的发展上。① 下文"情感的节奏:快与慢"一节中将分析小说家怎样契合情感的步调,从庞杂的现实世界中选取细节、构建虚构世界。

每个人眼中的世界图景既带有个人的局限与偏见,也带上了主观情感的热度与独特性。小说所呈现的,是透过主观情感的透镜的,被染色、被变形的现实。正如乔治·布兰在《司汤达与小说问题》中评价:"司汤达所说的理想的美并不遵照学院派的理性规定,而是遵照完全由心灵主观性决定的价值。实际上,司汤达所说的理想,对于他来说往往不是重建一个关系固定的系统,或者建设一个具有普遍意义的原型的宝库,而是通过某种结晶过程来重新捕捉现实,正当现实被个人的幻象或热情极度渲染时,在充满激情的灵魂中所折射出的那种现实。"② 法布里斯在滑铁卢战场的片段就是一个极好的例证。司汤达一反以全知全能视角进行宏大战争叙事的常规,透过一个初出茅庐的士兵困惑的眼光来呈现这场欧洲史上最著名的战争。小说沿着法布里斯的行进路线勾勒一连串的小画面,记录他的所见、所闻、所感。与其说他在参加战争,不如说他在战场上游历。这一场充满偶然的冒险,处处是谜团、冲突、误会与事故。主人公无法连接自己的零星印象,总是紧贴在事件本身,无法理解也无法控制事件:炮弹在身旁爆炸,他觉得是"奇怪的景象";被轰炸过的土地在他看来像是"奇怪地翻过";同行的战友将他从马背上举起来扔在地上,让长官骑上马扬长而去,他才明白其他人心照不宣的战争规则……小说就由这样零星、破碎的主观印象的碎片构成战争的拼图。全景和片面,哪一个是战争的真正面目? 这取决于我们看待战争的时空位置。梅洛-庞蒂从现象

---

① «Projet d'article sur *Le Rouge et le Noir*», in *Le Rouge et le Noir*. Appendices, in *Œuvres romanesques complètes*, I, pp. 825—826.

② Georges Blin, *Stendhal et les problèmes du roman*, p. 29.

学的角度谈及小说对战争的描写:"真正的滑铁卢不是法布里斯所见,也不是皇帝所见,也不是史学家所见,它不是一个可确定的物品,它突然浮现在所有视线的边界,所有视线都是从它提取出来的。"①小说的高明之处在于它不仅仅呈现法布里斯充满激情的灵魂所折射出的现实,同时也呈现他实际所遭遇的世界,两者的反差成为小说诗意与喜剧效果的来源。

二、化描写为惊奇

"主观现实主义"运用到小说当中的一个直接结果,首先是大段描写的缩减,描写与叙述两种功能的重新分配。叙述(narration)与描写(description)两种功能,在古希腊语中无差别地以 *diégésis* 指称,但到了现代,尤其是十九世纪,这两种功能的对立成为文学批评的一大议题。叙述偏重时间层面、戏剧性的变化,描写则流连于同一时间内存在的人与物,似乎悬置了时间进程,在空间层面展开叙事。这两种类型的叙事话语对应着面对世界与存在的两种不同态度,叙述偏于行动,而描写偏于静观。在传统叙事当中,它们分别承担着运动与静止的部分。传统修辞学将描写与其他文体风格归为话语的修饰成分,细致的描写往往是叙事中的停顿与暂歇,承担着纯粹的美学功能。布瓦洛在制定古典主义美学标准的《诗艺》中,建议史诗作者以不同的手法处理两种功能:"叙述时活跃紧凑,描写时丰富绚丽。"②

巴尔扎克及其后的现实主义作家改变了描述在叙事中的地位,使它由单纯的装饰因素变成了含义深刻、塑造文本意义的因素。巴尔扎克强调生活环境对人的影响,因此环境描写具有解释和象征的意义。他的小说在情节开始之前会缓慢地铺陈细致入微、面面俱到的描写,通过物品的堆积、气味的渗透、光线的变换等,慢慢营造各个故事所独有的氛围。具有宿命气息的氛围,似乎提前框定了将要在其中展开的人物的命运。对

---

① Maurice Merleau-Ponty, *Phénoménologie de la perception*, Paris: Gallimard, 1945, p. 416.
② Boileau, *Art poétique*, Paris: GF Flammarion, 1998, p. 104.

于物质世界的描写同时具有精神层面的暗示作用,人物相貌、衣着和住所的布置,都用来揭示和印证人物的心理状态。物质成为精神世界的符号,是其因,也是其果。葛朗代的住宅、伏盖公寓,都是居住在其中的人物的化身,与他们命运的演变密不可分。小说中的描写由此摆脱了装饰功能和相对独立的处境,成为叙事必不可少的一部分,参与作品的意义生成。然而,巴尔扎克的描写虽然在一定程度上具有戏剧化的意义,但仍然属于文本中静止的部分,就像演出之前舞台上的布景,等待主人公在其中上演悲欢离合。

到司汤达的笔下,散布在叙述之中的、与叙述融为一体的描写,才真正具有了戏剧化的意义。最基础的考虑,是司汤达深知读者在阅读过程中只关注情节关键,会因为不耐烦而跳过大段无趣的描写、解释和思考。他自己就是一个非常挑剔的读者,厌恶无趣的人和无趣的作品,在写作中自然会格外注意作品节奏,以免读者生厌。为了避免拖慢叙述的进程,他改变了描写在传统叙事中所占的位置与分量。这种方法可行,因为一句话可以纯粹是描述句,而一句叙述性的话则或多或少都有描写性质。热奈特在分析叙事话语时确认:"没有哪一个动词完全不具备描述性。"①因此只要让用于描述的话语变得更有叙述性,就不会延缓叙述的进程。

司汤达有意识地将主观视角应用在小说写作当中。除非出于叙事的需要,交代一些必不可少的信息,他在叙事当中很少超出个体的视野与感觉。而他笔下人物的思想、情感和行动速度都极快,时刻处在行动与变动当中,很少会停下来静观,因此司汤达小说中鲜有大段描写,只会提及人物在快速的活动进程中所捕捉到的零星、散碎的细节。这种写作造成的效果是,小说中的描写是分散的,人物所获得的信息,都夹杂在边行动、边观察、边感知的过程中,与自身的运动和小说的运动融为一体。小说改变了描写与叙述的常见比例,由此具有了更快的速度和更强的戏剧性。

帕特里西娅·隆巴多把司汤达的描写风格称为"动感描写"

---

① Genette,«Frontières du récit», in *Figures II*, Paris: Seuil, 1969, p. 57.

(description dynamique):小说同时记述人物的感官、情绪与行为,因为它们本就是同时进行、相互影响的。小说家在句子结构中杂糅各种元素,是为了传达情感的复杂性:"动感描写就是在每一个句子中,密集地糅合来自外部世界和内心世界的元素,或者说,将感知、观看、感受、理解、反应、思考与行动融为一体。"① 这才是现实的状态:"各种关系与动机无穷地、快速地交织在一起,不断地变化。"② 司汤达以一种动态的描写原样呈现动态的世界,将各种元素裹挟在快速进展的句子之中。

"有限视角"(乔治·布兰用语)或"同视角"(让·普庸与热奈特用语)在司汤达小说中的运用,造成的另一个独特效果是传达出人面对世界所体会到的陌生与新奇感。小说从主人公的视角出发来构建虚构世界,按照视线的运动来调节叙述的进程,逐步呈现虚构世界的景观与事件,依据主人公发现与推理的顺序来展开小说情节。小说多次让一个陌生人的目光承担起叙述功能,讲述他们初到某地的所见所闻,叙述由此变为逐渐发现的过程:《红与黑》开篇就设想一个游客来到维里埃,在城中漫步,《巴马修道院》中法布里斯在滑铁卢战场初见战火的经历,《吕西安·勒万》中吕西安随着骑兵团进入蒙瓦利埃③的经过。陌生人的视角,不仅能够顺理成章地在叙述中插入描写的片段,更重要的是让描写具有动态与活力。司汤达于1830年在《米娜·德·旺格尔》手稿页边写下的批注,证明他在有意识地运用这种手法,而且深知其效果:"在小说中描写风俗冰冷无趣,就相当于说教。化描写为惊奇,让一个陌生人感到惊讶,描写就变成了一种感情。读者就有了可以同情的人。"④ 透过陌生人的惊奇感来呈现一个地方,作者就能避免他在小说创作中所排斥的部分——冰冷客观的大段描写。

小说致力于传达人在与世界、与他者接触的过程中所体会到的独特

---

① Patrizia Lombardo,«La vérité, l'âpre vérité», in *Philosophiques*, 2013, vol. 40, n° 1, p. 96.

② Ibid.

③ 《吕西安·勒万》的多个版本中将故事发生地写为南锡,王道乾译本《红与白》中也译为南锡,本文按伽利玛出版社"七星文丛"2007年的手稿版本,采用蒙瓦利埃(Montvallier)的名称。

④ *Mina de Vanghel*, in *Œuvres romanesques complètes*, I, p. 944.

感受,因此要将叙述裹挟在这种感受之中。"主观现实主义"的视野与美学观,造成司汤达小说中频频出现的惊奇感。以《红与黑》开篇为例,维里埃小城的风貌主要通过一个初来乍到的旅人的目光呈现出来。(为了叙事的需要,小说中还有一个匿名的叙述者对各种情况加以解释与补充,以便向读者交代必要的信息。)"一进城,就会听见一台声音嘈杂、样子吓人的机器轰隆隆作响";"这劳动看起来如此粗笨,却使初次进入法国和瑞士之间这片山区的旅人啧啧称奇";"维里埃有一条大街,从杜河岸边一直爬到山顶。旅人只要稍作停留,十有八九会遇见一个身材高大的人";"巴黎来的旅人转眼间便会感到不快";"这位旅人若继续闲逛,再往上走一百步,他会瞥见一幢外观相当漂亮的房子"。① 在城中闲逛的旅人的足迹成为描写的引导线,他由下而上攀登的路线勾勒出整个小城的面貌与风俗。描写由此具有一种动感,也在旅人惊奇的目光中带上了新鲜的色彩。

　　小说如此附着于个人视角,人与世界的相遇就会不可避免地带上某种不可预见性。司汤达小说中的相遇场景众多,相遇成为意外事件发生的绝佳场合,是建立主体间联系、制造戏剧性冲突与塑造多个小说人物性格的绝好机会。前文第二章第三节第三部分"谬误与同情"中分析了诸多场景,包括《红与黑》中主人公初次见面、《巴马修道院》中滑铁卢战役等,均因谬误引发惊奇,此处不再赘述。在司汤达未完成的小说《社会地位》中,作者写到男主角鲁瓦藏被引见给德·沃塞公爵夫人,跳过了这一幕描写,只在手稿上记下写作计划:"此处,鲁瓦藏对以下人物感到惊奇:1. 公爵夫人;2. 德拉·盖拉代斯卡红衣主教;3. 在场的人们。"② 这说明作者在构思一幕场景时已经确定了要运用何种手法,也说明他又一次把惊奇作为相遇场景中的主要感受。鉴于司汤达写作时速度飞快,经常跳过需要细致描写或者非常难写的片段,我们可以推测,作者跳过这一幕,也许是为了给惊奇之情找到一种独特的表达方式,避免与他之前写过的众多相

---

① *Le Rouge et le Noir*, pp. 351—352. 译文引自《红与黑》,第 3—4 页。
② *Romans abandonnés*, éd. Michel Crouzet, Paris: Union générale d'éditions, 1968, p. 118.

遇场景重复。

在司汤达看来，小说必须制造一种出乎意料的效果："读者读到一页时，应该猜不到下一页的内容。"①众多读者的印象印证了他在行文中制造惊奇的能力。普雷沃指出司汤达写作不愿订立提纲、事先确定小说的发展方向，而是随性而作，使得作品总是处于进展之中。让·普雷沃和乔治·布兰都指出，有限视角有助于读者与人物的认同，因为它使读者直接面对正在展开的虚构世界，面对着一种不确定的当下。读者透过人物的目光在观看，通过他的感官在感知，与人物一同在前进、猜测与想象。因此，司汤达的小说读来常给人一种观看电影的感觉，不仅因为情节起伏、节奏迅速，也因为空间的呈现与时间相连，随着时间进展而逐渐浮现。

在写作中制造意外效果的意图，不仅体现在小说结构的设置上，也体现在段落、句子的组织，甚至是一句话的构造上。司汤达习惯把最重要或是最出乎意料的因素放在句末，以此引发读者的惊讶之情。部分评论家已经注意到司汤达文体上的独特之处，在句法层面论述最为深入的当属普雷沃。普雷沃论及小说中描写主人公于连内心剧烈变化的思想与情感时，设想按照其他作家的风格他们会怎样行文造句，并与司汤达的句子进行对比，以凸显其风格。

"风暴几乎天天激荡在这个怪人心里"，应该是伏尔泰或缪塞的句子。巴尔扎克或雨果喜爱"金字塔式"的句子，把最重要的词语放在中间，他们会说："在这个怪人心里，风暴几乎天天激荡。"司汤达典型的句式是牺牲动词的精确，突出句末的效果，他说："在这个怪人心里，几乎天天都是风暴。"②

---

① *Paris-Londres*, p. 735.

② Jean-Prévost, *La création chez Stendhal*, Paris: Gallimard, coll. «folio», 1996, p. 512. «La tempête soufflait presque tous les jours chez cet être singulier», serait une phrase de Voltaire ou de Musset. Balzac ou Hugo, dont la phrase est «pyramidale», avec les mots importants au milieu, diraient: «Chez cet être singulier, la tempête soufflait presque tous les jours.» La phrase typiquement stendhalienne, où le verbe précis est sacrifié à l'effet final, sera: «Chez cet être singulier, c'est presque tous les jours tempête.»

普雷沃认为这种风格是口语化的标志：司汤达喜爱口述作品，因此习惯于把重音放在句末，强调最后的成分。"我们知道在外国人听来，语速快的法国人听起来只把重音放在句子最后一个词的最后一个音节上。司汤达写长篇小说用口述，短篇小说则用笔写，在脑中默念每个句子，重音都放在最后。"普雷沃由此把司汤达的特点归于风格考虑。笔者认为，司汤达在写作中刻意避免预知的结构，反映出作者的世界图景与美学原则。更具体地说，这种行文结构尽力贴近现实，是对现实的忠实反映。

司汤达小说中的多个相遇场景都属于意外事件，句子的结构也着力于传达意外之感，尤其是讲述一个人物出现在另一个人物视野之中的时刻，总是采用同样的句式。被观看的形象从不和盘托出，而是逐渐成形，由观看者在匆忙之中捕捉到的细节逐渐拼凑而成。《巴马修道院》中，两个年轻人在科摩湖边第一次相遇时，法布里斯正受到宪兵查问，四处张望，以便寻找时机逃走："法布里斯留神地四面张望，琢磨逃跑的办法，却只见从田野的一条小道上过来一个十四五岁的小姑娘，走上尘土蒙蒙的大路，姑娘捂着手绢羞怯地啼哭。"[1]叙述紧随法布里斯的目光推移，到整句末尾才点明出现的人物。小说的第二部分有意外重逢的一幕，与初次相遇的场景形成呼应。法布里斯从监狱逃走之后，想念与他隔窗相望的克莱莉娅，又悄悄回到了监狱，让恋人大吃一惊："怎样描绘她忧伤的心里是什么感受呢？她正忧郁地望着鸟儿盘旋飞翔，目光习惯地朝法布里斯曾经在那里凝视她的窗户深情地瞥去，竟然看到他又出现在那里，含情脉脉地向她致意。"[2]小说仍然借助有限视角，把人物骤然出现推延到句末，增强惊喜的效果。

除上文分析过的《红与黑》初遇场景之外，《吕西安·勒万》中两个主人公的初次相遇也遵循同样的结构。吕西安骑马经过蒙瓦利埃的街道，

---

[1] *La Chartreuse de Parme*, in *Œuvres romanesques complètes*, Paris: Gallimard, Bibliothèque de la Pléiade, t. III, 2014, p. 213. 译文引自《巴马修道院》，第74页。在原文中，地点状语在前，"一个十四五岁的小姑娘"一句放在最后，中文无法原样表达。

[2] *La Chartreuse de Parme*, p. 434. 译文引自《巴马修道院》，第405页。

看见一座大宅邸,白色高墙上有一扇鹦鹉绿色的窗户;窗帘微开,他瞥见一个年轻女子:"一见这美丽的身影,吕西安心神一振,好一阵子以来他看到的都是令人厌恶的东西。"①整个片段进展迅速,但营造了小小的悬念,激起读者的好奇与期待,让读者体会到一种引人入胜的不确定感。

在法语原文中,上述例证都有着同样的句式结构:句子以观看者开始,以被看者结束,被看的对象每每推延到句子最后出现,造成强调效果。观看总是包含推测的成分,叙述始终朝向未来,处于一种不稳定的、随时变化的状态,由此造成一种不可预测的现时感。乔治·布兰这样总结司汤达的写作特点:"正是因为司汤达没有从外部、从已经完成的角度来看待事件,他始终保持在人物所经历的时间临界点上;他的节奏与速度,如同情绪一样,由随时随刻的偶然所决定,跳跃变化之大,让读者惊喜赞叹。"②与此同时,观看者与被看者都在动态当中:观看者正在行动,突然瞥见另一个人,他的行动被打断,注意力被吸引;而被看者也在行动当中,因此他(她)并非观看的终点,而是扩展并延续前文的行动,小说由此环环相扣地向前推进。

第二节 情感的节奏:快与慢

一、节奏的变化

司汤达关注的不仅是了解和定义情感,还有怎样呈现情感,以便将情感传达给读者,在读者身上激起强烈的感受。他深知要表现多变的情感,节奏(rythme)最为重要:

> 论及风格,不绕圈子老实说,形式是事物的一部分。词语顺序一换,展示事物的角度就变了。感情依靠节奏来展示。因此一部作品

---

① *Lucien Leuwen*, p. 108.
② *Stendhal et les problèmes du roman*, p. 153.

中感情所占的分量越重,节奏就越重要。这一点只有才华卓越之人才知道。

如果一本哲学书的作者只通过节奏来描绘他的感情,而不表达感情(一旦表达感情,就会引人生疑或是显得卖弄),这就是一部绝妙的作品。①

虽然司汤达对"节奏"的论述并不清晰,多与写作文体(style)相连,但两者并不等同。② 在1803年5月5日的日记中,司汤达用"风格"与"节奏"指示不同的内容:"论激情的风格。激情的风格是写法语句子的艺术,透过适合的釉色,尽可能精确、清晰地展示我所描绘的性格或事物。模仿的和谐。写法语诗句的艺术。我觉得高乃依的风格最好,学习他简朴的方法。外国诗人会教我激情的节奏。"③从母语作品中学习风格,从外语作品中学习节奏,可见节奏不止于修辞学上的遣词造句的手法,而是一种更为深层的动感,是从内部捕捉与领略情感的一种方法。塑造人物、描绘情感,不能靠静止的描摹,只能以动感的节奏来提示:"用节奏来划分不同的性格。寻找每一种激情的节奏。"④只有一种轻灵迅捷的写作风格,紧随内心演变的节奏,才能传达人心里倏忽来去、瞬息变化的情感。正如让·普雷沃所说:"就像司汤达给自己规定,讲述绝不能慢于行动发生的速度。"⑤而司汤达深知契合的节奏不仅能忠实地传达情感,而且能够影响感知与理解,给人以智性的愉悦:"节奏、韵律及其他类似的东西之所以会让我们愉悦,不正在于它们给予我们的理解方法吗?让我们更快地理解,也就是更快地向我们展示事物。"⑥

---

① *Journal littéraire*, II, p. 80.
② 例如在1840年6月14日的日记中,他以"节奏"为标题,比较和谐复合句与短句、诗歌与散文的差别,并说"以短促的风格描绘快速的运动","以下垂的风格描绘绝望"。*Journal littéraire*, I, pp. 349—350.
③ *Journal littéraire*, I, pp. 158—159.
④ *Pensées*, I, pp. 31—32.
⑤ *La Création chez Stendhal*, p. 327.
⑥ *Pensées*, I, p. 77.

司汤达的写作节奏迅速，这是读者的普遍印象。其实，司汤达写作并非一味求快，他始终忠于形式与内容统一的原则，以适当的节奏再现情感。更确切地说，他的行文张弛有度，疏密有致，随着表现内容而流转。其他作家大费笔墨的主题，他可能会轻巧地一笔带过；其他作家用一句模糊的话概括的章节，他反而会细细铺陈与描画。例如上一节谈论的惊奇情境，关键在于时间性，事情在一瞬间发生，怎样才能呈现这样一种转瞬即逝的情感，同时又保留它所包含的微妙变化呢？司汤达的描写虽然迅速，却保留了行动进展的过程。《巴马修道院》中，法布里斯在滑铁卢战场上多次巧遇好心的女商贩，最后一次的情形是："他走进一片树林，累得站不住，四下张望想找一块地方歇息，起先看见了那马，接着又发现了那小车，最后认出了上午见过的女商贩，那高兴劲就不用说了！"①此处笔触虽快，却一步接一步写出了目光移动与心理变化的过程：人物的目光依次落在马、车和人的身上，内心的喜悦也随着句子的上升结构而层层递增。这句描写体现了司汤达早年热衷的"激情的解剖"（l'anatomie des passions）②以及从绘画鉴赏中学到的"解剖研究"③的影响，其他作家用一句"惊呆了"表达的场景，司汤达会细细描绘其中复杂的因果、变化与渐进。可见他的句法、行文，都注重形式与情感的契合。本节再以三个片段为例，展示小说如何收放节奏，将感情的颤动传达给读者。

饱受煎熬的焦灼的灵魂是浪漫主义的一大主题。在斯塔尔夫人和夏多布里昂笔下，心灵的焦虑和精神的折磨成为激情惯常的效果，情感世界稍有延迟、稍有干扰，都会将人拖进焦虑的漩涡。司汤达笔下也有易感而偏好思虑的人物，奥克塔夫、于连和莫斯卡，都有过辗转反侧、难以自持的时刻。但奇怪的是，他们很少给人以凝滞沉重之感，而是仍然保持轻盈灵动的整体印象。这正是司汤达迅捷的行文所造成的效果。奥克塔夫获得

---

① *La Chartreuse de Parme*, p. 187. 译文引自《巴马修道院》，第47页。

② *Journal*, I, p. 214.

③ 本书第一章中谈到司汤达在《意大利绘画史》中称赞达·芬奇、米开朗基罗等画家善于捕捉伴随着情感运动的细微的外部征兆，认为与画家对于情感变化的剖析有关。

意外之财，社会地位顿升，阿尔芒丝不像别人那样殷勤道贺，他却把她的沉默误解成嫉妒，觉得世人皆庸俗，找不到一个值得敬重的人，绝望之中想要自杀。这个极具浪漫主义色彩的境况，"世纪病"典型的征兆，在夏多布里昂或贡斯当的笔下会铺陈洋洋洒洒几十页的时机，在司汤达小说中却不过片刻。主人公走在大街上，一辆马车撞到他，"展望死亡，心情反倒冷静下来"。这个意外让他想到自杀，却又突然想到自己对父母的责任："天职一词，犹如一声霹雳，在奥克塔夫的耳边炸响"，他马上又有了生存的勇气，思路突然转向：

> 转瞬之间，他有了这种新的认识，并发誓要战胜活下去的痛苦。奥克塔夫对世间万物的厌恶情绪，很快就不那么激烈了，而且也不再那么顾影自怜了。他这颗心灵，由于长期得不到幸福的温暖，在一定程度上沮丧消沉，现在又恢复了自尊，恢复了一点生活的勇气。奥克塔夫的脑海里又起了另外一类念头。卧室的天花板这样低矮，他简直厌恶极了，他羡慕起博尼维府的富丽堂皇的沙龙来，不禁自言自语地说："那个沙龙，少说也有二十尺高，在那呼吸该多畅快啊！哈！"他像个孩子似的，又惊又喜地高声说："那二百万有用场了。我也要有一座富丽堂皇的沙龙，像博尼维府上那样的……"①

于是，"这个三刻钟之前还想轻生的人，此刻却急不可耐地爬上椅子，在书橱里寻找圣高班的镜子尺寸表"。自杀的念头来得快，去得也快；对财富的鄙夷转眼变成兴高采烈地利用钱财建造私人沙龙的热情。奥克塔夫可算是司汤达的人物中最为忧郁、最为被动的一个②，仍能这样快速摆脱抑郁。于连和法布里斯同样经历过在不幸之中突然转忧为喜的时刻。司汤达笔下的主人公很少长久地沉溺在痛苦之中。他们或是出于骄傲，

---

① Armance, p. 102. 译文引自司汤达：《阿尔芒丝》，俞易译，上海：上海译文出版社，1986年，第19页。本书《阿尔芒丝》译文均引自该译本。

② 多位评论家将奥克塔夫与哈姆雷特相比。柳鸣九为译文版《阿尔芒丝》所作的序言开篇写道："奥克塔夫这个哈姆雷特式的青年人。"《阿尔芒丝》，第1页。

或是出于单纯的天性,总能找到新的力量,将情感或思绪推向新的道路。他们不仅情绪易变,念头转得飞快,而且随时外化为行动。小说行文洒脱自如,忠实追随心灵自由难测的运动,呈现出变幻不定、快速交替的情感,为人物注入了独特的活力与动感。

早在思考戏剧创作时,司汤达就写道:"这是一个绝佳的戏剧手段,用连续的念头展现性格。"①此处的"念头"是指人脑中相继浮现的各种想法、情感与愿望。展现一个人连绵的思绪,从内部塑造一种动态的形象,这是司汤达相对于十九世纪小说的创新之处。他曾经考虑过精确乃至机械地记录一个人的行为与想法,会不会是描绘这个人的自然状态的最简单、最全面的方法,因此他设想记录人物在二十四小时里的所想与所感。② 为此,有评论家将司汤达与二十世纪的意识流小说联系起来。亨利·马蒂诺在《司汤达的作品》中指出,乔伊斯在《尤利西斯》中实现的正是这样的计划;普鲁斯特也曾感到为难,要再现人物精神的运作和灵魂的运动,小说家至少要付出这些行动或思想本身至少三十倍的时间。③ 所幸司汤达并没有陷入漫无边际的记录,而是通过凝练的手法,传达出了情感的节奏。

在德·马尔希侯爵夫人举办的舞会上,吕西安与德·夏斯特莱夫人互生好感,却又不断猜测与疑虑。④ 会面过程中,两人内心似乎在经历风暴,瞬息万变的情感接踵而至,"突然之间"成为小说的专属时刻。吕西安正在跳舞,看见了德·夏斯特莱夫人:"吕西安了不起的勇气和机智风趣,转眼之间,全不见了踪影。"等到夫人转过双眼看着他,"吕西安不知不觉只顾站在那里不动,离德·夏斯特莱夫人只有三步远,就在她突然看到他的那个地方。时髦人物的欢快和自信,在他身上一下全不见了;至于讨好公众,也不再去想它了"。他的情感过于强烈,外在表现却是沉默、呆立与

---

① *Pensées*, I, p. 286.
② *Pensées*, II, pp. 123−124,179−180.
③ Henri Martineau, *L'Œuvre de Stendhal*, Paris: Éditions Albin Michel, 1951, p. 40.
④ *Lucien Leuwen*, pp. 209−223.

笨拙，让对方以为他只是个平庸之辈。等他有机会开口，情形突然变化："吕西安听到德·夏斯特莱夫人主动先和他说话，一下就换了一个人似的。"他受到鼓励，讲话讲得妙趣横生，开始大放异彩，这下轮到德·夏斯特莱夫人"自己觉得吓了一大跳"。"首先，德·夏斯特莱夫人自己也注意到情况居然发生了这样的变化，她感到又惊又喜；接下去，脸上的笑容渐渐收敛起来，她又不禁感到害怕了。""她一面这样考虑，一面心里又总注意着他。"等到吕西安不慎说到旁人对她的怀疑，两人都慌乱不堪，脸色通红、煞白，变幻不定："她急得满脸通红"；"他的脸色立刻变了；变得煞白，仿佛什么病痛猝然发作"；"突如其来的情绪波动好像把他冻成了冰块"；"她面无血色"；"这一切使她的面色由惨白一下变成通红，甚至连她的眼睛也变得红红的了"；"吕西安面色苍白，像一个鬼魂似的，一动不动"……这一段描写紧锣密鼓，传达出了激情的节奏，让人联想到司汤达在《论爱情》中所说的"爱情就像高烧，出现与消失全不由意愿支配"①。变幻不定、猝不及防，是爱情的可怕之处，也正是它的迷人之处。

然而，在主人公的这次会面之前，小说却花了很长篇幅描写吕西安在蒙瓦利埃的驻军生活：生活沉闷无聊，周围的人傲慢自大，对他满怀敌意。巴尔代什注意到司汤达写在《吕西安·勒万》手稿边的几句批注之间的统一性，均指向小说的写作方法——营造氛围。司汤达在手稿边写过一句令人费解的话："重要点评，1835年5月9日：所有的明与暗都是刻意造成的，我是在白色背景上描绘。现在背景布好了，同样的效果由最细微的差别造成。主题就是描绘吕西安对德·夏斯特莱夫人最初的感情。"②巴尔代什把这句话与其他几句类似的点评结合起来理解，认为小说家对无聊背景的描写是为主人公爱情的诞生做铺垫。作者两次点评："打木桩：孕育爱情的绝佳场地"；"打木桩：为爱情的诞生做准备"。后来司汤达又指出，对于蒙瓦利埃的漫长描写主要是用于营造一种死气沉沉的氛围，使

---

① *De l'amour*, p. 71.
② *Marginalia*, II, p. 266.

得吕西安易于被意料之外的事件所触动。这意味着小说家在作品开篇时陈列各种信息,并非只是向读者交代理解文本必需的背景知识,而是悄无声息地营造氛围,引导读者的想象融入作品的内在运动。

巴尔代什对照司汤达的评语,分析小说的进展:爱情首先是巴黎子弟吕西安暗淡无光的外省生活中的一件趣事、一种鼓舞。军队进入蒙瓦利埃时,吕西安在德·夏斯特莱夫人窗前不慎从马上跌落,出于好奇,也为了挽回自尊,他开始多方打探与行动,慢慢导致两人相遇、交谈。这个意外事件引发了令人愉悦的忙碌、无足轻重的感情,"它是一个黑点,只因在空白背景之上才会扩大"。此后,德·夏斯特莱夫人的目光、两人之间的交谈,使得吕西安心生希望。微弱的情感蔓延发展,迅速占满了吕西安漫无目的的生活。小说由此布下背景,开始铺陈情感:

> 剩下的只是要展示情感的细微差别。此时,司汤达极力放慢小说的节奏,分解这不断变化的水流的每一个阶段、每一道虹彩。他乐于将他分析的情感的每一道光泽分隔开来,把它与相邻的运动相对照,捕捉心灵在每日、每时断续的悸动,用他自己的话说,投身于这种与老套的情感描写相对立的"精确的化学"。①

对照小说,我们能更清楚地理解司汤达的批注:小说开篇几章用大线条勾勒背景,然后在布好的背景之上细描激情的细微差别。作者所称的"木桩"又叫"真正的原因"②,即人物行为的深层动机,此处应当是指激情在适合的环境自然而然地产生。这一片段描绘激情诞生的过程,就像一滴墨迹在白纸上氤氲开来,自然缓慢,纤毫毕现。之所以产生这样的效果,是因为司汤达的行文整体迅捷灵动,细看却有着致密的肌理,由精确具体的细节构成。这些细节都不是静止无声的,它们通过各种细微的征兆,在表达鲜活的情感,证明人物的性格。

---

① *Stendhal romancier*, p. 279.
② 司汤达在《红与黑》《吕西安·勒万》页边注释中数次提到"木桩"一词,考虑人物行为的逻辑。*Marginalia*, II, p. 140.

二、细节的表现力

在写作音乐家传记时,作者就考虑道:"在痛苦和幸福的时刻,心的处境每分每秒都在改变。我们庸常的语言不过是一系列约定的符号,用于表达众人皆知的事物,根本找不到符号表达一千个人当中也许只有二十个人体会过的那些运动。"①这句话指出写作的两个难点:情感易变,因此描绘情感的语言无法预设,无法程式化。要忠实地描写情感迅疾难测的变动,既需要精准、贴切的描绘,如实展现"人心的细节"②,又需要作者在现实的细节与语言符号中进行选择的能力。③ 乔治·布兰曾指出司汤达创作中两种相互矛盾的倾向,一方面需要科学的精确;另一方面,有一种将现实理想化、崇高化的倾向,与他惯常的理性话语不相符合。具体到情感描写,这两种倾向的体现,一面是细节的精确、可感,一面是对细节加以提炼的艺术。

司汤达认为小说家应该用细节展示事物,而非命名或点评,因此他对于细节的表现力极为重视。1833 年,司汤达的女友戈尔捷夫人写了一部小说《中尉》,把手稿交给司汤达,请他提意见。司汤达说言辞太高贵、太夸张了,每一章至少要删掉 50 个最高级。他给出建议:"永远不要说:'奥利维埃对海伦炽烈的激情'。可怜的小说家要设法让人相信炽烈的激情,但从不给它命名。"④司汤达根据《中尉》写出的《吕西安·勒万》中,吕西安对德·夏斯特莱夫人的恋情落空,回到巴黎家中,心情沮丧。父亲好言安慰,让他大为感动。然后他去歌剧院度过了愉快的夜晚,把几位女伴一

---

① *Vies de Haydn, de Mozart et de Métastase*, Paris: Librairie Ancienne Honoré Champion, 1914, préface, p. XV.

② *Marginalia*, II, p. 376.

③ 司汤达在《新哲学》中思考风格问题时写道:"不真实的风格才是差的风格。"由此总结出写作的两点要求:一是要传达真实,即语言所表达的意义与读者理解的意义不能有偏差;二是对真理做出选择。可见他在小说中描绘情感的两种倾向,早在理论思考和艺术评论中都已见端倪。(*Pensées*, II, pp. 198−199.)

④ *Correspondance*, VIII, p. 271.

一送回家之后,在马车上想起与父亲的谈话:"凌晨1点,他一个人坐马车回家,对自己这一晚开始时的真情流露感到惊奇。"作者认为这个情节写得精确,非常得意,在手稿旁标注:"这才是在小说中说'他的情感狂乱热烈'的真正方法。"① 在另一处批注,他又写道:"我从不说:'他享受着温柔流露的母爱,发自母亲肺腑的温柔劝告',就像俗气小说中写的那样。我展示事物本身、对话,而且避免说这是一句令人感动的话。"② 他把自己的写作方法总结为"精确的化学":"我精确描绘其他人会用一个模糊雄辩的词总结的东西。"③

在1811年的笔记中,司汤达提出要将幸福的感觉与有形之物联系起来,以帮助回忆:"完美的幸福本身不会留下回忆(亨利完全不记得他在马赛居住的岁月),因此,在幸福的时候应当去海边漫步,把幸福与能够回忆起的有形之物联系起来。"④ 有形的、独特的细节,应当成为情感的载体。《论爱情》中以一个小故事讲了幸福如何依附于细节:主人公莫蒂梅尔与恋人见面,散步途中,恋人的衣服被一支金合欢树枝挂住了。后来,莫蒂梅尔一见金合欢就会发抖,"这确实是他对一生中最幸福的时刻保留的唯一清晰的回忆"⑤。《亨利·布吕拉尔传》中,作者无法描绘自己第一次听到契玛罗萨歌剧《秘婚记》的感受,只写道:"扮演卡洛利娜的女演员前排缺了一颗牙,这就是我对一次极乐的记忆。"⑥ 他又写到自己在日内瓦湖畔沉醉的经历,将幸福的感觉托付于美景与钟声:

> 好像是在罗尔,我早早就到了,心中想着的《新爱洛漪丝》,想到要前往韦沃,也许就把罗尔当成了韦沃,满心幸福。突然,离罗尔两里远的山丘上,一座教堂钟声大作,庄严无限。我上了山,看见湖面

---

① *Lucien Leuwen*, p. 96, note A.
② *Œuvres intimes*, II, p. 211.
③ *Lucien Leuwen*, p. 267.
④ *Mélanges intimes et Marginalia*, I, p. 270.
⑤ *De l'amour*, p. 136.
⑥ *Vie de Henri Brulard*, p. 951.

在眼前展开,钟声是令人心醉的音乐,伴随着我的思想,赋予思想崇高的外形。那一次,应该是我离完美的幸福最近的一次。①

《巴马修道院》中法布里斯在温柔夜色中的心境与这一段相呼应,只是幸福有了更多的细节,依附于更多的有形之物:树林、星空、湖水与无边寂静,庄严壮阔的景色唤起人物心中"高贵的情感和道德激情"②。《吕西安·勒万》的"绿猎人咖啡馆"片段中,波希米亚圆号悠扬舒缓的号声贯穿始终,在人物行走、交谈或静默时反复出现,承载着一对恋人"亲切而深沉的幸福"③。

司汤达重读自己的小说时,几次在页边批注:"写作时,我只注意事情的本质。"④关注本质并不意味着忽视语言,而是无意之中达到本质与形式的完美契合。他不刻意追求语言的修辞,完全听从情感自由的活动,反而找到了最为准确的描绘情感的语言。1840 年,巴尔扎克读了《巴马修道院》之后,写信赞叹小说精彩,但建议作者修改作品的结构和风格。司汤达虽接受意见,却又不禁在回信和页边批注中为自己不事修辞的风格辩解:"这种风格极难模仿,它不过就是前后相继的真实的微妙差别","如此紧密地追随感情的微妙差别"。⑤ 米歇尔·克鲁泽在为《拉辛与莎士比亚》所作的序言中分析司汤达为何反感遣词造句与崇高的悲剧,因为激情需要一种毫无雕饰的直接的语言来表达:

> 司汤达在年轻时长久地思考过激情的语言,发现激情没有可编码的、确定的语言,因为它贯穿言语、超越语言;它来自灵感乍现,自然而发,不可预料,对自己的所说、所为无所意识,它所有的表达都独特而必然,司汤达的笔论文章(还有《论爱情》)一再说,激情总是新发现,一种绝对的新事物,它从未被言说,因此不同于庸俗化的语言:它

---

① *Vie de Henri Brulard*, p. 936.
② *La Chartreuse de Parme*, p. 280. 译文引自《巴马修道院》,第 143 页。
③ *Lucien Leuwen*, p. 282.
④ *Mélanges intimes et Marginalia*, II, pp. 141, 287.
⑤ Ibid., II, p. 375.

重建(re-fonder)了言语,恢复了言语的透明与纯净,使它在无欲无求中与感情或事物达到等同,重获言语最本原的特性,因为激情在说它自己的言语,只表达它自身,却是完整地表达自身。它总是使用恰当的词,更确切地说,它总在自身特性的水平上,保持它的真实与正确。于是,它就像呼喊一样简洁短暂,所有伟大的悲剧诗句,法语的、英语的,都证明这一点,它就像数学命题一样精确,它本质上就是清晰、精确、直接的,只使用瞬间迸发的、直达目的的、不可替换的词语。①

司汤达在日记中不断思考风格,认为作家应尽量避免"用力过猛的风格"(style branlant),而代之以"理性的风格(style raisonnable),即使是激情最强烈的起落,也要理性地描写"。② 这句话中,"理性"一词重复出现,体现了哲学思考对司汤达写作风格的影响,克制的文风与真理探寻密切相关。"要知道,所有想要蒙骗众人的作家都会装出浮华夸张的文风。因此,碰上一个风格不清晰、不简洁的哲学家,我们都要提防。"③此处,司汤达又一次将作家与哲学家混为一谈,因为两者的目标都是清晰地传递真理。浮夸绚丽的文风,是对真理的一种遮蔽;要传达真实的情感,需要凝练与舍弃,而非夸张。他于1836年写在一册《吕西安·勒万》的页边注释可视为上文的阐发,他把卢梭视为弄虚作假的哲学家的代表,自己才华虽不如卢梭,却比他更为真诚朴实:"让-雅克·卢梭感觉到他想要欺骗他人,半蒙骗半上当,应当把全部注意力都放在了风格上。多米尼克,远不如让-雅克,却是个诚实人,全部注意力都放在事物的本质上。"④写作风格由此与道德色彩相呼应。伊夫·安塞尔在《风格的政治》一文中分析了《红与黑》中彼拉神父、德·拉莫尔侯爵及其他教士的书信风格,从中得出

---

① Michel Crouzet, préface à *Racine et Shakespeare* (1818-1825) *et autres textes de théorie romantique*, éd. Michel Crouzet, Paris: Honoré Champion, 2006, p. 90.
② *Mélanges intimes et Marginalia*, II, p. 210.
③ *Correspondance générale*, Paris: Honoré Champion, III, p. 651.
④ *Mélanges intimes et Marginalia*, II, p. 287.

结论,小说作者将文笔简洁清晰与灵魂高贵相连,将繁冗浮夸与虚伪相对应。① 由信件推及小说,司汤达克制内敛的风格也体现出作家本人求真求诚的精神,为保护真正的激情而倍加审慎。

三、理想化的艺术

司汤达在喜剧创作和艺术鉴赏中总结出的另一条规律,就是如何吸引读者的注意力。他深知引人发笑的条件就是事件的突发性和不可预料:"如果一个故事讲得太啰嗦,如果讲故事的人话太多,停下来描绘太多的细节,听众就会猜到故事过慢地把他引向哪个结尾;这样就不会引发笑,因为失去了出人意料的效果。"②在艺术鉴赏中,他从受众的注意力角度出发,说观赏者对作品"只能给予一定的注意力",因此要学习"节约注意力"。③ 在另一处,他又解释:"艺术应该吸引注意力。观众有一定量的注意力时,如果一个作者在一定时间内说三个词,另一个作者说二十个词,说三个词的作者将胜出。"④他评论《最后的晚餐》,首先从注意力的角度,解释了画面简单的布局与所要表达的情感之间的联系:"要在绘画中表现如此崇高、如此温柔的痛苦,要求最简单的布局,使得注意力能够完全集中在耶稣在此刻说出的话语之上。"⑤司汤达还称赞过米开朗基罗崇高的、令人畏惧的风格,赋予笔下人物以强烈的性格,将他们提升到崇高的层面,同时也将这种力量直接地传达给观赏者,激起强烈的震撼:"不借助任何修辞手段,更增强了这种效果。"⑥小说家应该与画家一样,将冗余的装饰性元素排除在外,以免扰乱读者的印象,这样才能把读者的注意力导向他想要强调的要素,产生最佳效果。司汤达文笔简练,正是出于保持

---

① Yves Ansel,«Politique du style», in *Stendhal et le style*, Paris: Presses Sorbonne Nouvelle, 2005, pp. 83—89.
② *Racine et Shakespeare*, p. 287.
③ *Histoire de la peinture en Italie*, p. 243.
④ Ibid., p. 250.
⑤ Ibid., p. 182.
⑥ Ibid., p. 447.

叙事的速度与动力的需要。他不喜欢运用修辞,因为各种表达与阐释会拖延叙事的速度,从而减弱情感的力量;精练的文字则能剔除繁冗僵硬的成分,锻造出真实情感的锐气与光芒。作家枯瘦节略的文风其实是激发读者感受力、调动情感的捷径。

"节约注意力"这一原则导向理想化的艺术。在细致观察与剖析的基础上,小说家还需要另一种更为重要的操作:理想化的艺术。艺术并非原样描摹自然,它需要理想化,甚至不惜对自然加以修改与变形,以获得与真实更为对等的效果:"小说是经过选择的自然。"①正如司汤达在《吕西安·勒万》页边所作的批注:"要理想化,就像拉斐尔把一幅肖像理想化一样,为的是让肖像看起来更加真实。"②艺术家需要提炼出最为醒目的线条,以表达真实,就需要对无数的细节加以选择,以免将真实淹没在过于庞杂的细节之中。"去掉细节,让模仿比自然更为清晰可见,这就是达到理想的方法。"③将描述集中在极具表现性的细节之上,能够突出事件与人物的形象,以免分散读者的注意力,阻碍读者的想象。普雷沃在分析作家写作风格时,指出其写作原则,说他不会写同时进行的篇章或事件:"每个时刻一个细节,仅有一个。"④实际上,司汤达非但不会展开共时的叙述,而且具有不连贯的倾向:行文跳跃式地前进,常常略过中间过渡的事件,只抓取在情感层面重要的事件。这种描写方式不仅仅是忠实于现实,尤其是心理现实,而且带有精练与放大真实的意图。

这种理想化的艺术并非人人都会欣赏。司汤达曾因他精简的风格受到同时代绝大部分作家的诟病。例如雨果认为司汤达文笔贫乏,但是司汤达认为艺术家应当有所取舍,事无巨细、毫无区别地加以描写只是虚荣的体现:"处处停下来、大力描写的人,只是热衷于获得我们的赞赏。"⑤雨

---

① *Pensées*, I, p. 84.

② *Mélanges intimes et marginalia*, II, p. 258.

③ *Histoire de la peinture*, p. 154. 司汤达还在日记中写过:"如果多米尼克行文过于冗长,那是因为他写了过于详尽的细节。"(*Œuvres intimes*, I, p. 953.)

④ Jean Prévost, *La création chez Stendhal*, p. 504.

⑤ *Journal littéraire*, II, p. 22.

果浑厚、丰富、包容万象的描写自然能够赢得更多的读者,但是也有部分品位极高的读者,能够与司汤达独特的节奏产生共振。例如哲学家阿兰在读书随想中写道:"我觉得雨果写得太长,几乎永远如此。我读他的书,总是读得很快,甚至跳着读。我总能猜出他要写什么……我跟着他,就像跟着军队行进,但我有时会在预料的地点等着他。"①阿兰对司汤达的评价却恰好相反:"我想起《巴马修道院》的某段描写或某个片段,总是细节充盈;可是等我去重读,却只看到半页,常常只有两行。"②阿兰的阅读印象印证了司汤达作品强大的暗示力量,他的文笔毫不夸张,反而刻意精简,却能够以简胜繁,意在言外,通过作品的留白给读者留下了情感生发、想象驰骋的空间。

司汤达曾赞赏拉斐尔与米开朗基罗画作中缩略的艺术,而他自己也因同样的品质得到赞赏。吉奥诺这样评价:"司汤达的句子妙不可言,他的风格充满精彩的缩略,节约了时间。"③吉奥诺的写作风格之所以与司汤达相似,正是因为他领略并学习了司汤达独特的节奏。于连·格拉克极为欣赏司汤达的速度,并以一个非常漂亮的比喻加以形容:"司汤达空盈的干枯,就像被单在一阵风中拍打"④,表达出了司汤达灵动、有力而多变的行文风格。

司汤达也曾对自己的文笔做出反思。他在 1831 年重读《红与黑》时写道:"文笔过于艰涩,过于生硬……多米尼克厌恶十九世纪三十年代聪明人夸张的长句子,因此落入艰涩、生硬、断续与冷峻。"⑤1835 年,他又担心小说写得不够连贯,过于"断续",但并非质疑风格本身,而是从读者的接受角度来考虑:"太快了!在那些半傻子看来,这不就是干枯吗?"⑥作

---

① Alain, *Propos*, Paris: Gallimard, Bibliothèque de la Pléiade, 1956, I, p. 116.
② Ibid.
③ Jean Giono, «Entretient avec Madeleine Chapsal», mars 1960, dans Madeleine Chapsal, *Quinze écrivains*, Paris: Julliard, 1963, pp. 71—72.
④ Julien Gracq, *En lisant en écrivain*, Paris: José Corti, 1981, p. 73.
⑤ *Œuvres intimes*, II, p. 143.
⑥ *Marginalia*, II, p. 141.

者自认为需要改进的文笔,却传达出了情感世界的变动不居与深藏的力量。

四、矛盾的人物

传统诗学认为,一部作品中包含着连续的、渐进的行动,与之相对应的是稳定连贯的人物概念。正如戏剧必须遵循三一律,小说似乎也服从一种隐性的统一——性格的统一,由此衍生出合情合理的行动。人物行为必须说明同一性格特征:之所以做出某个行动,是因为他害羞、软弱、勇敢或者野心勃勃,所有的事件应该保证性格的连贯性。换言之,人物的某个行为可以根据他的自然倾向加以解释、加以预测时,它才是合理的。

司汤达对这种人物观提出质疑。他在一段读书笔记中表达了对喜剧人物性格的思考:

> 《维维安》是精彩的性格喜剧和小说,是米开朗基罗式的精彩描画,可是我读着小说却发现了性格喜剧巨大的缺陷:我们能猜到人物会做什么。我们一看到维维安下定决心做什么事,就猜到他会失败。怎样解决这个问题?
>
> 也许没有统一的答案,如果有办法,不同情况有不同的办法。①

在人物身上综合各种对立的品质,也许就是作家对抗人物扁平化、程式化的方法之一。前文提到,司汤达在1803年思考与建立情感体系时就曾考虑过"在每个人物身上逐一尝试所有的恶习与所有的美德",他在小说创作中拒绝将人物理想化,尽力写出人性的各个方面。他在写给萨尔瓦尼奥利伯爵的信中谈到《红与黑》的写作计划:"作者绝不会把于连写成一个女仆小说的主人公,而会指出他所有的缺点,灵魂中所有不好的想法。"②作者对《吕西安·勒万》的人物塑造也同样满意,相似的表达直接

---

① *Œuvres intimes*, I, pp. 960—961. 文中《维维安》是指英国作家玛丽亚·埃奇沃思(Maria Edgeworth,1767—1849)的小说《维维安或无性格的人》,于1813年译成法文。

② *Mélange de Littérature*, II, p. 359. 关于"女仆小说"的论述,参见第一章第一节。

出现在小说行文中:"在这点上,我们的主人公与时兴小说的人物大不相同,他远非完美无缺,甚至根本不完美。"①

以于连为例,这个人物的深度,恰好来自他的不确定性。《红与黑》第五章,于连刚刚出场,老索雷尔为他应下市长的聘任,让他去当家庭教师。一开篇就屡受父亲责罚的文弱少年做出这样的反应:"然而,一当他那可怕的父亲看不见他,他就放慢了脚步。他认为到教堂转一圈儿对他的虚伪有好处。"此时,叙述者突然跳出情节,与读者交谈:"'虚伪'这个词使您感到惊讶吗?在到达这个可怕的词之前,这年轻农民的心灵曾走过很长一段路呢。"小说抛出"虚伪"这个令人震惊的词,紧接着便用几个关键事件说明于连如何审时度势,放弃成为军人的理想,走上教士之路。此处所说的"虚伪"性格绝非天生,也并非独立、封闭地养成,而是在与周遭世界的互动中形成。于连生长在一个偏僻小镇,见识虽少,却从他有限的交往圈中窥见了社会格局的变化。他所见到的军人点燃了他心里的热情,这热情杂糅着浪漫的英雄主义与现实的飞黄腾达的野心,是内心与外在环境的一种契合;然而世事变化,他只能收起不合时宜的理想,转向一条更为稳妥的晋升之道。"虚伪"意味着内外的反差,小说不满足于推出一个"虚伪"的形象,而是要描绘这个时时处在斗争与冲突中的人。"体罚事件"成为最好的例证。在一次教士聚餐时,于连突然狂热地赞颂起拿破仑来了:"新的虔诚正当盛时,那股噬咬着他的灵魂的火突然迸发出来,揭去了他的假面。"②事情如果到此为止,于连这个人物就失去了他的深度,仅限于一个满腹理想主义的浪漫派人物。他为了惩罚自己暴露内心,把右臂吊在胸前长达两个月,以此警诫自己。自我体罚成为修炼"虚伪"的一种方法。

他来到德·莱纳府上,文弱温和的外表之下包藏着强硬多疑的性格,多次暴露出令人畏惧的一面。初次见面,德·莱纳夫人就发现他的表情

---

① *Lucien Leuwen*, p. 680.
② *Le Rouge et le Noir*, p. 371. 译文引自《红与黑》,第 24 页。

偶尔流露恶意,她的女友德尔维也看出了小家庭教师身上暴力的一面。于连受到德·莱纳先生的无理指责,德尔维夫人好言安慰他,于连却出于对整个富人阶层的憎恨,对她冷眼相向。"德尔维夫人大吃一惊,如果她猜得出这目光的真正含义,她还要更吃惊呢;她本来应该看出这目光中闪烁着一种进行最残忍报复的朦胧希望。大概正是此类屈辱的时刻造就了那些罗伯斯庇尔吧。'您的于连很粗暴,我真害怕,'德尔维夫人向她的朋友低声说。"①

在于连与玛蒂尔德的恋爱中,激情与伪装时时在斗争。于连把敏感视为软弱,每当他有真情流露的冲动,就尽力用理性来压制敏感,保持自制。他不断地分析自我、解释自我并纠正自我,不是因为他工于算计,恰恰是因为他的野心与虚伪都不够彻底。他的斗争始终在两个层面,一个是出身低微而才华横溢的穷人实现社会地位上升的外部斗争,一个是自卑又自尊的年轻人克服敏感的天性、给自己强加责任的内心斗争,两者相伴相生,但后者更为激烈,有着更为充盈的细节,构成小说暗潮奔涌的深层脉络。普雷沃精辟地评论道:"巴尔扎克的主人公首先在与世界作战;司汤达的主人公尤其在与自身的感性作战,不断地跟自己为难。"②

于连这个人物形象正是在持续不断的冲撞与对立中构建起来。评论家尤其关注于连在愤怒与冲动之下回到维里埃、枪击德·莱纳夫人的行为,因为它突然揭示了于连性格中深藏不露的一面,在人物的多重面貌之上又增加了震撼人心的一笔:清秀羞涩如女孩子的小青年、在空寂无人的山顶与教堂中尽情遐想的梦幻者、巴黎上流社会中无懈可击的征服者,此时又突然变成了失去理智的杀人犯。种种面貌重重叠加,相互泅染,向读者呈现一个难以捉摸、难以定义的人物。阿尔贝·贝甘指出司汤达的真实不局限于明晰理性的心理分析,而且指向人性晦暗深藏的部分:"有一种司汤达的真理,不像我们公认的那样局限于心理分析,在一种不断倾向

---

① *Le Rouge et le Noir*, p. 400. 译文引自《红与黑》,第 52—53 页。
② Jean Prévost, *La création chez Stendhal*, p. 521.

间接肯定的语言明确表达的内容之外,还暗示着对人性晦暗不可知的领域的深刻认识。"①

　　从整体来看,变动不居的人物仍然具有内在逻辑。司汤达笔下最为关键的概念——力(énergie),有助于理解于连的种种行为。这种"力"指的是生命活力与动力,小说中德·拉莫尔侯爵无法定义的于连性格深处"可怕的东西"②,包括意志坚定、愿望强烈,也包括情感强烈、感受深刻,使得人物能够更深地体会生活,介入生活。回到于连的枪击行为,人物性格中暴力的一面,早在小说开篇就已初见端倪。他试图杀死德·莱纳夫人,不仅仅是因为她毁了他的大好前程(其实杀死德·莱纳夫人于事无补;如果于连老谋深算,他应该向德·拉莫尔侯爵悔过求饶,才有望保住前程),更是因为她写信揭发,意味着背叛从前的感情。背叛使他出离愤怒,才做出这个毁灭他人,同时自我毁灭的举动。他把爱情放在至高位置,宁愿毁灭它也不愿接受不纯洁的爱。这个冷静的征服者做出了最不理智的行为,但恰是这个行为扼杀了他继续追求野心的希望,使他最终转向激情。吉尔贝·杜朗(Gibert Durand)和米歇尔·克鲁泽两位批评家都指出,如果没有这个最终的转向,于连的形象就会停留在野心家的层面,仅仅把爱情当作晋升的手段,"把英雄主义寄存在成功的衣帽间里"③。他枪击德·莱纳夫人,出于骄傲而放弃财富与野心,恰好证明了他不是一个为了发迹而不择手段的野心家。他深层的本性最终显露,被野心所掩盖的敏感与高傲,突破种种顾虑与克制而迸发。可以说,这个行为让于连在现实利益的层面失败,却让他在小说层面得到拯救,证明了于连性格的坚毅与爱之热忱。

---

① Albert Béguin, *Balzac visionnaire*, Lausanne: Éditions L'Age d'Homme, 2010, p. 24.
② "但是在他性格的深处,我发现有某种可怕的东西。这是他留给所有人的印象,因此一定有什么真实存在的东西(这种真实的东西越是难以抓住,就越是让老侯爵那富于想象力的心灵感到害怕)。"(*Le Rouge et le Noir*, p. 747. 译文引自《红与黑》,第 404 页。)
③ Gilbert Durand, *Le décor mythique de la Chartreuse de Parme*, *les structures figuratives du roman stendhalien*, Paris: José Corti, 1990, p. 100.

巴尔代什从"行为证明性格"的角度指出司汤达在成熟时期的创作方法①：由几个主要性格特征依次浮现而导出主要人物的行为。小说情节的发展，结合每个人物身上占主导地位的三四种心理元素，按不同的比例组合起来，就制造出变化无穷的情景。小说由此产生一种回旋式的运动，人物性格的各个侧面有规律地反复出现。主人公总是处在相互矛盾的倾向之中，随时可能失去平衡。当平衡被对立的力量所打破，就出现了小说的"搏动"，人物做出新的行为，造成新的印象。评论家以《吕西安·勒万》的两个主角在爱情中的表现为例，分析小说怎样打下"木桩"，即由性格导向行动。吕西安这个人物由多个侧面构成，他是百无聊赖而陷入爱情的少尉，不愿被爱情牵绊的理想主义者，害怕受骗上当的唐璜。"每一次他做出行动，都是因为这精密的机器上的某一个齿轮开始转动。司汤达坐在键盘前，只消指头一动，就能在人物灵魂中点亮柔情、忧伤或阴郁的光。"②每一次与德·夏斯特莱夫人相见，爱情就更进一步；然而，不甘与疑虑、嫉妒时时出现，他有时会想到自己因为爱情放弃了更好的生活，或是想到他道听途说来的德·夏斯特莱夫人从前的情感经历。这就是吕西安种种思虑的三条主线，它们轮流占据人物的脑海，给他的内心世界带来不同的色彩与节奏。同样，德·夏斯特莱夫人天性敏感，倾向于追求爱与柔情；但她孤苦无依，不得不顾虑社会规则与舆论，由此造成她面对吕西安的矛盾态度。她不由自主地被吕西安所吸引，却避免在公众场合与他过于热切的交谈。她一时按捺不住，命令吕西安来看望她，紧接着又害怕

---

① 巴尔代什总结了司汤达在创作中用行为证明性格最主要的三种方法：一是他从年轻时代就注重观察与搜集素材，在本子上记下了大量关于性格与行为的描述，积累了一个从现实生活中观察到的各种事件的材料库，他信手拈来，用于塑造小说人物，尤其是次要人物。第二种方法同样自他的年轻时代就开始采用，他对于主要人物的性格有整体概念，尤其是对其心理有清晰的观念，经常会在批注中（作者介入、加以评价），从心理层面解释人物的某个行为或者人物关注到的某个现象。第三种则是司汤达在创作成熟期发展起来的新方法，主要人物的行为由两三个主要性格特征依次浮现而导出。人物各有独特的天性，或多或少被其所受教育、生活环境所限制，小说将性情所导致的本能行为转化为人物的情感与社会交往中的各种举动。Maurice Bardèche, *Stendhal romancier*, pp. 282—293.

② Maurice Bardèche, *Stendhal romancier*, p. 289.

两人关系亲密,安排了一个铁面无情的女伴来监视他们的会面。小说中无数的小事件导致人物态度的变化与情感的微妙差别。司汤达的方法始终一致,让他笔下人物的各个侧面一一闪现,促成一幕场景或行动的一次进展。

即使是司汤达笔下的配角,也有令人惊叹的转变。《吕西安·勒万》中的葛朗代夫人,最初以冷漠、算计、无趣的形象登场。面对她的长篇大论,连社交老手老勒万都忍不住心中厌倦。可是,这个极端冷漠的灵魂,却在爱情的力量之下发生了变化。她本来只把吕西安当作趋炎附势的工具,却开始对他产生兴趣。吕西安没有在沙龙出现,向来心如止水的葛朗代夫人开始感到不安,连她自己都感到吃惊,为这突如其来的情感寻找理由:"她首先感到惊诧,然后是极大的愤怒。她没有一刻不在想着吕西安。这样持久的专注在她是前所未见的事。她的处境让她自己都有点吃惊,不过她坚信自己之所以会这么激动,唯一的原因是骄傲,或是丢了面子。"①后来,葛朗代夫人因为心生感情而方寸大乱,也正是因为感情冲动、行为失控,这个人物渐渐有了厚度,摆脱了单调平庸的配角的地位。

《红与黑》中的彼拉神父是个正直严厉的冉森派教徒,凭着一腔虔诚,多年来靠一己之力对抗神学院虚伪的耶稣会教士。可是,等他和于连来到巴黎,形象却突然转变。于连觉得德·拉莫尔府无聊至极,把每天陪侯爵夫人吃晚餐当作苦差,神父却教导他,这是多少人求之不得的莫大荣幸。"神父是个真正的暴发户,对和大贵人共进晚餐这种荣幸非常看重。"②也许是读者已经习惯了司汤达笔下易变的人物形象,这突兀之笔很少引起评论家的注意,只有两位批评家提出截然不同的解读。奥尔巴赫在著作《摹仿论》中以这一片段作为"在德·拉莫尔府"一章的开篇,论证笼罩着贵族沙龙的"无聊"并非普通意义上的、个人情感的烦闷,而是由特定的历史环境所造成的一种独具特色的社会氛围。经历了法国大革命

---

① *Lucien Leuwen*, p. 690.

② *Le Rouge et le Noir*, p. 578. 译文引自《红与黑》,第231页。

的贵族充满恐惧与迷茫,连自己都不相信他们所捍卫的制度,因此不敢说出真实坦率的言论,仅仅用无关痛痒的废话来维持社交。另一方面,出身于资产阶级的、庸俗势利的暴发户进入贵族沙龙,败坏了原本高雅的社交氛围。如果脱离法国七月革命前夕这一特定历史时期的政治形势、社会结构和经济条件,读者将无法理解这一片段。奥尔巴赫在论述中并未发觉彼拉神父举动异常,将其态度解释为"清醒地意识到世间的恶并毫无保留地顺从,是严格的冉森派教义典型的态度;彼拉神父正是冉森派教徒"①。然而,这种解释与小说中的"神父是个真正的暴发户"这句评价似乎难以衔接。伊夫·安塞尔提出司汤达的小说呈现的是一面变形的镜子,多处前后矛盾的细节显示出作者对现实加以改写,以符合自己的意识形态与世界观。彼拉神父的突然改变就是一例,体现出巴黎这个虚荣最盛的名利场具有强大的腐蚀力量,连彼拉神父这样刚毅如铁的人都难免被它吞噬,更不用提长期浸淫其中的巴黎人。② 可是,在这一幕之后,彼拉神父马上又回归了清高严肃的教徒形象。小说同一章写道:"他易怒,信奉冉森派教义,并且相信基督徒有以仁爱为怀的职责,因此他在上流社会的生活是一场战斗。"③这也许是作者写作时的疏忽,也许是他刻意为之,为了表达再强硬的性格也会有软弱、易变的一面。无论如何,文本保留了它的模糊性,也由此具有了深度。

在十九世纪,司汤达笔下的主人公突如其来的情感与想法、难以解释的行为,曾使习惯于传统小说人物形象的读者感到困惑。《阿尔芒丝》和《红与黑》刚刚面世时,与司汤达同时代的部分读者批评人物性格变化过

---

① Erich Auerbach, *Mimésis*: *La représentation de la réalité dans la littérature occidentale*, Paris: Gallimard, 1968, p. 452

② Yves Ansel, «"Quoiqu'il soit libéral et moi ultra…" *Le Rouge et le Noir*, roman partisan, miroir déformant», in *Relire le Rouge et le Noir*, éd. X. Bourdenet, P. Glaudes et Fr. Vanoosthuyse, Paris: Classiques Garnier, 2013, pp. 15—32.

③ *Le Rouge et le Noir*, p. 582. 译文引自《红与黑》,第 235 页。

大,认为奥克塔夫"是一个极为奇怪的人"①,"于连的性格在某些地方虚假、矛盾、不可理解"②。连司汤达的好友梅里美也问他:"您为什么选了一个看起来这么不现实的性格?……我以为理解了于连,可他没有哪一个行为不违背我所设想的性格。"③左拉同样认为于连的性格出人意料,因此不真实,尤其是他枪杀德·莱纳夫人的行为:"这完全不符合日常的真实,我们随处可见的真实,心理学家司汤达就像故事大师亚历山大·仲马一样,把我们带到了奇幻之境。从严格的真理层面来看,于连就像达达尼昂一样让我惊奇。"④直到二十世纪,纪德仍说《阿尔芒丝》是一本令人困惑的小说。种种评论,不胜枚举。但这些阅读印象恰好证明司汤达人物的深度,他们似乎脱离了作者的掌控,具有了独立自由的生命。

　　司汤达多面的人物观,却在二十世纪的小说家和文论家笔下得到充分论证。福斯特在《小说面面观》中区分扁平人物与圆形人物,划分的依据就是看人物是否能够让读者感到意外:"检验一个人物是否圆形的标准,是看它能否以令人信服的方式让我们感到意外。如果它从不让我们感到意外,它就是扁的。假使它让我们感到了意外却并不令人信服,它就是扁的想冒充圆的。圆形人物的生活宽广无限,变化多端——自然是限定在书页中的生活。"⑤扁平人物的优势在于极易辨认,容易被读者记牢,但是它只会给人一种重复性的乐趣,只展示人的某一侧面,无法展现人性的深度与复杂。圆形人物却能够以其丰富多变,给予读者不同的乐趣。马尔罗在小说《阿尔腾堡的胡桃树》中借蒂拉尔这个人物之口说道:"写《战争与和平》的托尔斯泰、司汤达、蒙田,也许还能算上梅瑞迪斯,特别是

---

① *Le Globe*, Août, 1827. Cité par Jean Mélia, *Stendhal et ses commentateurs*, Paris: Mercure de France, 1911, p. 63.

② *La Revue des deux mondes*, Janvier, 1843. Cité par Jean Mélia, *Stendhal et ses commentateurs*, p. 78.

③ Prosper Mérimée, *HB: suivi de XIX lettres à Stendhal*, éd. V. Del Litto, Genève: Slatkine Reprints, 1998, pp. 52—53.

④ Émile Zola, *Les romanciers naturalistes*, Paris: Bibliothèque-Charpentier, 1923, pp. 106—107.

⑤ E. M. 福斯特:《小说面面观》,冯涛译,上海:上海译文出版社,2016年,第72页。

陀思妥耶夫斯基……如果我们问他们:'总之,什么是认识一个人?'他们会简简单单地答道:不再为他感到意外。"①当我们能够根据一个人的过往来解释他当下的处境,并且对他的行为做出预测、划定范畴,就算是认识这个人。反之,如果一个人的行为与他的习惯相悖,突破旁人对他的了解与预期,他就会让人意外、产生陌生感。

不同的接受视野,显示了司汤达的写作具有远超时代的现代性。不应忘记,于连这个矛盾的人物来自现实,而并非来自小说家的凭空想象。小说根据真实的贝尔德案件写成②,并没有为事件设计一个荒诞离奇的结局。恰恰相反,作者试图通过小说,理解这桩表面看来离奇古怪、难以理解的事件。这里可以借用一个古典的概念划分——"真实"与"逼真"。勒内·拉潘(René Rapin)认为两者的区别在于:"真实是事件实际的样子,逼真是事件应该有的样子。"③真实与事件本身有关,具有客观性,而逼真与假定有关,即与信念和偏见有关。布瓦洛在《诗艺》中同样说过:"真实有时会看似不真。"④在传统小说中,作者与读者习惯于从假设出发,把"逼真"等同于"应该如此"。在司汤达的小说中,"真实"胜过了"逼真",它原样记述事实,并让读者深刻理解初看上去不可理喻的真实。它远非左拉等批评家所指责的"不真实",而是达到了一种似假实真的真实。卢卡契非常欣赏司汤达身上这种现实主义作家的诚实,他认为,当作家想象的情境与人物在艺术层面的内在演变与作家主观的世界图景发生冲突时,优秀的作家会毫不犹豫地牺牲自己的偏见与信念,而平庸的作家则会篡改现实,使之与自己的世界观相符合。卢卡契由此总结道:"哪个作家

---

① André Malraux, *Noyers de l'Altenbourg*, in *Œuvres Complètes*, Paris: Bibliothèque de la Pléiade, 1996, II, p. 674.

② 《红与黑》以 1827 年一桩真实的刑事案件为蓝本:安托万·贝尔德是马掌匠之子,在小修院学习四年后到贵族米肖先生家当家庭教师,与米肖夫人产生恋情,后被扫地出门。他在教堂里向米肖夫人开枪,被判处死刑。

③ René Rapin, *Réflexions sur la Poétique (1674)*, in *Œuvres du R. Rapin*, Amsterdam: Pierre Mortier, 1709, t. II, p. 115.

④ Boileau, *Art poétique*, p. 99.

能够引导自己创作的人物的演变,他就不是一个真正的现实主义作家。"①

"真实"不仅涉及作家与现实,还涉及作家与创作的联系。能否塑造复杂难测的人物,是理解力的问题。让·普庸认为想象力与理解力相辅相成,是小说家最重要的品质:

> 然而,平庸的小说家绝对需要预见——为此,他人为地事前设定人物——因为他知道却不承认,自己不是一个高明的心理学家,他必须首先给笔下的人物设定界限,才能不被人物所惊吓和疏远。司汤达则相反,他对自己的洞察力有足够的把握,所以他不需要让于连成为一个可能性有限的傀儡,无论发生什么事,无论之后可能引发什么事,只要他继续像影子一样跟着于连,就一定能理解他。……同样,司汤达没有试图预见吕西安、于连或法布里斯;他只是陪伴他们,观察他们。这就解释了为什么没有一个人物被锁定在小说的限制之内:正如费尔南德斯在《讯息》中所说,吕西安在书合上后继续生活;我们也可以在于连·索莱尔的冒险之后增加新的冒险。②

热奈特把司汤达任由人物发展的写法称为"自知自觉的巧妙的无知"③,认为《红与黑》摆脱了"逼真"的成规,也摆脱了公众意见的限制。他说司汤达面对人物的惊人之举保持了"倨傲的沉默"④,包括《红与黑》中于连枪击德·莱纳夫人,《法尼娜·法尼尼》(又译《法妮娜·法尼尼》)的女主人公在小说结尾嫁给了萨外里爵爷,作者只讲述人物突如其来的行为,对其动机与信念故意保持沉默,让人物享有充分的自由,同时让读

---

① Georg Lukács, *Balzac et le réalisme français*, trad. Paul Laveau, Paris: François Maspero, 1967, p. 14.
② Jean Pouillon, *Temps et roman*, p. 174.
③ Gérard Genette, «Vraisemblance et motivation», in *Figures II*, p. 78.
④ Ibid., p. 77. 让-皮埃尔·里夏尔在《文学与感觉》中也分析了枪击情节,称之为"战略性的模糊"(un obscurcissement stratégique),他与热奈特都强调司汤达在写作中的高度自觉,故意不解释人物离奇的行为,甚至追求模糊化。

者感觉到事件强烈的任意性,这种任意性反而是真实的标志:

> 这些突如其来的行动本身并不比其他种种行动更"不可理解",最笨拙的现实主义小说家也会毫不费力地用一种姑且称为合理的心理学的手段来为它们辩护;但司汤达似乎有意选择不做任何解释,以保留或者说赋予行为一种狂野的个体性,这种个体性造就重大行为——以及伟大作品——不可预见的性质。与任何一种现实主义都大不相同的深刻的真实,在这里与强烈的任意性之感密不可分,这种任意性在小说中充分显现,且无意为自己辩护。①

现实中的人远非只有一种激情、一种稳固连贯的心理,而是身处外在世界与内在世界各种情境的交汇处,是先后相继的各种状态的集合体。司汤达从不先入为主地规定某种性格,而是通过记录与审视人物的行为,不断地发现他性格中新的一面。他的小说不仅展示了社会中人际交往的戏剧性,更展现了人心的戏剧性。正如左拉所说,司汤达创造出了"心智与激情全速运转的人类机器"②。阿尔贝·贝甘(Albert Beguin)说司汤达笔下的某些人物似乎比巴尔扎克的人物更有深度、更出人意料,原因是司汤达在他的主人公身上集中了全部人性,而巴尔扎克把不同的激情分散到各个人物身上。巴尔扎克塑造典型人物的方法,是把他的某种激情推到极致,于是人物就成了这种激情的化身,如高老头象征着父爱,葛朗代象征着吝啬,拉斯蒂涅象征着野心。激情巨大的摧毁力量,成为决定人物命运和推动情节发展的动力。但是,司汤达笔下的于连和法布里斯等人物,很难以一种激情来定义,他们身上融合各种相互对立的品质,经历转变巨大的成长,正是因为小说从内部出发,以强烈多变的情感支撑起立体的人物形象。卢卡契指出,并不是贝尔德让于连举起枪,而是司汤达身上不可救药的浪漫精神。此处,浪漫精神并不是现实的对立面,而是与现实合一。现实唯一的法则是无序、易变,人心的现实更是如此,小说也应

---

① Gérard Genette,«Vraisemblance et motivation», in *Figures II*, p. 77.
② Émile Zola, *Les romanciers naturalistes*, p. 87.

通过多变的人物、无常的事件,呈现现实的丰富与厚度,这才是最深层也最忠实的现实主义。

第三节　精神世界的地理图谱:高与低

司汤达笔下的人物异于常人,比困顿于寻常生活中的众人有着更为强烈的情感与意志,也经历了更加曲折的命运:一时热切,一时绝望,一时抵达众人瞩目的顶峰,一时沦为狱中囚徒。上升与坠落是司汤达作品中常见的意象,地理位置不仅承载着小说情节的跌宕起伏、人物现实境遇的骤然变化,更呼应着精神境界与倾向:重大的事件以及精神世界的震撼、领悟与转变,往往发生在人迹罕至、凭虚御空的高处,或者发生在昏暗寂静的幽深之处。本节通过山顶、高塔、监狱、教堂等几组重要的主题,分析司汤达作品中地理位置的深意,解读它们在主人公的精神冒险中起到的象征作用。

一、群山之巅

对于高度的感知与向往也许是人先天具备的心灵意向。加斯东·巴什拉尔认为探索空间是人类思想中天生的冲动,因此对于高度的渴望是普遍的本能。原型批评同样认为这种渴望来源于人类共同体验到的深切需求,是深藏在集体无意识中的原型的表现。弗莱在《神力的语言》中讨论文学中反复出现的神话与隐喻,其中一个至为重要的形象是"世界之轴",即宇宙的垂直维度。沿着这一垂直线的攀登或下降,提示着人类上升或堕落的两种冲动。高山与梯子、楼梯、塔楼、大树同属于最常见的上升形象,因为人类无法飞行,"便把向上攀登当作能使自己肉体上和象征上升往天堂的最简便的隐喻"[①]。这一组形象都提示着比寻常的生存更

[①] 诺思洛普·弗莱:《神力的语言——"圣经与文学"研究续编》,吴持哲译,北京:社会科学文献出版社,2004年,第170页。

高一级的生存状态。

从文艺复兴时期开始,风景就与高度相联系。彼特拉克于1336年登临风涛山,开创了对于"风景"的定义:"从高处某一点看到的开阔景色"。在那篇著名的文章里,诗人记述了艰难的登山历程给自己带来的启示,说道:"我们应倾心尽力,不为立足山顶,而为将世俗冲动产生的那些欲望践踏在脚下。"①他强调登山是引发思考的契机,相对于有形、显见的身体运动,灵魂的运动更加隐秘不可见。为此,他引用圣奥古斯丁《忏悔录》中的话:"人们游历四方,赞叹山岳的巍峨,大海的巨浪,江河的浩渺,汪洋的壮阔,星辰的运转,却不思及自身"②,主张人们向内心发掘无限与崇高。

浪漫主义先驱卢梭在《新爱洛漪丝》中借主人公圣普乐之口,描述了人在登山途中经历的灵魂净化与升华的过程:"人在上升到人世以上的天空时,仿佛把一切低劣的和尘世的感情都抛弃了,而且随着人接近天空,灵魂也沾染到了天上永恒的纯净。"③身体位置的提升对应着精神的提升,随着人远离地面、靠近天空,精神逐渐超凡脱俗,物我两忘,走向崇高与超自然。在这一长段描述中,圣普乐还引用了一段彼特拉克的诗句:"不是宫殿、亭榭、剧场,而是橡树、黑松树、山毛榉从绿草上高耸在山巅,她们仿佛连同树尖把人的眼睛和思想带着直上云霄。"在这文学传统中,"高山"主题都是朝向天空的,具有提升灵魂的作用,使之与更高、更无限的世界相通。

在卢梭之后,浪漫主义文学与绘画作品中,独立高处的人物随处可见。例如德国浪漫主义画家卡斯帕·大卫·弗里德里希的《云海之上的旅人》中,孤独的人物独立山顶,背对观众,面对着自然界的天光云影、历史的风云变幻,情感和心智与浩荡无尽的世界相呼应,给人以广阔无限之

---

① 彼特拉克:《登风涛山》,蔡乐钊译,刘小枫、陈少明主编:《格劳秀斯与国际正义》,北京:华夏出版社,2011年,第199页。
② Ibid.
③ Jean-Jacques Rousseau, *La nouvelle Héloïse*, in *Œuvres complètes*, Paris: Gallimard, 1964, II, p. 78.

感。夏多布里昂笔下的勒内梦想着"游荡于风、云与幽灵之间"①,与弗里德里希的画作几乎形成精确的对应;维尼的《摩西》、戈蒂埃的《山中》、雨果的《山间所闻》等诗作都有人物独处山顶的场景。高处是浪漫主义者钟爱的处境,他们孤独却又为孤独而自豪,因为高处象征着远离尘世与凡俗,离天空更近意味着更接近灵性。

在偏爱高度的作家中,最为突出、表现最为丰富独特的是司汤达。普鲁斯特早已在司汤达的小说中发现了一个非常重要的意象,那就是他的人物都喜爱高处,象征着"与地理高度相对应的一种精神境界"②。司汤达的小说、游记和自传中都鲜有大段静止的风景描写。他的风景是动态的,只零星捕捉叙述者或主人公在行动过程中看见的景物。无论是人物在旅途中瞥见的景象还是驻足欣赏的风景,必定都有湖与远山,形容词常为高大、壮丽,并且总有远近层次,适合引发观赏者的遐思。例如他描写在博洛尼亚附近看到开阔的风景:"仿佛灵魂和身体一样都会上升,安详而纯净之感在心中扩散。"③灵魂与身体同步提升,达到超脱之境,与彼特拉克、卢梭的"高山"意象一脉相承。

在小说人物的经历中,群山之巅往往与幸福、自由相连。早在司汤达第一部小说《阿尔芒丝》中,奥克塔夫和阿尔芒丝这一对相互躲避与误解的恋人,在全书中少见的一次真情流露便发生在昂迪依山顶的树林中。然而片刻之后,奥克塔夫惊觉自己对表妹的爱情,这一发现对于阴郁悲观的主人公来说却是灾难:"这句出人意料的话,向奥克塔夫揭示了他内心的真实状态,并把他从幸福的顶峰,推进绝望痛苦的深渊。"④剧烈的心理变化,同样通过地理形象的落差来体现。

《红与黑》多次描写于连在高处漫步、俯瞰风光。他登上后山的树林:"这种肉体的位置使他露出了微笑,为他描绘出他渴望达到的精神的位

---

① Chateaubriand, *Atala-René-Le dernier Abencerage*, Paris: Flammarion, 1978, p. 60.
② Marcel Proust, *Contre Sainte-Beuve*, Paris: Gallimard, 1971, p. 654.
③ *Rome, Naples et Florence*, p. 82.
④ *Armance*, in *Œuvres complètes*, I, p. 169.

置。高山上纯净的空气给他的心灵送来了平静,甚至快乐。"①这种精神的静穆与喜悦,不仅仅因为远离尘嚣,更来源于对自我的清醒认识,后文将详细论述。但是,于连是热衷于行动的人,当他看到天空飞翔的鹰,内心的安静很快被激荡的意志所代替。由此可以看出于连身上强烈的冲动,随时准备起飞,也随时面临坠落的危险。他与《巴马修道院》中法布里斯对雄鹰的向往(法布里斯抛弃安逸的生活,奔赴战场,同样以鹰寄托梦想),都是对更高生命形式的追求。鹰在他们眼中是偶像拿破仑的象征,更是他们自己梦想的载体。

法布里斯出身贵族,不论从社会地位还是精神境界来说,从一开始就站在高处。他从小生活的城堡位置独特,建在一百五十尺高的山岗上,下临科摩湖。庸俗的父亲爱的是城堡地势险峻、易守难攻,法布里斯和姑妈爱的却是它的风景壮阔。他们游山玩水,在哥特式塔楼的楼顶上观察天象,目光总是投向高处。后来莫斯卡伯爵嫉妒法布里斯与姑妈的亲密关系,却自知魅力不及法布里斯,因为"在他眼里,样样事情都简单,因为他看什么都居高临下。天啊,这样的对手,怎么和他斗?"②

在司汤达的作品中,灵性不仅体现在远离尘嚣的自然界的高处,也不无戏谑地体现在城市楼层的高度。短篇小说《费代》的主人公费代以玩世不恭的口吻向德国女友介绍城市居民的精神等级:"在巴黎,激情只有在公寓顶高的几层上才有,我敢打赌,您住的圣奥诺雷区这条可爱的街道上,在四层楼以下您是找不到那种温柔、热烈、慷慨的感情的。"③公寓顶层往往是穷人的住所,人物以住宅的高低差距譬喻财富与真情的对立、与精神境界的反差。更应注意的是这句话出现的背景:主人公在与女友谈论卢梭的《新爱洛漪丝》时发表了这番言论,小说以互文的方式呼应着卢梭对于文明与自然、虚伪与真情的区分。司汤达在1831年重读《红与

---

① *Le Rouge et le Noir*, p. 405. 译文引自《红与黑》,第 58 页。
② *La Chartreuse de Parme*, p. 270. 译文引自《巴马修道院》,第 132—133 页。
③ *Féder*, in *Œuvres complètes*, Paris: Gallimard, Bibliothèque de la Pléiade, 2014, III, p. 799.

黑》，在页边写下批注："这本书的读者应该住在三楼和七楼。住二楼的居民是演说家矫揉风格的奴隶。思考而不轻易相信成见的年轻人住七楼。"①具有独立思考精神、敏感而有锐气的年轻人是理想的审美主体，司汤达在《意大利绘画史》中常常设想一个年轻人怎样逐渐培养审美能力，这里又将住在高层的贫穷而聪慧的年轻人作为理想的读者。

在深受理性哲学影响的司汤达笔下，高处不仅代表着灵魂的崇高与自由，也意味着心智的澄明与开阔。前文提到，在司汤达的设想中，哲学家和诗人都是住在高塔上的人，能够清晰地俯瞰人性。小说人物的塑造正对应着作者早年的设想。于连在与德·莱纳先生斗争的第一回合中取胜，激动中冲上山顶的树林，因为"他需要把自己的心灵看个清楚"②。此处呼应着小说结尾于连在死亡面前抛去伪装与野心，最终认识自我："于连觉得自己既坚强又果断，像一个洞察自己的灵魂的人一样。"③不久之后，好友富凯建议于连和他一起做生意，衣食无忧的前景反而坚定了于连追求成功的志向："和富凯一起发财的可能性使于连的推理顺畅些了；以往他的推理常常受到破坏，或是因为愤怒，或是由于对众人眼中的贫穷和低下的强烈感觉。现在他仿佛站在一块高高的岬角上，能够判断，或者可以说，俯视极端的贫穷和他仍称为富裕的小康。他还远不能以哲人的姿态评判他的处境，但是他有足够的洞察力感到，这次山间小住之后，他跟以前不同了。"④当他面临更多的选择，对现实的人生有更大的掌控权之时，就能够略微摆脱情感的羁绊，对自己的处境有更为清醒的认识。

《巴马修道院》中，法布里斯心怀困惑，回到故园看望布拉奈斯神父，独自在钟楼上度过一天，经历了一次精神上的洗礼："不过，最震撼法布里斯心灵的，是从高楼上极目眺望，几里外大湖展现两个水面，雄浑的景色使他慨然释怀，心里升腾起最崇高的情感，童年的回忆纷至沓来。关在高

---

① *Marginalia*, II, p. 138.
② *Le Rouge et le Noir*, p. 405. 译文引自《红与黑》，第 57 页。
③ Ibid., p. 798. 译文引自《红与黑》，第 458 页。
④ Ibid., p. 417. 译文引自《红与黑》，第 69 页。

塔上的这一天成了他一生中最幸福的一天。""幸福感使他的精神上升到一个按其秉性本不应有的高度。他本是少不更事的,可是他对纷繁生活的看法,却俨然像是走到了人生终点的人。"①这是一种俯瞰众生的喜悦感,站在高处观看村民的日常生活,变成了对世态万象的洞察与思考;这更是对自我的清醒认识,达到精神上的澄明之境。此刻,他站在人生的制高点,从一种全新的角度审视自身的过往,纷乱的回忆被联系起来,使他达到清晰的自我认识。

居高临下、看清自我的愿望如此强烈,它不仅反复出现在司汤达小说中,也成为写作的动力与象征。文学不仅仅是虚构,是想象,同时也是对现实世界的认识与解释。司汤达的自传《亨利·布吕拉尔传》开篇便是1832年10月16日清晨,作者站在罗马的雅尼古卢姆山顶俯瞰全城,面对古代与现代交叠的城市,感慨历史兴亡、时光飞逝,进而联想到自己的一生:"我即将年满五十,到了认识我自己的时候了。我曾经是什么样?现在又怎样?说实话,我也很难说清。"②这一部兼具回忆、联想与自我剖析的鸿篇巨制由此开始。此外,司汤达常把写作行为置于孤独的高处,因为写作与隐退、观察、深思紧密相关,比如他提起自己写过的《罗马漫步》一书:"如果我能在五层楼上再写一本类似的书,会倍感幸福。"③他在《亨利·布吕拉尔传》中写道:"自从46岁以来,我的理想就是生活在巴黎,住在五层高楼上写一部剧作或一本小说。"④他在写给友人蒂菲奥雷德的信中也说:"这种动物真正的职业是在阁楼上写小说……"⑤

司汤达全部作品最重要的主题是寻求幸福,在他的眼中,幸福不仅仅局限在感性层面,更是理性层面的。高度回应着人在灵性层面与理性层面的需求,使心灵在上升过程中获得安宁与自由,这一思路也被现代心理

---

① *La Chartreuse de Parme*,p. 288. 译文引自《巴马修道院》,第152页。
② *Vie de Henri Brulard*,p. 532.
③ *Correspondance*,VIII,p. 347.
④ *Vie de Henri Brulard*,p. 620.
⑤ *Correspondance*,IX,p. 186.

学所采纳,法国心理学家罗贝尔·德苏瓦耶自二十世纪三十年代创立的"导向性的白日梦"心理疗法就是通过一种上升式的梦思,给受阻的心理打开出口,正确引导混乱、无效力的情感,实现一种有意识的、清晰的、积极的崇高化。这种疗法至今仍在运用与发展。

二、山顶洞穴与塔顶监狱

独立高处是孤高、自由的象征,是神游与思考的契机。司汤达笔下不仅屡屡出现群山之巅的形象,也常常出现一组看似矛盾的结合体——塔顶监狱。监狱本该是阴暗潮湿的地牢,是限制自由的地方,于连和法布里斯却幸运地被关进塔楼高处的牢房,从而避开世事的干扰,面对真实的自我,找到内心的安定。作家对笔下人物的钟爱及其自身性情的投射,在此彰显无遗:即使为了小说情节的起伏而安排厄运与阻碍,作家也将厄运安排在诗意的场所,由此实现理想对于现实的超越。

监狱在司汤达小说中有着独特的地位。它更多的具有保护意义,在现实和象征两个层面都保障主人公远离俗世生活;其次,它使主人公身处其中体会到一种亲密感,这种亲密感并不局限于与爱人的赤诚相见,更是与自我达到一种亲密与理解。维克多·布隆贝尔在《浪漫的监狱》中从精神分析的角度,将监狱等同于回归母体,是人物重生、具有独立真实人格的必经途径。[1]

法布里斯被捕后,被关进法奈兹塔顶。他没有看见想象中阴森恐怖的牢房,却被窗前的美景所震撼:"法布里斯在窗口欣赏辽阔的天地,心灵与天地喃喃细语。……我们的主人公非但没有感觉到万事都困难,叫人心情烦恼,反而迷上了监狱里甜美的宁静。"[2]后来法布里斯正是在这里与独处高楼的克莱莉娅隔窗相望,产生了爱情。吉尔贝·迪朗从神话原型的角度分析司汤达的作品,指出《巴马修道院》的前半部分是英雄主义

---

[1] Victor Brombert, *La prison romantique. Essai sur l'imaginaire*, Paris: José Corti, 1975, p. 71.

[2] *La Chartreuse de Parme*, pp. 420—421. 译文引自《巴马修道院》,第286页。

的、史诗性的行动,后半部分则转向浪漫与抒情。监狱这一形象反复出现,在前半部分是英雄冒险的障碍,在后半部分却成为隐秘、内在化的保障。① 法布里斯想象中阴暗恐怖的监狱变成了幸福与自由的象征,而重获自由则意味着回到险恶的生活,再次卷入政治斗争。小说以反讽的方式实现反转,与塔顶监狱相对的巴马公国成为真正的流放之地。

于连被判处死刑,在行刑前关押的死囚地牢与德·莱纳夫人和解,体会到至高的幸福,感到温暖安全,同时抛去各种浮华与野心,看清自己的灵魂。监狱非但不是对自由的限制,反而是一种保护与激发,让人在安定中面对真实的自我,从而发现自我或创造自我。这一结局在小说中早有伏笔:避人眼目、隐藏真实情感是于连的习惯,是其人格的一个构成部分,单从地理位置的选择就可见端倪。他在维里埃的山顶尽情遐思时总会找一个隐蔽的山洞作为栖身之所,在这里不仅能一览众山小,更能随时发现闯入他独立天地的来者。到达巴黎之后,在德·拉莫尔府的书房里,他的第一反应是找一个幽暗的角落藏身,安全地欣赏侯爵的藏书。即使在狱中,他也不无黑色幽默地感到遗憾:监狱的缺点是不能把门反锁。死刑后,他被安葬在事先为自己选定的墓地——山顶的山洞。这个位置与《巴马修道院》结尾的修道院相似,是主人公钟爱的归宿,既开阔又隐秘,既是提升又是回归,呼应着人物复杂的人格。

司汤达笔下的人物都在寻找法布里斯在塔楼顶端"观看而不被人看见"的绝佳位置,渴望目光的同时又害怕他人的目光。前文已论述他们寻求审视的高度、透彻的目光,以期达到清醒的自我认识;但他们身上同时有另一种相反的倾向:害怕他人的目光,寻求遮蔽。当他们意识到自己处于目光之下时,往往失去观看的能力,即失去认识周围环境与认识自我的能力,只有在远离众人的目光时才能够释放自我。监狱之所以成为弃绝世事、回归自我的绝佳契机,正是因为他人的目光是司汤达小说人物的一

---

① Gilbert Durand, *Le décor mythique de la Chartreuse de Parme*, Paris: José Corti, 1990, pp. 131—139.

大困扰。被人看透,意味着被限制、被固化;更重要的是,在司汤达的世界里,是否敏感是区分灵魂高下的标准。人物因其敏感而痛苦,但也固执地保持这份特权,害怕向俗人、不配知晓的人表露真情。在他们身上,认识自我与向他人隐藏自我的渴望同样强烈,于是躲闪与伪装成为迫切的需求。奥克塔夫是哈姆雷特式的阴郁多疑的人物;于连时时用不露声色掩盖内心的激动;《巴马修道院》中充斥着法布里斯的众多假名、假身份、隐身与逃逸;在情节相对简单、人物形象相对单薄的《吕西安·勒万》中,吕西安也时时克制自己的情感,害怕被俗人看透。"表现"与"隐藏"这一对矛盾成为人物的突出特征,也造就了人物的深度。他们的掩饰与伪装并不是虚伪,而是自重与羞怯,避免坦露心迹、赤裸示人。乔治·布兰在《司汤达与人格问题》中对虚伪与羞怯作了精辟的分析:两者都是存在与表象的不符,但虚伪是伪装出自己所没有的品质,而羞怯则是深知自身的品质,却担心别人看不到全部,所以宁愿向人隐藏自己。①

司汤达本人也是如此。他写给妹妹波利娜的信中随处可见隐藏自我的训诫,他反复叮嘱妹妹,不要把自己说的事告诉别人,不要把自己写的信给别人看。他把其他人称为"傻瓜",说道:"向他们隐藏我们的行为,以免他们对我们品头论足"②;"要隐藏你的过人之处,在书房里独自品味你喜爱的书"③。妹妹是他的知己,唯一可以倾吐心扉的人,因此对妹妹的劝诫也是他本人的生存哲学。要理解这种哲学,需要通过其作品中的一个关键概念:自我主义(égotisme)。该词来自英语,最早在修辞学上指过度使用第一人称,进而指人喜爱谈论自己的习惯,对自我过于关注的感情,显露出人的虚荣与骄傲。司汤达很可能从他常看的英国杂志《爱丁堡评论》中得知这个词,将它作为作品《自我主义回忆录》的标题并赋予它全新的意义。在他看来,自我主义首先是认识自我的方法,在生活、行动的

---

① Georges Blin, *Stendhal et les problèmes de la personnalité*, Paris: José Corti, 2001, pp. 41—144.
② *Correspondance*, VIII, p. 69.
③ Ibid., p. 240.

过程中审视、分析自我,从而发现真正的自我。但是,他又不愿意他人认识自己。从实用层面来说,认识自己是为了更好地生活,在与他人的交往中指导自己的行为。但如果他人也了解"我",预测"我"的行为,那"我"就不能先发制人、立于不败之地。因此,自我主义是认识自我同时又隐藏自我。从情感层面来说,自我主义者珍视内心宝贵的情感,用种种躲闪与伪装,在遍布卑劣灵魂的社会里坚守自我的超凡脱俗。自我主义者厌恶虚伪,却又把虚伪当作武器来对抗外界。隐藏与伪装自我,不是真诚的对立面,而是保持真诚的迂回之道。

司汤达在晚年这样写道:"我的情感过于强烈。在别人身上不痛不痒的事,却能把我伤到流血。我在 1789 年是这样,到现在 1840 年仍是这样,但我至少学会了把感情隐藏在俗人难以捕捉的嘲讽之下。"①他的天性中有羞怯与戏谑两种成分。出于羞怯,他隐藏自我,选择孤独与隐退;出于喜爱戏谑的天性,他不仅隐藏自己,也积极地创造自己的各种表象,误导他人。他喜欢给自己和朋友取外号,用过两百多个假名,写作中喜爱用缩略、移位以及混用英语、意大利语等各种语言游戏,在作品中隐藏重要线索,大量使用匿名、谎言、面具等意象。"我很乐意戴上面具,我兴致勃勃地改名换姓"②,种种举动中,创造与游戏的乐趣胜过现实的需要。作家由此将面对现实的无奈转化成无目的、超脱于现实的玩笑,使作品在辛辣的嘲讽之外,带上了荒诞无稽、轻盈欢快的独特趣味。

作家及其笔下的人物心甘情愿地隐退到目光不及的角落或高处,或者是将自己神秘化,隐藏与伪装都出自同一种自我保护、自我塑造的需求:保护内心的敏感,保障存在的自由。正是因为不可捕捉、不可限定,他

---

① Cité par Paul Bourget, *Essais de psychologie contemporaine*, Paris: Plon, 1917, I, p. 293.

② *Souvenir d'égotisme*, p. 453. 关于司汤达喜爱伪装与戏谑的研究,参见:Paul Valéry, «Stendhal», in *Variété*, *Œuvre*, Paris: Gallimard, 1957, I, pp. 553—582 ; Georges Blin, «De la contrefaçon de soi», in *Stendhal et les problèmes de la personnalité*, Paris: José Corti, 2001, pp. 247—269 ; Jean Starobinski, «Stendhal pseudonyme», in *L'œil vivant*, Paris: Gallimard, 1999, pp. 189—240 ; Gérard Genette, «Stendhal», in *Figures II*, pp. 155—194.

们才能保持自我的隐秘与自由,保留人格实现与发展的无限可能。

三、教堂与修道院

司汤达的小说整体上是呈上升曲线的,主人公的世俗成功和精神境界的提升相伴而行。在世俗层面,人物轨迹遵循神话英雄结构,一路披荆斩棘,达到显赫的地位。《红与黑》讲述的是出身贫苦的于连在社会阶梯上向上攀升的过程,小说中多处出现"攀登"这一动作,如攀爬长梯、登楼和登山,不仅在叙事层面具有推动情节发展的作用,而且具有"征服"的意义:于连在两段爱情中,都曾蹬着梯子深夜潜入情人的闺房,最终得到德·莱纳夫人以及玛蒂尔德的爱情。在贝藏松大教堂,他爬上高梯,把教堂布置得富丽堂皇,得到主教的赏识。在宗教语境中,梯子与"创世"形象相连,是常见的上升形象,下降则与地狱、魔怪式的堕落有关。在司汤达植根于现实世界的小说中,于连的梯子不再是宗教作品中宇宙结构与生灵等级的象征,而是社会等级的象征。于连的三次社会地位变更,都在地理位置的变化上体现出来:他从农家子弟一跃成为市长家的家庭教师,是从杜河下游的锯木厂攀至山顶的市长府邸;从维里埃来到贝藏松,要翻山越岭,经过城墙、寨堡,进入神学院更是要登楼过室,经历漫长的等待与考验;于连在神学院的住房也位于最高层,显示出他与周遭庸俗之辈的区别;从贝藏松"上"到巴黎,更是云泥之别。与上升相对的坠落也屡屡出现。于连在书中第一次出场时,本该在家中锯木厂的锯子边看守机器,却悬空骑在横梁上埋头看书。见此情景,他父亲一掌打落于连手中象征他理想的《圣赫勒拿岛回忆录》(即《拿破仑回忆录》),又劈头一掌害他险些跌落,接着命令他"下来"。由此看来,小说对于人物命运的第一个暗示并非评论界常常提及的维里埃教堂中写着尚雷尔案件的纸片,开篇的一起一落就已凝聚了全文的结构,主人公高升的冲动始终受到现实的钳制。他一步步的上升是缓慢的、充满细节的,而下降则是飞速的。于连即将功成名就时登高跌重,通过迅疾的、充满省略的叙事节奏和地点的迅速变换体现出来:从斯特拉斯堡到巴黎再到维里埃,马匹与驿车的几次更换就勾勒出于连箭一般的返乡之路。

几位女主人公追求爱情的行为也通过上台阶的形象来体现:于连被捕入狱后,玛蒂尔德四处奔走,甚至向对头福利莱神父求助:"她登上楼梯,走向首席代理主教的房间,几乎迈不动步了。"①克莱莉娅得知法布里斯的饭菜被下毒,不顾自己的身份,冲破牢房看守的阻挠,来到塔楼顶端的牢房阻止情人中计。这一片段细细描写克莱莉娅登上三层楼和六级台阶的过程,用具体的形象写出女主人公为爱奔走的艰难与决心,而在充满误解、迟疑与拖延的《阿尔芒丝》中,女主人公则在通往表兄房间的楼梯上犹豫徘徊。

《巴马修道院》的前半部分描写了法布里斯轻灵任性、略显轻浮的成长经历,一路呈上升趋势,后半部分则是主人公在爱情的感召下,逐渐潜沉到幽暗隐秘的深情之中。两部分之间的转折,通过入狱与越狱这一形象而实现:法布里斯借助绳子依次爬下两座塔楼、一堵高墙,逃离了监狱。越狱意味着他远离危险,也意味着他远离爱的甜蜜。《红与黑》中于连爬梯登高象征着超越社会等级;相对的,贵族法布里斯降落式的逃亡,也是对社会秩序的一种蔑视与颠覆。在《红与黑》中,世俗的成功与真情背道而驰;而在《巴马修道院》后半部分,人物所显现的才能与美德正是由隐秘的深情所支撑。历经波折之后,爱情作为重重磨难的补偿终于来临。从此,小说从史诗风格转向抒情风格,充满英雄气概与理想主义的冒险转向神秘幽微的爱的修行。

至此,需要提及司汤达作品中另一组代表高度的意象:教堂与修道院。司汤达是无神论者,但他对宗教的态度并不是完全反对与排斥,他鄙弃的只是上帝在人间的伪善使者。他笔下既有庸俗势利的教士形象,也有一大批正直高尚的教士形象,如《红与黑》中的谢朗神父、彼拉神父,《巴马修道院》中的布拉奈斯神父、朗德利亚尼总主教,他尤其敬重冉森派教士的虔诚、严肃与不问功利。在他的小说中爱情常常发生在宗教场所,

---

① *Le Rouge et le Noir*, p. 766. 译文引自《红与黑》,第 424 页。

不仅因为教堂有其神圣肃穆之美,也不仅因为教堂是教士与教徒的社交场所,有利于叙事展开,更因为在司汤达眼中,爱情本身就是一种信仰,由此继承了文艺复兴时期由但丁与彼特拉克开启的爱与信仰合一的文学传统。

《红与黑》与《巴马修道院》中各有两个女主人公,气质形成鲜明对比。吉尔贝·杜朗在著作《〈巴马修道院〉的神话背景》中提炼出司汤达笔下常见的主题,其中包括两种类型女性的对立及其象征意义——女战士和温柔的女性。玛蒂尔德和桑塞维利纳公爵夫人属于前者,聪明坚毅,光彩照人,勇于做出惊世骇俗之举;德·莱纳夫人和克莱莉娅属于后者,温和腼腆,内心孤傲,是心灵秘密的守护者。菲利普·贝尔捷在关于司汤达笔下爱情的访谈中说,司汤达小说都在讲述寻找真爱的过程,《红与黑》中平凡无奇的外省女人德·莱纳夫人,局限于家庭生活,与外部世界的野心和成功毫无瓜葛,最终却战胜了巴黎的沙龙女王玛蒂尔德。《巴马修道院》中,谦逊内敛的克莱莉娅最终战胜了光芒四射的桑塞维利纳。克莱莉娅与德·莱纳夫人的共同之处在于虔诚、自然。作者让这两个笃信上帝的女性得到真爱,因为他认为虔诚是灵魂敏感的体现。①

于连从事神职,本是出于算计,把教职当作上升的通途。他枪杀德·莱纳夫人这一惊人之举正是在教堂中发生的,是亵渎宗教的行为。但是,他在愤怒中向德·莱纳夫人开枪,意味着他放弃所有的野心与飞黄腾达的梦想,完全屈从于爱的指使;在现实层面的自我毁灭完成了在精神层面的自我救赎,促使他以矛盾的方式看清自己的本心,最终放下伪装与算计,找到真正的幸福。有一个细节最能体现爱情超越宗教的强大力量:这个虚伪教士最为虔诚的时刻,正是他得知德·莱纳夫人并未身亡的那一刻:"门一关上,于连就叫起来:'伟大的天主,她没有死!'他跪了下去,热

---

① Philippe Berthier,《Stendhal et l'amour, entretien sur Stendhal avec Philippe Berthier》, pp. 162—163. 此外,从小说结构的角度来看,小说需要给人物的爱情设置障碍,而上帝设置的障碍是最不可逾越的。德·莱纳夫人受神父唆使写下揭发信,克莱莉娅遵守不在白天相见的誓言,都成为推动情节发展的动力。

泪夺眶而出。在这最后的时刻,他有了信仰。"①对爱人之爱促成了他对上帝之爱,而无须借助宗教繁冗而局限的手段。

《巴马修道院》讲述的既是法布里斯的学习、修行过程,也是对爱情的朝圣之旅。小说中的几座教堂与修道院——记录着法布里斯的成长与情感历程:圣约翰教堂目睹了轻浮的爱情游戏,要塞的黑大理石小教堂则见证了百转千回的深情,主人公的幽会、表白以及克莱莉娅立下不再相见的誓言,都在此进行;从神学院到圣彼得罗纳教堂再到巴马修道院,法布里斯经历了从漫无目标到至高的虔诚。教堂不仅是现实层面的藏身避难之所,更是精神层面的庇护与安慰。人物到达教堂往往要走过漫长、曲折而狭窄的路程,尘世的感情得到升华。法布里斯在往见会教堂感人的布道,与其说是宗教意义上的布道,不如说是爱的表白。这种爱与宗教的融合,正可借用卢梭在《新爱洛漪丝》第二篇序言中的话来概括:"虔信的狂热借用爱情的语言,爱情的狂热也借用虔信的语言。"②《巴马修道院》的结尾更是明确指出两者殊途同归:克莱莉娅去世后,"法布里斯又痴情又虔诚,所以没有选择自杀来了断。他希望到一个更加美好的世界里与克莱莉娅重逢,但是他头脑还很清楚,明白自己还有许多事需要补赎"③。前文提到的监狱也与僧侣隐修的修室相似,是主人公进行灵修,提升精神境界的契机。由此,司汤达笔下两组看似互相矛盾的意象——"监狱—幸福""教堂—渎圣"④相互融合,既象征着对爱情的朝圣与皈依,也象征着精神的净化与淬炼。

然而,充斥着话语与围观者目光的往见会教堂并不足以代表爱与灵性的双重修行,被寂静笼罩的巴马修道院才是全书象征的顶峰。书名中的巴马修道院直到文末才出现,它是法布里斯最终修行和离世的场所。小说的寥寥几笔让它始终笼罩在神秘的气氛中,高不可攀,深不可测,融

---

① *Le Rouge et le Noir*, p. 758. 译文引自《红与黑》,第 415—416 页。
② Jean-Jacques Rousseau, *La nouvelle Héloïse*, pp. 15—16.
③ *La Chartreuse de Parme*, p. 597. 译文引自《巴马修道院》,第 462 页。
④ Gilbert Durand, *Le décor mythique de la Chartreuse de Parme*, p. 194.

合高与低的各种特质。小说的结尾是:"巴马的监狱空了。伯爵成了巨富。艾奈斯特五世受到臣民的爱戴,他们把他的朝代与托斯卡尼历代大公的朝代相提并论。"① 几位主人公悄然遁逝,身后留下的是"幸福的表象":财富、权势与声名。"巴马的监狱空了"一语双关,表层意思是政治清明、人民安居,但联系前文的故事,更应理解为对主人公法布里斯的缅怀:那位爱的囚徒已经不在了,空留曾经见证美好故事的监狱。因此,紧随其后的"伯爵成了巨富"一句语带嘲讽:巨富掩盖的仍是空虚,因为伯爵已经失去他最爱的人。于连·格拉克在《边读边写》中道出此处给人的微妙感觉:"读者对这位可怜又可爱的莫斯卡伯爵心生怜悯,他在爆炸式的公爵夫人身后飘零四散,就像龙卷风之后留下的稻草堆。"② 众人的赞颂同样是表象,与紧随其后的篇末献辞"给幸福的少数人"形成嘲讽的对照,烘托出众声喧嚣中一曲微茫的感伤。真正的幸福只能被窥见、被暗示,它是无法描述、不可触及的。

司汤达希望用理性的思维来研究人的情感,对错综复杂的情感做出精确的描绘与分析。他在《论爱情》中试图把爱情分门别类、条分缕析,使爱情在各个阶段、各个情境中的表现都一览无余。十几年后,在其创作晚期的《巴马修道院》中,他却尤其钟爱矜持、慎重与隐秘。这种转变体现出作家对人类情感认识的深入与表现方法的改进。从科学研究到诗学呈现,文学作品的力量不仅仅来自清晰准确的描绘,更来自暗示。高与低是其中的一组重要象征,通过两者的转换与融合,作家暗示了现实生活的无限可能,更暗示了人的情感世界与精神世界的丰富与深度。

---

① *La Chartreuse de Parme*, p. 597. 译文引自《巴马修道院》,第 463 页。
② Julien Gracq, *En lisant en écrivant*, in *Œuvres complètes*, Paris: Gallimard, 1995, II, p. 592.

结　语

　　司汤达的文学创作始于哲学,但是只有在他的小说里,读者才看到生动强烈的情感,才真正达到对人心的认识。从科学论证到诗学呈现,从《论爱情》精细缜密的定义与区分,到《巴马修道院》的省略、暗示与象征,作家对人类情感的认识在深入,表现手法也随之不同。要打动人心,"真实,严酷的真实"①也许还不够,在智性理解之外,更应诉诸读者的感受力与想象力。回顾他的情感研究历程,最初的起点是发现人类情感的普遍性,由此掌握感动人心的普遍法则,后来却逐渐走向了情感的社会性与时代性,更深入个人情感的千差万别、纤毫转变,尤其是独特之人的独特情感,作品却因独具表现力的细节而更加动人。司汤达同时代的读者艾蒂安·德莱克吕泽(Étienne Delécluze)在阅读《意大利绘画史》时就已敏锐地指出:"每当司汤达先生简简单单地记述他的情感和他相继的感觉时,就让真理浮现;可是在他的书中,他不善于推理,当他把观察归结为普遍命题时,往往得出错误的结论。"②当作家放弃哲学思辨与推理,把个人的真情实感直接或间接地记录在自传和小说之中,反而通过个体经验折

---

① 《红与黑》卷首题词。作者假托革命家丹东之口说出这句话,其实丹东并未说过此话,有评论家认为这是对"小说如实模仿现实"观点的一种嘲讽。
② Étienne Delécluze, *Journal des Débats*, 25 octobre 1826. Reproduit dans le Dossier de *Histoire de la peinture en Italie*, Paris: Gallimard, coll. «folio», 1996, p. 555.

射出了情感的深层真实。

长期以来,读者倾向于在司汤达的作品中寻找二元对立结构——理性与感性、理想与现实、浪漫主义与现实主义等。尤其是小说的书名鼓励二元化的阐释,例如《红与黑》《红与白》《粉红与绿》,书名中的连词"与"(et)常被理解为对立装置(opérateur d'antithèse)①,但它或许也提示着一种连贯性或者互补性。将这种理解推广到司汤达的作品,初看虽然价值对立鲜明且恒定,其实也隐含着消解对立的意图。由此说来,常人眼中的矛盾,在司汤达看来都不是矛盾,只是同一件事情的不同侧面。别人只看到一面的事情,他能看到正面和反面,形成至少一对观念。司汤达说自己是"悖论的制造者",这里所说的"悖论"不是无解的难题,而是把事物相互矛盾的各个方面呈现在读者面前,让人看到它的全貌,达到全面的认识。情感哲学与小说诗学就是作者创作中相辅相成、不可分割的两面。他始终在作品中寻找哲学与文学交汇的可能,使人对自我、对世界的思考能够以更为生动、更为有趣,也更为深入的方式进行。正如让-弗朗索瓦·马凯(Jean-François Marquet)论及文学与哲学的关系时说:"诗与哲学占据话语的正面与反面"②,司汤达对情感的思考构成他诗学话语的背面,是小说深藏的基底。正是具有批判精神的理性思考帮助小说家找到了捕捉与表达情感的途径。哲学存在于小说当中,既克制与平衡激情,又辅助与提升激情,更是全面认识人性、寻求幸福必不可少的因素。

司汤达说:"谈论我们热爱的东西多傻啊!能换来什么呢?用他人情感的反光来折射自己片刻的愉悦。可是如果有个俗人看到您自言自语,就会想出一句玩笑话,来玷污您的回忆。真正的激情所具有的矜持也许就由此而来,常人假装激情时不会记得模仿这种矜持。"③这个敏感到病

---

① 乔治·克利本斯坦在论文《司汤达与修辞》中探讨了连词"与"的多重意义,它既能连接相近或相反词项,也可表达解释或反对,还能承担推动作用,将意义再次推向一个新的方向。参见:Georges Kliebenstein, «Stendhal et la rhétorique», in *Stendhal et le style*, p. 46.

② Jean-François Marquet, *Miroirs de l'identité. La littérature hantée par la philosophie*, Paris: Hermann, coll. «Savoir : Lettres», 1996, p. XIII.

③ *Promenades dans Rome*, pp. 611−612.

态的作家，有无限的情感要表达，但他又有孤高严苛的一面，害怕情感的表达和接受掺杂不真诚的成分。为此，他在写作中保持自省与思虑，以理性的名义，来平衡热烈的情感。这种克制与审慎，是出于对真正激情的珍视与保护。安德烈·苏亚雷（André Suarès）谈及司汤达笔下的情感力量时说："在司汤达身上，一切皆面具，甚至对逻辑的热爱与机智的玩笑话都是面具。思想从来没有像这样成为心灵的面具。"①

布隆贝尔认为司汤达的整套情感用语都建立在对照之上，也就是投射在自身的敏感灵魂与冰冷的理性或世俗价值观的对照之上：

> 司汤达的思考以对照（antithèse）的方式进行，时刻意识到同一行为的双重价值。他深知自己对行为的判断，也知晓"冰冷的灵魂"会作何反应。他身上的任何一种反应都会带动一种相反的、不利的反应。他强制自己进行自我的滑稽模仿。因此，他的用词选择本身就已经既是挑战又是辩解。他乐于想象一个庸俗的人（教养良好的巴黎年轻人或是冷冰冰的哲学家）处在主人公的境地会怎么做、怎么想。为此一些读者把司汤达视为"战斗的作家"。②

实际上，"哲学"一词在司汤达笔下有多重意义，冰冷无趣只是其中的一重意义。"哲学家"并不只有一副面孔，它虽然常以敏感灵魂的对立面出现，却也为观察事物提供了一种新的视角。司汤达深受相对主义与经验论的影响，认为人的判断取决于主体的视角和感知。在不同的境况、不同的情绪当中，从不同的视角来观看同一件事情，其面貌各不相同："我喜欢反复琢磨我在意的事情；从不同的灵魂态度反复观看这些事件，我从中看出了新意，让它们变了样。"③从多个角度观照事物，以便得到更为全面的认识，这也许才是作者在小说中让各种价值不断交锋、不断回旋换位的

---

① André Suarès, «D'après Stendhal», in *Portraits*, Paris: Nouvelle Revue Française, 1913, p. 218.
② Victor Brombert, *Stendhal et la voie oblique*, p. 19.
③ *Vie de Henri Brulard*, p. 817.

真正原因。情感与理性错综复杂的关系，构成小说的内在张力，作品强烈的现代性就来自其意图与态度的多样化。

小说家将自身的激情投射在作品之中，从各种角度加以审视，设置各种性格、各种情境和各种冲突，来试验人性的深度与广度，以及通往幸福的路径。司汤达在1804年的笔记中写道："我嘲笑那些假的哲学家，把他们的名字和可笑连在一起，就是为真的哲学家出力，因为我让人识破那些篡夺哲学家荣誉的名不符实之徒。我为哲学（寻找真理与发扬美德）出力，因为我让真心的恋人摆脱某些可笑行为，它们只不过是错误观点所导致的习惯。"①他最终达到了预设的目标，通过小说为哲学服务，锻炼读者的感性与理性，让人明辨"哲学"真正的含义。哲学是寻求幸福的方法，由激情引发的谬误虽然可笑，但不应受到轻视或指责："哪一个人能够对旁人说：'您走这条路寻求幸福走错了'？"②谬误与迷途可能会导向幸福，而谨慎与算计却会让人与幸福背道而驰。司汤达的小说正是通过重重谬误与反转，向读者提示一层更高的智慧：在寻求幸福的路上，从无高低之分，也无定论可言。"原则：我们要记得，没有哪一个人会因为激情而可笑，因为这是寻找幸福的一种方法，而我是唯一能够判断我是幸福还是不幸的人。"③

面对寻找幸福路途中的各种尝试与迷误，司汤达将"喜剧化"作为生存态度和文学创作的指导原则，主张以喜剧的眼光看待生活，让寻常所见的行为变得特别可笑、可爱或可憎，改写现实生活黯淡的基调，用特殊的眼光将一切事物都提升到喜剧的层面。喜剧化的艺术在文本中展示浓缩的现实，通过戏剧性的变化展现了世界和人心的广阔并暗示了现实的种种可能，在平庸的现实之上创造了另一种更为轻盈欢快的现实。更重要的是，它通过种种意外与特殊事件在习惯之链上打开缺口，打破现实生活平稳坚固的幻象，对固定、僵化、有限的惯用划分与秩序加以嘲讽，由此引

---

① *Journal littéraire*, I, p. 468.
② *Journal littéraire*, II, p. 350.
③ Ibid., p. 390.

起读者对习惯进行反思,启发读者从新的角度看待熟悉的生活。

简而言之,司汤达的小说中分化着不同层面的"哲学":首先,人物形象、情感描绘都有作家的情感哲学在暗中支撑;在小说的内部,浪漫精神与多义的哲学(庸俗、冰冷或睿智,随情境而变)在不断交锋与对话,通过多重视角提示一种更为开明的态度,让人更为全面地理解与接受复杂多变的现实。小说在这一过程中所构建的价值换位与反转,也体现出文学与其他情感科学的差别:文学不仅描绘与分析人类情感,也唤起情感;它更胜一筹的地方在于,心理学与情感科学追求的是对人心的科学、准确的认识,而文学中可以见到精确的科学难以捕捉的东西,那就是人对于自己、对于他人的情感的错误阐释。这是对于人的认知能力的反思,意识到认知的局限,这种自我批评、自我反省的维度也许是其他科学所欠缺的。

由此可见,文学并不是哲学的衍生物,不以虚构的形式阐明哲理,它具有条分缕析的哲学概念所不具备的能力,那就是以悖反的形式进行思考。保罗·利科认为这正是文学的特点与价值所在,文学具有矛盾的特性(un caractère aporétique),因而能够探索哲学概念化无法处理的经验模式。① 皮埃尔·马舍雷(Pierre Macherey)同样认为文学并不听命于哲学,而具备自己特有的思考能力,能够提出"无需哲学家的哲理"(une philosophie sans philosophes)。② 让-玛丽·舍费尔(Jean-Marie Schaeffer)在亚里士多德"模仿论"的基础上加以阐发,认为文学既具有认知功能,又是一种社会行为。模仿是人的天性,能够辅助人的心理认知。虚构以模仿为基础,被视为一种"刺激",为暂时沉浸于其中的读者假设相当数量的"圈套"。但是,意识的警惕时时与这些"圈套"共存,揭穿它们的谎言,将虚构从幻想中抽离。在人的整个一生中,虚构不仅具有美学功能,更为重要的是,作为建立在游戏性的佯装之上的一种社会实践,是在

---

① *Temps et récit*, Paris: Seuil, 1983, I, p. 13.
② Pierre Macherey, *A quoi pense la littérature ?*, Paris: Presses universitaires de France, 1990, p. 195.

人与世界的联系当中不断更新的矛盾的谈判行为。① 努斯鲍姆在《诗性正义：文学想象与公共生活》中提出的"诗性正义"是指畅想（fancy）和文学想象能够扩展个人的经验边界，帮助人建构一种"中立性"。这种中立性能够保证人不会出于自身的利害关系而做出偏私的裁判，对事物进行全面而充足的了解之后，做出审慎公正的判断。作者因而强调想象以及随之而来的同情对于构建公共理性、通向社会公平的重要性，"小说不是说要放弃理性，而是要用畅想——在这里畅想被看作是一种同时具有创造性和真实性的能力——阐明的方式去对待理性"②。在文学想象的塑造之下，人能够拥有更为牢靠的理性。

司汤达说："二十种不同的激情可以导向同样的行为"③，因此发掘人类行为深层的动机、辨别情感最细微的差别，是小说家的职责。不应忘记，司汤达的小说大都以真实的事件为蓝本，《红与黑》以真实的刑事案件为题材，《巴马修道院》改编自十六世纪的《法奈斯家族遗事》。经过小说家的写作，这些故事深入人心，似乎比现实生活中的事件更为生动、清晰而持久，因为它们发掘了深层的人性，以令人信服的方式讲述非同寻常的故事，使读者能够沉浸其中、感同身受，深刻地理解人物的内心。而情感的表达本身并非独立的，任何情感都有支撑它的复杂认知状态，或深或浅地受到文化模式和历史决定因素的影响。对情感的叙述揭示了作者感知、思考和理解情感的方式，由此指示出作者对于自身、对于自己所处的时代与文化的看法。例如《红与黑》的副标题是"1830年纪事"，表明作者审视与介入当代世界的意图，尤其是对七月革命前后法国社会中个人精神状态、个人价值实现的看法。文学捕捉并呈现情感，具有把情感作为锻造人类体验，在更广泛意义上锻造社会现象的意图。

基于情感哲学的支撑，司汤达的小说不是对现实的简单再现，而是借

---

① Voir Jean-Marie Schaeffer, *Pourquoi la fiction？*, Paris：Seuil, coll. «Poétique», 1999.
② 玛莎·努斯鲍姆：《诗性正义——文学想象与公共生活》，第71页。
③ *Journal littéraire*, I, p. 286.

助想象力与诗学形式对人类行为进行试验、假设、推理与解释,因而是对现实的一种思考形式,一种认识方法,进而影响到现实中人的认知、行为与思维方式,这是其深度与现代性所在。司汤达深知美学情感会影响人对现实的感知与态度,因而在艺术评论中反复强调感受力的培养。1811年,他在笔记中分析敏感之人与普通人面对文学艺术所营造的幻象有不同的反应,说道:"对文学艺术所制造的模仿产生同情的习惯,让我们具有这种感知方式的习惯,比他们(指普通人)更加同情真实的不幸。"[1]他在《论爱情》中写道,很多人习惯读书,将阅读好书当作生活中最大的乐趣,"十年之后,他们发现自己加倍聪明。没有人会否认,一个人越有才智,越不易产生与他人的幸福不相容的激情"[2]。文学通过培养感受力,扩展读者的视野与经验,能够培养一种更为包容、更为超然的理性。从这个意义上说,他的小说,乃至全部作品,有着助人摆脱习惯势力与僵化思想,形成新的视角和感知方式的力量,成为介入现实、作用于现实的一种方法,兼具美学价值与道德价值。

　　文学所具有的认知功能、道德价值,最终还是回到了它最本源的价值上——予人愉悦,令人动情,通过共情的力量来抚慰人心。司汤达回顾自己的一生,说他自始至终都是一个"不幸的恋人":"我在生活中习惯的状态就是一个不幸的恋人,热爱音乐和绘画。……我知道我喜爱遐想胜过一切,甚至超过被人视为机智幽默的人。"[3]敏感之人总是不幸,因而作家向文学和艺术寻求慰藉,也以此来慰藉和他同样敏感之人。文学能够给人以愉悦,安抚不幸之人,即使是悲伤、恐惧等负面情感,由现实层面提升到诗学层面、转化为美学情感之后,也能给人以精神的享受。可以说,文学通过记录激情来拯救激情。司汤达从莎士比亚的作品中认识到,诗人最重要的品质是拥有理解力:"诗人真正的价值是拥有最具理解力的灵

---

[1] *Mélanges intimes et marginalia*, I, pp. 268—269.
[2] *De l'amour*, p. 235.
[3] *Vie de Henri Brulard*, p. 542.

魂。"①他又在写给妹妹波利娜的信中解释这个"包含着几乎无法翻译的美好的东西"的英语词组"a comprehensive soul":"一个善于理解的灵魂,理解所有悲伤、所有欢乐的灵魂,具有最高的同情心。"②这是"诗人哲学家"的天职,洞悉人性的各个角落,看到现实的各种可能,因理解而产生深刻的同情,他所描绘的幽微深广的激情才能激起回响。

---

① *Pensées*, I, p. 215.
② *Correspondance*, I, p. 270.

参考书目

外文文献：

司汤达作品（除七星文库的小说、自传与游记之外，其他作品按书名首字母排序）：

Œuvres romanesques complètes，éd. Yves Ansel et Philippe Bertheir, Paris：Gallimard, Bibliothèque de la Pléiade, t. I, 2005.
—*Armance*
—*Le Rouge et le Noir*
—*Le Coffre et le revenant*
—*Les nouvelles*

Œuvres romanesques complètes，éd. Yves Ansel et Philippe Bertheir, Paris：Gallimard, Bibliothèque de la Pléiade, t. II, 2007.
—*Lucien Leuwen*（*Manuscrit autographe*）

Œuvres romanesques complètes，éd. Yves Ansel et Philippe Bertheir, Paris：Gallimard, Bibliothèque de la Pléiade, t. III, 2014.
—*La Chartreuse de Parme*
—*Féder*
—*Lamiel*

Œuvres intimes, éd. Victor Del Litto, Paris: Gallimard, Bibliothèque de la Pléiade, t. I, 1981.
—*Journal (1801-1817)*

Œuvres intimes, éd. Victor Del Litto, Paris: Gallimard, Bibliothèque de la Pléiade, t. II, 1982.
—*Journal (1818-1842)*
—*Souvenir d'égotiste*
—*Vie de Henri Brulard*

Voyages en France, éd. Victor Del Litto, Paris: Gallimard, Bibliothèque de la Pléiade, 1992.

Voyages en Italie, éd. Victor Del Litto, Paris: Gallimard, Bibliothèque de la Pléiade, 1973.

Correspondance, éd. Henri Martineau, Paris: Le Divan ; Nendeln/Liechtenstein, Kraus Reprint, 10 vol., 1968.
Correspondance générale, éd. Victor Del Litto, Paris: Honoré Champion, 6 vol., 1998.
De l'amour, éd. Xavier Bourdenet, Paris: GF-Flammarion, 2014.
Histoire de la peinture en Italie, éd. Victor Del Litto, Paris: Gallimard, 1996.
Journal littéraire, éd. Victor Del Litto et Ernest Abravanel, Genève: Cercle du Bibliophile, 3 vol., 1986.
Mélanges intimes et marginalia, éd. Henri Martineau, Paris: Le Divan ; Nendeln/Liechtenstein, Kraus Reprint, 2 vol., 1968.
Molière, Shakespeare, La comédie et le rire, éd. Henri Martineau, Paris: Le Divan; Nendeln/Liechtenstein, Kraus Reprint, 1968.
Paris-Londres, chroniques, éd. Renée Dénier, Paris: Stock, 1997.
Pensées Filosofia Nova, éd. Henri Martineau, Paris: Le Divan ; Nendeln/Liechtenstein, Kraus Reprint, 2 vol., 1968.

Racine et Shakespeare（1818-1825）*et autres textes de théorie romantique*, éd. Michel Crouzet, Paris: Honoré Champion, 2006.
——*Racine et Shakespeare*（1823）
——*Le traité du rire*
Romans abandonnés, éd. Michel Crouzet, Paris: Union générale d'éditions, 1968.
Vies de Haydn, de Mozart et de Métastase, Paris: Librairie Ancienne Honoré Champion, 1914.

司汤达研究文献（按作者姓氏首字母排序）:

ALAIN, *Stendhal*, Paris: Rieder, 1935.

ANSEL, Yves, *Stendhal littéral : Le Rouge et le Noir*, Paris: Éditions Kimé, 2001.

AUERBACH, Eric, *Mimésis : La représentation de la réalité dans la littérature occidentale*, trad. Cornélius Heim, Paris: Gallimard, 1968.

BARDECHE, Maurice, *Stendhal romancier*, Paris: La Table Ronde, 1947.

BERTHIER, Philippe, *Espaces stendhaliens*, Paris: PUF, 1997.

BLIN, Georges, *Stendhal et les problèmes de la personnalité*, Paris: José Corti, 1958.

BLIN, Georges, *Stendhal et les problèmes du roman*, Paris: José Corti, 1954.

BLUM, Léon, *Stendhal et le Beylisme*, Paris: Albin Michel, 1949.

BOURGEOIS, René, *L'ironie romantique : Spectacle et jeu de Mme de Staël à Gérard de Nerval*, Grenoble: PUG, 1974.

BOURGET, Paul, *Essais de psychologie contemporaine*, Paris: Plon-Nourritt, 1924.

BROMBERT, Victor, *Stendhal et la voie oblique : L'auteur devant son monde romanesque*, Paris: PUF, 1954.

BROMBERT, Victor, *Stendhal, roman et liberté*, Paris, Editions de Fallois, 2007.

CROUZET, Michel, *La poétique de Stendhal : Essai sur la genèse du romantisme*, t. I, Paris: Flammarion, 1983.

CROUZET, Michel, *Le naturel, la grâce et le réel dans la poétique de Stendhal : Essai sur la genèse du romantisme*, t. II, Paris: Flammarion, 1986.

CROUZET, Michel, *Le roman stendhalien : La Chartreuse de Parme*, Orléans: Paradigme, 1996.

CROUZET, Michel, *Le Rouge et le Noir : Essai sur le romanesque stendhalien*, Paris: PUF, 1995.

CROUZET, Michel, *Lucien Leuwen, le mentir vrai de Stendhal*, Orléans: Paradigme, 1999.

CROUZET, Michel, *M. Myself ou la vie de Stendhal*, Paris: Éditions Kimé, 2012.

CROUZET, Michel, *Nature et société chez Stendhal : La révolte romantique*, Lille: Presses Universitaires de Lille, 1985.

CROUZET, Michel, *Raison et déraison chez Stendhal : De l'idéologie à l'esthétique*, Berne: Peter Lang, 1983.

CROUZET, Michel, *Regards de Stendhal sur le monde moderne*, Paris: Éditions Kimé, 2010.

CROUZET, Michel, *Rire et tragique dans* La Chartreuse de Parme, Saint-Pierre-du-Mont: Eurédit, 2006.

CROUZET, Michel, *Stendhal en tout genre : Essai sur la poétique du moi*, Paris: Champion, 2004.

CROUZET, Michel, *Stendhal et le langage*, Paris: Gallimard, 1981.

DEL LITTO, Victor, *La vie intellectuelle de Stendhal : Genèse et évolution de ses idées (1802-1821)*, Paris: Presses Universitaires de France, 1962.

DELACROIX, Henri, *La psychologie de Stendhal*, Paris: Librairie Félix Alcan, 1918.

DIDIER, Béatrice, *Stendhal autobiographe*, Paris: PUF, 1983.

DIDIER, Béatrice, *Stendhal ou la dictée du bonheur : Paroles, échos et écritures dans* La Chartreuse de Parme, Paris: Klincksieck, 2002.

DURAND, Gilbert, *Le décor mythique de* La Chartreuse de Parme, Paris: Corti, 1961.

GENEVIEVE, Mouillaud, *Le Rouge et le Noir de Stendhal : Le roman possible*, Paris: Larousse, 1972.

GIRARD, René, *Mensonge romantique et vérité romanesque*, Paris: Hachette, 2006.

GOUIN, Thierry, *Stendhal aller-retour ou les romans d'un voyageur*, Lyon:

Presses Universitaires de Lyon, 1989.

GRACQ, Julien, *En lisant en écrivant*, in *Œuvres complètes*, Paris: Gallimard, 1995, II, p. 592.

GRAHAME, C. Jones, *L'ironie dans les romans de Stendhal*, Lausanne: Editions du Grand Chêne, 1966.

GUERRIN, Michel, *La grande dispute : Essai sur l'ambition, Stendhal et le XIXe siècle*, Arles: Actes Sud, 2006.

HAMM, Jean-Jacques, *Approches de Stendhal*, Paris: Classiques Garnier, 2018.

MARTINEAU, Henri, *Le cœur de Stendhal : Histoire de sa vie et de ses sentiments*, Paris: Albin Michel, 1952.

MARTINEAU, Henri, *L'Œuvre de Stendhal*, Paris: Albin Michel, 1951.

MELIA, Jean, *Stendhal et ses commentateurs*, Paris: Mercure de France, 1911.

POULET, Georges, *Etudes sur le temps humain 4 : Mesure de l'instant*, Paris: Plon, 1964.

POULET, Georges, *La pensée indéterminée*, Paris: PUF, 1987.

PREVOST, Jean, *La création chez Stendhal*, Paris: Gallimard, 1996.

RICHARD, Jean-Pierre, *Littérature et sensation*, Paris: Seuil, 1954.

SHOSHANA, Felman, *La «folie» dans l'œuvre romanesque de Stendhal*, Paris: José Corti, 1972.

SPANDRI, Francesco, *L' «art de komiker» : Comédie, théâtralité et jeu chez Stendhal*, Pairs: Honoré Champion, 2003.

STAROBINSKI, Jean, *L'œil vivant*, Paris: Gallimard, 1999.

THIBAUDET, Albert, *Stendhal*, Paris: Hachette, 1931.

THOMPSON, C. W., *Le jeu de l'ordre et de la liberté dans La Chartreuse de Parme*, Aran: Editions du Grand Chêne, 1982.

VALERY, Paul, *VariétéII*, Paris: Gallimard, 1930.

VANOOSTHUYSE, Francois, *Le moment Stendhal*, Paris: Classiques Garnier, 2017.

ZOLA, Émile, *Les romanciers naturalistes*, Paris: Bibliothèque-Charpentier, 1923.

论文集：

ANSEL, Yves; BERTHIER, Philippe et NERLICH, Michel (dir.), *Dictionnaire de Stendhal*, Paris: Honoré Champion, 2003.

ARROUS, Michel (dir.), *Napoléon, Stendhal et les Romantiques — L'armée, la guerre et la gloire*, Actes du colloque organisé par le Musée de l'Armée, Stendhal Aujourd'hui (Société internationale d'études stendhaliennes) et HB (Revue international d'études stendhaliennes), Paris: Musée de l'Armée, 16 — 17 novembre 2001, Saint-Pierre-du-Mont: Eurédit, 2002.

ARROUS, Michel; CLAUDON, Francis; CROUZET, Michel (dir.), *Henri Beyle, un écrivain méconnu 1797 — 1814*, Paris: Editions Kimé, 2007.

BERTHIER, Philippe (dir.), *La Chartreuse de Parme revisitée*, Grenoble: Université Stendhal-Grenoble III, 1991.

BERTHIER, Philippe; BORDAS, Eric (dir.), *Stendhal et le style*, Paris: Presses Sorbonne Nouvelle, 2005.

BOURDENET, Xavier; GLAUDES, Pierre et VANOOSTHUYSE, Francois, *Relire le Rouge et le Noir*, Paris: Classiques Garnier, 2013.

CORREDOR, Marie-Rose (dir.), *Stendhal « romantique »？ Stendhal et les romantismes européens*, Grenoble: ELLUG, 2016.

CROUZET, Michel (dir.), *Stendhal, La Chartreuse de Parme*, Actes du Colloque international de Paris IV-Sorbonne 23 — 24 novembre 1996, Paris: InterUniversitaires, 1996.

CROUZET, Michel (dir.), *Stendhal*, Paris: Presses de l'Université de Paris-Sorbonne, 1996.

DIAZ, José-Luis (dir.), *Stendhal, La Chartreuse de Parme ou la«chimère absente»*, Actes du Colloque d'Agrégation des 6 et 7 décembre 1996, Paris: SEDES, 1996.

SANGSUE, Daniel (dir.), *Persuasions d'amour. Nouvelles lectures de De l'Amour de Stendhal*, Genève: Librairie Droz S. A., 1999.

SANGSUE, Daniel (dir.), *Stendhal et le comique*, Grenoble: ELLUG, 1999.

情感研究文献：

ANDRÉ, Jacques, *De la passion*, Paris: PUF, 1999.

AULAGNIER, Piera, *Les destins du plaisir*, Paris: PUF, 1979.

BERMARD, Mathilde; GEFEN, Alexandre et TALON-HUGON, Carole (dir.), *Dictionnaire arts et émotions*, Paris: Armand Colin, 2016.

BODEI, Remo, *Géométrie des passions*, Paris: PUF, 1997.

COLLETTA, Jean-Marc et TCHERKASSOF Anna (dir.), *Les émotions : Cognition, langage et développement*: Sprimont, Mardaga, 2003.

CORBIN, Alain; COURTINE, Jean-Jacques et VIGARELLO, Georges, *Histoire des émotions*, Paris: Seuil, 3 vol., 2016—2017.

COUDREUSE, Anne et DELIGNON, Bruno, *Passions, émotions, pathos*, Paris: La Licorne, 1997.

DARWIN, Charles, *L'Expression des émotions chez l'homme et les animaux*, trad. Samuel Pozzi et René Benoît, Paris: Rivages Poche, 2001.

DEONNA, Julien A. & TERONI, Fabrice, *The Emotions : A Philosophical Introduction*, New York: Routledge, 2012.

DE SOUSA, Ronald, *The Rationality of Emotion*, Cambridge: MIT Press, 1988.

DESCARTES, *Les passions de l'âme*, Paris: Gallimard, 1988.

DITCHE, Elisabeth Rallo; FONTANILLE, Jacques et LOMBARDO, Patrizia, *Dictionnaire des passions littéraires*, Paris: Belin, 2005.

GREIMAS, Algirdas Julien et FONTANILLE, Jacques, *Sémiotique des passions : Des états de choses aux états d'âme*, Paris: Seuil, 1991.

HELVETIUS, Claude-Adrien, *De l'homme*, Paris: Fayard, 1989.

JOLIBERT, Bernard, *L'Éducation d'une émotion*, Paris: L'Harmattan, 1997.

KAGAN, Jerome, *Surprise, uncertainty and mental structures*, London: Harvard University Press, 2002.

KORICHI, Mériam, *Les passions*, Paris: Flammarion, 2000.

LANGE, Carl, *The Emotions*, Baltimore: Williams & Wilkins Company, 1922.

MATHIEU-CASTELLANI, Gisèle, *La Rhétorique des passions*, Paris: PUF, 2000.

MEYER, Michel, *Le philosophe et les passions*, Paris: Livre de poche, 1991.

MOREAU, Pierre-François (dir.), *Les Passions à l'âge classique : Théories et critiques des passions*, II, Paris: PUF, 2006.

NIEDENTHAL, Paula; KRAUTH-GRUBER, Silvia et RIC, François (dir.),

Comprendre les émotions, Wavre: Mardaga, 2008.

OUTLEY, Keith, *Understanding Emotions*, Oxford: Blackwell, 2006.

ROBINSON, Jenefer, *Deeper than Reason : Emotion and its Role in Literature, Music and Art*, Oxford: Clarendon Press, 2005.

SAETRE, Lars; LOMBARDO, Patrizia & ZANETTA, Julien, *Exploring Text and Emotions*; Aarhus: Aarhus University Press, 2014.

SARTRE, Jean-Paul, *Esquisse d'une théorie des émotions*, Paris: Hermann, 1995.

SMITH, Adam, *Théorie des sentiments moraux*, trad. Michaël Biziou, Claude Gautier, Jean-François Pradeau, Paris: PUF, 2003.

VOUILLOUX, Bernard et GEFEN, Alexandre (dir.), *Empathie et esthétique*, Paris: Hermann, 2013.

与本书相关的文学与哲学研究文献：

ALAIN, « *Les aventures du cœur* », in *Les passions et la sagesse*, Paris: Gallimard, Bibliothèque de la Pléiade, 1960.

ARISTOTE, *La poétique*, éd. Roselyne Dupont-Roc et Jean Lallot, Paris: Seuil, 1980.

BAKHTINE, Mikhaïl, *Esthétique et théorie du roman*, trad. Daria Olivier, Paris: Gallimard, 1978.

BARONI, Raphaël, *La tension narrative : Suspense, curiosité et surprise*, Paris: Seuil, 2007.

BAUDELAIRE, Charles, « L'essence du rire », in *Œuvres complètes*, Paris: Gallimard, Bibliothèque de la Pléiade, II, 1976.

BEGUIN, Albert, *Balzac Visionnaire*, Genève: Albert Skira, 1946.

BERGSON, Henri, *Essai sur les données immédiates de la conscience*, Paris: PUF, 2007.

BERGSON, Henri, *Le rire : Essai sur la signification du comique*, Genève: Albert Skira, 1945.

BOURKHIS, Ridha et MOHAMMED, Benjelloun (dir.), *La phrase littéraire*, Louvain-la-Neuve: Bruylant-Academia, 2008.

BREMOND, Claude, *La logique du récit*, Paris: Seuil, 1973.

CORMEAU, Nelly, *Physiologie du roman*, Paris: A. G. Nizet, 1966.

CURRIE, Gregory, *The Nature of Fiction*, Cambridge: Cambridge University Press, 1990.

CURRIE, Gregory, *Arts and Minds*, Oxford: Clarendon Press, 2004.

CURTIUS, Ernest-Robert, *Balzac*, trad. Henri Jourdan, Paris: Grasset, 1933.

DE GEORGES-MÉTRAL, Alice (dir.), *Poétiques du descriptif dans le roman français du XIXe siècle*, Paris: Classiques Garnier, 2015.

ECO, Umberto, *L'Œuvre ouverte*, trad. Chantal Roux de Bézieux, Paris: Seuil, 1965.

FORSTER, Edward Morgan, *Aspects du roman*, trad. Sophie Basch, Paris: Christian Bourgois Editeur, 1993.

FRYE, Northrop, *Anatomie de la critique*, trad. Guy Durand, Paris: Gallimard, 1969.

GENETTE, Gérard, *Figures II*, Paris: Seuil, 1969.

GUSDORF, Georges, *Le Romantisme*, 2 vol., Lausanne: Payot, 2002.

JANKELEVITCH, Vladimir, *L'ironie*, Paris: Flammarion, 1964.

JAUSS, Hans Robert, *Pour une esthétique de la réception*, trad. Claude Maillard, Paris: Gallimard, 1978.

KUNDERA, Milan, *L'art du roman*, Paris: Gallimard, 1986.

LEVIN, Harry, *The Gates of Horn: A Study of Five French Realists*, New York: Oxford University Press, 1966.

LUKÁCS, Georges, *Balzac et le réalisme français*, trad. Paul Laveau, Paris: François Maspero, 1967.

LUKÁCS, Georges, *La théorie du roman*, trad. Jean Clairevoye, Paris: Gonthier, 1968.

MARIETTE-CLOT, Catherine (dir.), *L'expérience romanesque au XIXe siècle*, Paris: Classiques Garnier, 2013.

MAURON, Charles, *Des métaphores obsédantes au mythe personnel*, Paris: José Corti, 1983.

MERLEAU-PONTY, Maurice, *Phénoménologie de la perception*, Paris: Gallimard, 1945.

NUSSBAUM, Martha, *Poetic Justice : The Literary Imagination and Public Life*, Boston: Beacon Press, 1995.

NUSSBAUM, Martha, *Upheavals of Thought*, Cambridge: Cambridge University Press, 2001.

POUILLON, Jean, *Temps et roman*, Paris: Gallimard, 1993.

RAIMOND, Michel, *Le roman*, Paris: Armand Colin, 1989.

RAIMOND, Michel, *Le roman depuis la Révolution*, Paris: Armand Colin, 1981.

RICŒUR, Paul, *Philosophie de la volonté*, 2 vol., Paris: Aubier, 1988.

RIVIERE, Jacques, *Le roman d'aventure*, Paris: Syrtes, 2000.

ROMANO, Claude, *L'événement et le monde*, Paris: PUF, 1999.

ROMANO, Claude, *L'événement et le temps*, Paris: PUF, 1999.

ROUSSET, Jean, *Forme et signification : Essais sur les structures littéraires de Corneille à Claudel*, Paris: José Corti, 1995.

ROUSSET, Jean, *Leurs yeux se rencontrèrent : La scène de première vue dans le roman*, Paris: José Corti, 1984.

ROUSSET, Jean, *Passages, échanges et transpositions*, Paris: José Corti, 1990.

SAREIL, Jean, *L'écriture comique*: Paris: PUF, 1984.

SCHAEFFER, Jean-Marie, *L'expérience esthétique*, Paris: Gallimard, 2015.

SCHAEFFER, Jean-Marie, *Pourquoi la fiction ?*, Paris: Seuil, 1999.

SCHLEGEL, August Wilhelm von, *Cours de littérature dramatique*, trad. Mme Necker de Saussure, Genève: Slatkine Reprints, 1971.

SCHOENTJES, Pierre, *La Poétique de l'ironie*, Paris: Seuil, 2001.

SMITH, Adam, *Essais philosophiques*, trad. P. Prévost, Paris: Coda, 2006.

THIBAUDET, Albert, *Réflexions sur le roman*, Paris: Gallimard, 2007.

VAILLANT, Alain, *Dictionnaire du romantisme*, Paris: CNRS Editions, 2012.

WOOLF, Virginia, *Le commun des lecteurs*, Paris: L'Arche, 2004.

ZERAFFA, Michel, *Personne et personnage : Le romanesque des années 1920 aux années 1950*, Paris: Klincksieck, 1971.

中文文献：

斯丹达尔:《巴马修道院》,罗芃译,南京:译林出版社,2005年。
斯丹达尔:《红与黑》,郭宏安译,南京:译林出版社,2017年。
司汤达:《阿尔芒丝》,俞易译,上海:上海译文出版社,1986年。
司汤达:《红与白》,王道乾译,上海:上海译文出版社,1998年。
许钧主编:《文字·文学·文化——〈红与黑〉汉译研究》(增订本),南京:译林出版社,2011年。

附 录

司汤达在中国的"红""黑""白"

司汤达既是现实主义文学的代表,又是浪漫主义的重要作家。独特的双重标签恰好印证了作家对社会与人性的深刻认识与捕捉。他认为小说应该再现时代本质,同时更要关注人心的真实,暗示现实的种种可能。他把敏感视为生活与审美最重要的品质,甚至是划分灵魂高下的首要标准,在小说中注重细致的心理分析和描绘强烈的情感。司汤达还有着突显性情、极具个人特色的风格。他不是字斟句酌、精当考究的那类作家,而是创作随性而至,行文迅捷,笔触轻灵,词句简练。由于其作品独特的节奏与气韵,他被一些研究者称为"最难模仿的作家之一"。

在中国,司汤达是读者与研究者最熟悉的外国作家之一,部分作品自二十世纪二十年代已有译文。最早引入中国的司汤达作品是由任白涛于1926年翻译的《论爱情》①。译本转译自日文版井上勇译本,从书名《恋爱心理研究》可以看出,译者在新文化运动的影响之下,注重论著的科学性,希望通过译本将对情感

---

① 斯丹大尔:《恋爱心理研究》,任白涛译订,上海:亚东图书馆,1926年。

的科学认识介绍给读者。最早译成中文的司汤达小说是穆木天翻译的《法尼娜·法尼尼》(译名为《青年烧炭党》①)。1935—1936年,李健吾翻译了六篇中篇小说,收录于《司汤达小说集》②,并在译序中介绍了司汤达的独特趣味与写作特点,赞赏作家以他独有的写作方式探究"人生的究竟"以及他"笔直打进事物的灵魂"的洞察力。

《红与黑》自1944年首次译成中文,一直位于最重要的世界名著之列。众多翻译家都把这部作品作为一试身手的试金石,一译再译,以许钧为代表的研究者认为:"《红与黑》的翻译,代表着我国目前法国文学翻译界的最佳水平。"③这是国内司汤达研究得天独厚的条件。但是国内研究与国外多维度研究的重心不同,主要集中在社会学和翻译学两大领域进行。其中的发展历程与原因,将是本文探讨的对象。

一、《红与黑》研究的"红"与"黑"

《红与黑》之所以受到中国读者与评论界如此的关注,除去作品本身的文学价值之外,与中国读者的审美取向、文学观念的转变、对西方文艺理论与方法的接受等多种因素均有关联。它颠沛起伏的命运和几代法语学者的译介工作更是造就了小说的高知名度,也形成研究的基础。从早期政治化、模式化的解读到文学自觉语境中对小说哲学内涵、诗学特性的关注,它的研究历程折射出新中国文艺思潮的演变,作品本身也在多重目光的审视中不断揭示"现实"这一概念的深意,引发对文学与现实关系的思考。

《红与黑》的大名首先应该归于其政治历史内涵。小说以1830年前后波旁王朝复辟时期为背景,正是法国社会风云变幻、各阶层斗争错综复

---

① 《青年烧炭党》,穆木天译,上海:湖风书局,1932年,收录司汤达的《青年烧炭党》及其他法国作家的九篇中短篇小说。

② 《司汤达小说集》,李健吾译,上海:生活书店,1936年,收录《迷药》《箱中人》《费理拜·赖嘉勒》《圣福丽且斯考教堂》《法妮娜·法尼尼》《贾司陶的女住持》六篇中短篇小说。

③ 许钧主编:《文字·文学·文化——〈红与黑〉汉译研究》(增订本),南京:译林出版社,2011年,第23页。

杂的时期。二十世纪八十年代之前,中国研究者看重小说所描绘的历史背景,把它当作观察社会变革的范本。支持者说它是现实主义的杰作,反对者说它美化野心家、两面派,宣扬资产阶级价值观。

如果说在前一阶段,《红与黑》因其黑色的"恶名"而深入人心,九十年代围绕《红与黑》所展开的翻译大辩论再一次把作品的知名度推向高峰,使《红与黑》的翻译红极一时。自1944年赵瑞蕻的《红与黑》中译本问世以来,罗玉君、郝运、闻家驷、郭宏安、罗新璋、张冠尧、许渊冲等著名翻译家一再复译,加上海峡对岸的黎烈文译本(1978),至九十年代已有十余个中文译本①。除去少数抄袭拼凑之作,每一个译本都倾注了译者的心血,体现出译者对翻译的不同认识与追求,风格各异。多位译者与许钧、袁筱一等翻译理论家纷纷发表对译文风格选择、文本内容与原作关系的思考,由此引发了一场范围广大、影响深远的翻译大讨论。为了调查译文的接受情况,了解读者的审美要求与期待,南京大学西语系翻译研究中心和《文汇读书周报》还组织了《红与黑》汉译读者意见征询,受到广泛关注,成为翻译研究史上意义重大的事件。与此相关的论文、谈话、通讯、座谈等资料均收录于许钧主编的《文字·文学·文化——〈红与黑〉汉译研究》中。

小说受到众多翻译家的追捧,从侧面反映出作品的魅力与不尽的价值。译者追寻各自心中的《红与黑》,希望给读者一部尽可能接近原文,甚至"超越原文"的译作,百家争鸣有助于推动译文整体水平的提高。小说的翻译与研究也在一种良好的互动关系中进行。众多译本与译者的争鸣、讨论为不懂法文的外国文学研究者提供了接近、理解司汤达的可能性。同时,译文的语言风格不仅涉及原文风格、翻译标准的探讨、翻译理论与实践的各个层次,还涉及译者对原文的理解,自然避不开对原著内容、人物形象等的关注,由此也促进了对司汤达作品内容及其文体风格的研究。除许钧从翻译理论与实践各个层次思考译文的多篇论文之外,有

---

① 至2020年,本书完成之时,《红与黑》已有近七十个中译本。

多位研究者进行过原文与译文的对比研究,如王文利的《叙述形式的意义——关于〈红与黑〉汉译的一点思考》①从叙事学的角度分析《红与黑》中于连与德·莱纳夫人初次见面的场景,从聚焦和时态两方面比较不同译文对原文的处理,为评价译文提供了客观可行的依据,避免了流于主观的印象式评判。

综上所述,除去《红与黑》作为经典本身的文学价值,它在中国居高不下的知名度还有其本土原因,政治运动、译介出版,都曾为这股热潮推波助澜。这些因素一方面提高了作品的知名度,有助于强化作品的经典地位,推动作品的阅读与研究;另一方面也造成根深蒂固的成规定见,机械的"阶级属性""人物本质""主导因素"等思维范式局限了研究者的思路,导致部分论文继承特定历史时期的老腔调,得出简单片面的论断。

与《红与黑》的翻译红极一时的同时,《红与黑》的研究也迎来热火朝天的局面。1978年是一个分水岭。柳鸣九于1980年发表的《〈红与黑〉和两种价值标准》②可视为分水岭的一个路标。论文认为这是反映时代本质、揭示阶级斗争规律的伟大作品。虽然论文仍是从阶级定性的角度切入,但在政治内容之外还肯定了作家对社会关系的深刻理解、把握历史本质的功力与刻画人物的深度,预示着即将到来的作家作品研究。此后,一部分研究者的注意力开始转移到作者创作及文本的相关具体问题上,研究方法和角度开始多样化,从人物形象、心理描写、作品主题、文体风格等多个角度研究作品。

研究侧重点的变化,首先从于连的形象研究上体现出来,尽管此时大部分研究的切入角度仍然是社会历史学,但阶级意识逐渐淡化,社会批判减弱,不再强调定性,对人物的分析从阶级属性转向人性本身的复杂性,同时关注人物形象构建的生存环境和活动境遇。1981年丁子春的《论

---

① 《法国研究》1997年第2期。
② 《读书》1980年第12期。

〈红与黑〉中的于连形象》①指出于连又"红"又"黑"的形象,这就打破了过去非黑即白的划分,承认小说人物的复杂性,在他身上看到叛逆、野心、进取与虚假贪婪等多重特性的融合。汪梧封于1984年发表的《于连形象新探——纪念斯丹达诞生二百周年》②同样抛弃非敌即友的机械二分法,把于连视为个人英雄主义的典范。蒋承勇于1987—1990年接连发表三篇论文,体现出现象学理论和结构主义研究方法的影响,对此前风行的环境决定性格、文学复制现实等观点提出质疑。《以系统的自组织原理看于连性格的自在性与自主性》③强调人物内在动因的影响,运用哲学、心理学理论,并使用简单的结构图示辅助文本分析,研究角度与方法令人耳目一新。《论司汤达小说的内倾性》④指出司汤达小说侧重内部世界,并从心理变化构成小说内在情节、披露人物深层心理和性格自主运动三方面探讨了这种内倾性及其美学意义。《司汤达小说:反映的变形》⑤在司汤达的众多小说人物身上发现了由几个共同元素构成的深层架构,即原型,这实际上是作家本人深层意识中潜在的心理模式的外化,而主体意识渗透的程度不同使众多变体出现了自己的个性特征与个性意识。因此作者反对把司汤达归为简单复制现实的作家,进而对文学反映现实提出思考。

  蒋承勇的系列论文聚焦于国内研究的一个关注热点——司汤达小说中的心理分析。该领域研究从多个角度展开,如社会关系和阶级冲突对性格的影响、情感与行动的联系、激情的分析等,注重理论支撑,最常采用的两种方法是精神分析和原型研究。农方团围绕着司汤达的心理描写做了系统的研究,分别探讨司汤达心理分析倾向形成的原因、心理描写的风格手法及其新意:涵盖人的精神世界和社会心理,使小说中的"现实"具有

---

① 《杭州大学学报》1981年第3期。
② 《法国研究》1984年第1期。
③ 《外国文学评论》1987年第2期。
④ 《外国文学评论》1989年第1期。
⑤ 《外国文学研究》1990年第2期。

更深广的意义。① 有些研究者提炼出小说人物的精神特性，如姜书良在《激情：司汤达小说人物性格论》②中用"激情"统摄小说人物性格，强调其复杂性，主张把司汤达小说的激情性格作为一个多元和多层次的完整结构来考察；郭珊宝的《心理小说中的"力学"研究——司汤达的〈红与黑〉小析》③则强调"力"，即人物强有力的性格迥异于同时代浪漫主义文学的柔弱感伤。论文提出心理"力学"，试图借用物理学概念解释小说中种种心理描写的技巧，并对爱情心理和英雄心理进行分析。

张德明的《〈红与黑〉：欲望主体与叙事结构》④运用拉康的精神分析理论分析小说中的欲望主体和叙事结构，认为于连在"镜像阶段"形成的理想自我和被动的自恋欲望造成其人格的自我异化和分裂。主人公对父亲/法律/宗教象征秩序的反抗与对缺失的母亲的追求融为一体。小说的叙事结构建立在俄狄浦斯三角的基础上，整部小说可视为欲望主体形成、发展、成长直至寂灭的过程。论文从深层心理结构的层面揭示了人物复杂、矛盾性格的成因，用翔实的例证勾勒出整部小说欲望流动与叙事结构的对应关系，还从心理学角度对主人公欲望的他者性、红与黑的象征意义等提出了独到的见解。

李迎丰的《〈红与黑〉：一个隐喻——作为女性的阅读》⑤指出性别与阶级关系的同构性：女性在父权文化秩序中的地位，与于连的社会政治地位具有同类性质。通过对小说政治结构网络和爱情三角关系的分析，论文考察司汤达怎样在作为隐喻的爱情文本中构造他的政治秩序结构。在围绕司汤达作品所进行的众多女性主义批评中，这篇文章论述清晰透彻，

---

① 农方团的五篇论文均发表于《广西师范大学学报》（哲学社会科学版），论文题目与发表期号分别为：《斯丹达尔小说心理分析倾向的形成》，1991年第4期；《斯丹达尔小说心理描写的朴实风格》，1994年第4期；《斯丹达尔小说的独白》，1996年第2期；《在复杂矛盾中揭示人物心理——斯丹达尔小说心理描写特点之一》，1998年第1期；《斯丹达尔对小说心理描写的深化与开拓》，1993年第4期。
② 《外国文学评论》1990年第2期。
③ 《外国文学研究》1986年第4期。
④ 《国外文学》2002年第1期。
⑤ 《解放军外语学院学报》1991年第3期。

捕捉到了作品的深层结构与意义。

九十年代之后,对于司汤达作品的主题研究发展起来,主要集中在"幸福""爱情""现实""意大利情结"或"意大利形象"等经典主题,并且开始吸收国外的研究成果。其中郭宏安为《红与黑》所作的译序是极有深度的论述①。作者指出对《红与黑》多种解读的可能性,政治、爱情、写实等种种都是小说的一个侧面,更应关注的是超越现实境况和具体时空坐标的智慧与哲理,是小说提出的哲学问题:人怎样才能够幸福?它所写的正是于连这个年轻人在追求幸福的道路上从迷误走向清醒的过程。译序通过细致深入的文本分析,展示人物经历表象与实质之间的冲突、最终回归真正的自我、获得自由的历程。文章剥去小说过于厚重的政治外壳,将关注点从历史、道德层面提升到哲学层面。郭宏安对司汤达的哲学思想与审美品位有着深刻的理解,他翻译的《红与黑》尊重原作的语言风格,力图忠实地再现小说简洁瘦硬的文风。除了《红与黑》的译本与译序之外,他早在八十年代初就发表过两篇对《巴马修道院》和《意大利遗事》的评议,从内容的多面性和美学特质层面介绍这两部不为国内读者所熟知的小说,都是敏感而富于洞见的评论。

此外,围绕《红与黑》进行的比较研究自八十年代后期成为重要领域,于连常被拿来与各种小说人物作对比,最常见的比较对象是《高老头》中的拉斯蒂涅和《人生》中的高加林,人们从中提取"野心家"或"奋斗者"的典型形象。九十年代伊始已有钱林森从时代背景与复杂人性交融的角度对于连与高加林做出深入透彻的比较②,但二十多年来仍不断有相同论题的论文发表,批评角度与内容都未见更新。如果能摆脱典型性格或环境决定论等思维方式,从方法上,而非从内容上进行比较,将会产生有价

---

① 斯丹达尔:《红与黑》,郭宏安译,南京:译林出版社,1993年,第1—16页。
② 钱林森:《西方的"镜子"与东方的"映像"——斯丹达尔在中国》,《文艺研究》1991年第2期。论文以镜子比喻中国读者对《红与黑》千人千面的解读,从小说多重阐释的可能、对复杂矛盾人格的刻画以及结构的开放性等层面论述作品的深度,正是小说对于人性的深刻捕捉使得它成为东西文化互相理解、瑕瑜互见的镜子。

值的研究。如吴锡民的《西方文学与新闻再思考——斯丹达尔与卡波特写实刍议》①从文本生成的角度提供了一种新颖别致的解读。论文从司汤达和卡波特创作方法的相通性谈起,两者都从真实的案件中提取材料,作为作品的基础。司汤达对真实材料进行点化,塑造出典型人物,传达时代情绪,达到更高的艺术真实;卡波特的"非虚构小说"借助文学技巧处理真实案例,表现的是生活真实。但作者指出两者并非截然对立,艺术真实与生活真实相通,卡波特的杂交方式融合了新闻追求真实的意图与虚构手法,其"革新"恰好验证了传统小说的创作方式并未走到末路。

整体来看,《红与黑》研究的理论走势明显,显示出作品研究与热门理论重合的轨迹。其中的优秀之作推动了作品解读的深度。但是同一阶段的论文在研究主题、方法,甚至例证上的趋近和类同,也体现出部分研究者追逐和依附潮流的心理,造成重理论而轻文本的趋势。从历时角度来看,重复性的工作较多。

二、《红与黑》之外的"寂"与"冷"

较之《红与黑》,司汤达其他作品的研究则冷清得多。虽然小说全集中译本已经出版,但所受关注并不多。《巴马修道院》和《意大利遗事》因与"意大利情结"联系紧密,引用率略高,其他小说如《吕西安·勒万》《阿尔芒丝》《拉米埃尔》《法尼娜·法尼尼》等都鲜有研究②。理论作品《拉辛与莎士比亚》与《论爱情》读者寥寥,两部重要的自传作品《亨利·布吕拉尔传》《自我主义回忆录》以及书信、日记、文艺评论等大量作品更是极少

---

① 《桂海论丛》1997 年第 3 期。
② 代表性的研究有西野:《自由与爱情的抉择——谈〈法尼娜·法尼尼〉》,《外国文学研究》1983 年第 3 期;柳鸣九:《〈阿尔芒丝〉与人物形象的系列——〈阿尔芒斯序〉》,《法国研究》1985 年第 3 期。

提及①。这些作品内容庞杂、风格各异,但受到冷落的共同原因,也许在于它们都不易于纳入中国读者所熟悉的某种意义和理解系统内部。司汤达一方面崇尚理性与逻辑,是观念派哲学家的忠实信徒,语句简练;另一方面又满怀激情,有极其敏锐的美感,写作不循章法。这两种力量在他笔下左右冲突,构成独特而丰富的文学景观。因此他的作品难以套用某种文类规约,很难用一套科学严整的方法加以分析,需要在亦步亦趋的阅读中寻找其独特的叙述话语与结构。中国研究者缺乏对欧美文本细读的批评方法的训练、接受和吸收过程,美学层面的细致体察与分析并非所长,加之下文将要谈论的现代派话语的影响,造成上述作品门庭冷落的局面。

《巴马修道院》是司汤达的另一部重要小说,文学价值不亚于《红与黑》,法国的一些司汤达研究专家甚至把《巴马修道院》排在《红与黑》之上,读者与研究者还按照对《红与黑》或《巴马修道院》的偏爱,划分成"红粉"和"修士"。《巴马修道院》早在1948年已有第一个中译本《帕尔玛宫闱秘史》(徐迟译,上海图书杂志联合发行所出版),后经郝运(上海译文出版社,1979年)、罗芃(译林出版社,2005年)两位翻译家复译。正如《红与黑》的阅读与研究在很长一段时间内都带有阶级斗争的印记,《巴马修道院》的接受也侧重政治性。它曾被称为《帕尔玛宫闱政变记》,当作政治斗争与权术的指导手册。这也并非谬误,政治斗争确是小说的重要因素,巴尔扎克在小说出版之时就曾称赞它所展现的巴马小公国的政治内幕浓缩了复辟时期欧洲所有封建宫廷的机制。不过小说在中国的接受更多了些阶级批判的意味,有研究者把作品称为"政治历史小说",从政治内容和历史认识意义的角度解读小说,一方面赞扬作家对黑暗、虚伪社会的刻画与

---

① 《拉辛与莎士比亚》,王道乾译,上海译文出版社,1979年。《论爱情》有四个全译或选译本:《爱情论》,罗国祥等译,湖南人民出版社,1988年;《爱的心香——司汤达爱情随笔选》,奋力、关心编译(根据英文版《司汤达随笔选》编译),北方文艺出版社,1992年;《爱情论》,崔士箎译,辽宁教育出版社,1997年;《十九世纪的爱情》,刘阳译,江苏人民出版社,2005年。司汤达书信与游记仅有选译本:《司汤达文学书简》,许光华译,安徽文艺出版社,1993年;《旅人札记》,徐知免译,百花文艺出版社,2003年。自传有译本《司汤达自传》,王明元、高艳春译,海燕出版社,2004年;《自恋回忆录》,朱媛译,江西教育出版社,2016年。

批判,另一方面把人物品质归为对专制制度的反抗,对小说男、女主人公法布里斯与克莱利娅的评价与对《红楼梦》人物的评价异曲同工。但是,也有部分研究者对小说的艺术表达方式予以重视:郭宏安的《常读常新的〈巴马修道院〉》①探讨了小说主题的多面性与高超的写作手法,高鹤佳的《论〈巴马修道院〉——纪念司汤达诞生二百周年》②介绍了作品的创作背景、主要特色,并且分析了小说多个人物的性格特征。韩中一自1982年至1986年接连发表了四篇关于司汤达的论文③,虽有当时夹叙夹议的普遍特点,但论文涵盖几部重要小说,而且熟悉国外司汤达研究的重要主题,使用"主观现实主义"等术语,运用叙事学、主题研究等方法进行文本分析,在众多论文中独树一帜。

罗芃为《巴马修道院》中译本所作的译序④从司汤达小说的"残缺命运"出发探讨作家的个性:他虽然把理性与科学看得高于一切,但性情中仍然保存着非常感性化的一面,注重情感与感觉,因此形成了高度感性化的写作特点。在译序的中心部分,罗芃着重探讨了司汤达具有强烈自我意识的写作方式。虚构人物正体现了作家本人通过文学创作对自己的生存方式所进行的一种体验,是对如何既获得幸福又不丧失个人尊严这个重大人生课题的思索:人物与作家一样,都是"自我主义者"。文章援引小说中大量的例证论证了自我主义者身上的表现与掩饰这一对突出矛盾:一方面将生存重心放在审视、体验与表现自我上,另一方面又害怕真实的自我被他人的目光所穿透,因此包藏自我、逃避躲闪。作家的"假名癖"与小说人物法布里斯的冒险互为影像,都是自我的躲闪与逃逸,目的在于摆脱他人目光的探究与限制,获得自我体验的自由。这篇译序深得日内瓦学派"意识批评"的精髓。这一派批评家认为文学作品是作者纯粹

---

① 《读书》1982年第7期。
② 《中山大学学报》(哲学社会科学版)1983年第4期。
③ 韩中一的四篇论文均发表于《松辽学刊》(社会科学版),论文题目与发表期号分别为:《论司汤达〈巴马修道院〉的笔调变化》1983年第Z1期;《论〈红与黑〉的小说语言》1984年第3期;《论〈红与黑〉》1985年第3期;《论司汤达三部长篇小说的主题网》1986年第2期。
④ 斯丹达尔:《巴马修道院》,罗芃译,南京:译林出版社,2005年,第1—19页。

意识的体现,是经验的对象,评论家应该关注作家潜藏于作品中的意识行为,揭示和评价这种经验的模式。作者从让-皮埃尔·理查尔的《文学与感觉》、让·斯塔罗宾斯基的《活的眼》等经典著作中汲取灵感,通过文本细读,深入挖掘《巴马修道院》中反复出现的主题和意象及其结构的网络,时刻关注作家内在人格在作品中的披露,在写作主体与作品之间不断地往返,阐明了贯穿司汤达全部生存与写作经验的一个独特概念:"自我主义"。文章的批评理念决定它的审视高度,它不局限于一部作品,而是在司汤达的存在经验与文学作品的关系中探讨一个极其重要的主题——"凝视",即人与世界或人与他人之间建立关系的能力,在文本细读中从不忘整体观照,不割裂创作主体与客体之间的联系。因此,在整个司汤达研究中,这都是一项极具分量的研究,研究方法值得借鉴。

李健吾为《意大利遗事》所作的译序与郭宏安《"照到人心深处"的一束"强烈亮光"——读斯丹达〈意大利遗事〉》①介绍作品的重要主题、风格,并强调作者的美学主张:小说以文艺复兴时期的意大利手稿为蓝本,以冷静客观的文笔再现那个勇猛刚毅、激情冲突的时代,刻画复杂强烈的人性,并以这个爱憎分明的世界反衬十九世纪欧洲社会的平庸与虚伪。

除去作品研究,司汤达的生平与创作经历也常有或繁或简的介绍,但全面审视其美学与哲学思想发展历程的较少。国内仅有两部司汤达研究专著,其中许光华的《司汤达比较研究》②将作家放在思想史的传承与世界文学的比较研究视野之中,考察其思想渊源、作品人物和创作风格。作品梳理了"贝尔主义"对启蒙思想的继承、与十九世纪欧洲人道主义的联系;通过纵向与横向比较,探讨司汤达笔下人物的精神气质,在世界文学中寻找他们的原型和类型。作品将文学现象置于整个欧洲文化背景中,并力图在美学原理和哲学基础的层面作理论归纳。另一部是夏多多的《司汤达小说研究》③,探讨作家人格、创作动机与小说写作之间的呼应,

---

① 《读书》1983年第9期。
② 许光华:《司汤达比较研究》,上海:华东师范大学出版社,1991年。
③ 夏多多:《司汤达小说研究》,广州:世界图书出版公司,2013年。

梳理了抗争、妥协与化解的心理状态,并分析了小说中的夜色、自由、爱情等重要主题。

王斯秧的论文《笑与微笑——司汤达的喜剧观》关注司汤达的喜剧观对于文学创作的影响:司汤达年轻时梦想成为喜剧家,在戏剧方面做过大量的钻研与尝试,构思并撰写了多部剧本,虽然无一完成,但他一生从未停止对"笑"与"喜剧"的思考。在他的笔下,喜剧不再局限于某一体裁或领域,而是成为贯穿他全部文学创作的一种风格、一种语调,喜剧性作为一种特质已经融入他的写作风格与人生态度。论文参考大量一手资料,梳理了司汤达喜剧观的发展历程、重要概念以及学术界对于司汤达作品喜剧性的接受史,有助于国内研究者了解司汤达的美学思想与小说风格形成的深层原因,领略其作品中的嘲讽、戏谑以及悲喜交融的多重语调。

系统研究司汤达美学思想与哲学思想的演变,是理解其小说艺术的重要途径。司汤达曾因《拉辛与莎士比亚》被称为"浪漫主义的轻骑兵",这篇檄文反对古典主义囿于形式,提出美的相对性、美学效果等重要概念。《论爱情》也是作家哲学思考与文学积累的见证:司汤达认为文学艺术的功能是予人愉悦、令人动情,而要打动人心,首先要认识人的心,这一理念造就了他独特的创作历程——他的文学创作始于哲学研究。他阅读了大量哲学著作,希望从中获得生活与写作的指导法则。《论爱情》提供了一种情感研究的范本,体现出作家独到的研究方法与思路:关注情感的细微变化与层次及其在不同情境中的表现。作品中的很多分析也在后来的小说情节设置、场景安排、人物描写中体现出来,是解读小说深层结构的重要线索。可惜这两部理论著作未能得到应有的重视,除"心灵的爱情""头脑的爱情""结晶理论"几个概念出现在数篇论文中之外,针对两部作品的深入研究仅有徐知免的《司汤达的〈拉辛和莎士比亚〉》[①]、高鹤佳的《评〈拉辛与莎士比亚〉》[②]和《论爱情》的译者刘阳发表的《从〈论爱情〉

[①] 《读书》1980年第2期。
[②] 《中山大学学报》(哲学社会科学版)1987年第3期。

看司汤达及其创作》①,以这部半理论半散文形式的作品为例,梳理了司汤达记录内心历程、擅长心理分析、注重激情三个写作特色。

司汤达生前默默无闻,但他坚信自己将被未来的读者所理解,而历史也印证了他的自信不无道理。他关注内在现实、深层心理,并致力于呈现心理活动的流动、多变与不确定性,作品结构与行文中的空白、跳跃、暗示与开放都是其独特现实观的体现,契合二十世纪小说的美学追求。研究司汤达现代性的论文较多,其中对司汤达的现代性把握比较准确的有以下几篇。马征《论〈红与黑〉的现代感》②从对人物主体意识的刻画和小说独特的心理分析构思两方面探讨司汤达的现代感:于连强烈的自我发展、自我实现的主体意识,具有现代精神特征;对人物心理、感情领域的关注,善于调度场景,描写人物深层意识中最隐秘的意念、感情,尤其突显出隐秘意念的"主导动机"。韦遨宇的《试论斯丹达尔文学创作中的"二十世纪意识"及其方法论意义》③论述了司汤达现代性思想的三个方面:一、父亲主题与母亲主题的对立,体现了作者超前的宇宙观,暗合二十世纪存在主义等思潮对既定秩序的怀疑与反抗;二、文学创作中的确定性与不确定性,指出司汤达没有拘泥于外部的"真实",拒绝机械的必然论,而致力于揭示人物心理活动的多向性、流动性、偶然性和不确定性;三、多部小说结构中的空白与开放性结尾使作品摆脱了封闭性与单一性,从而使其多元的意义在各个时代的审美再创造过程中得到实现。论文借用心理分析、解释学、接受美学等研究方法,将司汤达作品与存在主义、结构主义等理论和一些现代作品融会贯通,指出其现代性所在。谭雄的《写给未来的书简——论司汤达作品中的"现代"特征》④提出司汤达作品具有超前的艺术直觉,四个显著特征是:语码的信息负荷和内容的密集性,艺术视点的内敛性,开放的时空构筑呈现多轨和多层次化的态势,神秘的隐喻和

---

① 《外国文学评论》1995 年第 4 期。
② 《延边大学学报》(社会科学版)1989 年第 4 期。
③ 《中国社会科学院研究生院学报》1986 年第 1 期。
④ 《国外文学》1996 年第 2 期。

象征。

然而,随着精神分析、原型批评等热潮渐退,外国文学的研究重心越来越转向二十世纪作家和表现形式上具有现代主义倾向的作家作品,重视写作手法的创新对于传统文学概念的颠覆。在重"写作的冒险"而轻"冒险的写作"的风潮下,以相对传统的形式讲述冒险的小说受到忽略,司汤达研究自二十一世纪以来在现代派话语中越来越边缘化。进入2000年后研究司汤达的论文在数量上明显减少,就是一个证明。

需要指出的是,司汤达师承十八世纪启蒙思想,极为重视理性与逻辑,行文中虽时有戏谑,但整体写作风格是古典、严整的。有些研究者把现代派的意识流、反对理性等观点套用在司汤达作品上,比较牵强,采用的例证有时断章取义,由此得出的论断与作者的整体美学主张相悖。除此之外,司汤达的美学思想和思维方式中蕴含的现代意识还有其独特的体现,值得结合作家本身的审美意趣和创作兴味,做更为深入细致的探索。例如主观现实主义、作家独特的情感与理性观,后者与二十世纪的情感理论相通,因此近年来司汤达作品也成为跨学科研究的重要文本。

三、司汤达研究的"空"与"白"

因为《红与黑》的盛名,司汤达从未淡出学界的视野。但司汤达研究恰恰也为盛名所累,一直局限在《红与黑》的经典主题研究上,研究思路也难以摆脱"批判现实主义"或"典型环境中的典型性格"的定势。与同时期的巴尔扎克、福楼拜等作家研究相比,司汤达研究在批评方法和观念上都显得滞后,研究范围也有局限。一面是《红与黑》翻译与研究的红红火火,另一面是其他作品受到冷落;一面是经典主题与热门理论研究如火如荼,另一面是多角度的文本细读空白缺失。这种情形正可用作家本人喜爱的颜色对比①概括为"红"与"白",本部分以此为题,既是向作家致敬,也希

---

① 《红与黑》之外,司汤达曾想把《吕西安·勒万》命名为《红与白》,"红"与"白"分别代表主人公所属的共和党与保皇党阵营。他还写过一部未完成的小说,名为《粉红与绿》,与中篇小说《米娜·德·旺盖尔》情节相似,置于德法文化差距的背景之上。

望通过回顾司汤达研究的成就与缺失,透视其中显现的研究模式和问题意识,为今后的研究提供一点可借鉴的思路。

一、发展整体细读的观念。研究范围过窄,独尊《红与黑》,对司汤达的其他作品关注不足,导致整体解读缺乏深度。《红与黑》作为经典的价值毋庸置疑,有无尽阐释的可能性。但是,从过去的研究内容来看,研究者所关注的问题比较单一,集中在一些经典主题。其实,司汤达的大部分作品还未被国内研究者所发掘。例如两部自传作品《亨利·布吕拉尔传》和《自我主义回忆录》是理解作家复杂人格及其作品主题的重要参考,受到国外研究者的高度重视,在当今"自我虚构"的研究热潮中更是极具价值的文本。《意大利绘画史》虽然只是司汤达作为一个意大利文艺爱好者的作品,不能作为专业论著,但作品注重的是美术作品在观赏者身上激起的情感反应,体现出作者的美学主张和鉴赏、创作的关注点,是了解司汤达美学思想的一条途径。这部作品极少有人提及,更无一篇研究文章。此外,司汤达的美学思考以及关于人类情感的大量剖析、解释、推论散布于作家的日记、游记、信件、随想中,也直接影响到他的小说理念与实践,有助于他在小说中展现真实深刻的人性,描绘复杂强烈、微妙多变的情感。试举一例,因为《巴马修道院》的意大利背景,"意大利性格"成为解读人物形象,尤其是两位女性人物的常见角度。但是,如果我们能联系司汤达提出的"理想的现代美"观念,尤其是他在《意大利绘画史》中对美的定义以及对人物情感的艺术呈现的评论,会发现小说人物形象不仅仅是民族性的体现,还呼应着作者的美学理念。司汤达对于理想的美并没有硬性的规定,而是从年轻的神态、灵动而偶露嘲讽的眼神等动态层面予以描述。从这一理念出发,读者会发现司汤达笔下性格各异的女性形象在神韵上的一些共通性。而美的标准又呼应着作家对于文学艺术的功用的理解:每一时代的作品,都应给予同时代人以最大的愉悦。由此可见,作品研读的广度与深度相辅相成,扩展研读范围有助于透视文本内外层层叠叠的关系,加深对作品的理解。今后的研究也许应该基于对司汤达作品的全面与深入的阅读,从整体上把握与评价作家在艺术与思想两方面的成就。

二、注重方法之间的打通与灵活转化。国内司汤达研究的另一个特点是重视现实参照胜过作品本身的诗学特质,注重小说在政治、历史、道德层面的内容,却较少着眼于作品的表现形式,较少从叙述手法和诗学层面进行文本分析,对司汤达独特的行文风格和审美趣味也缺乏敏感体察。对于作家本人的关注,目的往往在于寻找其生平经历与作品故事内容、人物形象的表层对应,如不幸的童年经历、对意大利的热爱、失败的恋情,最终将异同都归结为作家的社会经历、文学取向等主体因素,却没有继续深入探究作者的复杂人格在作品中的体现,也没有关注作者与笔下人物之间在生存体验上的深层契合以及他们之间忽近忽远、包含同情与嘲讽的微妙关系。

从前文的研究回顾可以看出,《红与黑》的批评角度不可谓不多,八十年代后涌入中国的热门理论与方法大都可在这部小说的研究版图上找到一席之地。然而,理论的有效性,不完全在于理论本身的价值,而在于它们在文学或文化批评实践中的应用。例如,运用叙事学不是为了在文本中寻找叙事的共同规律,而在于发现每一部作品独特的叙事奥秘,为更好地理解作品服务。在现有的研究中,理论与实践的结合还不够得心应手,批评方法各自独立,难以达到融会贯通、转化自如。面对"贝尔主义"这样一个由人与文共同塑造、密不可分的大文本,需要打破外部研究和内部研究的界限,转入更为深刻的研究范式的建立,不拘泥于一种方法的运用,而是注重方法之间的打通与转化。

在结合运用多重阐释方法、展开文本细读方面,五十年代在法国和美国出现的多部研究专著为我们提供了可供借鉴的范例。这些著作至今仍是司汤达研究领域的经典之作,如乔治·布兰从作家与人物个性的联系、小说写作技巧及其局限两个方面分析作者自我意识在作品中的体现,他的两部论著《司汤达与小说问题》《司汤达与人格问题》被视为司汤达研究中难以逾越的两座高峰;维克多·布隆贝尔的《司汤达与斜道:作家与小说世界》研究作家借虚构人物表达自己的激情,同时又通过对人物的嘲讽、作者的介入等手法拉开自身与人物距离的写作手法；作家瓦莱里和批评家吉拉尔·热奈特、让·斯塔罗宾斯基、让-皮埃尔·理查尔都撰文考察过作家在"表现"与"隐藏"这一对心理悖论中认识自我、塑造自我形象的历程。司汤达的思想发展历程，包括他在各个时期所受的美学、哲学影响及观念转变或发展，都早有专著进行详细的梳理。以上论著绝大部分没有中译本，而国内大部分研究者并非法语文学专业出身，因为语言障碍无法阅读法文论著，多借助英美文学理论，参考英文文献或转引中文文献，未能汲取新的养分，实为憾事。

当今国外司汤达研究突破了"幸福的少数人""高贵的灵魂""剖析人性"等传统主题，研究角度新颖多样，从文体学、历史学、阅读理论、语用学、主题研究、国别研究等诸多方面解读司汤达作品，近年来尤为关注艺术史与跨学科研究。前者注重作品的历史性以及对作品的语境化理解，将作品置于文学形式发展史、十九世纪初期美学以及文学作品的物质载体等历史背景中进行考察；后者关注司汤达的情感理论，将文学素材与哲学、心理学、生物学等领域的研究成果并置，研究情感在人的感知、思考与行为中的作用。此外，社会历史批评一直都是司汤达接受史上不容忽略的批评势力，从纯粹的道德批判、阶级批评到马克思主义批评，再到今天的文本发生学批评，这种趋势仍将继续。当前的文化批评更是主张将文本置于广阔的社会历史空间之中，以更复杂的意识深入文本最为隐蔽的细节，以期在整体的历史关系中认识文本。中国学者凭借一种异文化的独特视野，有可能产生别开生面的成果，为司汤达研究提供独特的视角。经典作品常读常新，中国学界对司汤达作品的探索远非穷尽，而是面对着大有可为的广阔疆域。